Sandra Rehle

Winterlichter

über

Blåbärsskog

Das Buch

Die quirlige Bree Sullivan kann es kaum erwarten. Sie wird den ganzen Dezember bei ihrer besten Freundin Milla in Schweden verbringen. Kaum dort angekommen, lernt sie nicht nur Land und Leute anders kennen als gedacht. Es sprühen auch sofort Funken zwischen ihr und dem charmanten Anwalt Per. Für Bree scheint ein Wintermärchen wahr zu werden, würde da nicht der mürrische und leider viel zu gut aussehende Erik Sandberg ständig überall auftauchen.

Die Autorin

Die Liebe zu Büchern zieht sich wie ein roter Faden durch das Leben von Sandra Rehle. Daher war es ganz natürlich, dass sie alles über Bücher und Geschichten lernen wollte. Nach vielen Jahren als Verlagskauffrau und Historikerin ist „Winterlichter über Blåbärsskog" bereits ihr sechster Liebesroman zum Wohlfühlen und Entspannen.
Sie lebt und liebt mit ihrem Mann und ihren zwei Kindern im schönen Hamburg.

Sandra Rehle

Winterlichter

über

Blåbärsskog

Bibliographische Information der Deutschen Nationalbibliothek:
Die Deutsche Nationalbibliothek verzeichnet diese Publikation in der Deutschen Nationalbibliographie; detaillierte bibliographische Daten sind im Internet unter dnb.dnb.de abrufbar.

© 2021 Sandra Rehle, Minsbekweg 17, 22399 Hamburg
info@sandrarehle.de
Herstellung und Verlag: BoD - Books on Demand, Norderstedt
Covergestaltung: Sandra Rehle, Hamburg
Covermotiv: © Shutterstock.de
ISBN: 9783754374955

Personen

Bree Sullivan, weltreisende Hairstylistin und Maskenbildnerin auf der Suche nach ihrem Lebenstraum

Mary und John Sullivan, Brees Eltern

Milla Sjögren, Brees beste Freundin, die ihren Traum bereits verwirklicht

Nicholas (Nick) **Bedford**, Millas große Liebe, leidenschaftlicher Fotograf und Weltreisender mit viel Charme

Erik Sandberg, gut aussehender & ziemlich geheimnisvoller Handwerker mit Vergangenheit

Johan Sandberg, Eriks Großvater

Lovis Hansson, Friseurin und Mutter in Nöten

Lasse Hansson, ihr Ehemann

Per Andersson, charmanter, erfolgreicher Anwalt und der Neffe von Tuva Andersson

Tuva Andersson, die romantisch veranlagte Bürgermeisterin von Österholm

Mikaela Knudsen, eine engagierte Mutter

Ingrid Lundquist, Cafébesitzerin und Großmutter von Mia

Mia Lundquist, Köchin auf Blåbärsskog und Enkeltochter von Ingrid

die Kinder

Maja und Ole Hansson, die Kinder von Lovis und Lasse

Astrid Hansson, die Nichte von Lovis und Lasse

Vorwort

Viele Menschen glauben, dass man als Autorin das Sagen hat und diejenige ist, die bestimmt wie die Geschichte sich entwickelt. Das stimmt allerdings nur zum Teil. Als ich mein erstes Buch „Winterzauber auf Gracewood Hall" geschrieben habe, wusste ich nicht, dass ich noch ein zweites Weihnachtsbuch schreiben werde. Das habe ich erst erfahren, als ich mitten im Schreibprozess zu „Sommerfrische auf Gracewood Hall" war und Bree plötzlich verkündete, dass sie Milla an Weihnachten besuchen würde. Erst als der Satz vor meinen Augen stand, dachte ich: „Oh, was für eine nette Idee!"

Und hier ist es nun! Irgendwie ist es auch mein bisher persönlichstes Buch. Noch nie sind so viele meiner eigenen Gedanken in eine Geschichte hineingeflossen.

Das ist ja irgendwie auch kein Wunder, wenn man bedenkt, was seit Anfang 2020 alles geschehen ist.

Liebe Leserin, lieber Leser, ich hoffe, von Herzen dass es dir gut geht und natürlich auch, dass dir „Winterlichter über Blåbärsskog" genauso gut gefällt wie meinem Team und mir.

Deswegen sage ich einmal DANKE an meinen wundervollen Mann, meine wunderbaren Kinder & meine großartige Mama! Ein herzliches Danke auch an Clara und Christin, ohne eure Hilfe wäre ich ziemlich allein. Und auch ein großes Danke an all meine Leser*innen, die mich so fleißig mit ihren Rezensionen und Empfehlungen unterstützen. Es bedeutet mir die Welt!

Und nun bin ich still und lasse dich nach Schweden zu Bree und Milla reisen.

Viele Grüße
Sandra Rehle

Kapitel 1
Freitag, 29.11.

„Süße, du bist wieder da!" Freudestrahlend streckte ihre Mum den Kopf aus der Küche, kaum dass Bree die Tür aufgeschlossen hatte. Seit sie im Sommer von ihrer Weltreise zurückgekommen war, lebte sie bei ihren Eltern. Vorübergehend, wie sie sich immer wieder selbst versicherte. Sie verstanden sich gut, keine Frage, dennoch war es keine dauerhafte Lösung zwischen ihren Jobs in ihrem alten Kinderzimmer zu wohnen. „Brauchst du Hilfe?", erkundigte sich ihre Mutter und trocknete sich die Hände an einem Geschirrtuch ab.

„Hi, Mum", antwortete Bree. „Nö, ich habe nur die zwei Taschen." Schon zog sie die schlammigen Stiefel aus. Seit Tagen schüttete es beinahe ununterbrochen, dazu wehte ein eisiger Ostwind. Es war ein Novemberwetter, wie es im Buche stand und auch wenn sie die meiste Zeit drinnen arbeitete, zerrte es doch an ihren Nerven. Das Studio, in dem sie gedreht hatten, war aus den Siebzigern gewesen und egal wie sehr sie alle Heizungen aufgedreht hatten, es war einfach nicht warm geworden.

„Es ist aber auch ein Sauwetter draußen", bemerkte ihre Mutter mitfühlend und nahm ihr den regennassen Parka ab. „Tee in einer halben Stunde?"

„Das wäre himmlisch!", antwortete Bree lächelnd und gab ihr einen Kuss auf die Wange. „Ich ziehe mir nur etwas Trockenes an."

„Mach in Ruhe. Ich muss sowieso noch das Stew fertig machen", antwortete ihre Mum über die Schulter hinweg, während sie Brees regennasse Sachen im Gästebad zum Trocknen aufhängte.

„Ich liebe dein Stew!", rief Bree ihr hinterher und ihre Mum lachte. „Was du nicht sagst!"

Deutlich besser gelaunt, schnappte Bree sich ihre zwei schweren Taschen und lief die schmale Treppe hinauf. Manchmal war es doch nicht schlecht, zu Hause zu wohnen.

Eine halbe Stunde später hatte sie heiß geduscht, sich in ihre Lieblingsleggings und den viel zu großen Hoodie ihres Bruders gekuschelt. Nun saß sie mit einer dampfenden Tasse Tee in den Händen im Wohnzimmer auf der in die Jahre gekommenen Couch mit dem Blümchenmuster, während schon die erste Ladung Wäsche in der Maschine trudelte.

Mit einem Seufzer setzte sich ihre Mutter in den Sessel, dann lächelte sie. „So, jetzt erzähl, was hat sich die Diva diesmal erlaubt? Sind irgendwelche Teller geflogen? Oder gab es ein neues Liebesdrama? Ich will alles wissen!"

„Ach Mum, es ist doch nicht jeden Tag so...", begann Bree und reichte ihrer Mutter eine Tasse Tee. „Wir arbeiten da."

„Natürlich Schatz, das weiß ich doch. Aber deine Arbeit ist tausendmal aufregender als die Wäsche deines Vaters zu waschen oder das Haus zu putzen." Sie zog eine Grimasse und Bree musste lachen.

„Aber wir retten weder die Welt, noch operieren wir am offenen Herzen. Auch wenn manche Kollegen das sicher anders sehen", entgegnete Bree und grinste schief. Natürlich war sie unglaublich dankbar für den Job. Eine gute Bekannte, die sie bei einem Maskenbildnerworkshop kennengelernt hatte, hatte sie vorgeschlagen, als spontan jemand ausgefallen war.

„Sag das nicht. Ich bin mir sicher, dass eure Serie für einige Menschen ein sehr wichtiger Bestandteil ihres Lebens ist." Ihre Mum zwinkerte ihr übertrieben zu und Bree fiel mal wieder auf, wie hübsch sie war. Mary Sullivan hatte jung geheiratet, in kurzen

Abständen fünf Kinder bekommen, von denen Bree das jüngste und einzige Mädchen war und sich ihr ganzes bisheriges Leben um die Familie gekümmert.

„Mum, hast du eigentlich mal darüber nachgedacht, was du jetzt, da wir alle längst erwachsen sind, mit deinem Leben anfängst?"

Überrascht sah ihre Mutter auf. „Hast du den Eindruck, ich langweile mich?"

„Nein!", rief Bree aus und suchte nach den richtigen Worten. „Ich dachte nur, jetzt hast du doch mehr Zeit als früher... Ich meine, möchtest du nicht mal etwas anderes machen, als Dads Socken zu sortieren?"

„So viel mehr Zeit, wie du denkst, habe ich gar nicht. Neben dem Haushalt und deinem Dad, ist da noch die Arbeit für die Gemeinde. Und warte nur mal ab, wenn erst das Baby deines Bruders auf die Welt kommt, dann ändert sich wieder alles..."

„Aber es ist doch Patricks und Maureens Baby", wandte Bree ein.

„Selbstverständlich ist es das. Ich will es ihnen ja auch nicht wegnehmen!" Mary lachte auf. „Aber so ein Baby wirbelt alles gehörig durcheinander und ich möchte ihnen einfach zur Seite stehen und ihnen das geben, was ich niemals hatte. Eure Großeltern wohnten damals nicht in unserer Nähe."

„Aber, man kann sich doch nicht sein ganzes Leben um andere kümmern!", rief Bree aus. „Du bist doch noch jung. Du solltest endlich mal an dich denken und tun, was dich glücklich macht."

„Ach mein Schatz!", sagte Mary und griff nach Brees Hand. „Eben beklagst du dich noch über die Sinnlosigkeit deiner Fernsehwelt, nur um direkt im Anschluss mein Leben in Frage zu stellen."

„Mum! Wir reden hier nicht über mich, sondern darüber, was du noch mit deinem Leben anfangen willst." Bree setzte sich energisch auf, so dass der Tee in ihrer Tasse beinahe überschwappte.

„Ich mag mein Leben", erklärte Mary schlicht. Sie hatte wohl bemerkt, dass ihre Tochter noch immer ihren Weg suchte. Wenn Bree soweit war, würde sie schon mit ihr darüber reden. Ruhig trank sie einen Schluck Tee. „Auch wenn ich ab und zu ein wenig Klatsch und Tratsch von meiner Tochter hören möchte!"

Bree sah ihre Mum fragend an. „Wirklich? Ist es dir nicht zu... klein?"

„Was meinst du mit klein?"

„Naja, ihr verreist nie... Und du..." Bree hielt inne. Sie wollte ihre Mum nicht verletzen, aber es interessierte sie sehr. „Hast du nie etwas anderes vom Leben gewollt?"

Mary lächelte. „Du meinst, ob ich reich und berühmt werden wollte?"

„Genau! Hast du nie von etwas geträumt?"

„Natürlich habe ich Träume, mein Schatz. Ich wollte immer eine große Familie und ich möchte noch immer jeden Tag mit deinem Dad zusammen sein. Ich mag es, Menschen, die ich liebe, um mich zu haben und meine Zeit und Energie in sie zu stecken. Das ist auch eine Art von... Investition. Ich habe meine Zeit und mein ganzes Wesen in euch Kinder investiert und ich finde, es hat sich gelohnt. Ihr seid alle gut geraten!" Verschmitzt lächelte sie Bree an.

„Ja, aber..." Wieder suchte Bree nach Worten.

„Schatz, du darfst nicht vergessen, dass deine Generation ganz andere Möglichkeiten hat, als meine. Aber selbst wenn ich gekonnt hätte, ich hätte es nicht anders gemacht. Ich wollte Kinder haben und meine Zeit mit ihnen genießen. Und das tue ich immer noch. Selbst jetzt hier mit dir zu sitzen und so ein Gespräch zu führen, lässt mein Herz aufgehen." Sie sah ihre

Tochter offen an und lächelte. „Das war und ist mein Weg. Du darfst deinen eigenen gehen und ich bin mir sicher, du findest ihn."

„Ach Mum..." Bree musste blinzeln, denn auf einmal sammelten sich Tränen in ihren Augen. Manchmal war es schon fast unheimlich, wie gut ihre Mutter sie kannte. Sie legte den Kopf nach hinten und schloss die Augen. „Die letzten Tage waren wirklich anstrengend."

„Wie gut, dass du bald Urlaub hast!", antwortete Mary.

„Du ahnst gar nicht, wie sehr ich mich darauf freue, Milla wieder zu sehen!" Bree richtete sich wieder auf. „Allerdings muss ich gestehen, dass ich sehr auf anderes Wetter hoffe. Dieser ewige Regen macht mich mürbe."

„Das kommt nur von diesen ganzen Reisen in den Süden. Die haben dich weich gemacht!", brummte da auf einmal eine tiefe Stimme.

„Dad!", protestierte Bree erschrocken, wurde aber von ihrer Mutter unterbrochen.

„John!", rief Mary aus. „Was machst du denn schon hier?! Ist was passiert?"

„Nichts ist passiert. Darf ein Mann nicht einmal früher Feierabend machen, wenn alles erledigt ist?!", entgegnete er und kam ins Wohnzimmer, um seiner Frau einen Begrüßungskuss zu geben. „Einen ganzen Monat Urlaub, kann ich mir nämlich nicht leisten", fuhr er fort und strubbelte seiner Tochter durch ihre kinnlangen, dunklen Locken.

„Ich helfe Milla beim Aufbau ihrer Pension", stellte Bree klar und versuchte wieder Ordnung in ihre Frisur zu bringen.

„Ach was, deine Milla ist eine patente junge Frau, die schafft das ganz allein", entgegnete ihr Vater.

„Außerdem hat sie ja noch den jungen Bedford an ihrer Seite", bemerkte Mary und stand auf. „Möchtest du auch einen Tee? Ich hol dir schnell eine Tasse."

„Ob der so eine große Hilfe ist? Bleib sitzen, Schatz!" John legte ihr eine Hand auf die Schulter und drückte sie liebevoll. „Ich hole mir selbst eine."

„Wie geht es den Beiden?", begann Mary.

„Ja, was sagen denn ihre Eltern dazu, dass sie Weihnachten ohne sie feiern?!", rief John aus der Küche.

Bree hatte Mühe nicht die Augen zu verdrehen. Seit Wochen fing ihr Vater immer wieder davon an. Nur weil sie den ganzen Dezember in Schweden verbringen wollte, eben um Milla zu helfen. Sie hatte es ihr versprochen. Und abgesehen davon, freute sie sich sehr darauf echte schwedische Weihnachten zu erleben. Milla hatte ihr so viel erzählt. Und vielleicht schneite es sogar!

„Du weißt, dass Milla nur noch ihren Vater hat und der ist sowieso ständig unterwegs", erinnerte sie ihn und an ihre Mutter gewandt antwortete sie. „Es geht ihnen gut. Nick und sie sind noch immer ein Herz und eine Seele."

„Oben im Herrenhaus bereiten sie dann wohl schon die Hochzeit vor." John setzte sich neben sie und goss sich Tee ein. „Wird ja auch mal Zeit, dass sie noch ein paar Enkelkinder bekommen."

„Dad! Das geht uns gar nichts an!" Bree sah ihren Vater entrüstet an. „Abgesehen davon kennen sich Nick und Milla gerade mal ein halbes Jahr."

„Bitte streitet nicht", bat Mary und sah von einem zum anderen. Ihr Mann und ihre Tochter hatten beide dasselbe feurige Temperament und gerieten deshalb regelmäßig aneinander.

„Keiner streitet", beruhigte John sie. „Wir sprechen nur."

„Ja, über anderer Leute Angelegenheiten!", entgegnete Bree. Sie hatte Mühe ruhig zu bleiben. So sehr sie ihren Vater liebte, mit seinen altmodischen, katholischen Ansichten brachte er sie immer wieder an den Rand ihrer Geduld. Sie verstand einfach nicht, warum er nicht akzeptieren konnte, dass sich die Zeiten geändert hatten. Es war ja nicht nur so, dass er sich eine Meinung über ihre Freunde oder Bekannte machte, nein. Er hatte auch eine dezidierte Meinung über ihren eigenen Lebensstil.

„Ich werde ja wohl meine Meinung sagen dürfen", erwiderte er auch prompt.

„Sicher darfst du das! Nur kennen wir deine Meinung schon. Du hast sie oft genug kundgetan." Bree griff nach einem Keks, auch wenn sie überhaupt keinen Appetit mehr hatte.

„Was soll das denn heißen?", fragte er und drehte sich zu seiner Tochter um.

„John", mahnte Mary ihren Mann leise, aber er schüttelte nur den Kopf.

„Hör mir auf mit John. Das hier ist mein Haus und da werde ich ja wohl sagen dürfen, was ich möchte", erwiderte er hitzig. „Ich würde wirklich gern verstehen, was deiner Meinung nach gegen die Ehe spricht!", wandte er sich an Bree.

„Oh Mann, Dad, nichts spricht dagegen. Darum geht es ja auch gar nicht", begann Bree seufzend und warf den Keks wieder auf den Teller zurück.

„Ach so? Und worum geht es dann?!" Johns Augen blitzten auf. Es machte ihn verrückt, wenn seine Jüngste mit ihm sprach, als hätte er keine Ahnung vom Leben.

„Die Zeiten haben sich geändert. Man muss sein Leben nicht mehr nach der Vorstellung der Kirche leben. Jeder kann seine eigenen Entscheidungen treffen", versuchte sie zu erklären.

„Und steht am Ende allein da!", prophezeite John.

„Nein! Vielleicht. Keine Ahnung. Warum kannst du denn nicht akzeptieren, dass jeder sein Leben nach seiner Vorstellung lebt?!", fragte Bree.

„Was ist denn bitte verkehrt an Ehe und Kindern?", wollte er wissen und beugte sich scheinbar interessiert vor.

„Gar nichts!", entgegnete Bree heftig. Diese immer gleichen Diskussionen nervten sie tierisch. „Es ist eben nicht für jeden etwas!"

„Wie kann Liebe nicht für jeden sein?", konterte er und Mary stand auf. Sie hatte keine Lust sich das anzuhören. Sie würde nach der Wäsche sehen.

Hilflos warf Bree die Arme in die Luft. „Du willst es nicht verstehen, oder?! Warum kannst du nicht akzeptieren, dass dir nicht jeder Rede und Antwort schuldig ist? Nick und Milla leben ihr Leben so wie sie es für richtig halten und tragen eben auch die Verantwortung für ihre Entscheidungen."

„Die Zwei sind mir gar nichts schuldig. Wie kommst du nur darauf?" Irritiert schüttelte er den Kopf.

Bree spürte wie sie immer wütender wurde. Wie machte er es nur, dass er immer so tat, als hätte sie ihn falsch verstanden, als wäre sie das Problem? Auf einmal war sie sehr müde und wünschte sich nur noch in ihr Bett.

„Vergiss es", murmelte sie und stand ebenfalls auf.

„Was ist denn jetzt wieder?" John sah sie verständnislos an. Er wusste ehrlich nicht, was er falsch gemacht hatte.

„Nichts Dad, ich bin nur k.o. von der Arbeit und muss mich noch um meine Wäsche kümmern", antwortete sie matt. Er würde sich ja doch nie ändern und langsam war sie es leid, ihm seine verqueren Gedankengänge aufzuzeigen. Sie sollte sich wirklich schnellstmöglich eine eigene Wohnung suchen oder wieder auf Reisen gehen. Diese Diskussionen würden nie zu einem anderen Ergebnis führen.

Im Waschkeller traf sie auf ihre Mutter. „Mum, was machst du da?"

„Das siehst du doch. Ich hänge deine Wäsche auf", antwortete Mary.

„Aber das musst du doch nicht. Ich kann das selbst", erwiderte Bree und griff sich ein Shirt aus dem Wäschekorb. Einen Moment arbeiteten sie schweigend nebeneinander.

„Warum muss er sich immer überall einmischen?", brach es aus Bree hervor. „Nick und Milla gehen ihn doch gar nichts an."

„Ach Schatz, dein Vater ist..."

„Engstirnig und verbohrt!", unterbrach Bree sie frustriert und schüttelte das nächste Kleidungsstück mit mehr Kraft aus, als eigentlich notwendig war. „Für ihn gibt es nur einen einzigen Weg. Alles andere ist verkehrt!"

„Er will doch nur..."

„Was will er denn?", unterbrach Bree ihre Mutter erneut und drehte sich zu ihr um.

„Er will, dass du glücklich bist", antwortete Mary schlicht.

„Ich bin glücklich!", erwiderte Bree heftig und fragte sich im selben Moment, ob das wirklich stimmte. „Und selbst wenn ich einen Mann zu meinem Glück bräuchte...", sprach sie schnell weiter, „... was wirklich frauenfeindlich ist, aber gut. Selbst wenn das so wäre, dann gäbe es da immer noch das Problem, dass da keiner ist! Kein Mann weit und breit!"

„Also erstens, mein liebes Kind, ist dein Vater nicht frauenfeindlich! So etwas will ich nie wieder von dir hören! Ist das klar?" Mary sah ihre Tochter so streng an, wie damals als sie Bree beim Schwindeln erwischt hatte.

„Okay." Bree zuckte mit den Schultern. Sie wollte nicht auch noch mit ihrer Mum streiten.

„Dein Vater wünscht sich für jedes seiner Kinder eine schöne, erfüllende Partnerschaft", stellte Mary klar. „Und zweitens gibt es allein hier in Beddingsham genügend nette junge Männer."

„Also liegt es an mir, ja?" Bree verschränkte abwehrend die Arme.

„Das habe ich nicht gesagt", beschwichtigte Mary sie und widmete sich wieder der Wäsche. „Du bist eben viel unterwegs und..."

„Weil das mein Job ist!", entgegnete Bree und ließ die Arme sinken, um ebenfalls nach einem Kleidungsstück zu greifen.

„Was hältst du denn von Connor McGregor?"

„Connor McGregor??? Das meinst du doch nicht ernst?! Weißt du nicht mehr, dass er mir diese Spinne ins T-Shirt gesteckt hat?"

Mary lachte auf. „Stimmt! Das hatte ich ganz vergessen."

„Schön, dass es dich amüsiert", brummte Bree. „Ich fand das damals überhaupt nicht witzig."

„Sei nicht so streng mit dem Jungen. Das ist doch schon Jahrzehnte her. So etwas macht er heute bestimmt nicht mehr!" Mary sah ihre Tochter aufmunternd an.

„Ganz egal, ich habe nicht vor, das herauszufinden", erklärte Bree kategorisch.

„Weil er dich als Kind geärgert hat?" Mary hob fragend die Augenbrauen, aber Bree schüttelte den Kopf.

„Natürlich nicht. So nachtragend bin selbst ich nicht. Ich kann mir nur nicht vorstellen,...." Sie brach ab. Wie sollte sie ihrer Mutter sagen, dass sie sich so ein Leben wie ihre Eltern es führte, für sie absolut nicht in Frage kam, ohne sie zu verletzen?! So sehr sie ihre Eltern liebte und dankbar war, für den sicheren Hafen den sie ihr geboten hatten, für sich selbst konnte sie sich einfach nicht vorstellen, die nächsten sechzig Jahre jeden Tag denselben Tag zu erleben. Das kam ihr vor, wie lebendig begraben zu werden. Sie wollte aus ihrem Leben einfach das Maximum an Spaß und Lebendigkeit rausholen. Sie war so neugierig auf alle Möglichkeiten und Chancen.

„... dass ausgerechnet Connor McGregor meine große Liebe ist", schloss sie lahm. „Und wie du schon sagtest, ich bin viel unterwegs."

„Ich weiß, mein Schatz", antwortete Mary und strich Bree über den Arm. „Und wegen deinem Dad musst du dir keine Sorgen machen. Er hat an Weihnachten einfach gern all seine Kinder um sich herum. Aber er wird es überleben, dass du dieses Jahr nicht dabei sein wirst."

Bree musste lachen. „Das will ich doch hoffen!"

***

„Das war der letzte Schrank. Dein Arbeitszimmer ist fertig", stöhnte Nick, zog sich das verschwitzte Shirt aus und ließ sich zu ihr aufs Bett fallen. „Wenn ich den Akkuschrauber noch einmal sehe, dann..." Er ließ den Satz offen und schloss mit einem Stöhnen seine Augen.

„Du hättest die Yogarunde heute früh nicht ausfallen lassen sollen", antwortete sie mitfühlend und klappte den Laptop zu. Erst jetzt sah sie ihn an. Die harte Arbeit der letzten Wochen hatten seine Spuren an ihm hinterlassen. War sein Körper vorher schon sportlich trainiert gewesen, so waren seine Schultern und Arme jetzt deutlich kräftiger. Sie konnte den Blick nicht von ihm abwenden und überlegte, vielmehr hoffte sie, dass er noch genug Energie besaß um mit ihr...

„Ich weiß", unterbrach er ihre Gedanken. Mit noch immer geschlossenen Augen versuchte er seine Schultern zu kreisen, was im Liegen natürlich schwierig war. „Aber ich wollte, dass du deine Abrechnungen nicht mehr auf unserem Bett machen musst."

Milla biss sich auf die Unterlippe. Sie spürte förmlich, wie das schlechte Gewissen sich näherte. Während er sämtliche Möbel ihres Arbeitszimmers aufgebaut und angebracht hatte, hatte sie die Marketingkampagne überprüft, auf den sozialen Medien über die Fortschritte berichtet und die Buchungen für das nächste Jahr eingetragen. Schon den ganzen Tag saß sie an diesem Bürokram. Aber sie wollte eben auch so viel wie möglich vorarbeiten, bis Bree kam, damit sie auch ein wenig freie Zeit miteinander hatten. Auch für Nick wollte sie mehr Zeit haben. Er hatte schließlich schon so viel für sie getan. Wie sollte sie ihm das nur vergelten? Immerhin war die Pension und das Yogastudio ihr Traum. Seit sie klein war, träumte sie von einem solchen heimeligen Ort und er, der so behütet aufgewachsen war, reiste seit er erwachsen war um die Welt und fotografierte die schönsten Plätze und aufregendsten Begebenheiten. Sie hatte sowieso schon ständig ein schlechtes Gewissen, weil sie ihn hier hielt. Gut, er sagte zwar immer, er wolle hier bei ihr sein, aber sie konnte sich einfach nicht vorstellen, dass er für sie bereit war seinen Lebenstraum aufzugeben. Während sie diese dämlichen Gedanken entschlossen zur Seite schob, betrachtete sie seinen nackten Oberkörper noch einmal genauer. Überhaupt strahlte er eine unglaubliche Präsenz aus, die sie schon damals in

Kalkutta umgehauen hat. Es war, als ruhte er vollkommen in sich selbst, aber nicht auf diese unreflektierte Art, die Männer sonst gern an den Tag legten. Seine Selbstsicherheit wirkte weder aufgesetzt und noch erlernt. Es war beneidenswert. Ob es etwas mit seiner Familie zu tun hatte? Oder eher mit seinen vielen Reisen?

„Willst du es dir gar nicht ansehen?"

„Hm?" Blinzelnd schüttelte sie die Gedanken ab. „Was hast du gesagt?"

„Dein Arbeitszimmer? Willst du es gar nicht sehen?" Verwundert sah er sie an.

„Doch! Klar! Ich hatte gerade nur... Vergiss es. Es ist nicht wichtig." Sie sprang auf und griff nach seinen Händen. „Los, Komm! Zeig es mir!"

„Och nö. Ich bin mir sicher, du findest den Weg allein", protestierte er.

„Aber ich will doch deine Arbeit gebührend bewundern!" Sie setzte ein breites Lächeln auf und zog wieder an seinen Händen.

„Ist das so?", hakte er nach und setzte sich auf. Sein Grinsen verwandelte sich in einen wissenden Gesichtsausdruck. „Na, wenn du mich bewundern willst..." Er umschloss ihre Handgelenke und zog sie zu sich heran. „...dann kannst du das hier viel besser tun." Seine Hände strichen an ihren langen Beinen entlang, hinauf zu ihrem Po.

„Ich wollte deine Arbeit bewundern", versuchte sie klarzustellen, aber seine Berührungen fühlten sich einfach zu gut an, als dass sie genügend Nachdruck in ihre Worte hätte legen können.

„Soll ich uns etwas zu essen bestellen?", fragte er und in seinen Augen begann es zu funkeln.

„Jetzt noch?" Sie sah auf die Uhr. „Es ist schon nach acht und bis die hier sind..."

„...können wir zwei gemeinsam duschen gehen", unterbrach er sie und schenkte ihr sein Lausbubengrinsen. Seine Hände wanderten nun um ihre Hüften, streichelten sie fortwährend.

O Gott! Wenn er sie so ansah, schmolz sie einfach dahin. „Ich bin nicht schmutzig, ganz im Gegensatz zu dir!", erwiderte sie gespielt unwillig und versuchte einen Schritt zurückzutreten. Sie liebte es sich ein wenig mit ihm zu kabbeln.

„Wie bitte? Ist das der Dank dafür, dass ich dir deine ganzen Leisten, Steckdosen, Schränke und sonstigen Krempel angebracht habe?!", entgegnete er entrüstet, griff mit beiden Händen in ihre Taille und ließ sich mit ihr aufs Bett fallen.

„Nick! Meine Sachen!", rief sie aus. „Du bringst alles durcheinander."

„Solange ich auch dich durcheinander bringe, geht das Ordnung!", erwiderte er grinsend und presste sie eng an sich.

Sie stemmte sich hoch. „Deine Sprüche waren auch schon mal besser!", krächzte sie. Einen skeptischen Gesichtsausdruck aufzusetzen, fiel ihr angesichts seiner nackten Haut wirklich schwer.

„Entschuldige bitte..." Seelenruhig begann er ihren Hals zu küssen. „...aber meine Eloquenz hat sich mit der letzten Schraube in diesem Haus verabschiedet."

Sie streckte genüsslich den Kopf. Hmm...Vielleicht war ein gemeinsames Bad doch eine gute Idee.

„Ab nächster Woche...", murmelte er zwischen den Küssen, „...haben wir genug Zeit, um uns ganz dem hier zu widmen!" Seine Hände fuhren langsam ihren Rücken hinab und in den Bund ihrer Yogahose.

„Das wäre wundervoll!" Sie seufzte vor Wonne. „Ah!", entfuhr ihr ein Quieken auf, als er Schwung nahm und sich mit ihr rumrollte. Jetzt war er über ihr, schob ihr Shirt beiseite und küsste ihren Bauch.

Langsam und stetig bahnten sich seine Lippen ihren Weg nach oben.

„Wolltest du nicht etwas zu essen bestellen?", erinnerte sie ihn, während sie begann sich unter seinen Küssen wohlig zu räkeln.

„Gleich", bestimmte er, während er ihr das Shirt auszog und anerkennend ihre Brüste betrachtete. „Vorher muss ich aber noch..." Er brachte den Satz nicht zu Ende, sondern senkte seine Lippen und fuhr mit der Spitze seiner Zunge am Rand ihres BHs entlang und die Frage nach dem Abendbrot verlor, zumindest vorläufig, seine Bedeutung.

Kapitel 2
Montag, 2.12.

„Jetzt sei nicht so ein Stoffel und geh zu ihr. Verabschiede dich, wünsche ihr eine tolle Zeit und trag ihren Koffer die Treppen hinunter", wies Mary John ein paar Tage später an.

„Ich bin kein Stoffel!", brummte er und ließ dennoch missmutig die Schultern hängen. „Sie ist nur unterwegs, selbst wenn sie nicht im Ausland ist, und trifft sich mit weiß Gott wem! Wann wird sie endlich erwachsen und gründet eine Familie?!"

„John!", sagte Mary streng. „Sie ist längst erwachsen. Sie trifft..."

„Aber wann hört denn dann diese Rumtreiberei endlich auf? Wer denkt sie denn, wer sie ist?", wollte John wissen. Wann war aus seinem kleinen Mädchen mit den Lackschuhen, diese junge Frau geworden, die er nicht mehr verstand?

„Das versucht sie ja herauszufinden!"

„Was gibt es da herauszufinden? Sie ist Brigid Sullivan, wer sonst?!", gab er polternd zurück.

„Jetzt stell dich nicht dümmer als du bist, John!", seufzte Mary. „Sie ist genauso wie du. Sie will mehr vom Leben, genau wie du damals. Oder hast du vergessen, wie es war, als du deinem Vater gesagt hast, dass wir Irland verlassen?!"

„Das war etwas ganz anderes. Man hatte mir einen Job angeboten. Wir waren schon verheiratet. Wir sind hierher gegangen, um ein besseres Leben zu haben."

„Nichts anderes wünscht sich unser Kind."

„Dann soll sie nach London gehen, wie Finn", gab er sofort zurück, aber Mary sah ihn nur schweigend an. „Ist ja gut", lenkte er ein und seufzte. „Sie ist anders als Finn, das weiß ich doch. Aber was soll ich denn tun? Sie war nun schon auf Weltreise. Und was hat es gebracht? Nichts. Sie wirbelt noch genauso durchs Leben wie vorher." Er hob hilflos die Hände.

„Nur das, was alle Eltern tun, ihr deine Liebe zeigen", erinnerte Mary ihn und tätschelte seinen Arm. „Und jetzt geh hoch und fahr sie zum Bahnhof."

Zweifelnd sah er sie an, verkniff sich aber einen Kommentar. Seine Frau hatte für zwischenmenschliche Beziehungen ein viel besseres Gespür als er. Mittlerweile wusste er, wann es besser war auf sie zu hören. Also stand er auf, strich Mary über die Schulter und lief die Treppe nach oben.

„Bist du soweit?", fragte er nachdem er an ihre offene Tür geklopft hatte. Erst dann sah er, wie sie verzweifelt versuchte den Reißverschluss des Koffers zu schließen.

„Einen Moment noch!" Bree hüpfte ärgerlich auf den Trolley und zerrte wieder am Reißverschluss. „Jetzt geh schon zu, du Mistding! Wehe ich muss wieder den Rucksack nehmen!", schimpfte sie.

John verkniff sich ein Grinsen als er näher trat. „Lass mich mal."

„Ich weiß gar nicht, warum er sich nicht schließen lässt. Ich habe sogar weniger Sachen mit als beim letzten Mal!", sagte sie und versuchte sich extra schwer zu machen. Was gar nicht so einfach war. Im Gegensatz zu ihrem Vater und ihren Brüder war sie klein und eher zart. Finn hatte sie früher immer damit aufgezogen und angedeutet, sie sei eigentlich ein Kind der Feen. Sie hatte den Vergleich nie gemocht und ihren Bruder regelmäßig versucht zu beweisen, dass sie sehr wohl eine starke Sullivan war.

„Naja, Wintersachen sind eben dicker, als ein paar Bikinis", antwortete John und zog mühsam an dem, für seine Hände, viel zu kleinen Verschluss.

„Ja", stimmte Bree und zu schlug vor: „Vielleicht sollten wir tauschen. Du setzt dich auf den Koffer und ich ziehe zu."

„Wenn ich mich auf den Koffer setze, musst du doch deinen großen Reiserucksack nehmen", entgegnete er mit einem schiefen Grinsen. „Ich hab's ja gleich!" Und richtig, plötzlich lief es und mit einem Mal war der Koffer zu. John richtete sich auf und sah sich um. „Ist das alles oder soll ich noch etwas in Auto laden?"

„Ich habe nur noch meinen Rucksack", antwortete Bree und deutete auf besagtes Teil.

John zog die Augenbrauen hoch. „Na, ob da das Carepaket deiner Ma reinpasst..."

Aber Bree lachte nur. Die Lunchtüten ihrer Mutter waren schon zu ihren Schulzeiten legendär gewesen.

John sah seine Jüngste an und strich ihr übers Haar. Auch wenn sie erwachsen war, wie seine Frau sagte, irgendwie war sie immer noch sein kleines Mädchen.

Bree sah zu ihrem Vater auf. Ja, sie stritt mit ihm mehr, als mit ihrer Ma. Aber sie verstanden sich auch auf einer ganz anderen Ebene. „Danke Dad!", sagte sie und war sich sicher, dass er wusste, wie allumfassend sie es meinte.

Stunden später betrat Bree die Lobby des Hostels, das sie in Stockholm gebucht hatte. Weil Milla zu viel zu tun haben würde, um ihr das Land zu zeigen, hatte Bree beschlossen sich in den ersten Tagen die Hauptstadt anzusehen und noch ein paar Weihnachtsgeschenke für ihre Familie zu besorgen. Schon bevor ihr Dad angefangen hatte, sich darüber zu beschweren, hatte sie entschieden ein tolles Schwedenpaket für sie zusammenzustellen und ihnen zu schicken. Außerdem hatte sie nur Gutes über die

Stadt gehört und war nun sehr neugierig. Sie hatte auch schon einen Plan. Sie würde sich auf jeden Fall das Schloss ansehen, durch die Gamla Stan bummeln und eigentlich wollte sie sich auch noch im Vasa-Museum das Schiff ansehen, das direkt bei seiner Jungfernfahrt sechzehnhundertirgendwas gesunken ist. Davon hatte ja alle Welt berichtet und natürlich jede Menge Zimtschnecken verdrücken. Und wenn sie damit fertig wäre, würde Millas Freund Nick mit ihr nach Österholm fahren und sie würde endlich Millas Pension und Yogastudio Blåbärsskog sehen. Sie konnte es kaum erwarten!

***

„Ach hier bist du!", sagte Milla und blieb im Türrahmen stehen. Nick stand in ihrem gemeinsamen Schlafzimmer und packte eine kleine Reisetasche. Der Anblick ließ immer wieder ihr Herz schneller schlagen. Sie hatte ja gewusst, dass es zu seinem Beruf als freier Fotograf gehörte, dass er unterwegs wäre und natürlich akzeptierte sie es. Was wäre ihre Liebe wert, wenn sie ihn und seinen Freiheitsdrang ändern wollen würde? Aber dennoch musste sie jedes Mal mit ihrem Verstand gegen ihre Angst argumentieren. Dabei war er, seitdem sie zusammen waren, sogar die meiste Zeit bei ihr auf Blåbärsskog. Und auch jetzt fuhr er lediglich für zwei Tage nach Stockholm.

„Du hast mich gesucht?" Mit einem verschmitzten Lächeln drehte er sich zu ihr um. „Wolltest du etwas Bestimmtes?", hakte er nach und sah bedeutungsvoll zwischen ihr und dem Bett hin und her.

Sie lachte auf. „Eigentlich wollte ich dich fragen, ob du mit mir Fika machst."

Mit einem Satz war er bei ihr und hielt sie im Arm. „Fika ist eine sehr gute Idee!", rief er aus und warf sich schwungvoll mit ihr aufs Bett.

„Nick!", quiekte sie. „Wir können nicht... Was soll Mia denken?!" Milla hatte die junge Frau als Köchin eingestellt, denn ihre eigenen Kochkünste hielten sich deutlich in Grenzen.

„Das ich nicht genug von dir bekommen kann?", schlug er vor und küsste sie.

Augenblicklich entspannte sie sich. Alle komischen Gedanken von eben waren wie weggepustet. Jetzt existierten nur noch sie zwei.

„Ich könnte den Rest des Tages hier bleiben", flüsterte Nick und Milla seufzte glücklich. Eigentlich müsste sie noch tausend Dinge tun, stattdessen lag sie mitten am Tag mit ihrem Freund nackt im Bett und es war ihr egal. Hatte sie nicht auch deshalb ihre Karriere in den Hotels ihres Vaters aufgegeben?! Ein leises Kichern gluckerte in ihr auf. Also nicht, um mitten am Tag ein Schäferstündchen zu halten. Was sie gewollt hatte, war ein selbstbestimmtes Leben auf dem Land ganz ohne Großstadthektik und permanenten Termindruck. Es war die richtige Entscheidung gewesen, aber trotzdem musste sie jetzt aufstehen und weiter arbeiten. Morgen reiste das reizende dänische Ehepaar ab, was wirklich schade war, denn dann waren sie mit den griesgrämigen Deutschen allein bis Bree kam.

„Ich auch, aber noch haben wir Gäste und die Yogakurse planen sich auch nicht allein", antwortete sie und gab ihm einen Kuss. „Also muss ich jetzt aufstehen."

„Geh nicht!" Nick schlang seine Arme um sie und küsste sie leidenschaftlich.

Auch wenn es ihr schwerfiel, löste sie sich von ihm. „Ich muss. Aber vielleicht kann ich dich mit Mias Mandeltorte locken?"

„Mandeltorte ist ein kläglicher Ersatz für deine Küsse", bemerkte er seufzend. „Aber wenn das alles ist, was ich bekommen kann..."

„Du bist unersättlich!" Sie schüttelte lachend den Kopf und stand endlich auf, um sich anzuziehen. „Was soll das noch werden?"

„Ein überaus glückliches und unendlich langes gemeinsames Leben", antwortete er mit einem zufriedenen Lächeln und Milla wurde es warm ums Herz. Sie hielt inne und lächelte ihn an. „Ich liebe dich", sagte sie.

Als Milla wieder in die Küche kam, schenkte Mia ihr ein wissendes Lächeln, das sie von der sonst so zurückhaltenden Anfang Zwanzigjährigen nicht erwartet hätte. Aber stille Wasser waren ja oft tief und Milla stellte erschrocken fest, dass sie mit ihrer Angestellten bis jetzt nur über Lebensmittel und Rezepte gesprochen hatte. Das musste sich ändern, schließlich sollte ihre Pension sich für ihre Gäste doch wie ein Zuhause anfühlen und dazu gehörte, dass sie zu den Menschen, die für sie arbeiteten eine Bindung hatte. Während sie noch überlegte, was sie Unverfängliches zu ihr sagen konnte, klopfte es an die Hintertür und Erik Sandberg betrat die Küche.

„Erik!", rief Milla aus. „Was für eine Überraschung. Wolltest du nicht erst nächste Woche kommen? Oder gibt es Schwierigkeiten?", erkundigte sie sich. Erik und sein Team hatten ihr maßgeblich beim Ausbau der Pension geholfen und sollten, sobald ihr Terminplan und das Wetter es zuließ, aus der alten Scheune eine Ferienwohnung machen.

„Hej Milla, hej Mia", begrüßte Erik die zwei. „Naja, wie man's nimmt. Die Bodendielen, die du haben wolltest, gibt es nicht mehr."

„Hej Erik, Fika?", fragte Mia leise und schielte schüchtern unter ihrem blonden Pony zu Erik hoch.

„Kaffee klingt sehr gut!", antwortete er. „Ich habe Muster mitgebracht, die so ähnlich sind", wandte er sich wieder an Milla.

Die sah auf die verschiedenen kleinen Bretter in seiner Hand und seufzte innerlich. Es war ja irgendwie immer dasselbe mit Baustellen. Egal, wo auf der Welt. „Dann setz dich und zeig sie mir", sagte sie.

In dem Moment kam Nick in die Küche. „Hi Erik! Wie geht's?", rief er erfreut aus. In den letzten Monaten hatten sie oft zusammengearbeitet, um Millas Traum wahr werden zu lassen und sich dabei angefreundet.

„Kann mich nicht beklagen."

„Sehr schön!" Nick setzte sich und zog sich sofort einen Teller mit Mandeltorte heran. „Hat Milla dich schon zu unserer Weihnachtsparty eingeladen?", erkundigte er sich.

Erik sah überrascht auf. „Ihr plant eine Weihnachtsfeier?"

„Ja. Nachdem die Einweihungsparty so gut angekommen ist, dachten wir, dass wir das unbedingt wiederholen müssen. Am 20. Dezember abends", antwortete Milla und lächelte.

„Nach der Theateraufführung der Grundschule?", hakte Erik nach und fügte, als er Nicks fragenden Blick sah, hinzu: „Ich helfe jedes Jahr bei den Kulissen."

„Genau, danach. Du kommst doch?!", versicherte sich Milla. „Mia macht den berühmten Kartoffelsalat ihrer Oma."

„Na dann kann ich unmöglich nein sagen", antwortete Erik und zwinkerte Mia zu, die ein klitzekleines bisschen errötete.

„Cool! Sag mal Erik, steht dein Angebot, mir deinen Van auszuleihen, noch?", erkundigte sich Nick und probierte von dem Kuchen. „Oh Mia! Das ist köstlich!"

„Danke!" Mia lächelte.

„Du willst jetzt campen gehen? Im Dezember?!", fragte Erik und lachte. „Entweder bist du total verrückt oder du hast keine Ahnung, wie kalt es werden kann."

„Haha, sehr witzig." Nick grinste. „Die Kälte macht mir nichts aus. Ich habe dicke Klamotten. Aber ich will unbedingt Fotos machen und ich bleibe auch nur ein oder zwei Nächte weg."

„Klar, meinetwegen. Sieh nur zu, dass du nicht im Schnee stecken bleibst." Erik zuckte mit den Schultern. „Sag mir Bescheid, wenn du weißt, wann es losgehen soll."

**

Bree hatte eigentlich beschlossen am ersten Tag sich nicht gleich in den Kampf um die Weihnachtsgeschenke zu stürzen. Als sie dann aber ganz entspannt durch die geschmückte Altstadt von Stockholm lief und sich treiben ließ, sah sie einen kleinen, niedlichen Laden nach dem anderen und so war sie unversehens nach nicht einmal zwei Stunden fertig. Für ihren Dad hatte sie ein traditionelles Buttermesser aus Holz, ein sogenanntes *Smörkniv*, gefunden. Für ihre Mum und für Milla hatte sie unglaublich tolle Naturkosmetik, plastikfrei und vegan in einer wundervollen kleinen Manufaktur erstanden. Und außerdem eine ganze Ladung Lakritz und andere schwedische Süßigkeiten ihren Eltern und allen anderen Verwandten besorgt.

Nun saß sie überaus zufrieden in einem kleinen und anscheinend sehr beliebten Café, vor sich eine heiße Schokolade und ein großes Stück Schokokuchen mit dem klangvollen Namen *Kladdkaka*. Was war das Leben herrlich! Dass sie heute erst angereist war, konnte sie selbst kaum fassen.

Morgen wollte sie sich dann das Schloss ansehen. Ob sie es am selben Tag noch ins Vasa-Museum schaffte? Denn sie überlegte ernsthaft ob sie ins ABBA Museum gehen sollte. Die Musik der vier erinnerte sie sehr an ihre Kindheit, denn ihre Mutter hatte die Songs immer und immer wieder beim Putzen und Kochen in voller Lautstärke gehört. Und außerdem faszinierten sie Geschichten von anderen Menschen immer mehr, je älter sie wurde.

Plötzlich kam ein gutaussehender junger Mann mit unglaublich hellblauen Augen auf sie zu und fragte: „Är det här sätet gratis?"

Bree lächelte freimütig. „Sorry, ich spreche leider kein Schwedisch."

„Eine echte Britin!", freute er sich. „Hi, ich bin Tjorve. Darf ich mich zu dir setzen, es ist leider kein anderer Platz mehr frei."

„Hallo Tjorve, ich bin Bree und bitte, setz dich gern!" Sie machte eine einladende Handbewegung.

„Danke, das ist nett. Wie ich sehe, haben wir beide dasselbe Schicksal", sagte er ironisch und deutete auf Brees Einkäufe.

„Wie bitte?", fragte sie verwundert. Sie fragte sich noch immer, ob seine Augenfarbe echt war. So etwas hatte sie noch nie gesehen. Aber dann verstand sie, was er meinte und lachte auf. „Naja, du, ich und alle anderen hier." Sie wies auf die anderen Sitzplätze auf denen erschöpft aussehende Großstädter saßen, umringt von Einkaufstaschen mit Weihnachtsgeschenken.

Auch er lachte und setzte sich. „Aber du bist doch nicht nur wegen der Weihnachtseinkäufe nach Stockholm gekommen, oder? Die Stadt hat so viel mehr zu bieten."

Bree grinste in sich hinein. Es war überall auf der Welt dasselbe. Egal, wo sie hinkam, die jungen Männer wollten ihr immer die besten Restaurants, schönsten Aussichtspunkte und romantischsten Plätze zeigen. Und auch wenn die Sätze sich glichen, die Jungs taten es nie und die Orte, die sie ihr zeigten, waren es immer wert, dass sie sie sah. Abgesehen davon machte es einen unglaublichen Spaß. Also beugte sie sich auch jetzt ein wenig vor, um nicht schreien zu müssen – in den letzten Minuten schien eine ganze Busladung neuer Gäste angekommen zu sein – und antwortete: „Ach ja? Was denn zum Beispiel?"

Kapitel 3
Mittwoch, 4. 12.

Zwei Tage später stand Bree auf dem Bahnhof und hielt Ausschau nach dem großen, blonden Nick Bedford. Sie konnte es immer noch nicht fassen, dass ausgerechnet ihre Freundin mit dem Typen zusammen war, für den während ihrer Schulzeit alle Mädchen geschwärmt hatten. Wo steckte er nur? Der Zug stand schon längst hier und würde in fünf Minuten abfahren! Sie stellte sich auf die Zehenspitzen und sah sich um. Sie war auf dem richtigen Bahnsteig, dass hatte sie dreimal überprüft. Seufzend sank sie wieder auf ihre Füße. Wenn sie sich in Kalkutta treffen würden, hätte sie ihn sicher schon längst entdeckt. Aber hier in Schweden war groß und blond leider alles andere als ein Alleinstellungsmerkmal.

„Bree!"

Sie reckte den Kopf und suchte.

„Hier!"

Da war er. Endlich! Erleichtert atmete sie aus.

„Sorry. Ich hatte nur alte Menschen und Familien mit Kindern vor mir", erklärte Nick, der ein wenig abgehetzt aussah. Auch er atmete erst einmal tief durch. Dann machte er eine auffordernde Geste. „Wollen wir?"

„Ja, wir wollen." Sie nickte und lief zur Zugtür. Den Fuß auf der ersten Stufe, drehte sie sich zu ihm um. „Hallo erst mal!"

Er schenkte ihr ein schiefes Lächeln. „Hallo Bree, schön dich zu sehen!", antwortete er. Dann stiegen sie ein und suchten ihre Plätze.

„Wie geht's dir?", erkundigte er sich, während er ihren Koffer ins Gepäcknetz hob.

„Wenn ich ehrlich sein soll, bin ich genauso müde, wie du aussiehst", antwortete sie und entschied ihren dicken Schal anzubehalten. Nur die Vorfreude auf Milla hatte sie heute früh aus dem Bett steigen lassen. Tjorve hatte ihr gefühlt ALLES von der Stadt gezeigt und so war sie in den letzten zwei Tagen nur auf den Beinen gewesen. Aber es hatte sich gelohnt. Die Erinnerung ließ sie lächeln.

„Dann lass uns doch eine Runde schlafen. Wir fahren eine ganze Weile", schlug er vor und ließ sich ebenfalls auf den Sitz fallen. Sie saßen sich an einem Tisch gegenüber, so dass er seine langen Beine ausstrecken konnte.

„Das ist eine sehr gute Idee!" Sie strahlte ihn an und verschwand dann halb unterm Tisch, um ihre Stiefel auszuziehen, so würde sie sich besser einkuscheln können. „Und wir verpassen nicht unsere Station?", fragte sie nach.

„Nein!", versprach er. „Ich passe auf!"

***

„Wow! Du hast ja richtig gut gepackt!", staunte Milla, als Bree Stunden später in ihrem Zimmer auf Blåbärsskog ihren Koffer auspackte.

Bree drehte sich um und stemmte entrüstet die Arme in die Seite. „Was hast du erwartet? Dass ich in Batikshorts und geflochtenen Sandalen auftauche?", fragte sie und beschrieb damit exakt das Outfit, dass sie getragen hatte, als sie sich in Sri Lanka kennengelernt hatten.

Milla zog die Schultern hoch. „Naja, ich kenne dich nur in Sommersachen..."

„Ach Süße, du weißt doch, dass ich Irin bin. Die wissen, wie man sich warm anzieht", antwortete Bree und legte eine weitere gefütterte Leggings zu den

Wollpullovern in den Schrank. „Das nervt mich an Filmen und Büchern immer so. Die Städterin kommt in die Wildnis und hat nur High Heels und dünne Blüschen dabei." Bree verdrehte die Augen und Milla lachte.

„Ja, genau! Und dann muss sie einkaufen gehen und es gibt nur diesen einen Laden, in dem es auch Angelzeug und sowas gibt!"

„Bei ersten Mal war das ja vielleicht noch lustig. Aber weißt du, was mich dabei echt sauer macht? Dass dabei suggeriert wird, Frauen seien nicht in der Lage vorrausschauend für sich selbst zu sorgen." Bree warf die Arme in die Luft. „Ich mein, den Wetterbericht versteht ja nun wirklich JEDER!"

„Ich bin ganz deiner Meinung und wir können, während du hier bist, sämtliche dieser Filme und Bücher im Internet rezensieren, aber jetzt will ich wissen, wie dir Stockholm gefällt! Es tut mir so leid, dass ich dir die Stadt nicht zeigen konnte. Aber ich..."

„... hör auf! Ich weiß doch, dass du hier zu tun hattest!" Bree setzte sich zu Milla aufs Bett und drückte sie kurz. „Deswegen hat..." Sie wackelte vielsagend mit den Augenbrauen und grinste. „...Tjorve mir die Stadt gezeigt!"

„Nein!", rief Milla aus.

„Doch!" Bree grinste noch breiter.

„Wie machst du das nur? Mich sprechen immer nur alte Damen an und fragen nach dem Weg." Sie seufzte.

„Entschuldige mal!", rief Bree. „Du hast dir den heißesten Briten aller Zeiten geschnappt. Und er ist nicht nur heiß, sondern auch reich und talentiert. Er ist wie Prinz Harry, nur ohne die durchgeknallte Familie."

„Nick ist tausendmal besser als Prinz Harry!",
erklärte Milla. „Und falls du es vergessen haben
solltest. Schweden hat auch ein Königshaus."

„Ach, dieser Gustav ist doch lahm. Viel zu brav!"

„GUSTAV!!!" Milla lachte schallend los. „Der Prinz
heißt doch nicht Gustav. Das ist der Vater und der
heißt Carl Gustav."

„Siehst du, das meine ich", antwortete Bree ernst
und stand wieder auf. Ein paar Sachen waren noch in
ihrem Koffer. „Niemand weiß, wie der Prinz heißt.
Das einzig aufregende an der schwedischen
Königsfamilie war, dass Viktoria sich in ihren
Fitnesstrainer verliebt hat."

„Was du alles weißt!", staunte Milla und musste
immer noch kichern.

„Ich bin Friseurin. Klatsch gehört zu meinem
Beruf."

„Ach, und was ist mit der kleinen Schwester? Die
nun in Amerika lebt und sich aus ihrer Verantwortung
zieht? Ist das kein aufregender Klatsch?", wollte Milla
wissen.

„Ach was!", winkte Bree ab. „Nur die Langweiler
wollen noch fürs Königshaus arbeiten. Das sieht man
doch überall in Europa." Sie zog eine Schublade der
weißen Kommode auf und warf ihre Socken hinein.
Ihr wunderschönes Zimmer befand sich im ersten
Obergeschoss der Pension. Es war als würde sie im
Wald schlafen, denn direkt vor ihrem Fenster standen
ein paar Tannen, die auch jetzt im Dezember für
einen grünen Ausblick sorgten. Den See konnte sie
nicht sehen, ihr Zimmer lag auf der anderen Seite des
Hauses. Aber das Beste war ohnehin, das
nigelnagelneue Badezimmer. Es war für Bree der
Inbegriff des Luxus. Nur in ein oder zwei Urlauben
hatten die Hotels mit einem neuen Bad aufwarten
können, ansonsten lebte Bree seit sie denken konnte,

mit Bädern die 30 Jahre und älter waren. Natürlich hatte sie auf ihrer Weltreise ganz andere Wohnungen gesehen, schließlich lief sie nicht mit Scheuklappen durch die Welt, und gerade deswegen freute sie sich besonders hier sein zu dürfen.

„So! Das war's!", sagte Bree und drehte sich zu Milla um. „Was machen wir jetzt? Zeigst du mir den Rest des Hauses? Oder bekomme ich noch einen Kaffee? Ich würde auch gern noch den See sehen, bevor es dunkel wird."

„Ja, das können wir alles machen!" Milla lachte und stand auf. „Willst du auch noch eine Zimtschnecke? Mia hat extra für dich welche gebacken."

„Oh ja!", rief Bree aus. „Du hast in deinen Nachrichten so von ihren Backkünsten geschwärmt. Wir können den Kaffee ja mit zum See nehmen. Quasi ein Coffee to-go."

„Wenn dann Fika to-go." Milla öffnete die Zimmertür und begann langsam die helle Holztreppe hinabzugehen. „Obwohl wir Schweden uns traditionellerweise dazu gemütlich hinsetzen."

„Sei mir nicht böse, aber für heute habe ich genug gesessen", sagte Bree und folgte ihr. „Muss ich eigentlich das Zimmer abschließen?"

„Tu das bitte. Noch haben wir Gäste und auch wenn ich nicht glaube, dass etwas passiert..."

„Aber sicher ist sicher", beendete Bree den Satz und zückte ihre Zimmerschlüssel.

Milla hatte ihre Pension, in dem hauptsächlich zeitlose, skandinavische Möbel standen, gekonnt mit kleinen, aber feinen Details zu einem Zuhause gemacht. Es war modern und doch gemütlich. Vorhin waren sie auf direktem Weg in Brees Gästezimmer gelaufen, aber nun wandte ihre Freundin sich am Fuß der Treppe nach rechts und schon standen sie in einem großzügigen Esszimmer, in dem verschiedene Tische verteilt standen. Durch die vielen Fenster glich er beinahe einem Wintergarten. Im Frühjahr und Sommer war er bestimmt lichtdurchflutet, nun aber sorgten kleine Wand- und Tischleuchten für eine kuschlige Atmosphäre. Verstärkt wurde der Eindruck von den roten und weißen Weihnachtssternen, die Milla auf den Tischen platziert hatte.

„Du hast ja sogar schon einen Tannenbaum!", staunte Bree und trat näher, um sich die Anhänger genau anzusehen. „Süß! In Stockholm habe ich diese Pferde auch überall gesehen."

„Ja, den Dalapferden entkommt man in Schweden nicht und irgendwie erwarten die Touristen sie auch." Milla grinste. „Also habe ich ein paar für den Baum besorgt."

„Ich liebe auch diese Strohsterne!", antwortete Bree, dann stutzte sie. „Aber ich dachte, hier wird um den Baum herum getanzt. Das geht jetzt ja gar nicht, wenn er hier in der Ecke steht."

„Aber erst an Weihnachten tanzen wir, nicht schon Wochen vorher mit einem voll beladenen Frühstücksteller", antwortete Milla. „Komm, ich zeig dir die Küche. Du wolltest doch einen Kaffee."

„Vergiss die Zimtschnecke nicht!"

Die Küche war funktional eingerichtet und penibel sauber. Dass sie trotz der Edelstahlfronten gemütlich wirkte, lag vor allem an dem großen Holztisch in der Mitte des Raumes. Hier konnte man nicht nur arbeiten, sondern sich auch hinsetzen und einen Kaffee trinken. Neben einer vollen Obstschale standen dort die versprochenen süßen Gebäckstücke bereit. Milla nahm zwei Thermobecher aus einem der Schränke und begann mit der Zubereitung von zwei Cappuccinos.

„Nimm dir ruhig schon eine Schnecke", sagte sie. „Und ehe ich es wieder vergesse: Wie ist der neue Job bei dieser Fernsehshow?"

„Sehr gut! Es war wirklich ein Glücksgriff. Die Bezahlung kann sich sehen lassen, ich kann viel frisieren und das Beste ist, dass ich jetzt erst einmal frei habe. Die Staffel ist gerade abgedreht und alle machen Weihnachtspause. Im Januar geht es wieder los."

„Alle machen einen ganzen Monat Pause?", wunderte sich Milla.

„Naja, die Show macht Drehpause. Einige haben noch andere Jobs. Die Schauspieler haben Werbeaufträge und andere Projekte, die Technikleute helfen bei irgendwelchen Events und Weihnachtsgalas, was weiß ich." Bree zuckte mit den Achseln. „Ich bin jedenfalls froh, mal wieder unterwegs zu sein und etwas anderes zu sehen. Dich zu sehen!" Sie strahlte und nahm einen Bissen von der Zimtschnecke. „OH MEIN GOTT!", stöhnte sie gleich darauf. „Ist das GUT!"

„Scheint, als käme ich genau im richtigen Augenblick", erklang da Nicks gutgelaunte Stimme. „Ach so, ihr esst etwas", stellte er enttäuscht fest.

„Nicht etwas, sondern das hier!", antwortete Bree.

„Also wenn du schon auf ein Stück Gebäck SO reagierst, sollten wir die Weihnachtsfeier doch eher steigen lassen", zog er Bree grinsend auf.

„Jetzt tu nicht so, du liebst Mias Kanelbullar auch", erinnerte Milla ihn.

„Vor allem liebe ich dich!", antwortete er und gab ihr einen langen Kuss.

„Soll ich allein zum See gehen?", erkundigte sich Bree und leckte sich langsam den Zuckerguss von den Fingern.

„Ja, bitte. Immer der Nase nach." Nick machte eine wedelnde Handbewegung, bevor er Milla wieder näher an sich heranzog. Immerhin hatte er sie fast drei ganze Tage nicht gesehen.

„Alles klar!" Mit einem dicken Grinsen schnappte sich Bree noch eine Zimtschnecke zu ihrem Kaffee und verschwand durch die Hintertür.

„Also wirklich!" Spielerisch klopfte Milla ihm auf die Schulter. „Ich dachte, deine Mutter hätte dir Manieren beigebracht."

„Bitte, sprich nicht über meine Mum, wenn ich gerade an dich und unser Bett denke!", bat er, bevor er begann zarte Küsse auf ihren Hals zu hauchen.

„Schatz..." Seufzend lehnte sie sich an ihn. Sie hatte ihn auch vermisst. „Ich muss zu Bree..."

„Ich weiß." Er gab ihr einen letzten Kuss und ließ sie los. „Wir sehen uns heute Abend."

„Ich freu mich schon", antwortete sie und verließ mit einem Lachen und den zwei Fleecejacken, die immer neben der Hintertür hingen, das Haus.

Die Dämmerung hatte schon eingesetzt und nach und nach leuchteten die Laternen, die den Weg zum See säumten, auf. Die letzte Laterne hing in der Mitte des Steges über dem Geländer. Milla sah, dass Bree sich hingesetzt hatte und die Beine über dem Wasser baumeln ließ. Die Schatten wurden länger und tiefer, die Bäume am Ufer wirkten wie aus einem verwunschenen Märchenland.

„Süße, der See ist der Wahnsinn!", sagte Bree, als sie Milla bemerkte. „Jetzt kann ich verstehen, warum du unbedingt hier leben willst!"

„Vorher nicht?", fragte Milla und hielt Bree eine der Jacken hin.

„Naja, ich konnte es mir einfach nicht vorstellen, dass du hier mitten im Nirgendwo leben möchtest. Du bist schließlich noch jung", versuchte Bree zu erklären.

„Und junge Menschen leben nicht auf dem Land?", erkundigte sich Milla mit einem Schmunzeln, während sie sich ebenfalls setzte

Bree verdrehte die Augen. „Du weißt, was ich meine. Irgendwie ist es doch so, dass man nur alte Leute und Familien auf dem Land sieht."

„Bree, das ist ein Klischee. Und wer weiß, vielleicht will ich ja auch eine Familie haben..."

„Was? Wieso?" Erschrocken sah Bree ihre Freundin an.

„Wieso nicht? Ich mag Kinder." Milla sah weiter auf den See hinaus. Sie konnte Bree ihre Überraschung nicht verdenken. Sie hatten seit sie sich kannten über vieles gesprochen, aber weiter als bis zu ihren Plänen von der Pension waren sie nicht gekommen. Eigentlich hatten sie in Asien hauptsächlich über Gott und die Welt gesprochen, weniger über Persönliches. Milla wusste selbst, dass sie immer etwas Zeit brauchte, bevor sie jemandem vertraute und etwas von sich preis gab.

„Ich mag Kinder auch, aber deswegen muss ich ja nicht gleich welche kriegen!", antwortete Bree entschieden. „Weiß Nick davon???"

„Klar, weiß Nick davon." Milla sah Bree an und musste sich ein Grinsen verkneifen, als sie Brees entgeistertes Gesicht sah. „Er möchte auch welche", schob sie noch hinterher.

„Niemals! Nicht Nicholas Bedford! Er ist doch der Inbegriff von Freiheit", protestierte Bree. Seit sie denken konnte, war der jüngste Sohn der Familie Bedford in der Weltgeschichte herumgereist, hat Fotos und was sonst noch alles gemacht.

Jetzt musste Milla doch lachen. „Ich war genauso überrascht, wie du, als er davon angefangen hat..."

„ER HAT DAVON ANGEFANGEN? Ich glaube es einfach nicht. Er hat sich NIE für irgendwelche Familiensachen interessiert, er hatte nicht mal eine feste Freundin…"

„Soweit du weißt", bemerkte Milla. Sie wusste, dass Bree Nick eben nur von Weitem kannte. Sie waren nicht einmal auf dieselbe Schule gegangen. Alle Bedfords besuchten traditionellerweise ein Internat.

„Ja, du hast recht", gab Bree zu. „Ich weiß es nicht hundertprozentig. Aber ist denn schon irgendwas geplant? Bist du etwa schon schwanger?" Sofort blickte sie prüfend auf Millas Bauch. Aber der sah genauso flach aus, wie immer. Wenn überhaupt war sie in den letzten Monaten noch dünner geworden.

„Nein! Ich bin nicht schwanger. Nur weil wir beide es uns vorstellen können, heißt das noch lange nicht, dass wir SOFORT eine Familie gründen. Wir sind gerade mal ein halbes Jahr zusammen!", entgegnete Milla. „Außerdem habe ich mit der Pension und dem Yogastudio genug zu tun."

„Isst du genug?", erkundigte sich Bree jetzt besorgt. Sie hatten eine ganze Weile nicht mehr ausführlich gesprochen. „Wie läuft es denn?"

„Ja, ich esse genug. Bitte mach dir jetzt nicht auch noch Sorgen. Es reicht, wenn Nick permanent um mich herumscharwenzelt. Ich nehme immer ab, wenn es stressig wird. Das wird auch wieder mehr!" Milla winkte ab. „Denn es läuft wirklich gut! Wir hatten einen tollen Start, dafür dass wir zum Ende der Saison eröffnet haben. Ich bin zufrieden."

„Wäre es nicht schlauer gewesen, die Eröffnung zu verschieben?", erkundigte sich Bree interessiert.

„Schlauer vielleicht. Aber ich hatte schon so lange gewartet. Irgendwie hatte ich auch Angst, dass ich mein Versprechen, Drohung oder was auch immer, nicht halte, wenn ich es jetzt nicht durchziehe." Milla lächelte schief. Bree war zwar nicht dabei gewesen, aber Milla hatte ihr von dieser entscheidenden Begegnung mit ihrem Vater erzählt.[1]

„War dein Dad denn schon einmal hier?"

„Nein." Milla schüttelte den Kopf und nahm endlich einen Schluck von ihrem Kaffee. „Habe ich dir schon erzählt, dass mein wöchentlicher Yogakurs komplett ausgebucht ist?", wechselte sie das Thema. „Ich könnte sogar noch einen zweiten machen. Und letztens habe ich einen Eltern-Kind-Workshop abgehalten und der ist super angekommen! Du hättest die Atmosphäre spüren müssen. Es war so schön!"

„Ich liebe deine Yogastunden auch", antwortete Bree und Milla lachte.

„Du machst doch nie mit!"

„Deswegen kann ich sie doch trotzdem toll finden!" Bree grinste und stand auf. „Können wir wieder reingehen? Langsam wird mir kalt."

„Ich dachte schon, du fragst nie!", antwortete Milla und sprang auf die Füße. „Wir wollen uns ja nicht schon zu Beginn deines Besuches erkälten."

„Auf gar keinen Fall!"

---

[1] Wenn du auch wissen willst, was passiert ist, dann lies „Sommerfrische auf Gracewood Hall". Dort wird Millas und Nicks Kennenlerngeschichte erzählt.

Kapitel 4
Donnerstag, 5.12.

„Du wirst sehen, in Ingrids Café gibt es das beste Frühstück weit und breit!", versicherte Milla und zog die morgenmufflige Bree mit sich.

„Aber warum konnten wir denn nicht einmal einen Kaffee bei dir trinken?"

„Macht dich die kalte Luft nicht munter?", fragte Milla.

„Nein, kalte Luft mich macht kalt. Kaffee macht munter", antwortete Bree und vergrub sich tiefer in ihren dicken, knallroten Schal. Ihre Tante hatte ihn, nach ihren Wünschen, selbstgestrickt und wenn sie ihn ausbreitete, konnte sie sich wie in einer Decke darin einkuscheln. Das war auf Reisen unglaublich praktisch. Ihr Vater fand ihn furchtbar, er meinte sie würde darin versinken. Er verstand einfach nicht, dass es genau das war, was Bree an dem Teil so liebte.

„Wir sind ja schon da!", verkündete Milla und blieb vor einem, der vielen süßen Holzhäuser der Hauptstraße stehen. Dieses war zartblau gestrichen und hatte eine kleine Terrasse. Im Sommer konnte man dort wahrscheinlich ganz wunderbar sitzen und die Leichtigkeit des Seins genießen. Jetzt allerdings waren die Stühle und Tische verschwunden und stattdessen standen zwei halbhohe Tannenbäumchen in Töpfen Spalier. Ein altmodischer Schlitten stand geradeso daneben, als hätte irgendein Kind, ihn nur kurz abgestellt. Der heimelige Eindruck wurde durch echte Kerzen, die in riesigen Windlichtern brannten, verstärkt. Milla ging die drei Stufen nach oben und öffnete die Tür auf. Erleichtert huschte Bree ins Innere. Sie war wirklich mehr als bereit für einen starken Kaffee.

„Habe ich dir zu viel versprochen?", erkundigte sich Milla, nach dem sie ihrer Freundin eine Weile beim Essen zugesehen hatte.

Bree schüttelte grinsend den Kopf. „Nö, hast du nicht. Es ist toll hier und das Essen ist wirklich unbeschreiblich!" Sie deutete mit ihrer Gabel auf den reichlich gedeckten Tisch. Milla hatte von allem etwas bestellt. Knäckebrot mit Ei, Lachs und Hering mit Dill und Brot, Roggenporridge mit Beerenkompott und natürlich reichlich Kaffee. „Nur diese Milch, die geht gar nicht!" Bree deutete mit verzogenem Gesicht auf die Schale mit Dickmilch.

Milla lachte. „Na gut, du musst sie nicht probieren. Bestell dir doch zum Ausgleich noch eine Zimtschnecke."

„Wenn ich die noch esse, platze ich." Bedauernd sah Bree zur Kuchentheke hinüber.

„Wir können auch welche für später kaufen. Nick freut sich bestimmt." Verschwörerisch beugte sie sich vor und flüsterte: „Obwohl sein heimlicher Favorit die Prinzessinnentorte ist!"

Bree lachte amüsiert auf und sah zur Tür, die sich gerade öffnete. Hereintrat der Inbegriff eines schwedischen Mannes. Nicht, dass sie sich vorher großartig Gedanken darüber gemacht hatte, wie sie sich so jemanden vorstellen würde. Aber wenn sie einen hätte beschreiben müssen, dann so. Groß, blond, muskulös. Hätte er statt Jeans und Sweatshirt einen Pelz und langes Haar getragen, würde sie denken einen echten Wikinger vor sich zu haben. Er ging direkt zur Theke und sagte etwas zu Ingrid, dass sie strahlen ließ. Auf einmal wünschte sie sich, sie würde doch schwedisch sprechen. Sie wusste, sie sollte woanders hinsehen, aber sie konnte nicht. In diesem Moment drehte er sich zu ihr um und ihr war, als würde die Zeit stehen bleiben. All ihre Lockerheit, mit der sie sonst mit dem anderen Geschlecht umging, war hin und sie bemerkte es nicht einmal. In seinen Augen blitzte es, aber eine Sekunde später war das Funkeln schon wieder verschwunden und sie fragte sich, ob es wirklich da gewesen war. Er wandte sich wieder zu Ingrid um, die die ganze Zeit mit ihm gesprochen hatte. Er lachte auf und wirkte vollkommen entspannt. Als er hinter die Theke trat, warf er Bree wieder einen Blick zu. Peinlicherweise starrte sie ihn noch immer an. Gerade als sich ihre Mundwinkel nach oben bewegen wollten, bemerkte sie seinen Werkzeugkoffer. Abrupt wandte sie sich ab.

„Geht's wieder", erkundigte sich Milla beiläufig.

Bree schüttelte den Kopf, um wieder zu sich zu kommen. „Wie bitte?"

„Wie schön, dass du wieder da bist!"

„Hä? Ich war doch die ganze Zeit..."

„Da drüben!", unterbrach Milla sie und deutete mit einem Nicken auf die Tür, durch die der Fremde verschwunden war.

„Man wird ja wohl noch gucken dürfen", antwortete Bree und zwang sich zu einem Grinsen. Sie fühlte sich ein wenig ertappt und trank einen Schluck Kaffee, um ihre Unsicherheit zu überspielen. Sie wusste gar nicht, was los war. Normalerweise hatte sie kein Problem damit zuzugeben, wenn sie einen Mann toll fand. Aber irgendwas an ihm irritierte sie und deswegen wollte sie mit Milla auch nicht darüber reden.

„Er hat goldene Hände", bemerkte Milla wie beiläufig und biss von ihrem Brötchen ab.

„Und wenn er goldene Bankkonten hätte", gab Bree zurück. „Ich bin nicht hier, um mir irgendeinen Kerl zu angeln. Erst recht keinen wie den."

Milla zog die Augenbrauen hoch und Bree beeilte sich zu erklären: „Versteh mich nicht falsch. Er mag ja ein netter Kerl sein, aber ich kenne solche Typen doch. Sie treten immer im Rudel auf, haben nichts als Sport und Autos im Kopf. Und ihre Ehefrauen sollen ihr Leben um sie herum organisieren, damit sie es möglichst bequem haben."

„Du hast auch überhaupt keine Vorurteile", antwortete Milla sarkastisch.

„Ich kann doch auch nichts dafür, dass die meisten Menschen ihre Klischees selbst bestätigen!", verteidigte sich Bree. „Ich kenne das doch! Solche Typen wollen Sicherheit, Routinen. Ich bin für sowas nicht geschaffen, Milla. Ich brauche meine Freiheit. Und ich will mich unterhalten können! Für Wochenenden im Vorgarten bin ich doch nicht um die halbe Welt gereist!"

„Aber nicht jeder mit einem hohen Einkommen interessiert sich für Spiritualität oder den Sinn des Lebens oder wie wir das Klima retten können."

„Danke, das weiß ich auch!", erwiderte Bree. „Aber ich habe nun einmal all das gesehen. Das Leid und die Schönheit. Das kann ich doch nicht wieder vergessen. Egal, wie sexy jemand aussieht."

„Ha!", rief Milla und ihre Augen blitzten triumphierend auf. „Wusste ich es doch! Du findest ihn sexy!"

„Ich bitte dich! Hast du nicht gesehen, wie selbst Ingrid ihn angesehen hat? Und sie könnte seine Mutter sein. Ich wette, der halbe Ort steht auf ihn."

„Na dann ist es ja kein Problem...", begann Milla grinsend und Brees Augen weiteten sich vor Schreck. Ihre Freundin würde doch nicht...

„Hej Erik!", rief Milla auch schon und Bree ließ kurz den Kopf hängen. Sie musste all ihre Selbstbeherrschung aufbringen, um weder rot zu werden, noch Milla unterm Tisch zu treten.

„Hej Milla! Hur må du?", fragte er und kam an ihrem Tisch. Netterweise wechselte Milla sofort ins

Englische, als sie antwortete: „Sehr gut, danke! Ich hoffe, dir auch! Das ist meine Freundin Bree, sie ist aus England hier zu Besuch." Sie hatte es kaum ausgesprochen, da entstand draußen vor der Tür ein Tumult und ein kleines, ungefähr siebenjähriges Mädchen stürzte ins Café. Aufgeregt rief sie etwas und schon lief Erik hinaus.

„Was ist passiert?", fragte Bree und stand genau wie Milla, auf.

„Ein Unfall. Ihre Mutter ist gestürzt", berichtete Milla eilig und hielt Erik die Tür auf, der die Mutter des Mädchens hineintrug. Das Mädchen zog ihren kleinen Bruder mit sich, der kurz davor war in Tränen auszubrechen.

In diesem Moment kam Ingrid aus der Küche mit einem Eisbeutel in der Hand und hielt ihn der Verletzten, die Erik auf einem Stuhl abgesetzt hatte, an den Fuß. Ruhig und überlegt sprach Erik mit der Mutter, die blass und mitgenommen wirkte. Das Mädchen versuchte ihren kleinen Bruder zu trösten, der immer wieder unsicher zu seiner Mama schielte. Schon nahm sich Ingrid der Kinder an und führte sie nach hinten. Bree vermutete sie wurden mit Schokolade aufgemuntert, zumindest hatte es sich für sie so angehört. Sie hätte gern etwas getan, aber da sie kein Wort verstand, außer Schokolade, konnte sie nur zusehen, wie die gefasste Miene der Mutter in sich zusammenbrach und Milla beruhigend mit ihr redete. Die Verletzte, die wohl Lovis hieß, fing an zu zittern und redete ohne Punkt und Komma. Bree bezweifelte, dass sie überhaupt hörte, was Milla zu ihr sagte. Auch Erik strich ihr beruhigend über die Schulter, eine Geste, die sich in Bree einbrannte, ohne dass sie es in diesem Moment bemerkte. Dann trat er einen Schritt zur Seite, um zu telefonieren.

„Keine Sorge Lovis!", hörte sie auf einmal Milla sagen. „Wir kümmern uns. Mach dir keine Sorgen, nicht wahr Bree?!"

„Was?", überrascht riss sich Bree von Eriks Anblick los, der nun ins Freie trat. Hatte sie ihn etwa schon wieder angestarrt?! „Worum kümmern wir uns?", fragte sie und konzentrierte sich auf die Frauen.

„Bree, das ist Lovis. Ihr gehört der Frisiersalon am Ende der Straße. Erik bringt sie ins Krankenhaus, ihr Knöchel sollte geröntgt werden, aber sie hat heute viele Termine und deswegen werden wir ihren Laden übernehmen."

„Äh, tun wir das?", warf Bree ein und nach einem strengen Blick von Milla, beeilte sie sich zu versichern: „Klar, sicher! Wir übernehmen deinen Laden!"

„Seid ihr sicher? Ihr wisst doch gar nicht, wo alles steht und...", versuchte Lovis einzuwenden. „Ihr müsst das wirklich nicht tun."

„Ach was!", winkte Milla ab. „Wir haben doch Augen im Kopf. Wir finden schon alles!"

„Haare sind doch Haare!", versuchte Bree zu scherzen, stockte dann aber selbst. So ganz richtig, war das nun auch wieder nicht. Außerdem frisierte sie seit Jahren mehr, als dass sie schnitt und färbte.

Lovis sah noch immer unsicher aus, da kam Ingrid auf sie zu und wechselte ein paar Worte auf Schwedisch mit ihr. Es war klar, dass es um die Kinder ging, denn in diesem Augenblick kamen die Zwei zu ihrer Mutter und Lovis verabschiedete sich von ihnen.

„Können wir dann?", erkundigte sich Erik in diesem Moment und Lovis nickte.

„Einen Moment", sagte sie noch und händigte Milla den Schlüssel aus, zusammen mit einigen Erklärungen nun wieder auf Schwedisch. Im nächsten

Moment hatte Erik sie schon hochgehoben und trug sie aus der Tür zu seinem Pickup, den er in der Zwischenzeit vor dem Café geparkt hatte.

Der restliche Tag verging für Bree wie in einem Rausch. Als Milla und sie vor dem Salon ankamen, warteten schon eine Menge Leute auf sie. Scheinbar wollten sich überall auf der Welt die Menschen vor den Feiertagen aufhübschen lassen. Immer wieder erklärte Milla den Kunden, was passiert war und dass Bree einspringen würde. Bis auf eine recht mürrisch aussehende ältere Dame, waren alle Kunden mit diesem Arrangement einverstanden und ließen sich von Bree ihre Haare frisieren. Milla übersetze alles, versah Shampoo-, Duschgel- und Kurpackungen mit Klebezetteln und war ansonsten eine großartige Assistentin. Einige Kunden wechselten sofort und problemlos ins Englische und mehr als einmal wunderte sich Bree, wie Lovis diesen Ansturm allein hatte bewältigen wollen. Am Abend kehrten sie noch einmal bei Ingrid ein.

„Da sind ja unsere zwei Heldinnen!", rief Ingrid ihnen auf Englisch zu. „Was möchtet ihr? Einen stärkenden Tee oder ein Glas meiner hausgemachten Limonade?"

„Egal, Hauptsache ich kann mich hinsetzen!", antwortete Bree matt und ließ sich in die gemütliche Sitzecke fallen.

„Wir nehmen deine Limo, danke Ingrid!", antwortete Milla und stellte sich an den Tresen. „Weißt du schon etwas von Lovis? Wir wollten sie nicht anrufen, falls wir stören und ehrlich gesagt, wir hätten auch gar keine Zeit dafür gehabt."

„Lasse, ihr Ehemann, hat vorhin nur Bescheid gegeben, dass es noch dauert, bis sie die Untersuchungsergebnisse haben und die Kinder abgeholt und zu seinen Eltern gebracht. Dann ist er wieder ins Krankenhaus gefahren."

„Hoffentlich ist es nichts Ernstes, wenn das alles so lange dauert. Arme Lovis", sagte Milla. „Und ist Mia schon zurück?", erkundigte sie sich. Mia und Nick hatten heute Millas Arbeiten in der Pension übernommen, so dass sie bei Bree hatte bleiben können.

„Ich bin hier!", antwortete Mia, die in diesem Moment zusammen mit Nick das Café betrat.

„Hey! Wie ist es gelaufen?", erkundigte Milla sich und sah Nick erwartungsvoll an. Er nahm sie in die Arme und küsste sie sacht.

„Bei uns war alles gut. Erzähl lieber, wie es bei euch war!" Er nickte zu Bree hinüber, die mit geschlossenen Augen und hochgelegten Beinen döste.

„Es war unglaublich viel los, aber es lief wie am Schnürchen. Bree war der Wahnsinn!", antwortete Milla und nahm die Limo von Ingrid entgegen.

„Da wird Lovis sich freuen!", sagte Ingrid. „Ihr esst doch bei uns, oder?" Ingrids Café hatte den ganzen Tag auf und bot auch herzhafte Gerichte an, vor allem schwedische Hausmannskost.

„Was glaubst du, warum ich hier bin!", antwortete Nick mit einem Grinsen.

„Ich glaube, wir bekommen Bree hier ohne Mahlzeit auch nicht weg", ergänzte Milla und setzte sich zu ihrer Freundin.

„Heute gibt es Kartoffelauflauf mit gebratenem Lachs und grünem Gemüse", verkündete Ingrid das Tagesgericht.

„Das klingt sehr gut, das nehmen wir!", antwortete Milla. „Danke Ingrid."

„Kein Problem!", versicherte diese und verschwand in der Küche.

„Na, Kobold, wie war's?", erkundigte sich Nick bei Bree, als er sich hinsetzte.

„Kobold?" Milla zog die Augenbrauen hoch.

„Dein Freund findet, ich sehe aus, wie ein Feenkind", erklärte Bree mit geschlossenen Augen.

„Du kannst doch sowas nicht zu ihr sagen! Bree ist eine erwachsene Frau!" Milla sah Nick ernst an.

„Aber eine ziemlich Kleine", gab Nick scheinbar ungerührt zurück und versteckte sein Grinsen hinter dem Limonadenglas, aus dem er jetzt einen Schluck nahm.

„Also wirklich! Bree ist wunderschön! Ich wünschte, ich hätte ihre Wimpern!", bekräftigte Milla, die sich mit ihrer hellen Haut und den blonden Haaren vor allem im Winter viel zu blass fand und ihre Freundin um ihre dunklen, geschwungenen Wimpern beneidete. Sie sah zu Bree hinüber. „Stört dich das nicht?", fragte sie.

„Nein, ich mag meine Wimpern auch!", gab Bree schmunzelnd zurück und Milla stöhnte auf. Diese Witzbolde!

Bree schloss wieder die Augen und lehnte sich zurück. Sie hatte noch nicht entschieden, wie sie Nicks Kosenamen fand. Sie wollte auf keinen Fall zugeben, dass ihre Brüder sie genauso nannten, was Nick hoffentlich nicht wusste. Auf eine verdrehte Art gab es ihr ein Gefühl von Heimat, auch wenn es natürlich nicht besonders wertschätzend klang. Dessen war sie sich schon bewusst. Sie wusste aber auch, dass er diesen Spitznamen ohne jeglichen Hintergedanken gewählt hatte. Wenn Nicholas Bedford sich wie ein großer Bruder fühlen wollte, konnte er das gern tun. Solange er sich nicht in ihr Leben einmischte, war ihr das tatsächlich egal. Auf einen mehr kam es nun auch nicht mehr an.

„BREE hat heute hervorragende Arbeit geleistet. Alle Kunden haben mit einem Lächeln den Laden verlassen!", betonte Milla. „Ehrlich! Du hättest sie sehen sollen!"

„Ach was, ich hatte Glück, dass niemand irgendwas besonderes gewollt hat", wandte Bree ein und setzte sich aufrechter hin, um ebenfalls einen Schluck zu trinken. „Einen Salon zu führen ist etwas ganz anderes als fürs Fernsehen zu arbeiten."

Bevor Milla antworten konnte, klingelte das Türglöckchen und Lovis kam auf Krücken herein. Ihr Mann Lasse hielt ihr die Tür auf.

„Lovis! Wie geht's? Was haben die Ärzte gesagt?", wollte Ingrid wissen, die sofort angestürzt kam. Nick stand auf und holte ihr einen zweiten Stuhl, falls sie ihr Bein hochlegen wollte.

„Hej!", sagte Lovis und versuchte zu lächeln. „Ich hatte gehofft, ich würde euch hier treffen."

„Und hier sind wir!", antwortete Milla.

„Wie lief es denn im Salon?", fragte Lovis, während sich Ingrid im Hintergrund bei Lasse erkundigte, ob auch sie hier zu Abend essen wollten. Als Lasse nickte, ging sie nach hinten, um in der Küche Bescheid zu geben.

„Richtig gut!", antwortete Milla. „Bree hat den Laden geschmissen!"

Lovis seufzte erleichtert. Dann sah sie schuldbewusst zu Bree und sagte auf Englisch: „Sorry, ich bin noch so durcheinander, dass ich ganz vergessen habe, dass du kein Schwedisch verstehst."

„Kein Problem!", winkte Bree ab. „Was ist denn nun mit deinem Fuß?"

„Ach der..." Wieder seufzte Lovis und sank ein wenig in sich zusammen. „Es ist doch tatsächlich ein Band angerissen. Das bedeutet, ich muss zwei Wochen lang den Fuß hochlegen. Danach darf ich dann zwar wieder laufen, aber das Ding hier muss ich noch länger tragen. Ich weiß gar nicht, wie die Ärzte sich das vorstellen. Immerhin bin ich selbständig und..."

„Bree könnte dir doch helfen! Sie wollte sowieso den ganzen Monat bleiben, nicht wahr Bree?", schlug Milla vor und sah sie um Zustimmung heischend an.

„Ähm..." Bree wusste nicht, was sie sagen sollte, als sie Lovis hoffnungsvollen Blick sah. „Aber ich habe doch schon ewig nicht mehr in einem Salon gearbeitet. Beim Fernsehen mache ich ganz andere Dinge", wandte sie vorsichtig ein. „Ich weiß nicht, ob ich das hinkriege."

„Na klar, schaffst du das! Hast du nicht gesehen, wie zufrieden alle waren?", wischte Milla diesen Einwand beiseite.

„Aber ich spreche doch gar kein Schwedisch und du kannst auch nicht die ganze Zeit da sein, schließlich wirst du in der Pension gebraucht", wies Bree auf das Offensichtliche hin.

„Aber ich werde da sein!", sagte Lovis. „Ich darf ja nur nicht laufen. Übersetzen und zur Hand gehen kann ich."

„Siehst du? Lovis wird auch da sein!" Triumphierend sah Milla zwischen Lovis und Bree hin und her.

„Aber was werden die Kunden sagen? Es werden ja nicht alle so nett sein, wie heute. Was wenn sie wieder gehen oder gar nicht erst kommen?" Es war ihr unangenehm, das vor allen zu besprechen. Es tat ihr ja leid, dass Lovis sich verletzt hatte, aber sie konnte sich nicht vorstellen, wie dieses Arrangement funktionieren sollte. Und nur ganz nebenbei war sie hier um ihrer Freundin zur Seite zu stehen.

„Ich habe nur nette Kunden und die paar, die darauf bestehen, dass ich sie bediene...", begann Lovis, wurde aber von ihrem Mann unterbrochen.

„Nichts da! Du kurierst dich aus!" Lasse sah sie streng an.

„Ich wollte doch nur...", versuchte Lovis es noch einmal, wurde aber wieder von Lasse unterbrochen. Diesmal polterte er auf Schwedisch los und Lovis antwortete ihm ebenfalls auf Schwedisch. Auch wenn Bree kein Wort verstand, war klar, dass Lasse nicht wollte, dass seine Frau ihre Gesundheit gefährdete.

„Bree, bitte, du siehst doch, wie verzwickt die Lage ist!", flüsterte Milla derweil eindringlich.

„Ja klar, aber wie sieht das denn aus, wenn ich einfach so ihren Laden übernehme?" Sie sah Milla verzagt an.

„Hilfsbereit?!", antwortete Milla ruhig.

„Meinst du wirklich, dass das eine gute Idee ist?", fragte Bree noch einmal und diesmal war es Nick der antwortete. „Ich finde, dass ist sogar eine sehr gute Idee! Du bist doch hergekommen, um zu helfen. Und nun kannst du es. Zwar anders, als du es ursprünglich dachtest, aber im Endeffekt kannst du Lovis noch viel effektiver zur Seite stehen, als Milla."

„Genau so sehe ich das auch!" Milla nickte bekräftigend und Bree gab sich einen Ruck.

„Okay, ich mache es!", verkündete sie laut, auch um die immer noch währende Diskussion des Ehepaares zu beenden. Lasse und Lovis hatten zwar leise, aber doch sehr eindringlich miteinander gesprochen.

„Wirklich?", fragte Lovis vorsichtig, aber ihre strahlenden Augen verrieten, wie sehr sie sich freute.

„Ja, wirklich. Aber du musst mir helfen mit der Sprache und so", antwortete Bree und kletterte über Milla aus der Sitzecke. Sie streckte Lovis die Hand hin, die sie erleichtert ergriff.

„Wir besprechen dein Gehalt und alles andere morgen früh in Ruhe, ja?!", versprach Lovis und Bree antwortete: „Wann soll ich denn da sein?"

„Halb neun reicht völlig", antwortete Lovis.

In diesem Moment tauchte Ingrid mit dem Essen auf. „Ihr seid euch einig geworden!", rief sie, als sie den Handschlag von Bree und Lovis sah. „Dann schmeckt es euch bestimmt gleich noch viel besser!"

„Da bin ich sicher!" Lovis lachte erleichtert auf und auch Lasse sah zufrieden aus.

„Soll ich dir etwas abnehmen?", erkundigte sich Bree bei Ingrid, aber die schüttelte den Kopf. „Setzt euch nur hin."

***

Als Erik auf dem Besucherparkplatz des Altenheimes hielt, stellte er erleichtert fest, dass sein Großvater Johan bereits auf ihn wartete. Dadurch dass er Lovis ins Krankenhaus gefahren und dort auf ihren Mann Lasse gewartet hatte, war der Tag sehr lang geworden. Jetzt wünschte er sich nur noch nach Hause. Trotz seiner siebenundsiebzig Jahre stieg sein Opa behände zu ihm in den Wagen und augenblicklich erfüllte der köstliche Duft nach Fleischbällchen mit Kartoffelbrei und Soße den Wagen.

„Du hast Abendessen mitgebracht!", sagte Erik statt einer Begrüßung, aber sein Großvater hörte die Freude in seiner Stimme.

„Als du am Telefon sagtest, dass du später kommst, dachte ich es sei eine gute Idee", antwortete Johan und schnallte sich an.

„Das ist sogar eine sehr gute Idee!"

„Ja, aber auch nur weil es heute Köttbullar gab. Alles andere schmeckt in deren Kantine fürchterlich.

Ich weiß wirklich nicht, wie Bjarne das aushält." Johan schüttelte sich.

„Wie geht's ihm denn?", erkundigte sich Erik nach dem alten Schulfreund seines Opas und fuhr los.

„Er wird alt", antwortete Johan nur und schwieg, als sei damit alles gesagt und irgendwie war es das ja auch. Seit Erik seinen Großvater jede Woche ins Altenheim fuhr, damit der seinen Freund besuchen konnte, hatte sich Erik Gedanken übers Alter gemacht. Zum ersten Mal in der Geschichte wurden viele Menschen so alt, kein Wunder, dass sie das Leben manchmal auch als Bürde empfanden. Sie hatten ja keine Vorbilder, was man alles noch so machen könnte in dieser Zeit. Und nur dazusitzen und auf das Ende zu warten, stellte auch er sich ziemlich langweilig vor. Nicht zum ersten Mal dachte er, dass er versuchen würde diese Zeit zu nutzen. Vielleicht könnte er dann endlich all die Bücher lesen, zu denen er seit Jahren nicht kam. Und wenn seine Augen nicht mehr mitmachten, würde er sie sich eben vorlesen lassen. Dank der Digitalisierung ging das ja problemlos.

„Wie geht es Lovis?", unterbrach Johan seine Gedanken. Er hatte heute früh noch schnell etwas eingekauft, während Erik sich Ingrids Wasserhahn angesehen hatte. Und dann waren sie zu dritt ins Krankenhaus gefahren. Praktischerweise war das Altenheim direkt nebenan, so dass er die letzten Schritte dann allein gemacht hatte.

„Naja, wenn ich Lasse richtig verstanden habe, darf sie mindestens zwei Wochen nicht laufen. Sie haben ihr den Fuß einbandagiert mit so einem Teil, eine Art Stütze. Du weißt, was ich meine", antwortete Erik.

„Und wer macht den Laden?", wollte Johan wissen. „Sie schließt doch nicht etwa? Ich wollte vor Weihnachten auch noch mal zu ihr."

Erik lachte. „Deine drei Haare kann auch ich dir schneiden, Opilein."

„Noch hast du gut lachen!", entgegnete sein Großvater. „Wir bekommen alle das, was wir nicht wollen."

„Ach so?", entgegnete Erik gut gelaunt. „Und was wolltest du noch nicht?"

„Einen so frechen Enkel!", gab Johan zurück, aber das Zucken seiner Mundwinkel verriet ihn.

„Naja, Lasse meinte, heute sei wohl eine Freundin von Milla für sie eingesprungen", sagte Erik und ging damit auf Johans Frage ein.

„Eine Freundin von Milla?", wunderte sich Johan.

„Ja, Milla Sjögren, die die Pension am Blåbärsskog aufgemacht hat", erklärte Erik bereitwillig, aber Johan schnaubte nur.

„Danke auch, ich weiß wer Milla ist. Ich bin vielleicht alt, aber noch nicht senil!"

Erik grinste ihn frech an „Gut zu wissen", sagte er.

„Du Lausebengel!" Spielerisch drohte Johan mit dem Finger. „Du weißt genau, was ich wissen wollte."

„Ich kenne die Freundin nicht. Ist wohl zu Besuch. Aus England, oder so", antwortete Erik und zuckte betont gleichgültig mit den Schultern. Dass er den ganzen Tag an sie gedacht hatte, verschwieg er. Sein Opa musste ja nun nicht alles wissen. Ihr anfangs noch interessierter Blick hatte schlagartig entsetzt gewirkt. Und das konnte ja wohl kaum an seinem Werkzeugkoffer gelegen haben, oder etwa doch? Nein, entschied er. Schließlich übte sie selbst einen Handwerksberuf aus und außerdem hatten sie noch kein einziges Wort miteinander gewechselt.

Kapitel 5
Freitag, 6.12.

„Möchtest du einen Kaffee, Bree?", erkundigte sich Lovis am späten Nachmittag des nächsten Tages und rollte mit ihren zwei Hockern durch den Laden. Auf einem saß sie, auf den anderen hatte sie ihren Fuß drapiert. Draußen wurde es langsam dunkel und endlich hatten sie einen Moment Ruhe, nach einem unglaublich vollen Tag. Es schien als müssten plötzlich sämtliche Bewohner von Österholm dringend die Haare gemacht bekommen. Lovis schmunzelte, sie würde sich bestimmt nicht beschweren, wenn sie durch ihr Missgeschick und Brees Einspringen mehr Umsatz machte.

„Sollte ich nicht lieber dir diese Frage stellen?", fragte Bree zurück. „Du sollst doch nicht laufen."

„Ich laufe ja nicht!", antwortete Lovis mit einem Grinsen.

„Aber wie ruhig halten sieht es auch nicht gerade aus", gab Bree ebenfalls grinsend zurück. Sie hatten sich bei der Arbeit sofort gut verstanden und waren innerhalb weniger Stunden zu einem Team geworden. „Roll dich mal in die Sitzecke, ich bring uns den Kaffee", sagte sie und ging nach hinten in die winzige Küche.

„Da müssen auch noch Kekse in der blauen Dose sein!", rief Lovis ihr hinterher.

„Und? Wie fandest du es bis jetzt?", erkundigte sich Lovis, als sie sich auf den Stühlen, die eigentlich für die wartenden Kunden gedacht waren, gegenüber saßen und ihren Kaffee tranken.

„Gut." Bree nickte. „Noch wollte ja niemand etwas wirklich Anspruchsvolles, Gott sei Dank!" Sie lachte ein wenig verlegen auf.

„Du musst nicht so bescheiden sein! Nicht nur die Kunden waren zufrieden, ich finde deine Arbeit auch erstklassig."

„Danke!", sagte Bree und lächelte. Sie freute sich sehr über das Lob. Insgeheim hatte sie auch gedacht, dass ihr die Schnitte gut gelungen waren. Aber sie war so erzogen worden, bloß nicht mit seiner Arbeit anzugeben. Stolz war schließlich eine Todsünde.

„Vor allem Marias Tochter hast du glücklich gemacht!", erinnerte Lovis.

„Die Kleine war aber auch süß!", antwortete sie. „Ich muss gestehen, ich liebe es Haare zu flechten! Das könnte ich stundenlang machen. Leider kommt das in unserem Beruf viel zu selten vor!"

„War das dein Grund, warum du Friseurin geworden bist?" Lovis beugte sich interessiert vor und verlagerte dabei mal wieder ihr Gewicht. Langsam wurde dieses Beinhochlegen anstrengend.

„Ertappt!" Bree lachte auf. „Naja, es war natürlich nicht der einzige Grund. In meiner Familie haben alle einen handwerklichen Beruf. Also..."

„Ich mag, dass wir immer recht schnell ein Ergebnis haben. Ewig an ein- und demselben Projekt zu arbeiten, würde mir überhaupt keinen Spaß machen. Und wenn dann die Kunden zufrieden sind..."

„Oder sogar übers ganze Gesicht strahlen!", warf Bree ein.

„Genau! Du weißt, was ich meine", antwortete Lovis. Sie freute sich, dass sie und Bree sich gut verstanden. Es war eine große Erleichterung. In diesem Moment klingelte die Türglocke. Herein trat eine Frau mittleren Alters. Sie hatte einen modischen, grauen Longbob.

„Ah, das kommt unser nächster Termin. Das ist Tuva Andersson, unsere... äh wie sagt man..." Lovis

überlegte und zuckte mit den Schultern. „Hej Tuva!",
rief sie und wollte schon wieder losrollen, aber Bree
war schon aufgesprungen.

„Bleib sitzen! Ich mach das schon!", sagte sie und
stand kurz darauf vor Tuva. „Guten Tag, ich bin Bree
und springe für Lovis ein. Leider spreche ich kein
Schwedisch, aber Lovis wird übersetzen...", stellte
Bree sich vor.

„Das wird nicht nötig sein", antwortete Tuva und
lächelte. „Hej, ich bin Tuva, die Bürgermeisterin von
Österholm."

„Das war das Wort, das ich gesucht habe!", rief
Lovis von hinten. „Bürgermeisterin!" Bree drehte sich
zu ihr um und nickte. Dann wandte sie sich wieder zu
Tuva um.

„Was kann ich für Sie tun?", erkundigte sie sich.

Tuva fuhr sich mit der Hand durch ihr Haar.
„Spitzen schneiden und noch einmal diese
Pflegesache." Sie sah Lovis an und rief auf
Schwedisch. „Wie hieß das nochmal, was du mir
immer in die Haare machst? Und viel wichtiger, was
ist denn mit dir passiert?"

Kurze Zeit später saß die dynamische Tuva vor Bree
am Waschbecken und fragte sie munter aus, während
Bree eine besondere Pflege für graues Haar
einmassierte. So hatte Bree schon von ihrer Weltreise
erzählt, wie Milla und sie sich kennengelernt hatten,
dass Nick und sie aus demselben Ort stammten, und
dass sie eigentlich fürs Fernsehen arbeitete. „Und wie
gefällt Ihnen unser schönes Städtchen?"

„Das, was ich bis jetzt gesehen habe, gefällt mir sehr
gut", antwortete Bree wahrheitsgemäß und wickelte
ein Handtuch um Tuvas Kopf. „Das muss jetzt ein
paar Minuten einwirken."

„Sie dürfen auf gar keinen Fall das Luciakonzert verpassen", sagte Tuva.

„Ja, das ist immer magisch!", schwärmte Lovis. „Alle jungen Mädchen..."

„Und ein paar Jungen!", warf Tuva ein.

„Ja, und ein paar Jungen", fuhr Lovis mit einem Nicken fort, „ziehen sich weiße Gewänder an, tragen Kerzen und die bekannte Lichterkrone. Alle Bewohner treffen sich morgens in der Kirche. Dort singen die Mädchen und Jungen wie die Engel und wenn wir aus dem Gotteshaus kommen, geht langsam die Sonne auf."

„Das klingt wirklich besonders. Das werde ich auf keinen Fall verpassen!", versprach Bree. „Und was gibt es sonst noch zu sehen?"

„Ab nächstem Wochenende wird der Weihnachtsmarkt aufgebaut, der ist auch immer sehr schön!", antwortete Lovis. Diesmal war es Tuva, die bestätigend nickte.

„Prima, dann habe ich ja schon mindestens zwei feste Termine", antwortete Bree.

„Und Tuva, kommt Per an diesem Wochenende wieder?", erkundigte sich Lovis.

„Er kommt sogar schon heute!", freute Tuva sich. „Deswegen bin ich auch hier. Wenn mich mein hübscher Neffe schon ausführt, soll er sich auf keinen Fall für seine alte Tante schämen!"

„Ach was, Sie sind doch nicht alt!", warf Bree ein und Lovis ergänzte feierlich: „Jeder, der diesen Laden verlässt wird großartig aussehen."

„Deswegen bin ich ja auch hier, meine Liebe!", antwortete Tuva.

„Gibt es einen bestimmten Grund, warum ihr Neffe sie besucht?", erkundigte Bree sich. „Wenn ich so neugierig fragen darf."

„Sie dürfen meine Liebe. Es ist schließlich kein Geheimnis", sagte Tuva und lächelte sie an. „Per kommt mich regelmäßig besuchen. Er versteht sich nicht mit seinen Eltern. So wie meine Schwester sich entwickelt hat, ist das auch kein Wunder!" Tuva schüttelte vorsichtig den Kopf. „Naja, und sein Vater, dieser... Sagen wir so, er hat es nicht leicht. Dabei ist er so ein lieber Junge..." Tuva seufzte leise.

„Dann ist es ja gut, dass er sie hat!", antwortete Bree mitfühlend. Es klang, als seien diese Eltern die totalen Snobs. Furchtbar!

„Sie sind ja lieb!" Tuva lächelte wieder. „Ja, das ist wirklich ein Segen. Er ist wie ein eigenes Kind für mich, ich habe keine. Es war uns nicht vergönnt... Umso glücklicher bin ich, dass ich Per habe. Er ist Anwalt, wissen Sie, und ein sehr guter sogar! Jeden Prozess gewinnt er. Ich bin so stolz auf ihn."

„Das kannst du auch sein!", bestätigte Lovis. „Er ist ein toller Mann geworden."

„Ich spüle jetzt die Haare aus", informierte Bree Tuva und musste sich ein Grinsen verkneifen, als die Bürgermeisterin nicht aufhörte von ihrem Neffen zu schwärmen. Als sie dann vorm Spiegel saß und Bree ihren Schnitt wieder in Form brachte, fragte sie: „Wie langen wollen sie eigentlich bei uns bleiben?"

„Wahrscheinlich bis Silvester", antwortete Bree abwesend. Ihre ganze Konzentration galt dem akkuraten Schnitt, der der Frisur erst den richtigen Schwung gab. So sah sie Tuvas nachdenklichen Blick auch nicht. „Im Januar drehen sie weiter."

„Fürs Fernsehen zu arbeiten, stelle ich mir schrecklich glamourös vor!", antwortete Tuva und Bree lachte.

„Es ist nicht Hollywood! Ich frisiere ganz normale Menschen."

„Schauspieler sind Künstler und die sind ganz gewiss keine normalen Menschen", ließ Tuva verlauten. „Wenn schon Künstler normal sein müssen, wer darf denn dann die ganzen verrückten Sachen machen und Spaß haben?!"

„Tuva, wollen Sie mir gerade erzählen, dass Sie Ihr Leben langweilig finden? Sehnen Sie sich etwa nach einem Abenteuer?", zog Bree die Bürgermeisterin ein wenig auf. „Sie wissen, ich bin Ihre Friseurin, Sie können mir alles erzählen!"

Tuva lachte herzhaft los. „Sie sind mir ja eine!"

„Ich bin vor allem fertig", verkündete Bree und rollte ein wenig zurück, um nach dem Fön zu greifen. „Darf ich föhnen, wie ich denke oder haben Sie bestimmte Vorstellungen?"

„Bitte, machen Sie. Ich vertraue Ihnen, Bree", antwortete Tuva.

„Vielen Dank!" Bree lächelte sie verschmitzt an. „Dann machen wir eine Überraschung draus!", sagte sie und hängte das Handtuch von vorhin über den Spiegel, so dass Tuva sich nicht mehr betrachten konnte.

„Wow! Tuva, du siehst großartig aus!", rief Lovis, als sie aus dem Büro gerollt kam, in das sie sich zurückgezogen hatte, um dort noch einiges wegzuarbeiten.

„Ja?", fragte Tuva hoffnungsvoll, denn noch hatte Bree das Handtuch nicht gelüftet. Nachdem sie Tuvas Haar geföhnt hatte, hatte sie angeboten ihr Make-up aufzufrischen und war gerade damit fertig geworden. Jetzt trat Bree einen Schritt zurück und betrachtete zufrieden ihr Werk.

„Bereit?", fragte sie. Als die Bürgermeisterin ungeduldig nickte, zog Bree das Handtuch weg und beobachtete Tuvas Reaktion. Sie konnte sehen, dass die Überraschung gelungen war. Sie angelte nach dem Handspiegel und hielt Tuva ihn hin, damit sie sich auch von hinten sehen kann. „Wie gefällt es Ihnen?"

„Es ist toll! Ich kann kaum glauben, dass ich das bin! Vielen Dank!", antwortete Tuva und strahlte Bree an. „Lovis, ich brauche vor Weihnachten noch einen Termin!"

„Sehr gern!" Lovis lachte und rollte zum Kalender. Tuva ging ihr hinterher und zückte bereits ihren Geldbeutel. Bree begann den Arbeitsplatz aufzuräumen, als sich die Tür öffnete.

„Här är du!", erklang in diesem Moment eine angenehme Männerstimme und Bree linste um die Ecke.

„Per!", rief Tuva aus und strahlte ihren Neffen an, der auf sie zulief, augenscheinlich Komplimente verteilte und dann seine Tante zur Begrüßung auf die Wange küsste.

„Darf ich dir Bree vorstellen?", fragte sie auf Englisch und winkte ihr zu. „Sie hat mich heute frisiert, weil Lovis sich unglücklicherweise verletzt hat."

„Das tut mir leid Lovis, ich hoffe, dir geht es bald besser", wandte sich Per zuerst an Lovis, dann drehte er sich zu Bree um. „Hej! Per Andersson", sagte er und kam mit einem gewinnenden Lächeln auf sie zu. Er war groß und schlank, das mittelblonde Haar akkurat geschnitten und frisiert. Es hatte draußen zu regnen begonnen und einzelne Tropfen glitzerten auf seinem teuren Wollmantel. Darunter trug er einen dunklen Anzug und Schuhe, die darauf schließen ließen, dass er sich mehr drinnen, als draußen aufhielt. Kurzum, er war genau der Typ Mann, für den Bree eine Schwäche hatte. „Freut mich dich kennenzulernen."

„Hi! Bree Sullivan", antwortete sie und lächelte. „Mich auch." Sie sah, wie er sie musterte. Hoffentlich war er kein Snob. Normalerweise erzählte sie nicht gleich bei der ersten Begegnung, dass sie Friseurin war. Nicht weil sie sich für ihren Job schämte oder so, sie machte ihn gern. Sondern weil Menschen einfach Vorurteile hatten, nicht alle natürlich, aber das sah man ihnen eben selten auf den ersten Blick an.

„Meine Tante hat noch nie so gut ausgesehen. Jemanden zu finden, der sein Handwerk versteht und liebt ist selten", sagte er anerkennend.

„Danke schön!" Bree lächelte noch ein wenig breiter. Womöglich hatte Per KEINE Vorurteile.

„Wir sehen uns jetzt bestimmt öfter..." Auch sein Lächeln vertiefte sich. Noch ein Blick. „Also bis demnächst!"

„Bye", antwortete Bree entspannt.

Per wandte sich zu Tuva um. „Bist du soweit?"

„Ja, bin ich", antwortete Tuva, nachdem sie und Lovis sich einen letzten, bedeutungsvollen Blick zugeworfen hatten, und verabschiedete sich. „Hej då, Lovis, Bree!"

Per öffnete ihr die Tür und sah sich Erik gegenüber. Pers ganzer Körper versteifte sich kurz. Bree war sich sicher, dass niemand außer ihr die Veränderung bemerkt hatte. Erik hingegen blieb locker.

„Hej Per! Brauchst du mal wieder Pause von der Stadt?!", begrüßte er ihn, dann entdeckte er dessen Tante. „Tuva, du siehst großartig aus!"

Tuva fasste sich lächelnd ins Haar. „Danke! Das war Bree. Kennst du Österholms neueste Errungenschaft schon?"

„Wir hatten schon das Vergnügen", antwortete Erik und nickte Bree nur kurz zu. Andersson musste ja nicht sofort mitkriegen, dass sie ihm gefiel.

„Sie ist eine Meisterin ihres Fachs!", schwärmte Tuva.

„Ja, du siehst wundervoll aus!", bestätigte Per, sah dabei aber nur Bree an. Dann wandte er sich mit einem leisen Lächeln um. „Tuva, wir müssen los." Lovis schickte ihm ein stilles Dankgebet. Durch die offene Tür kam immer mehr kalte Luft herein.

„Dann viel Vergnügen!", sagte Erik und trat beiseite. Er hatte Pers Blick auf Bree wohl bemerkt. Seine Miene verfinsterte sich. Das war ja wieder typisch! Der erfolgreiche Anwalt ließ aber auch keine Gelegenheit aus! Per und Tuva verabschiedeten sich ein weiteres Mal und Erik schloss die Tür hinter ihnen.

Brees gerunzelte Stirn bemerkte unterdessen keiner. War sie etwa die Einzige, die die Spannungen zwischen den beiden Männern spürte?! Oder ignorierten die anderen sie nur höflich?

In diesem Moment erklärte Erik den Grund seines Besuchs. „Hej Lovis, ich wollte wissen, wie es dir geht. Brauchst du irgendwas?", fragte er ehrlich interessiert und Bree drehte sich abrupt um. Sie musste noch aufräumen. Sie hatte jetzt keine Zeit sich Gedanken um die verschiedenen Persönlichkeiten eines arroganten, aber gutaussehenden Fremden zu machen. Dennoch konnte sie nichts dagegen tun, dass sie versuchte zu erraten, worüber die beiden sprachen. Natürlich redeten sie jetzt wieder Schwedisch miteinander und nicht zum ersten Mal an diesem Tag überlegte sie, ob man in vier Wochen eine neue Sprache lernen konnte. Plötzlich hörte sie ihren Namen und hielt inne. Vorsichtig, lugte sie um einen der Spiegel herum. Vielleicht konnte sie anhand ihrer Gesichter erraten, worüber sie sich unterhielten. Aber da sprach Lovis sie schon an.

„Bree, du bist doch mit dem Fahrrad gekommen, nicht wahr?"

„Ja, Milla hat mir eines geliehen", antwortete sie und trat nun doch vollständig hinter dem Spiegel hervor. „Wieso?"

„Da es angefangen hat zu regnen, hat Erik gerade angeboten, uns beide nach Hause zu fahren", berichtete Lovis und warf Erik einen, wie es schien, warnenden Blick zu.

Irritiert sah Bree zwischen den beiden hin und her. „Das ist sehr nett, aber das bisschen Regen macht mir nichts aus. Schließlich bin ich Irin."

„Ich dachte, du kommst aus England?!" Diesmal sah Erik sie länger an.

„Das stimmt ja auch. Ich lebe in England, zumindest die meiste Zeit, aber meine Familie kommt aus Irland und ein großer Teil lebt noch immer dort", erklärte Bree.

„Aha." Erik nickte nur und sah dann wieder Lovis an, in der Hoffnung entspannt und lässig zu wirken. Es war Jahre her, dass er eine Frau interessant fand und schon damals hatte er nicht gewusst, was er tun sollte.

Bree hingegen fragte sich, wie unhöflich jemand sein konnte und ärgerte sich seine Frage so detailliert beantwortet zu haben.

„Aber das ist noch lange kein Grund, freiwillig im Regen nach Hause zu fahren", brachte Lovis das Gespräch auf das ursprüngliche Thema zurück.

„Aber morgen früh brauche ich das Rad ja wieder."

„Das lädt Erik auf die Ladefläche seines Pickups", antwortete Lovis und bevor Bree noch einmal den Mund aufmachen konnte, ergänzte sie: „Außerdem muss er sowieso noch zu Milla und etwas mit ihr besprechen. Nicht wahr?!" Lovis sah auffordernd zu Erik.

„Widerspruch ist zwecklos", sagte er und lächelte auf eine irritierende Art.

Bree zuckte mit den Schultern. „Okay, ich muss aber noch den Müll raus bringen und meinen Wagen sauber machen." Sie deutete auf ihre Schere, die Bürsten und alles andere, was sie heute benutzt hatte.

„Ich kann den Müll rausbringen und dann auch gleich dein Rad aufladen", sagte er knapp und ging hinaus.

Lovis nickte zufrieden und rollte mit Erik nach hinten, um ihm den Müll zu zeigen. Bree zuckte erneut mit den Schultern. Sie wurde nicht schlau aus ihm. Aber sie hatte auch echt keine Zeit oder Nerven für „kompliziert", dachte sie noch und begann ihr Handwerkszeug zu säubern.

Als die drei schließlich im Auto saßen, hatte es Lovis aufgegeben ein Gespräch in Gang bringen zu wollen. Sie mussten sich ja auch nicht unterhalten und eigentlich tat diese Ruhe ihr auch ganz gut. Zumal sie Zuhause mit Sicherheit keine Ruhe erwartete. Sie hoffte inständig, dass Lasse schon das Abendessen vorbereitet hatte. Aber große Hoffnung hatte sie nicht. Manchmal war ihr Mann so verplant oder was auch immer, dass er alles vergessen konnte. Sie seufzte in sich hinein. Bestimmt zum hundertsten Mal ärgerte sie sich über ihre Verletzung. Dann fiel ihr wieder ein, wie Per und Bree sich angesehen hatten. Sie überlegte, ob und was aus diesem Blickkontakt werden würde. Und diese merkwürdige Stimmung hier im Auto bildete sie sich doch nicht ein! Sie hoffte inständig, Bree würde sich nicht mit irgendwelchen Tändeleien die Zeit vertreiben. Nicht, dass sie prüde oder konservativ war, aber eine gute, positive Atmosphäre war ihr in ihrem Laden genauso wichtig, wie gute Haarschnitte. Sie konnte definitiv keinen Liebeskummer oder irgendwelche Dramen gebrauchen.

Viel zu schnell waren sie bei ihrem Zuhause angekommen. Kaum hatte Erik den Motor abgestellt und war aus dem Wagen gesprungen, um ihr zu helfen, ging auch schon die Haustür auf und Ole kam herausgerannt. Auf Socken, wie Lovis resigniert zur Kenntnis nahm. Manchmal zweifelte sie daran, dass ihre Kinder jemals vernünftige Erwachsene wurden.

„Hej då, Bree!", verabschiedete sie sich und kletterte umständlich aus dem Wagen, als Erik die Tür öffnete.

„Bis morgen und erhol dich gut!", wünschte Bree ihr noch. Dann, schnell, bevor jemand zu ihr sah, klappte Bree die Sonnenblende hinunter, in der Hoffnung dort einen Spiegel zu finden. Sie musste unbedingt überprüfen, ob sie wirklich einen Pickel am Kinn bekam, denn auf einmal pochte es dort ganz gewaltig. Aber bevor sie sich vergewissern konnte, fiel ihr etwas in den Schoß. Erschrocken versuchte sie es aufzufangen und wirbelte ihre Hände und den Gegenstand durch die Luft. Ein Buch. Es war ein Buch. Gut, eher ein Heft. Neugierig sah sie es sich genauer an.

Hermann Hesse. Narziss und Goldmund.

Auf Deutsch.

Sie schnaubte. Als wenn dieser maulfaule Handwerker Weltliteratur in der Originalsprache las! Das war garantiert nur eine Masche um Frauen zu beeindrucken. Sie zuckte mit den Achseln. Tja, wer's brauchte! Sie selbst war erst in Indien über Hermann Hesse und sein „Siddharta" gestolpert. In ihrer Familie wurde nicht viel gelesen. Viel mehr erzählten sie sich Geschichten. Ihr Onkel Michael, der einen Pub hatte, war ein großartiger Geschichtenerzähler und sie liebte es ihm zuzuhören. Klar waren Bücher toll, aber so eine erzählte Geschichte im Kreis anderer vor einem prasselnden Feuer, war einfach unvergleichlich. Entschlossen riss sie sich los und schaute nun endlich in den Spiegel. Tatsächlich. Da wuchs ein Pickel. Und dann auch noch so ein unterirdischer, der immer besonders weh tat. Sie seufzte und klappte dann schnell die Sonnenblende wieder hoch. Das Buch stopfte sie auch noch rein.

Sie hatte gerade wieder richtig hingesetzt, da kam Erik wieder. Der Regen schien zugenommen zu haben, denn er war tropfnass.

„Irgendwie hatte ich auf Schnee gehofft", rutschte es Bree heraus. Sie hatte nicht wirklich vorgehabt ein Gespräch zu beginnen, aber der Hesse gab ihr anscheinend mehr zu denken, als sie gedacht hatte.

„Wieso? Weil Schweden, das Heile-Welt-Land, nicht vom Klimawandel betroffen ist?!", gab er sarkastisch zurück und schalt sich in Gedanken ein Idiot. Warum konnte er nicht... normal sein?!

Bree zuckte zusammen. „So habe ich das nicht gemeint", antwortete sie scharf. „Mir ist durchaus klar, dass der Klimawandel die ganze Welt betrifft. Meine Bemerkung bezog sich eher darauf, dass Österholm viel weiter nördlich liegt als Beddingsham, wo ich normalerweise im Dezember bin."

„Ach so", sagte er wenig originell.

„Was soll das denn heißen?" Verwirrt sah sie ihn an.

„Du machst nicht gerade den Eindruck, dass du lange an einem Ort bist", antwortete er und sah sie kurz an.

„Wie kommst du denn darauf?"

„Naja, du sagst es doch selbst. Wo du ‚normalerweise *im Dezember* bist‘...", zitierte er sie. „Andere Leute sind jeden Monat, jedes Jahr am selben Ort. Aber du jettest anscheinend um die Welt. Wie solltest du sonst Milla kennengelernt haben?!"

Sie begann zu lachen. „Du denkst, ich jette um die Welt?!"

„Tust du es nicht?", fragte er zurück.

„Machst du mich jetzt für den Klimawandel verantwortlich?" Aufgebracht wirbelte sie zu ihm herum. „Soll ich mich jetzt entschuldigen, weil ich nicht wie Greta Thunberg das Segelschiff genommen habe, um im Dezember nach Schweden zu kommen? Ich erinnere dich gern daran, dass ich mit dem Rad zu Lovis in den Salon gefahren bin und es deine Idee war, mich jetzt mit deinem Auto zu Milla zu fahren." Er setzte zu einer Erwiderung an, aber sie war noch nicht fertig. „Oder geht es um etwas ganz anderes? Ist es vielleicht so, dass du dich manchmal wie eingesperrt fühlst, in deinem netten kleinen Städtchen, in dem sich alle kennen und nie etwas wirklich Neues oder Aufregendes passiert?! Weißt du was, das ist ganz allein dein Problem und auch nur du kannst etwas dagegen machen. Oder zwingt dich irgendjemand deine ganzes Leben lang hier zu versauern?" Sie machte eine bestätigende Handbewegung. „Ja, der Klimawandel ist scheiße und ja, wir sind alle schuld, aber mach ihn UND mich nicht dafür verantwortlich, dass du dein Leben nicht magst!" Geräuschvoll atmete sie aus und verschränkte die Arme. Er antwortete nicht. So gut es getan hatte, zurückzuschlagen, so ausgelaugt fühlte sie sich jetzt. Immer wieder hallten ihre letzten Worte in ihr nach. Sie war alles andere als nett gewesen. Aber merkte er denn nicht, dass sie diese Gefühle nur deshalb so beschreiben konnte, weil sie sie selbst fühlte?!

Vorsichtig schielte sie zu ihm herüber, aber er sah stur geradeaus. Warum schlich sich jetzt auf einmal ihr schlechtes Gewissen an? Er hatte angefangen, verflixt nochmal! Normalerweise kam sie immer mit allen Menschen gut klar, schloss überall schnell Freundschaften und nun stritt sie mit diesem selbstgerechten Typen. Und das war er! Selbstgerecht und arrogant. Bildete sich wahrscheinlich eine Menge ein, auf sein... Ach, was wusste sie schon! Bevor sie weiter grübeln konnte, bog er in die Auffahrt zu Millas Pension. Gott sei Dank, hatte die Fahrt nun ein Ende. Kaum hatte er angehalten, sprang sie schon aus dem Wagen und öffnete die Ladeklappe. Einer ihrer vielen Cousins hatte auch mal so einen Wagen gehabt. Bevor sie allerdings an dem Fahrrad ziehen und zerren konnte, schließlich war sie nicht besonders groß, stand er neben ihr und hob das Rad mühelos von der Ladefläche.

„Danke!", sagte sie patziger, als sie eigentlich wollte. Doch Erik nickte nur, verschloss die Rampe wieder und fuhr ohne ein weiteres Wort davon. „Blödmann!", schimpfte sie und schob endlich ihr Rad zum Schuppen.

***

,Ich mag mein Leben', hallte es wieder und wieder durch Eriks Kopf. Aus irgendeinem Grund hatte er es nicht ausgesprochen. Fatalerweise klang der Satz, je öfter er ihn in seinem Innern wiederholte, immer unwahrer. Verdammt! Warum nur hatte er sich von Lovis breitschlagen lassen, sie mitzunehmen? Okay, eigentlich hatte er genau darauf gehofft. Auch wenn er sich gestern gegenüber seinem Großvater betont neutral verhalten hatte. Vor sich selbst war er dann doch ehrlich gewesen. Egal, was er tat, sie ging ihm einfach nicht mehr aus dem Kopf. Aber nun war Per bei Lovis gewesen... Natürlich hatte Tuva auch die Blicke der beiden gesehen. Er würde 1000 Kronen wetten, dass sie gerade jetzt dabei war, ihrer Lieblingsbeschäftigung nachzugehen. Die Bürgermeisterin liebte nämlich nichts so sehr, wie sich in anderer Leute Angelegenheiten einzumischen und besonders gern, wenn es sich dabei um Liebesangelegenheiten handelte. Naja, das war ja nicht sein Bier, redete er sich ein. Die Engländerin oder Irin oder was auch immer sie war, fuhr sowieso auf Per ab. Der war schon immer der Frauenliebling gewesen. Also brauchte er auch gar nicht weiter über sie nachdenken.

***

Sie betrat das Haus durch den Schmutzfang an der Hintertür. In der Küche duftete es bereits herrlich und sofort begann sich ihr Ärger aufzulösen. Nachdem sie ihre regennassen Sachen aufgehängt hatte, trat sie in die Küche. Milla und Nick standen einträchtig nebeneinander und schnippelten Gemüse.

„Hej Bree, wie war dein Tag?", erkundigte sich Milla.

„Ganz okay..." Bree zuckte mit den Schultern und griff nach der Seife, um sich die Hände zu waschen. „Wird das ein Curry?"

Nick grinste. „Ja, wir kochen unser Spezialgericht."

„Ihr kocht extra für mich?", fragte Bree grinsend. „Ihr wisst schon, dass ihr mich nie wieder loswerdet, wenn es so gut schmeckt, wie es riecht!"

„Verdammt! Ich wusste es, wir hätte einfach eine Tiefkühlpizza in den Ofen werfen sollen!", konterte Nick.

„Wer mit dem Fahrrad durch den strömenden Regen nach Hause fährt, hat eine Belohnung verdient." Milla lächelte sie an.

„Da sollte ich wohl besser nicht verraten, dass ich gar nicht mit dem Rad gefahren bin", antwortete Bree und goss sich ein Glas Wasser ein, bevor sie sich auf einen der Stühle fallen ließ.

„Wie?" Milla runzelte die Stirn. „Hat Lasse dich gefahren?"

„Nein, Erik." Bree nahm betont desinteressiert einen Schluck.

„Erik? Warum ist er nicht hereingekommen?"

„Keine Ahnung! Da musst du ihn schon selber fragen!", gab Bree ein wenig brummig zurück.

Milla und Nick wechselten einen Blick. So kannten sie Bree gar nicht. „Alles okay?", erkundigte sich Milla und überließ Nick das Kochen. „Es tut mir leid, dass ich dich überredet habe, in deinem Urlaub zu arbeiten. Wenn es zu schwierig ist, mit der Sprache oder so, dann finden wir eine andere Lösung." Milla sah sie zerknirscht an. Sie überlegte schon den halben Tag, ob sie gestern zu forsch gewesen war. Manchmal erkannte sie die Grenze zwischen Berufs- und Privatleben nicht und dann agierte sie fröhlich weiter in bester Chefattitüde. Dabei wollte sie das oft gar nicht. Das musste wirklich aufhören.

„Nein, das ist es nicht!", beruhigte Bree sie. „Der Tag im Salon war gut, sogar ganz lustig. Aber es ist trotzdem nett, dass du dir Gedanken gemacht hast." Sie griff nach Millas Hand und drückte sie. „Dieser Erik regt mich auf. Ich habe echt keine Ahnung, was sein Problem ist! Er hat mich eben im Auto blöd angemacht."

„Du musst Verständnis mit ihm haben. Diese Schweden vom Land sind nicht gerade Flirtweltmeister", warf Nick ein.

74

„Oh Mann, so doch nicht!" Bree verdrehte die Augen und Nick feixte. Er hatte sie sehr wohl verstanden. „Er... Ist ja auch nicht so wichtig."

„Natürlich ist es wichtig!", wandte Milla ein. „Schließlich bist du meine Freundin und er arbeitet für mich. Also, was ist passiert?"

„Er hat mir zu verstehen gegeben, dass Leute wie ich verantwortlich für den Klimawandel sind", fasste Bree das unsägliche Gespräch zusammen.

„Wie bitte?", fragte Milla entrüstet, während Nick einen Lachanfall bekam. Er lachte so sehr, dass er sich gar nicht mehr beruhigen konnte.

„Schön, dass es dich amüsiert", murmelte Bree und trank noch einen Schluck.

Aber Milla sah ihn entrüstet an. „Was ist daran bitte komisch?! Es ist unglaublich unverschämt und wenn ich es nicht besser wüsste, würde ich sagen, er hat den Verstand verloren!"

„Du hast recht!", stimmte Nick ihr unter größter Anstrengung zu. Er bemühte sich sehr, sein Grinsen abzustellen. „Es ist überhaupt nicht lustig." Er schluckte mühsam und versuchte nicht an das Gespräch zu denken, in dem Erik ihn nach seinen ganzen Reisen ausgefragt hatte. Damals hätte er schwören können, wäre Erik am liebsten sofort zu einer Weltreise aufgebrochen. An das Klima hatte er dabei nicht eine Sekunde gedacht.

„Genau", sagte Milla langsam, wobei sie ihn nicht aus dem Blick ließ. Sie verstand immer noch nicht, warum er so gelacht hatte. War das eine schräge Form von Männerhumor? „Es ist eine Frechheit."

Bree sah abwechselnd zwischen den beiden hin und her. Offenbar gab es eine Art Insider zwischen Nick und Erik, von dem Milla nichts wusste. Das hatte sie selbst bei ihren Brüdern oft genug erlebt. „Ist ja auch egal, wir müssen uns ja nicht treffen", warf sie ein, um das Thema abzuschließen.

„Ah, apropos treffen!" Milla drehte sich zu ihm um. „Du hast wohl großen Eindruck auf Tuva Andersson gemacht. Sie hat vorhin angerufen und uns zu einer Begrüßungsfika eingeladen."

„Vielleicht hast du aber auch Eindruck auf ihren Neffen gemacht...", mutmaßte Nick und zwinkerte Bree zu.

„Ich habe sie heute frisiert und Per hat sie dort abgeholt. Aber wieso lädt sie uns ein?", wunderte sie sich.

„Siehst du, sie kennt schon seinen Namen!", flachste Nick und wedelte dabei mit dem Kochlöffel.

„Ach du!" Milla machte eine abwehrende Handbewegung. „Pass lieber auf, dass das Gemüse nicht anbrennt!"

„Na hör mal, du weißt genauso gut wie ich, dass unsere Bürgermeisterin eine romantische Ader hat!", antwortete Nick und rührte dabei nachlässig das Gemüse um.

Milla seufzte. „Ja, weiß ich", bestätigte sie und sagte zu Bree: „Tuva hat eine kleine Schwäche für Romanzen. Nichtsdestotrotz hat sie uns am Samstag zum Kaffee eingeladen. Sie sagte etwas von wegen Begrüßung neuer Gemeindemitglieder und ihrer Pflicht als Bürgermeisterin."

Bevor Bree antworten konnte, schnaubte Nick abfällig. „Mich hat sie nicht mit Kaffee und Kuchen begrüßt."

„Vielleicht steht sie mehr auf kleine, dunkelhaarige Kobolde, als auf solche Surfertypen wie dich!", konterte Bree gut gelaunt, aber Nick stöhnte nur.

„O Gott, erinnere mich doch nicht daran, wie lange ich nicht mehr auf einem Board gestanden habe! Du bist kein Kobold, du bist eine garstige, kleine Hexe!"

„Nick!", rief Milla entsetzt. Wie konnte er nur so mit ihrer Freundin reden?!

„Aber Sommer! Sonne! Strand! Wellenreiten!" Mit weitaufgerissenen Augen fiel er vor ihr auf die Knie und griff nach ihren Händen. „Vermisst du das denn gar nicht?!"

Widerwillig musste Milla lachen. „Nein!" Sie schüttelte den Kopf. „Denn jetzt freue ich mich erst mal auf Weihnachten." Sie machte eine ausholende Geste, die die Weihnachtsdekoration umschloss. „Aber trotzdem kannst du doch nicht so mit unserem Gast reden."

Nick stutzte. Es war doch nur Spaß gewesen. Noch während er überlegte, ob er sich entschuldigen musste, sprang Bree für ihn in die Bresche.

„Es ist alles gut, Milla. Nick und ich haben nur ein bisschen rumgefrotzelt. Meine Brüder und ich machen das andauernd."

Milla sah sie skeptisch an. Als Einzelkind kannte sie so etwas nicht. Außerdem hatte sie die meiste Zeit ihres Lebens Privatunterricht bekommen und war auch noch ständig mit ihren Eltern unterwegs gewesen. Da waren Freundschaften mit Gleichaltrigen leider auf der Strecke geblieben.

„Ja, wirklich!", beteuerte Bree. „Und über die Einladung von Tuva freue ich mich. Kann man eigentlich in vier Wochen Schwedisch lernen?"

Auf einmal sprang Nick auf, um Brühe und Kokosmilch zum Gemüse zu gießen. Der Reis war auch gleich fertig.

„Ähm, naja, keine Ahnung!" Milla lachte auf. Auch wenn ihr die Äußerungen zwischen Nick und Bree komisch vorkamen glaubte sie ihnen, wenn sie sagten, sie konnten damit umgehen. „Es ist meine Muttersprache. Woher soll ich also wissen, wie lange man braucht sie zu lernen. Aber ich kann dir ein bisschen was beibringen. Vielleicht ein paar grammatikalische Grundregeln und alle Vokabeln rund um Haare..."

„Du kannst dir auch eine App runterladen. Ich habe verschiedene ausprobiert und kann dir welche empfehlen", bot Nick an.

„Das klingt gut. Danke!" Bree freute sich. Sprachen hatten sie in der Schule schon interessiert, aber das Angebot war eher spärlich gewesen. „Wie gut ist denn dein Schwedisch?"

Kapitel 6
Samstag, 7.12.

Bree reckte sich. Draußen war es schon hell, hoffentlich hatte sie nicht zu lange geschlafen. Für heute war zwar nur das Treffen bei Tuva und Per geplant, aber sie wollte nicht den Eindruck erwecken, sie würde hier Urlaub machen, während Milla und Nick normal weiter arbeiteten. Sie sollte aufstehen, sich fertig machen und hinunter gehen, aber sie konnte sich nicht aufraffen. Milla, Nick und sie hatten gestern Abend noch lange beieinander gesessen und geredet. Es hatte ihr unglaublich gut getan, mit den beiden zu sprechen. Sie von ihren Plänen berichten zu hören, war so inspirierend. Beide ließen sich durch nichts von ihren Träumen abhalten und anstatt Probleme hin und her zu wälzen, konzentrierten sie sich auf die Suche nach Lösungen. Die meisten Menschen, die Bree kannte, sahen überall immer nur die Hindernisse, die sich ihnen in den Weg stellten und was alles nicht ging. Aber Milla und auch Nick versuchten immer nach den Möglichkeiten, die sich ihnen boten, Ausschau zu halten. Klar ging bei ihnen auch nicht alles glatt – so hatte Nick erzählt, dass er im Sommer spontan entschieden hatte die schönsten Bilder seiner langjährigen Fotografenkarriere als Wandkalender anzubieten. Und weil er damals lediglich hoffen konnte, mit Milla zusammen zu kommen, hatte er natürlich eine Druckerei in London ausgewählt. Schließlich war sein damaliger Stammwohnsitz auf Gracewood Hall, dem Herrenhaus seiner Familie im schönen Kent, gewesen. Das hatte aber auch bedeutet, dass er im Herbst nach England hatte fliegen müssen, um die Kalender dort in Empfang zu nehmen, in Eigenregie zu verpacken und zu versenden. Im Endeffekt hatte er durch die Flüge kaum Gewinn gemacht. Aber er verurteilte sich nicht selbst dafür, sondern hatte bereits Ideen entwickelt, wie er Geld verdienen konnte, ohne auf Aufträge von Firmen oder Zeitschriften angewiesen zu sein. Und auch Milla hatte feststellen müssen, dass es oft nicht einfach war, die Pension inklusive Yogakurse allein zu stemmen.

Was Bree allerdings am meisten beeindruckte war, dass beide ganz konkret wussten, was sie wollten. Sie selbst dagegen fühlte sich immer noch auf der Suche. Sie liebte ihren Beruf, liebte dass sie immer schnell ein konkretes Ergebnis und einen glücklichen Menschen vor sich hatte. Aber genauso wusste sie, dass sie nicht ihr ganzes Leben in einem Salon arbeiten konnte. Dieses klassische Frauenleben zwischen Familie, Heim und Beruf wollte sie nicht. Wenn sie sah, wie andere sich abhetzten, permanent versuchten andere Menschen zufrieden und glücklich zu machen und dabei selbst auf der Strecke blieben, da spürte sie in sich einen immensen Widerstand. Sie wollte einfach mehr vom Leben. Aber was genau, das wusste sie einfach nicht. Und an manchen Tagen machte dieses Nichtwissen, diese Ziellosigkeit sie fast verrückt. Manchmal kam sie sich vor, wie die einzige planlose Mittzwanzigerin auf der ganzen Welt.

Entschlossen schlug sie die Bettdecke beiseite und stand auf. Das war nun wirklich nicht der richtige Zeitpunkt um im Selbstmitleid zu baden! Sie würde jetzt frühstücken, danach einen Spaziergang an der frischen Luft machen, Milla fragen, ob sie ihr helfen konnte und vielleicht noch in ihrem neuen Buch lesen, bevor sie zu Tuva und ihrem Neffen aufbrachen.

***

Erik hatte schlecht geschlafen. Die wirren Träume, die ihn geplagt hatten, waren zwar direkt nach dem Aufwachen verschwunden, hatten aber dennoch ein diffuses Gefühl von Schwere hinterlassen. Nun quälte er sich schon seit zwanzig Minuten durch sein Sportprogramm und noch immer hatte er seinen Rhythmus nicht gefunden. Viel zu langsam wechselte er von den Liegestütz zum Hampelmann und zurück. Bei den Mountainclimbers wäre er eben am liebsten auf die Matte gefallen und liegen geblieben. Er gab sich selbst noch 15 Minuten, wenn ihm die Abfolge der Übungen dann immer noch so schwerfiel, würde er sein Fahrrad holen und eine große Runde durch den Wald fahren. Wald half immer und Bewegung war schließlich Bewegung. Auch wenn Fahrradfahren eher nicht dafür sorgte, dass sein Bauch flach und seine Arme stark blieben. Erik stöhnte, warum fielen ihm beim Gedanken an trainierte Bauchmuskeln eigentlich Ingrids Zimtschnecken ein?! Naja, vielleicht konnte er ja auf dem Rückweg bei ihr vorbei fahren und welche für seinen Opa und sich für den Nachmittagskaffee besorgen.

Oder er warf gleich sämtliche Pläne über den Haufen und fuhr heute nach Nässjö, vielleicht würde sie sich freuen, wenn er spontan vorbei kam.

***

„Hejhej!" Freudestrahlend öffnete Tuva die Tür ihres großen, gelbgestrichenen Holzhauses. „Wie schön, dass ihr da seid! Kommt schnell rein..." Tuva winkte sie in den großzügigen Eingangsbereich, den Bree beinahe als Eingangshalle bezeichnen würde, denn neben der geschwungenen Treppe stand ein prächtiger Weihnachtsbaum, ganz in Gold und

Cremeweiß geschmückt. Staunend stellte Bree fest, dass das Haus sogar noch größer war als Millas Pension. Hatte die Bürgermeisterin nicht erzählt, dass sie ganz allein hier lebte?!

„Habe ich es doch richtig gehört!", ertönte da plötzlich eine tiefe Stimme und Bree sah Per die Treppe hinunter kommen. Jetzt nur im dunkelblauen Kaschmirpullover und perfekt geschnittenen Wollhose, konnte sie sehen, dass er sportlich war, aber es auch nicht übertrieb. Er war einer dieser Männer, denen Erfolg so selbstverständlich war, dass sie ganz lässig damit umgingen. Diese Art von nonchalantem Selbstbewusstsein fand sie schon immer faszinierend.

Er begrüßte sie zuerst und schenkte ihr ein entspanntes Lächeln. „Wie schön, dass ihr es einrichten konntet." Er nahm ihr den Mantel ab und reichte ihn einem Hausmädchen, das scheinbar wie aus dem Nichts aufgetaucht war.

„Vielen Dank für die Einladung", antwortete Bree. Er machte es ihr einfach sich wohl zu fühlen.

„Kommt, wir gehen ins Wohnzimmer. Luisa hat extra einen französischen Weihnachtskuchen gebacken." Tuva lotste sie, nachdem sich alle begrüßt hatten, nach nebenan. Auch dort stand ein wundervoller Tannenbaum, dieser trug allerdings champagnerfarbenen Weihnachtsschmuck. Ein prasselndes Kaminfeuer sorgte für Behaglichkeit.

„Bûche de Noël?!", hakte Nick nach, als er einen Blick auf die gedeckte Kaffeetafel warf und die Schokoladenbiskuitrolle entdeckte, die wie ein Baumstamm geformt war.

Tuva lachte auf. „Ja, unsere Luisa ist ganz verrückt nach allem Französischen. Irgendwann verlässt sie uns sicher und zieht in die Provence." Tuva schmunzelte liebevoll. „Bitte setzt euch doch! Luisa bringt den Kaffee sofort. Oder möchte jemand lieber Tee? Per hat eine ganz hervorragende Mischung aus Stockholm mitgebracht."

„Kaffee reicht vollkommen", antwortete Bree, nachdem Per ihr den Stuhl zurecht gerückt hatte. Auch Milla und Nick lehnten dankend ab.

„Ich kann es ihr nicht verdenken. Südfrankreich ist wunderschön", griff Per, den Faden wieder auf.

„Ja, und deutlich wärmer als Schweden. Zumindest im Winter", ergänzte Nick und auch Milla gab zustimmende Laute von sich.

„Bin ich die Einzige, die noch nicht dort war?", wollte Bree wissen und schon entspann sich ein munteres Gespräch über Reiseziele und die kulturellen Unterschiede das Leben zu genießen.

„Die klimatischen Bedingungen darf man dabei aber nicht außer Acht lassen. Wenn es ständig regnet oder der Wind pfeift, ist es schwer la dolce Vita im Freien zu genießen", warf Bree ein. „Bei 15 Grad Außentemperatur fällt es zumindest mir schwer einen Espresso in der Bar am Straßenrand zu genießen." Bree lächelte schief.

„Du musst dich nur richtig anziehen!", warf Per ein und Bree warf Milla einen wissenden Blick zu. Ihre Freundin zwinkerte ihr verschwörerisch zu.

„Ich bin keine Frostbeule und weiß wie ich mich anziehen muss. Ich meine ja nur, dass bestimmte Dinge im Süden mehr Spaß machen", antwortete Bree.

„Wo würdest du denn leben, wenn du es dir aussuchen könntest?", erkundigte sich Per.

„Wenn ich das wüsste, wäre mein Leben deutlich einfacher!" Bree seufzte leise, aber Tuva hatte es dennoch gehört. Sie unterbrach ihr Gespräch mit Milla und sagte: „Wenn das so ist, werde ich versuchen dich zum Bleiben zu überreden." Sie hob eine Hand an ihr Haar. „Meine Frisur sah noch nie so lange, so gut aus! Aber verrate es bloß nicht Lovis!"

Bree lachte. „Ich verrate nichts. Aber ich freue mich!"

„Apropos Lovis, hat sie dich schon wegen der Theateraufführung gefragt?!", wollte Tuva wissen.

„Nein. Welche Theateraufführung?" Bree sah sie neugierig an.

„Die Grundschule führt jedes Jahr im Dezember ein Stück für die ganze Stadt auf. Lovis hilft immer hinter der Bühne. Sie frisiert und schminkt die Kinder", erklärte Tuva.

„Und du meinst, dieses Jahr fällt sie aus?! Wann ist denn die Aufführung?"

„Immer am Wochenende vor Weihnachten", warf Per ein. „Die Kinder sind großartig. Ich verpasse nie eine Show. Man kann gar nicht früh genug anfangen den Künstlernachwuchs zu fördern", erklärte er mit Nachdruck und Nick warf Milla einen fragenden Blick zu. Die zuckte unmerklich mit den Schultern. Auch wenn sie in all den Jahren auch mal im Dezember hier gewesen war, war sie trotzdem noch nie dabei gewesen. Bree hingegen war hingerissen. Ein Mann, der das Theater liebte und sich auch nicht scheute zuzugeben, dass er es sogar genoss Kindern beim Spielen zuzusehen, war selten.

„Ich weiß natürlich nicht, wie schnell ihr Fuß wieder in Ordnung ist. Aber ich könnte mir vorstellen, dass Lovis Hilfe braucht."

„Ich helfe gern", antwortete Bree. „Aber ich denke, sie sollte mich fragen. Ich möchte nicht, dass sie denkt, ich reiße ihre Projekte an mich."

„Auf so eine Idee kommt sie bestimmt nicht", versicherte Tuva. „Aber wir können gern abwarten. Nur bist du so schon einmal vorgewarnt." Tuva setzte das letzte Wort in Anführungszeichen und Bree lachte.

„Jetzt frage ich mich natürlich, weswegen ich ,vorgewarnt' werden muss!"

„Wegen der Kinder natürlich. Die sind bestimmt lauter kleine Diven", warf Nick mit einem breiten Grinsen ein.

„Ich finde, es ist nichts verkehrt daran, wenn man schon in jungen Jahren weiß, was man will", entgegnete Per und für einen Moment war es unangenehm still am Tisch.

„Es ist ewig her, dass ich im Theater war. Welches Stück führen die Kinder denn auf?", erkundigte sich Milla.

„Das kann ich dir nicht sagen. Letztes Jahr war es ein Stück über Wichtel", antwortete Tuva erleichtert, dass die Gesprächspause vorbei war und erklärte, als sie Brees fragenden Gesichtsausdruck sah.

„Sind Wichtel so etwas ähnliches wie Kobolde?", erkundigte sich Nick und warf Bree einen schnellen Blick zu. Die widerstand der Versuchung ihm die Zunge rauszustrecken.

„Nein", antwortete Per. „Wichtel leben im Haus und unterstützen die menschliche Familie und Kobolde..."

„... leben in den Hügeln und treiben Schabernack!", ergänzte Bree.

„Genau! Interessierst du dich für Mythologie?", wollte Per wissen.

„Ich liebe gute Geschichten!", präzisierte Bree.

„Apropos, gute Geschichten. Nick und ich haben letztens einen fantastischen Film gesehen!", warf Milla ein und begann zu erzählen.

***

„Ich wusste es." Erleichtert ließ sich Nick auf die Couch in ihrem Arbeitszimmer fallen. Der Weg bis unters Dachgeschoss, wo sie ihre privaten Räume hatten, erschien ihm gerade unendlich weit.

„Was wusstest du?", erkundigte sich Milla, während sie ihre Emails checkte.

„Dass die Einladung nur einem Zweck diente!", antwortete Nick.

„Dafür musste man aber auch kein Hellseher sein. Du hast doch selbst gesagt, Tuva hätte eine romantische Ader!", antwortete sie leicht abwesend.

„Ja, aber stört dich dieser Typ nicht auch?", wunderte er sich. „Allein sein Gerede über..."

„Schatz!", unterbrach sie ihn und sah endlich auf. „Es ist allein Brees Angelegenheit. Sie ist erwachsen und kann ihre eigenen Entscheidungen treffen."

„Das weiß ich doch, aber...", wollte er einwenden, aber Milla unterbrach ihn erneut.

„Abgesehen davon, dass sie nur zu Besuch hier ist, habe ich schon viele Männer bei ihr Kommen und Gehen sehen. Es war bis jetzt nie etwas Ernstes dabei. Bree flirtet einfach gern."

„Mit diesem Per kann man es auch gar nicht ernst meinen!", gab er entschieden von sich. „Dieser Nachmittag hat mich total geschlaucht. Der Typ hat eine Energie..."

Milla legte ihr Smartphone beiseite und sah mit einem feinen Lächeln zu ihm hinüber. „Das ist wirklich schade, dabei hatte ich noch so viel vor mit dir. Aber wenn du müde bist..."

Augenblicklich schenkte er ihr seine ganze Aufmerksamkeit. „Ach so?", fragte er interessiert. Ohne es selbst zu merken, hatte er sich ein wenig aufgerichtet. „An was dachtest du denn?"

„Nun ja", sagte sie und ging langsam auf ihn zu. „Lass mich überlegen..."

Nick hatte allerdings nur noch Augen für ihre langen Beine. Die waren ihm, direkt nach ihren unglaublichen Augen – damals in Kalkutta hatten sie türkisgrün ausgesehen – sofort aufgefallen, schließlich war sie beinahe genauso groß wie er. Erwartungsvoll setzte er sich richtig hin und griff nach ihren Hüften.

„Das Studio muss noch mal gefegt werden. Du weißt, heute Abend ist der neue Kurs und dann…"

Viel zu langsam für sein Empfinden, setzte sie sich rittlings auf seinen Schoß. „… brauche ich noch deine Hilfe bei der Choreografie. Ich bin mir noch nicht sicher, ob ich den Teilnehmer das ‚Kamel' zumuten kann. Was meinst du?", fragte sie ihn und beugte sich zurück, wie um ihm zu zeigen, was sie meinte, dabei praktizierte Nick Yoga länger als sie. Er war auf einer seiner vielen Reisen damit in Berührung gekommen und den Bewegungsabläufen sofort verfallen. Jetzt im Moment allerdings verfiel er ihr. Sie hatte ihre Hüfte nach vorn geschoben und ihren Oberköper nach hinten gestreckt. Mit ihren Armen stützte sie sich auf ihren Fußgelenken ab. In dieser Position hätte er problemlos die zarte Haut unterhalb ihres Bauchnabels küssen können, wenn sie nicht in gefühlten eintausend Schichten Kleidung gesteckt hätte.

„Mmh, gefällt mir sehr gut", murmelte er und schob vorsichtig ihren dicken Wollpulli nach oben. Leider versteckte sich darunter eine weitere Lage Kleidung.

„Okay, dann baue ich das ein", antwortete sie und richtete sich auf. Er half ihr, schließlich befand sie sich noch immer auf seinem Schoß, in dem es inzwischen mächtig pochte, und nicht auf der Yogamatte. „Oh, ich merke schon, wie sehr du es magst", flüsterte sie und mit einem Funkeln in den Augen begann sie sich hin und her zu bewegen.

O Gott! Wie sehr er sie liebte! Nach einem kurzen Stoßgebet, Bree möge in ihrem Zimmer bleiben, griff er in ihr Haar und küsste sie fest.

***

Bree hatte sich in ihr Zimmer zurückgezogen, um Nick und Milla ein wenig Zeit zu zweit zu lassen. Außerdem wollte sie sich die verschiedenen Sprachlernapps ansehen. Wenn Tuva recht behielt und sie bei dieser Aufführung helfen sollte, konnte es nicht schaden wenigstens ein paar Brocken Schwedisch zu können. Sie wusste zwar nicht, wie die Lehrpläne der Grundschüler aussahen, aber selbst wenn sie bereits Englischunterricht hatten, erwartete sie keine Wunder. So oder so, es würde bestimmt lustig werden und was hatte sie nach der Arbeit schon groß zu tun?! Sie konnte und wollte natürlich auch nicht Abend für Abend wie das dritte Rad am Wagen zwischen Milla und Nick sitzen. Es war schon schlimm genug, wenn ihr das mit ihren Eltern passierte.

Allerdings sah es so aus, als ob der gutaussehende Per Lust auf ein weiteres Treffen hatte. Sie war sich ziemlich sicher, dass er während des ganzen Gesprächs nach einer Möglichkeit gesucht hatte, nach ihrer Nummer zu fragen. Wenn es nicht schon wieder angefangen hätte zu regnen, hätte sie ja einen gemeinsamen Spaziergang vorgeschlagen. Aber so... Insgesamt schadete es auch nicht, wenn er sich ein wenig ins Zeug legen musste. Obwohl sie sich schon wunderte, dass er nicht einfach danach gefragt hatte. Er wirkte eigentlich nicht wie ein Mann, der Schwierigkeiten hatte zu bekommen, was er wollte. Aber egal, sie war nun wirklich nicht auf der Suche nach einer festen Beziehung und erst recht nicht zu einem Mann, der einen Job in einem anderen Land hatte. Globalisierung war ja schön und gut, aber ging es in Beziehungen nicht darum sich nah zu sein. Wie kriegte man sowas hin, wenn man Tausende Kilometer voneinander entfernt lebte?

Abgesehen davon war sie doch gerade erst dabei herauszufinden, was sie vom Leben wollte. Wie sollte sie das tun können, mit einem Partner an ihrer Seite? Das konnte doch gar nicht gut gehen! Der Mann, an dem sie sich einmal binden würde, musste einfach beweisen, dass er sie verdient hatte. Und so einen Mann hatte sie noch nicht gefunden. Aber bis es soweit war, würde ihr ein wenig weihnachtliche Flirterei durchaus gefallen!

***

Erik hatte sich doch durch sein ganzes Workout gekämpft und war nicht nach Nässjö gefahren, sondern mit dem Rad durch den Wald, hatte dann tatsächlich Zimtschnecken bei Ingrid gekauft und saß nun schon den ganzen Tag an den Abrechnungen. Wobei er sich aber immer wieder erwischte, wie er bei Youtube irgendwelche Filmtrailer schaute. Das war seine große Schwäche. Diese ganzen Vlogs oder irgendwelche Anleitungen oder andere Videos interessierten ihn nicht, aber Zusammenfassungen von Filmen, die konnte er sich stundenlang ansehen. Früher, bevor es Youtube gab, wäre er sogar nur dafür ins Kino gegangen und hätte Eintritt bezahlt. Nun gab es das kostenlos und jederzeit und an Tagen wie diesen war es sein Untergang. Seufzend ließ er den Kopf hängen. Vielleicht sollte er eine Kindersicherung oder etwas in dieser Art installieren, damit er sich nicht ständig durch das genial-schreckliche Internet ablenkte. Das Smartphone ließ er ja schon immer in der Küche, wenn er ins Büro ging. Aber den Computer brauchte er ja zum Arbeiten. Verdammt, wie machten das andere Leute?!

In diesem Moment ging die Tür auf und sein Großvater kam herein. „Darf ich mal?", fragte er und wies auf den Stuhl.

Irritiert sah Erik zu ihm auf. „Was?"

„Darf ich mich mal hinsetzen?", präzisierte Johan seine Frage und wedelte mit der Hand. „Und du bist eindeutig zu alt, um dich darauf hinzuweisen, dass man nicht einfach nur ‚Was?' sagt."

Erik verdrehte die Augen und stand auf. „Bitte sehr, aber beeile dich, ich habe noch eine Menge zu tun."

„Genau das wollte ich gerade zu dir sagen. Wenn du dich nicht beeilst, kommst du zu spät", entgegnete sein Opa und legte seine Hand auf die Computermaus.

Erik sah seinem Großvater fassungslos zu, wie er begann die Rechnung, an der er eben gesessen hatte, zu bearbeiten. „Opa, was soll das? Was machst du da?"

„Ich mache die Abrechnung, das siehst du doch!", antwortete Johan gelassen und verglich die Zahlen mit denen auf Eriks Notizen.

„Aber, das mache ich doch!", protestierte Erik, allerdings eher halbherzig. Das schien der Tag der Halbherzigkeit zu sein.

„Du!" Johan drehte sich zu ihm um und zeigte mit dem Finger auf ihn. „Du gehst jetzt aus und genießt deine Jugend und ICH mache die Abrechnungen."

„Aber...", wollte Erik einwenden.

„Nix da! Ich kann das und du solltest dich endlich mal wieder amüsieren! Du arbeitest viel zu viel!", bestimmte Johan. Diesen Tonfall kannte Erik nur zu gut. Widerspruch war da zwecklos. Also beugte er sich zu seinem Großvater hinunter und küsste ihn auf die Wange.

„Danke Opa!", antwortete er.

„Jaja, gern geschehen und jetzt mach, dass du wegkommst!" Johan wedelte wieder mit der Hand. Das ließ sich Erik nicht zweimal sagen, dafür war er viel zu froh, die unliebsame Aufgabe hinter sich lassen zu können.

***

„Wie gut, dass keiner Lust hatte zu kochen!" Voller Begeisterung nahm sich Bree eine weitere Handvoll überbackener Nachos. Sie hatten spontan beschlossen zum coolsten Lokal der Gegend zu fahren und Brees erste Woche in Schweden ordentlich zu feiern.

„Käse auf Chips zu streuen, kann man nicht gerade kochen nennen", wandte Nick ein und trank einen Schluck von seinem Bier.

„Das richtige Essen kommt doch noch!", riefen Milla und Bree im Chor und er musste lachen.

„Ich frage mich nur, wie ihr das noch schaffen wollt, so viel wie ihr davon in euch reinstopft!"

„Soll ich dir mal ein Geheimnis verraten?", erkundigte sich Bree und beugte sich ein wenig zu ihm hinüber. „Es kommt nicht gut, das Essverhalten von Frauen zu beurteilen. Ist ziemlich unsexy, wenn du verstehst, was ich meine..." Sie ließ sich wieder auf ihren Stuhl plumpsen und griff erneut in die Schale.

„Und ihr wisst, dass ich das ÜBERHAUPT nicht so gemeint habe", antwortete er betroffen.

„Ja, wissen wir!", antwortete Bree nach einem Blickwechsel mit Milla.

Die nickte und fuhr fort: „Es wird einfach immer noch so sehr über Frauen geurteilt, wie sie zu sein haben, wann sie was, wie tun sollen und wie sie dabei aussehen sollen. Das ist so..."

„Sexistisch!", warf Bree ein.

„so umfassend ungerecht, ich würde sogar sagen verachtend und vor allem geschieht es überall und oft so subtil, dass einige Frauen ständig auf der Hut sind", erklärte Milla weiter.

„Und dadurch kann jede Äußerung von einem Mann nach hinten los gehen", beendete Nick den Gedanken.

„Genau!", stimmte Bree zu und trank einen großen Schluck ihres Virgin Mojitos.

„Aber was können wir dagegen tun? Denn ich möchte ja nicht, dass sich jemand in seinem Selbstwert angegriffen fühlt", fragte Nick ehrlich interessiert. Er war zwar in einer Familie voller echter Liebe und Zuneigung aufgewachsen und seine Mutter und Mrs. Cuthbert, die Haushälterin und gute Seele des Hauses, hätten auch nichts anderes geduldet, als dass er Frauen respektierte. Aber er war eben auch viele Jahre im Internat gewesen, das natürlich geprägt war von Traditionen. Auf seinen Reisen hatte er natürlich viel größere Ungerechtigkeiten gesehen.

„Das hier!", antwortete Bree und zog Kreise mit der Hand. „Darüber sprechen, es uns bewusst machen, um immer wieder neu entscheiden zu können."

„Und dadurch andere inspirieren, damit es immer weitere Kreise zieht und wir so, nach und nach, die ganze Welt verändern", ergänzte Milla.

„Dann haben wir einen Plan. Auf die Rettung der Welt!", rief Nick, hob sein Bier und stieß mit ihnen an. Dabei sah er genau, wie es in Millas Augen wieder zu funkeln begann. Entschieden stellte er die Flasche beiseite, um nach ihrer Hand zu greifen. „Ich liebe dich! Sehr!", sagte er und küsste sie. Als er sie damals zum ersten Mal gesehen hatte, hatte sein Herz ihres sofort erkannt. Sein Verstand jedoch begann erst jetzt ihre Verbindung zu begreifen. Wenn doch alle Menschen öfter auf ihr Herz, ihre Intuition hören würden... Es war noch nicht einmal ein Jahr her, dass sie sich in Kalkutta über den Weg gelaufen waren und doch kam es ihm viel, viel länger vor, so nah fühlte er sich ihr.

Milla rückte ein wenig von ihm ab, gerade genug um zu flüstern: „Ich liebe dich auch." Sie lächelte und bedeutete mit den Augen, dass sie nicht allein waren. Unmerklich nickte er, gab ihr einen schnellen Kuss und richtete sich wieder auf. Da sah er ihn.

„Erik!", rief er und hob den Arm. Da sahen auch Milla und Bree in Nicks Blickrichtung. Milla mit einem Lächeln, Bree mit einem Stirnrunzeln. Erik hatte ihn gehört und lief auf die drei zu.

„Hej! Vad gör du här?", erkundigte er sich und Bree antwortete wie aus der Pistole geschossen: „Die Welt retten!"

Alle sahen sie verwundert an. „Seit wann sprichst du schwedisch?", fragte Erik, endlich auf Englisch.

„Warum sprichst du Schwedisch, wenn du weißt, dass zwei von drei Personen es nicht verstehen?", entgegnete sie und sah ihn herausfordernd an. Was machte er hier? Gab es in der ganzen Gegend etwa nur eine Bar, in der man sich vergnügen konnte?

„Und was machst du hier? Es ist doch gar nicht Freitag!", wollte Nick wissen und Milla ergänzte: „Setz dich!" Sie machte eine einladende Geste.

„Danke!", sagte Erik und setzte sich tatsächlich. „Hat sich spontan ergeben", antwortete er auf Nicks Frage und Bree hatte Mühe nicht die Augen zu verdrehen. Schlimm genug, dass jeder jeden kannte. Anscheinend wussten alle auch noch über die Gewohnheiten der anderen Bescheid. Sie würde verrückt werden, wenn jeder ihrer Schritte von den

Nachbarn überwacht werden würde. Moment! Das war ihr in Beddingsham doch passiert und auch deswegen war sie vor einem Jahr auf Reisen gegangen.

„Und, wie wollt ihr die Welt retten?", erkundigte er sich mit diesem subtil spöttischen Ton, den anscheinend nur Bree hörte und griff sich ein paar Nachos.

„Durch ganz viel reden!", antwortete Milla mit einem Grinsen und alle lachten auf. Alle bis auf Bree, was keiner der drei bemerkte, denn in diesem Moment kam ihr Essen und Erik stand wieder auf.

„Bleib doch, wir haben sowieso zu viel bestellt!", lud Nick ihn ein und auch Milla nickte.

„Nein, danke, aber ich wollte nur Billard spielen. Guten Appetit!", wünschte er, lächelte in die Runde, wobei er Bree gar nicht richtig ansah und ging.

Kaum war er weg, schoss es aus Milla heraus: „Bree Sullivan, seit wann sprichst du schwedisch?"

„Tu ich doch gar nicht!", antworte Bree und winkte ab.

„Hä? Und das eben?" Milla sah verwundert zu Nick, aber der zuckte auch nur mit den Achseln.

„Das war Zufall", erklärte Bree. „Ich habe mir vorhin eine Fremdsprachen-App angesehen und bin direkt die Lektion mit den Begrüßungen durchgegangen. Anscheinend ist etwas hängen geblieben..." Jetzt zuckte sie mit den Achseln, als wollte sie es abtun, dabei freute sie sich im Geheimen tierisch über ihren Glückstreffer. Dieser Erik Sandberg ging ihr mit seiner arroganten Art so auf den Keks.

„Du musst nicht bescheiden sein. Wenn du dir in 20 Minuten oder wie lange das war, schon ganze Sätze merken kannst, hast du ein ausgesprochenes Sprachtalent!", sagte Nick zwischen zwei Happen. Er hatte als einziger schon angefangen zu essen. „Wollt ihr nichts oder seid ihr doch schon satt?"

„Haha!", erwiderte Bree und nahm das Besteck in die Hand. Gleichzeitig wunderte sich Milla: „Aber warum habe ich davon auf unserer Reise nichts gemerkt?"

Bree ließ das Besteck wieder sinken. „Weil wir in Asien waren. Diese Laute sind so weit weg von unseren Sprachen, da bräuchte ich richtigen Unterricht. Außerdem sprechen dort alle meine Muttersprache, da gab es nie die Notwendigkeit", sagte sie und spießte ein Stück Paprika auf.

„Ach?", erkundigte sich Nick mit einem verschmitzten Grinsen. „Und hier besteht Bedarf? Heißt er zufällig Per Andersson?"

„Das würde ich auch gern wissen!", warf Milla ein, biss von ihrem Taco ab und kaute genüsslich.

„Ihr seid unmöglich!", antwortete Bree. „Der Bedarf besteht aufgrund der Theateraufführung der Kinder. Denn die sprechen garantiert nicht alle fließend englisch."

„Und du bist sicher, dass das der einzige Grund ist?", bohrte Nick noch einmal nach.

Bree, die gerade ihre Gabel zum Mund führt, hielt wieder inne. „Nein, das ist tatsächlich nicht der einzige Grund", sagte sie langsam und betonte dabei jedes Wort.

„Ha! Ich wusste es!", triumphierte Nick und wollte gleich darauf wissen: „Was findest du nur an diesem Kerl?"

Aber Bree ließ sich nicht beirren und sprach im gleichen Tonfall weiter. „Einige der älteren von Lovis Kunden, können auch kein Englisch oder zumindest nicht gut. Daher dachte ich, es ist nur höflich, wenn ich tatsächlich ein paar Sätze sagen und verstehen kann."

„Ich finde das eine schöne Idee", bemerkte Milla und Bree wollte schon erleichtert aufatmen, da fuhr ihre Freundin fort. „Allerdings würde es mich schon interessieren, ob wir den Neffen der Bürgermeisterin jetzt öfter sehen werden."

„Keine Ahnung!" Bree stopfte sich nun endlich ihren Bissen in den Mund und nuschelte: „Wasch weisch isch denn, wasch er tun wird?!"

„Was wünschst du dir denn?", fragte Milla und Nick zog nur die Augenbrauen hoch.

„Oh Mann! Okay, er sieht gut aus, ist nett, anscheinend erfolgreich. Ich denke, man kann mit ihm Spaß haben. Zufrieden?", brummte sie. „Können wir jetzt endlich essen?"

„Entschuldige, wir wollten nicht...", begann Milla, aber Bree unterbrach sie.

„Ist schon gut. Ich wollte auch nicht so heftig antworten." Sie lächelte entschuldigend. „Lasst uns einfach das köstliche Essen und den schönen Abend genießen, ja?"

„Ja", sagte Milla schlicht und drückte ihre Hand.

„Wie? Wir dürfen dich nicht mit deinem Männergeschmack aufziehen?!", wollte Nick wissen.

„Nein!", antwortete Bree und schüttelte den Kopf.

„Och nö! Dabei fallen mir ständig neue Anwaltswitze ein!"

„Du kennst Anwaltswitze?!" Milla sah ihn ungläubig an.

„Ja klar, du nicht?", wunderte sich Nick und begann zu erzählen.

Während sich die beiden vergnügten, versuchte Bree sich auf ihre köstlichen Tacos zu konzentrieren, aber aus irgendeinem Grund hatte sie das dringende Bedürfnis zum Billardtisch hinüber zu schielen.

***

Erik bemühte sich sehr, nicht auf die eine Frau hinter seinem Rücken zu achten, sondern sich auf das Spiel zu konzentrieren. Es wurmte ihn, dass sie ihn so aus dem Konzept brachte und dann auch noch ständig überall auftauchte. In ihrer Gegenwart benahm er sich wie ein arroganter Idiot und das nur, weil er plötzlich seine Selbstsicherheit verlor. Als würde die Urlaub auf Bora Bora machen... Er hatte gedacht, jetzt wo er älter war, würde ihm das endlich leichter fallen. Ach verdammt! Auch wenn es ihm schwerfiel, musste er sich eingestehen, dass sie ihm gefiel. Warum wusste er selbst nicht genau. Irgendetwas hatte sie an sich mit ihrer zierlichen Figur und den halblangen, dunklen Locken. Er holte tief Luft und versuchte sich wieder auf die Kugeln vor ihm zu konzentrieren. Wenn er so weiter machte, verlor er diese Partie schneller als er gucken konnte.

Gott sei Dank, war heute nicht Freitag, war sein letzter Gedanke, bevor er die weiße Kugel fixierte und zum Stoß ansetzte.

Kapitel 7
Montag, 9.12.

Bree und Lovis staunten nicht schlecht, als Montagmittag plötzlich eine Traube junger Mädchen im Salon auftauchten und einen Termin für Donnerstagnachmittag vereinbaren wollten. Die Begeisterung über die kunstvolle Flechtfrisur, die Bree letzte Woche dem kleinen Mädchen gemacht hatte, hatte die Runde gemacht und nun wollten sich alle von ihr für das Luciafest am Freitag frisieren lassen.

Bis zum Feierabend der beiden herrschte ein ständiges Kommen und Gehen, bis sich sämtliche Mädchen zwischen zehn und vierzehn Jahren bei ihnen gemeldet hatten. Lovis konnte ihr Glück über die unverhofften zusätzlichen Einnahmen nicht fassen und Bree fragte sich, wie sie das alles bewältigen sollte.

„Du wirst mir helfen müssen", sagte sie dann auch zu Lovis, nachdem die letzte Schülerin gegangen war.

„Wie bitte?", fragte Lovis überrascht.

„Du wirst mir helfen müssen!", wiederholte Bree und tippte auf den Kalender, in dem Lovis die Termine eingetragen hatte.

„Aber sie wollen doch zu dir!"

„Ach was, sie wollen eine Flechtfrisur für den Lucia-Tag", widersprach Bree. „Und die können wir ihnen geben."

„Solche Kunstwerke, wie du sie zauberst, kann ich aber nicht." Lovis lachte verlegen auf. „Mein Steckenpferd ist Farbe!"

„Ich bringe dir ein, zwei Kniffe bei. Damit wird aus einer einfachen Flechttechnik im Handumdrehen ein Meisterwerk", versicherte Bree. „Vertrau mir!"

„Was bleibt mir anderes übrig?" Lovis sah auf den vollen Kalender. „Oh Mann! Ich weiß nicht, ob ich mich freuen oder Bauchschmerzen bekommen soll."

„Freuen natürlich!", rief Bree aus. „Das wird der Knaller! Und auf deinen Fuß passen wir schon auf!"

„Weiß ich doch. Ich lege ihn einfach weiter hoch. Der heilt schon!" Lovis stieß sich von der Kassentheke ab. „Willst du auch einen Kaffee?"

„Sehr gern!" antwortete Bree, die gerade ihr Handy gezückt hatte und nach einem bestimmten Video im Internet suchte. „Ich hab´s!", rief sie kurz darauf und lief hinter Lovis her. „Schau dir das an, ich übernehme den Kaffee." Sie drückte Lovis das Smartphone in die Hand und machte sich an die Kaffeezubereitung.

„Das ist ja tatsächlich ganz einfach!", staunte Lovis nach einer Weile.

„Sag ich doch. Wenn wir es schön fest flechten, können die Mädels damit auch schlafen gehen und sehen am nächsten Morgen immer noch gut aus", sagte Bree und tauschte Handy gegen Kaffeetasse. „Eigentlich sogar noch besser. Ich finde solche Frisuren immer ein wenig schöner, wenn ein paar Strähnchen rausschauen."

Lovis nickte zustimmend. „Ja, ich auch. Schickst du mir den Link des Videos? Dann studiere ich das noch ein wenig, während du Frau Svensson die Haare machst." Lovis deutete mit dem Kopf zur Eingangstür, vor der gerade eine entzückende ältere Dame erschien.

„Alles klar, Chef!", antwortete Bree, während sie auf die Kundin zuging.

***

„Hej Süße!", rief Milla, als Bree später durch die Hintertür in die Küche trat. „Du kommst genau richtig. Das Abendessen ist gerade fertig geworden!"

„Was gibt es denn?", erkundigte sich Bree beim Händewaschen.

„Mia hat Schwedische Lachstorte gemacht.", antwortete Milla und holte zwei Kuchenformen aus dem Ofen. „Ich finde ja, der Montagabend verdient ein besonderes Essen."

„LachsTORTE?", fragte Bree und zog die Nase kraus. „Immerhin riecht es köstlich..."

Milla lachte. „Immerhin?"

„Keine Ahnung, mir ist gerade eingefallen, dass auch wir für manche Gerichte merkwürdige Namen haben." Bree lächelte und kam neugierig näher.

„Es ist Lachs in Blätterteig mit Spinat. Ich hoffe, du magst es", erklärte Milla.

„Klingt gut und sieht auch so aus, aber warum hast du so viel gemacht?" Bree deutete auf die großen Formen.

„Wir haben neue Gäste und sie haben gefragt, ob sie auch Abendessen haben können."

„Ich dachte, du bietest nur Frühstück an."

„Nein, nicht nur. Wer möchte, bekommt auch Abendessen. Aber eben das, was wir alle essen und kein Buffet", antwortete Milla und hob ein vollbepacktes Tablett hoch. „Bringst du den Brotkorb mit?"

„Sicher!", antwortete Bree, als auf einmal ihr Handy piepste und auch nicht mehr aufhörte. Sie zog es aus ihrer Hosentasche und lächelte.

„Wer schreibt denn?", fragte Milla, die das Piepen gehört hatte.

„Per", antwortete Bree, während sie zu lesen begann.

„Uhh!", machte Milla auf dem Weg ins Esszimmer und als Bree nicht reagierte, fragte sie: „Was schreibt er denn?"

„Er hat sich für den schönen Nachmittag bedankt und gefragt, ob wir am Donnerstagabend ins Kino gehen wollen. In Nässjö laufen wohl verschiedene Filme im englischen Originalton", antwortete Bree.

„Und dafür braucht er so viele Nachrichten?", wunderte sich Milla, während sie Butter, Dips und Teller mit Rohkost auf den Tischen verteilte.

„Nein, er hat mir noch die Filmvorschauen geschickt, damit ich mich besser entscheiden kann."

Milla war beeindruckt. „Ich mag es, wenn Menschen vorausschauend sind."

„Ich auch!" Bree seufzte und drückte mit einem entrückten Lächeln ihr Smartphone an die Brust.

Milla sah sie an und legte den Kopf schief. „Bree, du bist mehr wert, als ein paar mitgeschickte Filmvorschauen", sagte sie liebevoll.

„Jaja", entgegnete die nur und steckte das Gerät wieder weg. Das wusste sie theoretisch auch, aber in der Praxis waren vorausschauend planende Männer, die zu ihrem Wort standen, selten. Bree traf immer nur die Exemplare, die auf kurzfristen Spaß ohne Verpflichtungen aus waren. Damit hatte sie ja grundsätzlich kein Problem, aber scheinbar war Per anders und sie merkte, dass sie das mochte. Also würde sie ihm sofort antworten.

„Hi, mir hat der Nachmittag auch gefallen und Kino am Do klingt gut. Wir essen jetzt, melde mich später. Bree"

Kaum hatte sie die Nachricht versendet, antwortete er schon.

„Wunderbar! Lass es dir schmecken. Bei dir gibt's bestimmt gute Hausmannskost… Wenn ich Glück habe, finde ich noch kalte Chinanudeln im Kühlschrank."

„Milla hat schwedische Lachstorte gemacht… Warum machst du dir nicht etwas Frisches? Oder kannst du nicht kochen?"

„Könnte ich, wenn ich nicht noch im Büro wäre. Allerdings müsste ich vorher einkaufen gehen, der Kühlschrank in meiner Wohnung ist auch nicht voller, als der im Büro."

„Hat Tuva dir etwa nichts zu essen mitgegeben?"

„Doch, aber das ist schon weg…"

„So ein Mist, aber wer kennt sie nicht, diese lästige Angewohnheit von Lebensmittel immer genau dann zu verschwinden, wenn man sie am dringendsten braucht?!"

„Endlich eine Frau, die mich versteht!"
„Ich gucke mir jetzt übrigens todesmutig die Nudeln an…"

„Soll ich schon mal den Notruf wählen?"

„Vielleicht… Ich weiß nämlich nicht mehr, seit wann die im Kühlschrank sind."

„Igitt"

„Du sagst es! Werde mir wohl doch etwas bestellen müssen…"

„Bree, das Essen ist fertig!", sprach Milla sie an und zu ihrer Verwunderung stellte sie fest, dass die Gäste und auch Nick bereits an ihren Plätzen saßen. Sie hatte gar nicht bemerkt, dass sie an ihr vorbeigegangen sind.

„Muss jetzt wirklich aufhören. Fühle mich schon wie der Teenie am Tisch…"

Sie ging zu Nick hinüber und setzte sich, in diesem Moment piepte ihr Handy noch einmal. Nein, zweimal.

„Lass es dir schmecken, LG an alle!"
„Bis nachher"

Mit einem breiten Lächeln steckte sie ihr Smartphone weg.

„Du siehst so happy aus", stellte Nick fest. „Hast du einen guten Tag gehabt?"

Bree nickte. „Ja, mein Tag war richtig gut!"

„Und liegt das nur an den Nachrichten von eben oder ist sonst noch etwas Gutes passiert?", erkundigte sich Milla.

„Es ist tatsächlich noch etwas passiert", antwortete Bree und erzählte von dem Mädchenansturm auf den Salon.

„Toll! Wir freuen uns für dich."

„…und Lovis", ergänzte Nick. „Gerade jetzt kann sie bestimmt jedes zusätzliche Einkommen gut gebrauchen."

„Wahrscheinlich", stimmte Bree zu. „Aber auch sonst ist nicht gerade wenig los… Und bei Euch?"

„Ich habe auch gute Nachrichten!", verkündete Milla und wirkte mit einem mal sehr aufgeregt. „Die Grundschule hat mich angerufen. Sie möchten, dass ich ab nächstem Halbjahr einen Yogakurs in der Nachmittagsbetreuung anbiete", erzählte Milla.

„Das ist großartig!" Bree strahlte sie an.

„Ja, das ist ganz wundervoll Schatz!", gratulierte Nick und gab ihr einen Kuss. „Ich bin so stolz auf dich!"

„Danke, ich freue mich auch so sehr. Anscheinend haben mich mehrere Eltern nach dem Yoga-Wochenende empfohlen." Entgegen ihrer sonst eher ruhigen Art, hüpfte Milla beinahe auf ihrem Stuhl auf und ab. „Es ist so toll! Ich wollte schon immer mit Kindern arbeiten und jetzt kann ich das!"

„Schaffst du das denn alles?", wollte Bree wissen und machte eine ausholende Handbewegung, um zu verdeutlichen, was sie meinte.

„Sicher, sonst hätte ich nicht zugesagt. Ich durfte mir sogar den Wochentag und die Uhrzeit aussuchen, also alles ganz entspannt!", antwortete Milla grinsend. „Hoffentlich!"

„Wenn du jetzt auch noch gute Neuigkeiten hast", wandte sich Bree an Nick, „müssen wir heute richtig feiern."

„Haben wir das nicht gestern schon?", erkundigte sich Milla. „Ich war heute Vormittag so müde!"

„Du wirst eben alt!", entgegnete Bree frech.

„Hallo?", empörte sich Milla lachend. „Was soll das denn heißen? Und du nicht?!"

Während sich die beiden kabbelten, genoss Nick sein Abendbrot. Er hatte nicht vor etwas zu dieser Unterhaltung beizutragen. Man musste schließlich nicht immer etwas sagen. Abgesehen davon war er der Älteste von ihnen und er hatte zudem bemerkt, dass sein Leben, je älter er wurde, immer besser wurde. Wenn er so drüber nachdachte, stellte er fest, dass er in keine Zeit zurück wollte. Er hatte eine wunderbare Kindheit gehabt, normale Teenagerjahre, anstrengend und doch behütet, wie er im Nachhinein festgestellt hatte. Und obwohl er sich gegen einen sicheren Job und für seine Freiheit entschieden hatte, waren seine

Zwanziger doch relativ häufig von Unsicherheiten geprägt gewesen. Selbstverständlich war er noch nicht fertig mit seiner persönlichen Entwicklung, das wäre mit fast 34 auch furchtbar, aber wenn es so weiter lief, dann freute er sich ungemein auf die Jahre, die noch vor ihm lagen. Unabhängig von all den Dingen, die er noch umsetzen und erleben wollte. Wobei, er freute sich so oder so auf alles, was noch kam, egal wie es lief.

***

Mit einem zufriedenen Lächeln setzte sich Per wieder an seinen Schreibtisch. Bree zu schreiben fühlte sich überraschend leicht an. Er freute sich schon auf Donnerstag und hoffte sehr, bis dahin in dem neuen Fall ein ganzes Stück weitergekommen zu sein. Damit das gelang, besorgte seine Sekretärin ihnen gerade etwas Richtiges zu essen. So schlecht war sein Leben doch nicht. Er liebte seine Arbeit und das Leben in der Großstadt. Aber manchmal musste er eben raus aufs Land und zur Ruhe kommen. Er brauchte diesen Ausgleich einfach, das hatte er akzeptiert. Noch vor ein paar Jahren hatte er damit gehadert, weil diese Besuche bei seiner Tante einfach nicht in seine Vorstellung von einem erfolgreichen Anwalt passten. Er war sich irgendwie minderwertig, nicht ganz normal vorgekommen. Mittlerweile wusste er, dass sie alle einen Ausgleich hatten und einige fielen in sehr ungesunde Verhaltensweisen, um den Druck zu kompensieren. Das hatte er mit eigenen Augen an seinem ehemaligen Mentor gesehen. Dem Verfall dieses einst so großartigen Menschen hautnah mitzuerleben, hatte Per so abgeschreckt, dass er doch lieber regelmäßig nach Österholm fuhr und sich dafür nicht weiter selbst verurteilte.

Entschlossen legte er sein Smartphone in die Schublade. Bis das Essen kam, würde er konzentriert weiter arbeiten. Dann konnte er Bree vielleicht noch ein Foto von seinem Dinner schicken, mit einem witzigen Spruch und dann noch etwas arbeiten. Spätestens um 22 Uhr würde er das Büro verlassen, dann wäre er nicht zu spät im Bett und morgen fit genug. Er wollte schließlich Donnerstag früh das Büro verlassen, um mit dieser aufregenden Frau ins Kino zu gehen.

***

Als ihr Handy wieder zu piepen begonnen hatte, waren sie gerade fertig geworden. Bree hatte Milla und Nick noch beim Aufräumen geholfen. Die Gäste waren im Esszimmer sitzen geblieben und hatten Karten gespielt. Es waren zwei Ehepaare, die augenscheinlich schon viele Urlaube gemeinsam verbracht hatten.

Nun saß Bree satt und zufrieden auf ihrem Bett und las noch einmal Pers Nachrichten. Sie hatte noch nie ein Geheimnis daraus gemacht, dass sie mehr vom Leben wollte, als ihre Freunde und Familie das taten oder gar für möglich hielten. Seit diesem einen Erlebnis mit sechzehn, als ihr damaliger Freund sich so zugesoffen und dann einen Streit mit ein paar Jungs vom Gymnasium angefangen hatte, ging sie nicht mehr mit Jungs, später Männern aus, die nicht ein Mindestmaß an Bildung und somit auch Einkommen hatten. Sie hatte sich damals so geschämt für „ihresgleichen", dass sie sich geschworen hatte, dass ihr so etwas nie wieder passieren würde. Und das war es auch nicht. Sobald sie merkte, dass der Mann nicht zu ihr passte, ging sie. Sie wollte sich eben nicht zufrieden geben. Sie hatte sich geschworen immer offen zu bleiben, so viel wie möglich zu sehen von der Welt. Einfach das Maximum aus dem Geschenk namens Leben herausholen. Die meisten Menschen verstanden das nicht, auch ihre Eltern hatte Schwierigkeiten damit, vor allem ihr Vater. Aber sie wollte das ganze Paket, auch in der Liebe, Respekt und Anerkennung, genauso wie Feuer und Leidenschaft. Schließlich war sie selbst auch bereit das zu geben. Deswegen sagte sie beinahe immer „JA!", wenn sich ihr eine Gelegenheit bot. Und bei Per hatte sie ein gutes Gefühl. Er schien ein wirklich netter Kerl zu sein, zudem sah er gut aus! Mit einem erwartungsvollen Kribbeln im Bauch begann sie ihm zu antworten.

Kapitel 8
Donnerstag, 12.12.

Staunend wurde Bree am Donnerstagnachmittag, mitten in der großen Flechtaktion, klar, wie einfach es ihr gefallen war diese neue Routine anzunehmen. Überraschenderweise gefiel ihr die Arbeit mit Lovis in deren Salon. Es war eine nette Abwechslung und eine tolle Erfahrung. Dass sie so viel zu tun hatten, war ein zusätzlicher Bonus. Nichts hasste Bree mehr, als das Gefühl ihre Zeit zu verschwenden und harte Arbeit hatte sie noch nie gestört.

Aber heute fiel es ihr besonders leicht. Sobald die Mädchen im Laden waren, war die Luft erfüllt von Gekicher und freudiger Aufregung. Bree fühlte sich mit einem Schlag zurück in ihre eigene Teeniezeit versetzt. Netterweise nur in die guten, lustigen Tage. Vielleicht konnte man aber auch erst in der Rückschau erkennen, was für wundervolle Momente diese Zeit bereitgehalten hatte, überlegte sie. Doch dann schüttelte sie entschieden den Kopf. Nein, sie würde jetzt nicht melancholisch werden und wie eine alte Frau die Vergangenheit verklären! Erwachsenwerden war mitunter eine harte, ernste Angelegenheit und sie hatte auch die zutiefst verzweifelten Momente, die damit einhergegangen waren, nicht vergessen. Sie würde jetzt einfach die Atmosphäre und Energie dieser Mädchen genießen und ihren Teil dazu beitragen, dass sie heute und morgen einen wundervollen Tag hatten. Sie sollten sich mit ihren Frisuren und den Lichterkränzen wie Königinnen fühlen.

Also lauschte sie weiter dem Geschnatter, auch wenn sie nur im Zusammenhang verstand worum es ging. Dass auch diese Jugendlichen englische Begriffe in ihre Sprache flochten, machte es für sie natürlich noch ein bisschen einfacher. Während sie fleißig Haare flocht, waren die Mädels mittlerweile dabei sich gegenseitig von ihren Weihnachtswünschen zu erzählen. Zumindest vermutete Bree das, denn es fielen vermehrt irgendwelche Markennamen. Als sie zu Lovis hinüber sah, erschrak sie. Schnell flocht sie den Haarkranz fertig, steckte die Enden mit Klammern fest, so dass sie keiner sah und rollte zu Lovis hinüber, die ihr wie abgesprochen half.

„Alles okay bei dir? Du siehst so blass aus", flüsterte Bree an Lovis Seite. „Hast du Schmerzen? Willst du lieber aufhören?"

„Nein, nein. Es ist nichts", murmelte Lovis zwischen zusammengebissenen Zähnen. Sie hatte verschiedene Haarklammern im Mund. „Mir ist nur gerade eingefallen, dass ich noch gar keine Geschenke für meine Kinder besorgt habe. In dem ganzen Trubel ist mir das völlig untergegangen."

„Kann das nicht dein Mann machen?", erkundigte sie Bree, aber Lovis schnaubte nur.

„Der würde ihnen genau das schenken, was sie unbedingt haben wollen!"

Bree runzelte die Stirn. Ging es bei Geschenken nicht genau darum? Aber bevor sie nachfragen konnte, fuhr Lovis schon fort.

„Die Spielzeugindustrie produziert zum Teil nur Schrott, der spätestens nach dreimal Benutzen auseinander fällt oder Sachen, die zwar toll aussehen, aber zu nichts taugen."

„Okay", antwortete Bree langsam und winkte das nächste Mädchen zu sich. „Und was machst du dann, wenn sie sich nun einmal so etwas wünschen?"

„Das, was jede gute Mutter tut. Ich schenke ihnen einen Kleinigkeit von dem Schrott und noch etwas, von dem sie gar nicht wussten, dass sie sich das wünschen", antwortete Lovis und die Mädchen brachen in schallendes Gelächter aus. Erst jetzt bemerkte Bree, dass sie auffallend ruhig gewesen waren.

„Jaja, hört nur gut zu. Das blüht euch auch, wenn ihr erwachsen seid!", rief Lovis mit einem beinahe verzweifelten Grinsen im Gesicht. Die Mädchen lachten laut auf. Nur eine nicht.

„Mir nicht!", erklärte sie entschieden und verschränkte die Arme. Sie mochte ungefähr siebzehn Jahre alt sein, hatte blonde Locken, die ihr gerade so auf die Schulter fielen. „Wozu gibt es das Internet? Da findet man alles. Selbst Listen mit den perfekten Geschenken für jede Person und jeden Anlass. Mit Links zu den jeweiligen Shops. Das ist so einfach, das kriegt jeder hin!"

Lovis zog nur eine Augenbraue hoch, aber dadurch ließ sich das Mädchen nicht einschüchtern.

„Findest du nicht, dass es höchste Zeit ist, die Arbeit gerechter zu verteilen? Warum ruhen sich die Herren der Schöpfung bitte so sehr auf ihren vermeintlichen Lorbeeren aus?! Ich erkenne keinen biologischen Grund, warum nicht Väter Geschenke kaufen oder kochen oder die Wäsche machen können. All die Männer, die allein leben, kriegen das doch auch hin! Und sobald sie verheiratet sind, können sie das nicht mehr? Passiert da ein Zauber, den keiner sieht und zack sind die Fähigkeiten weg?!", fragte sie und hatte wieder die Lacher auf ihrer Seite.

„Astrid, du weißt genau, dass sie arbeiten...", versuchte Lovis einzuwenden, wurde aber von besagter Astrid unterbrochen.

„Und was machst du hier? Ferien?" Wieder lachten alle, selbst Lovis.

„Schön wär's...", bekannte sie.

„Im Gegenteil, du arbeitest obwohl dein Arzt dir bestimmt gesagt hat, du sollst es nicht tun!" Astrid wies aus Lovis Bein. „Würde Lasse auch zur Arbeit rollern, wenn er sich verletzt hätte? Würde Erik das zulassen?"

Kaum hatte Astrid ausgesprochen, wechselte Lovis entschieden das Thema.

„Wer ist die Nächste?", fragte sie.

Bree beobachtete, dass Astrid gern noch etwas sagen wollte, aber von ihrer Freundin davon abgehalten wurde, während Lovis so tat, als hätte es diese Unterhaltung gar nicht gegeben. Das war interessant. Anscheinend arbeitete Lovis Mann für Erik. Aber das war noch kein Grund, warum er sie mittlerweile jeden Abend abholte und nach Hause brachte. Bree kannte Regisseure, die nicht einmal die Namen ihrer Assistenten kannten, geschweigen denn deren Familien. Und warum reagierte Lovis so empfindlich? Hatte diese Astrid recht, dass Lovis sich für die Familie abrackerte und Lasse ein eher bequemes Leben führte. Und woher wusste das junge Mädchen davon? Bree schüttelte unmerklich den Kopf, konnte sich ein kleines Grinsen aber nicht verkneifen. Auch wenn es sie nichts anging, mochte sie Astrid und hoffte sehr, dass das Mädchen sich ihre Entschiedenheit auch als Erwachsene erhalten würde.

Plötzlich erklangen die ersten Töne eines bekannten Weihnachtspopsongs und schon sangen alle lauthals mit. Auf Brees Gesicht breitete sich ein großes Lächeln aus, sie konnte gar nicht anders als diese unglaubliche Energie der Mädchen zu genießen. Also wackelte sie im Takt mit den Hüften, machte klitzekleine Ausfallschritte und setzte beim Refrain ein. Dass sie selten einen Ton traf war hier total egal. Ganz im Gegenteil, weil sie bei dem Spaß mitmachte, nahmen die Mädchen sie ganz selbstverständlich in ihre Runde mit auf. Und Bree liebte sie dafür. Nur Lovis ließ sich von der guten Stimmung nicht anstecken. Bree zuckte innerlich mit den Schultern. Lovis war eine erwachsene Frau. Wenn ihre Ehe im Ungleichgewicht war, war das ihre und Lasses Verantwortung. Außerdem war Lovis strenggenommen ihre Chefin und nicht ihre Freundin. Zudem sah es nicht gerade so aus, als würde Lovis Hilfe haben wollen. Und sie selbst würde auch nicht ewig hier in Österholm bleiben. Umso mehr wollte sie sich auf die schönen Momente konzentrieren. Und einer davon, war ihr Date mit Per heute Abend. Die ganze Woche über hatte er ihr immer wieder geschrieben und Fotos geschickt. Als würde er einen Instagram-Account nur für sie führen. Er war unglaublich gut darin, die Merkwürdigkeiten des Alltags aufzuspüren. Er hatte sie schon mehr als einmal mit seinen Bildern und Texten zum Lachen gebracht. Heute wollte er sie direkt nach der Arbeit abholen. Also hatte sie sich Wechselklamotten mitgenommen. Schließlich wollte sie nicht in ihrer Arbeitskleidung bei ihrem ersten Date sitzen. Selbst wenn es im Kino dunkel war. Oder gerade dann, bekanntlich arbeiteten die anderen Sinne umso besser, wenn einer ausgeschaltet war und was dann passierte, so nach acht Stunden Hin- und Her Rennerei in einem Friseursalon wollte sie sich gar nicht erst ausmalen. Auf einmal bimmelte ein Smartphone und rief Bree damit wieder in die Gegenwart. Energisch schob sie alle Gedanken an heute Abend beiseite und konzentrierte sich auf die Mädchen und deren Wünsche.

***

Per saß im Zug und arbeitete. Zumindest versuchte er es. Aber ständig schweiften seine Gedanken ab und blieben an der hübschen, jungen Frau hängen, an die

112

er seit ein paar Tagen ununterbrochen dachte. Was sie von ihren Reisen erzählt hatte, imponierte ihm. Es ging ihm dabei nicht so sehr um die Länder, in einigen davon war er bereits im Urlaub gewesen, sondern wie eine so kleine Person solch eine Willensstärke besaß, sich gegen alle Konventionen aufzulehnen und zu tun, was für sie das Richtige war. Er kannte nur wenige Menschen, die so viel Mut besaßen. Eine Weltreise, mehr oder minder allein. Du meine Güte, dachte er nicht zum ersten Mal. Hatte sie denn gar keine Angst gehabt? Beim Gedanken daran, was alles hätte passieren können, wurde ihm im Nachhinein noch ganz anders. Dabei war er nicht einmal ein ängstlicher Typ. Er hob den Blick und sah hinaus, die Bahn fuhr langsam genug um die Landschaft betrachten zu können. Abgeerntete Felder, ein mittlerweile kahles Birkenwäldchen, in der Ferne ein See und unwillkürlich fragte er sich, ob er den Mut dazu besaß. Oder ob er das überhaupt wollen würde. Die Antwort kam schnell und entschieden. Nein. Er brauchte keine Weltreise, um sich selbst zu finden. Er wusste, wer er war und was er wollte. Seit er diesen Film mit Tom Cruise gesehen hatte, wusste er, dass das seine Berufung war. Es ging ihm nicht, um die schicken Anzüge und die teuren Autos, die waren nur nettes Beiwerk. Er liebte es seinen Verstand zu fordern und die Anerkennung, wenn er mal wieder gewonnen hatte. Ja, er war gern Anwalt und er war gut. Sogar richtig gut. Und er war noch längst nicht am Ziel. Und vielleicht war die wunderschöne und zielstrebige Bree ja diejenige, die ihn auf diesem Weg begleiten würde.

***

Zufrieden betrachtete Bree einige Stunden später ihr Spiegelbild. Sie hatte sich nicht nur umgezogen, sondern auch einmal komplett neu geschminkt. Viel war von ihrem Make-up sowieso nicht mehr zu sehen gewesen. Also hatte sie alles entfernt, spontan ihre liebste Vitamin C Tuchmaske aufs Gesicht gelegt und während diese einwirkte, die Atemübungen gemacht, die Milla ihr gezeigt hatte. Danach war sie in eine schwarze Leggings geschlüpft und hatte sich ihren liebsten schwarzen Wollpulli übergeworfen. Durch den Rückenausschnitt war er unaufdringlich sexy. Sie fühlte sich darin einfach wie eine Königin und trug ihn wirklich nur zu besonderen Anlässen. Auch mit ihrem Make-up hatte sie sich viel Mühe gegeben. Sie hatte, wie immer ihre Augen betont, aber sonst wollte sie einfach nur frisch aussehen. Das Vitamin C hatte dabei wahre Wunder gewirkt und sie war froh, die Maske eingepackt zu haben. Netterweise spielten ihre Locken heute auch mit. Es war drinnen und draußen trocken, so dass sie in perfekten Wellen ihr Gesicht umspielten. Besser konnte der Abend nicht beginnen! Sie sprühte gerade noch einen Hauch Parfum auf, als die Türglocke bimmelte. Um nicht übereifrig zu wirken, steckte sie den Flakon in Ruhe in ihre große Tasche, die sie im Salon lassen würde und zählte zusätzlich bis drei, bevor sie nach vorn ging, wo sie Lovis und ihren Besucher sprechen hörte.

Aber es war nicht Per, mit dem sich ihre Chefin unterhielt, sondern Erik. Natürlich holte er sie auch heute Abend ab. Bree bemerkte nicht einmal, dass sich ihr Blick beinahe sofort verfinsterte, sobald sie ihn erkannte. Eine Sekunde überlegte sie, ob sie sich schnell nach hinten schleichen konnte, aber da drehte Lovis sich um und auch Erik sah sie an. Und wie er sie ansah. Für den Bruchteil einer Sekunde weiteten sich seine Augen, dann kniff er sie zusammen. Wie immer, wenn Bree ihm gegenüber stand. Also echt! Langsam fragte sie sich, was der Kerl für ein Problem mit ihr hatte. Denn es war ganz offensichtlich, dass es nur um sie ging, schließlich hatte er bis eben noch mit Lovis gescherzt. Bevor sich die entstandene Stille ausbreitete, fragte Lovis: „Kannst du heute abschließen? Dann können Erik und ich schon los."

„Klar. Mach ich!", antwortete Bree und nickte. „Bis morgen dann!"

„Danke! Und dir einen netten Abend!" Lovis schenkte ihr ein kleines Lächeln. Sie sah heute deutlich müder aus, als sonst. Sie schloss ihre Jacke und stand langsam, auf ihre Krücken gestützt, auf.

Erik hatte noch immer kein Wort gesagt. Im Gegenteil, er drehte sich wortlos um und öffnete für Lovis die Tür. Bree hatte Mühe vor Entrüstung nicht laut zu schnaufen. So ein Blödmann! Kopfschüttelnd ging sie nach hinten, um zu prüfen, ob Lovis dort schon alles verriegelt hatte und beschloss, dass sie sich von diesem unverschämten Typen auf gar keinen Fall den Abend verderben lassen würde.

***

Lovis hatte das merkwürdige Verhalten von Erik sehr wohl bemerkt, aber gerade heute hatte sie so gar keine Lust sich damit zu beschäftigen. Nicht nachdem ihre vorlaute Nichte ihr vorgehalten hatte, was für ein Beziehungsversager sie war. Das Schlimmste war, dass Astrid auf eine Art durchaus recht hatte. Auch sie wünschte sich, Lasse würde mehr und vor allem regelmäßig sie im Haushalt und mit den Kindern unterstützen. Und es war ja nicht so, dass sie nicht versucht hatte, ihn dazu zu bringen. Im Gegenteil, sie hatte sämtliche Kommunikationsmittel mehr als einmal ausprobiert. Vernünftig reden, meckern, schreien, nicht mehr reden... Sie hatte ihm sogar einen Brief geschrieben. Nichts davon hatte eine langfristige Änderung bewirkt. Außer der, dass ihr Gezeter ihr selbst auf die Nerven ging und sie unendlich viel Kraft kostete, die sie eigentlich nicht hatte. Tief in ihrem Innern ahnte sie, dass die Ursache des Problems eine ganz andere war. Aber die zu ergründen, fehlte ihr ebenfalls die Kraft und die Zeit. Also ließ sie erst einmal alles, wie es war. Dabei schwor sie sich, nicht ihr ganzes Leben so zu verbringen. Irgendwann würde sie etwas ändern. Ganz bestimmt! Leise und nur für sich, seufzte Lovis. Wenn sie ihn wenigstens nicht lieben würde, und er sie, wäre es einfacher. Zumindest vermutete sie das. Denn dann könnte sie sich einfach scheiden lassen und sie müsste sich nicht mehr über seinen ständig rumliegenden Sachen ärgern. Aber sie wollte sich nicht scheiden lassen. Nicht wegen dreckigen Socken und einem ständig chaotischen Zuhause. Das war doch albern. Oder nicht?!

***

Erik saß äußerlich still neben Lovis und fuhr sie nach Hause. Aber in seinem Innern war es alles andere als leise. Immer wieder fragte er sich, warum er nicht einfach hallo gesagt hatte. Das war doch das einfachste auf der Welt. Normalerweise. Er tat es ja selbst jeden Tag, mehrmals sogar, aber in Brees Gegenwart war er auf einmal wie gelähmt. Eigentlich hatte er gedacht, dass diese Phase hinter ihm lag, nachdem er die drei beim Mexikaner getroffen und sich einigermaßen normal verhalten hatte. Aber der Moment eben hatte bewiesen, wie sehr er sich geirrt hatte. Aus Angst irgendetwas Falsches zu sagen oder zu tun, tat er gar nichts. Sie musste wirklich denken, er wäre der totale Hinterwäldler! Sie heute so schick zu sehen, hatte ihn total umgehauen. Wenn sie ihm auch nur den Hauch eines Lächelns geschenkt hätte, hätte er sie vermutlich gepackt und zu seinem Wagen getragen. O Gott! Wo kamen denn diese Gedanken her? Er war doch kein Höhlenmensch!

Mit einem viel zu heftigen Bremsen hielt er vor Lovis Haus und sprang aus dem Wagen. Das Schlimmste war ja nicht, dass er auf solch einen Gedanken kam. Das Schlimmste war, dass es ihm gefallen würde, sie für sich allein zu haben. Entnervt von sich selbst und seinen verqueren Gedanken, riss er die Beifahrertür auf und half Lovis ungeduldig beim Aussteigen. Was war nur los mit ihm?! Das musste ein Ende haben. Er würde Lovis einfach nicht mehr fahren, dann brauchte er sie auch nicht mehr sehen. Ganz einfach! Und er würde es jetzt gleich in die Tat umsetzen.

„Lovis, hör mal. Ich werde in den nächsten Tagen mehr zu tun haben. In der Firma und mit dem Theaterstück, du weißt schon und ich...", begann er, aber Lovis verstand schon.

„Du kannst mich nicht mehr fahren", beendete sie seinen Satz. „Mach dir keinen Kopf Erik, ich kriege das schon hin. Lasse und ich", verbesserte sie sich, „werden eine Lösung finden. Danke, dass du eingesprungen bist." Sie lächelte ihn so offen an, dass er beinahe ein schlechtes Gewissen bekam. Hoffentlich erfuhr sie nie, warum er ihr Arrangement wirklich beendete.

„Da bin ich froh und wenn es gar nicht anders geht, dann...", bot er an, aber Lovis winkte ab.

„Du hast mehr als genug getan. Guten Abend, Erik!", sagte sie entschieden, lächelte noch einmal und humpelte dann entschlossen auf ihre Haustür zu.

„Danke, euch auch!", rief Erik ihr hinterher. Schnell drehte er sich um, damit sie seinen erleichterten Gesichtsausdruck nicht sah. Sie sollte nichts Falsches denken. Er war wirklich froh, dass das so gut und problemlos geklappt hat. Jetzt, wo er Bree nicht mehr jeden Tag sehen musste, würde er sich endlich wieder auf sein Leben konzentrieren können. Und müsste nicht mehr befürchten, jeden Augenblick seinen verwirrten Hormonen nachzugeben und etwas Dummes zu tun. Denn das würde er später ganz sicher bereuen. Dieses Verhalten hatte er schließlich endlich hinter sich gelassen.

✳✳✳

„Wow!", sagte Per und blieb stehen, als er Bree sah. „Du bist noch schöner, als in meiner Erinnerung!"

Überrascht lachte sie auf. „Danke", antwortete sie und strahlte ihn an. Sein bewundernder Blick gefiel ihr, zumal er selbst unglaublich gut aussah. Unter dem offenen Mantel konnte sie erkennen, dass er seinen obligatorischen Anzug gegen eine lässig fallende Hose und einen Kaschmirpullover getauscht hatte. Die rauchblaue Wolle ließ seine Augen zusätzlich leuchten.

„Bist du soweit?", erkundigte er sich und Bree nickte.

„Ja, wir können los." Kaum hatte sie nach ihrer Jacke gegriffen, machte er zwei Schritte auf sie zu, um ihr hineinzuhelfen. Er war ihr so nah, dass sie sein After Shave riechen konnte. Obwohl der Duft dezent war, zog sich ihr Innerstes sehnsuchtsvoll zusammen und sie erkannte, dass ihr letzter, richtig guter Sex schon viel zu lange her war. Instinktiv atmete sie tief ein, um sich wieder zu fangen und bemerkte augenblicklich, dass das keine gute Idee gewesen war.

Ihr stiegen nur noch mehr Duftstoffe in die Nase und eilig trat sie einen Schritt zur Seite. Sie mochte ihn, aber sie war alles andere als leichtfertig. Sie würde definitiv nichts tun, was sie später bereute. Außerdem blieb sie noch eine ganze Weile in dieser Kleinstadt und sie wollte sich das Gerede der Leute gar nicht erst ausmalen, wenn sie den Neffen der Bürgermeisterin... Abgesehen davon hatte sie leider die Erfahrung gemacht, dass unverbindlicher Sex nicht automatisch immer großartig war. Erst recht nicht, wenn das Parfum des anderen der ausschlaggebende Grund für den Sex gewesen war.

O Gott, sie musste wirklich aufhören an Sex zu denken! Schnell schnappte sie sich ihre Tasche und Lovis Schlüssel und rief munter: „Auf geht's!". Schwungvoll riss sie die Ladentür auf. Die einströmende, Winterluft kühlte sie auf wohltuende Weise ab und ihr Lächeln entspannte sich.

„Ich habe uns nach dem Film einen Tisch reserviert. Ich hoffe, das passt dir", sagte Per, während sie gewissenhaft den Salon abschloss.

„Kauf mir einfach eine große Tüte Popcorn, dann halte ich es aus!", antwortete Bree, nur halb im Scherz. Sie hatte heute so viel zu tun gehabt, dass ihr Mittagessen aus einem halben Brötchen bestanden hatte.

„Oh nein, ich hätte daran denken sollen, dass du ja den ganzen Tag auf den Beinen warst!" Er sah sie zerknirscht an. „Wollen wir das Kino verschieben oder die Spätvorstellung nehmen? Ich kann die Reservierung im Restaurant ändern."

„Popcorn ist wirklich okay, mach dir keine Gedanken", beruhigte sie ihn und lächelte. „Ich liebe Popcorn!"

„Im Ernst?!", fragte er.

„Ja, klar! Wer liebt Popcorn nicht?!", gab sie zurück und blieb dann verwundert stehen, als sie sah, dass er einen nigelnagelneuen Sportwagen in der Elektroversion entriegelte. „Ich dachte, du bist Zug gefahren", entfuhr es ihr.

„Bin ich auch." Mit einem breiten Grinsen öffnete er ihr die Tür und augenblicklich wusste sie Bescheid. Immerhin hatte sie Brüder. Er hielt sich einen Wagen, der ausschließlich für seine Landpartien gedacht war.

„Ich hätte deine Tante nicht für den Sportwagentyp gehalten", entgegnete sie also leichthin. Nur zu gern ließ sie sich auf einen kleinen Schlagabtausch ein. Das Leben war schließlich zu kurz, um nur ernste Themen durchzukauen.

„Ist sie ja auch nicht", antwortete er. „Sie würde sich wahrscheinlich noch mit ihrem alten Volvo begraben lassen, wie so ein Wikingerkönig."

Bree lachte auf und stieg endlich ein. Es war zu kalt, um lange draußen rumzustehen. Erst recht in Stiefeln, die eindeutig nur schick waren.

„Ich fahre gern Auto, aber in der Stadt und im Alltag...", sagte er und unterbrach sich, als er sah, dass sie fröstelte. „Es wird gleich warm", versprach er.

Plötzlich erklangen sanfte Streicher und er lenkte den Wagen aus der Stadt. Auch die Sitzheizung war beinahe sofort warm. Bree war beeindruckt, an so viel Komfort könnte sie sich gewöhnen.

„Also Per", begann sie, „ich finde, es ist Zeit, dass du mir verrätst..."

„Ja?"

„Was du im Kino isst, wenn du kein Popcorn magst", beendete sie ihren Satz.

Er lachte kurz auf. „Wer hat gesagt, dass ich kein Popcorn mag?", wollte er wissen.

„Das war mehr so eine implizierte Aussage", antwortete sie.

Wieder lachte er, bevor er betont ernst antwortete: „Implizierte Aussagen gelten vor Gericht nicht."

„Dann ist es ja gut, dass wir nicht vor Gericht sind", gab sie augenzwinkernd zurück. „Also, was sind deine Lieblingssnacks beim Film gucken? Oder hast du Sorge, dass ich sofort aussteige, wenn ich von deinen speziellen Vorlieben erfahre?!"

„Ganz im Gegenteil, ich bin mir sicher, du wirst sie lieben!", entgegnete er mit einem frechen Grinsen, dass ihr durch und durch ging. Verdammt! Wenn das so weiterging, würde es sehr schwer werden, heute Abend nichts Unüberlegtes zu tun.

„Ach ja? Und wobei bist du dir sonst noch sicher?"

„Ich weiß", sagte er und machte eine kleine Pause, weil er im Kreisverkehr jemanden vorlassen musste. „Dass du dich schon den ganzen Tag auf den Abend mit mir freust, weil er etwas ganz Besonderes wird und dass du es nicht bereust deinen Urlaub in Schweden zu verbringen, obwohl du arbeiten musst." Das letzte Wort hatte er in Anführungszeichen gesetzt.

Sie zog amüsiert die Augenbrauen hoch. „Und woher *weißt* du das alles?"

„Es kann gar nicht anders sein, denn schließlich habe ich den Abend geplant", antwortete er frech und sie lachte.

„Vielleicht freue ich mich aber auch nur auf den Film", gab sie zu Bedenken. Allzu leicht wollte sie es ihm nicht machen. Sein Selbstbewusstsein hatte definitiv keinen Schub nötig.

„Das könnte natürlich sein", erwiderte er langsam und nickte. „Allerdings habe ich dir nicht verraten, welchen Film wir anschauen." Er versuchte gelassen auszusehen, aber seine Mundwinkel zuckten dennoch.

Da musste sie ihm recht geben, sagte aber stattdessen: „An Ihrem Pokerface müssen Sie aber noch arbeiten, Herr Anwalt."

„Ich dachte, wir sind hier nicht vor Gericht", antwortete er gut gelaunt und schenkte ihr ein echtes Lächeln.

„Ich nehme doch an, dass auch in Schweden alles, was Sie sagen vor Gericht verwendet werden kann", gab sie gut gelaunt zurück und jetzt lachte er laut auf. Er hatte ein einnehmendes Lachen, volltönend und selbstbewusst. Sie sah ihn von der Seite an. Er gefiel ihr. Und ihr Gespräch gefiel ihr auch. Sie genoss die locker leichte Stimmung, die so ganz anders war als mit diesem miesepetrigen und arroganten Erik. Sie kräuselte die Stirn, wo kam der denn auf einmal her? Sie hatte ihn doch aus ihren Gedanken verbannt! Unbewusst verschränkte sie die Arme, wie ein bulliger Türsteher, der ungebetenen Gästen den Zutritt verwehrte.

„Wir sind gleich da", informierte sie Per, der ihre Geste missverstand. „Dann bekommst du die größte Portion Popcorn, die sie haben!"

„Super!", antwortete sie und zwang sich wieder lockerer zu werden.

Per hatte einen weihnachtlichen Familienfilm mit schrägem Humor und voller verrückter Begebenheiten ausgesucht. Und auch wenn die Liebe natürlich eine Rolle gespielt hatte, gab es keine romantischen Szenen. Wofür Bree sehr dankbar war, denn so war es zu keinem merkwürdigen Moment zwischen ihnen gekommen. Im Gegenteil, der Film war so lustig gewesen, dass er nicht einmal den Arm um sie hatte legen können. Dafür war sie zu oft vor lauter Lachen auf ihrem Sitz auf und ab gehüpft. Etwas, dass sie schon als Kind immer getan hatte und sie einfach nicht abstellen konnte. Also hatte sie irgendwann aufgehört, es peinlich zu finden und sich einfach weiter auf die witzigen Momente konzentriert.

Auch das Restaurant, das er ausgesucht hatte, war einfach wundervoll. Bree konnte sich nicht sattsehen an dem klaren, hellen Design, das wunderbar mit der roten Weihnachtsdekoration harmonisierte. Alles war exquisit wie in einem teuren Hotel. Durch das prasselnde Kaminfeuer und die gemütlichen Sessel kam sie sich dennoch vor, als säße sie in einem Wohnzimmer bei Freunden. Nicht, dass ihre Freunde solche Wohnzimmer hatten, aber so stellte sie sich die Appartements der gehobenen Gesellschaft vor. Und natürlich war das Essen hervorragend und etwas ganz anderes, als sie es gewohnt war. Das Sechs-Gänge-Menü, das Per ausgesucht hatte, war voller regionaler Köstlichkeiten mit einem modernen Twist. Sie kam sich vor wie im Himmel! Auch wenn sie froh war, vorher noch das Popcorn gegessen zu haben. Sonst hätte sie womöglich vor lauter Hunger die unterschiedlichen Geschmackskomponenten nicht würdigen können, weil sie viel zu schnell gegessen hätte.

Nun stand eine Auswahl unterschiedlicher Desserts vor ihr, winzige Schokotörtchen, ein Mini Apfelcrumble, klitzekleine Pfannkuchen mit Basilikumeis und Kirschkompott. Wieder sah es so wundervoll aus, dass sie sich kaum traute, ihre Gabel hineinzustecken. Spontan entschied sie, das wirklich grasgrüne Eis als Erstes zu probieren. Sie wäre nicht im Traum darauf gekommen Eiscreme aus Basilikum zu machen und deswegen war sie besonders neugierig, wie das wohl schmeckte. Kaum berührte die kühle Creme ihren Gaumen schloss sie die Augen, um sich ganz dem Genuss hinzugeben. O! Mein! Gott! Sie ließ den Löffel sinken, entspannte beinahe alle

Muskeln und schmeckte nur noch. Lecker, traf es nicht einmal annähernd. Dieses Eis war eine Offenbarung! Sie würde nie wieder in ihrem Leben irgendetwas anderes essen können. Denn NICHTS würde im Vergleich damit bestehen können!

Sie wusste nicht, wie viel Zeit vergangen war, aber als sie die Augen wieder öffnete, sah sie wie Per sie beobachtete.

„Das musst du probieren, es ist göttlich!", sagte sie zu ihm, froh, dass sie nicht nur „WAS?" gefragt hatte.

„Ich glaube auch", antwortete er lächelnd und tat dennoch nichts dergleichen. Sie versuchte abzuschätzen, was er dachte. Sie hatte sich geirrt, er hatte das perfekte Pokerface. Aber dann entschied sie, dass es ihr egal war, was er dachte. Sie würde sich jetzt wieder ganz ihrem Nachtisch widmen, denn der war ihre komplette Aufmerksamkeit mehr als wert. Als sie wieder aufsah bemerkte sie, dass er immer noch nicht probiert hatte. Kurzerhand schmiss sie alle Verhaltensregeln über Bord.

„Wenn du deins nicht magst, ich nehme es gern", sagte sie forsch. Sie hatte kaum ausgesprochen, da reichte er ihr schon seine Platte hinüber, als hätte er damit gerechnet. Sie wusste nicht, ob sie sich darüber freuen sollte oder ob sie davon irritiert war, dass er sie anscheinend so genau beobachtet hatte.

„Bitte sehr", sagte er. „Möchtest du noch einen Kaffee? Oder einen Digestif?"

„Weder noch, danke schön", antwortete sie. „Ich möchte morgen früh in der Kirche ungern einschlafen", ergänzte sie, als ihr bewusst wurde, dass sich das Lokal allmählich leerte.

„Das wirst du nicht, versprochen!" Er gab dem Kellner dezent ein Zeichen. „Ganz im Gegenteil, du wirst nicht wissen, wohin zu zuerst schauen sollst."

„Ich freue mich auch schon sehr! Ich habe ganz bewusst nicht *Luciatag* im Internet gesucht, um keine Erwartungen zu haben."

„Und? Hat es funktioniert?", wollte er wissen.

„Nein", gab sie zu und lachte. „Ich bin unendlich neugierig und werde noch viel trauriger sein, wenn der Tag nicht meinen Vorstellungen entspricht", scherzte sie.

„Wie gut, dass ich schon eine Idee habe, was wir machen können, solltest du enttäuscht sein", antwortete er und schenkte ihr wieder dieses Lächeln.

„Und was ist, wenn ich begeistert bin?" Jetzt biss sie sich doch auf die Unterlippe, sie konnte einfach nicht anders.

„Tja...", begann er, wurde aber von dem Kellner unterbrochen. Bree nutzte die Gelegenheit, um ihn zu beobachten. Er war ausgesucht höflich zu dem Angestellten, was ihr sehr gefiel. Sie hasste es, wenn Menschen ab einem gewissen Einkommen sich benahmen, als seien sie etwas Besseres. Leider hatte sie das schon viel zu häufig erlebt.

„Wenn du begeistert bist", fuhr er fort nachdem der Kellner gegangen war. „machen wir das trotzdem! Wer sagt, dass man nur eine bestimmte Anzahl schöner Erlebnisse haben kann?"

OMG! Wie perfekt war er bitte?! Um ihn nicht begeistert anzustarren, widmete sie sich wieder ihrem oder vielmehr seinem Nachtisch. Er war viel zu großartig, um ihn einfach stehen zu lassen. Leider waren die Portionen wirklich winzig. Das Leben war schon komisch, warum gab es die wirklich guten Dinge immer nur in kleinen Häppchen? Oder war das menschengemacht und nur eine Frage der Perspektive?

„Wollen wir?", fragte er und Bree schreckte aus ihren Gedanken auf.

„Ja, sicher!", beeilte sie sich zu antworten und erhob sich. Schon stand ein anderer Kellner hinter ihr und half ihr mit dem Sessel. Sie schenkte ihm ein Lächeln und ein leises Danke, bevor sie zu Per trat, der schon ihre Jacke in den Händen hielt.

Im Auto merkte sie, wie müde sie war. Kein Wunder, es war ein langer Tag gewesen. Die Dunkelheit der Straßen, die Wärme und die sanfte Musik machten es ihr schwer die Augen aufzuhalten.

„Es ist nicht mehr weit", sagte er leise und wieder einmal fiel ihr auf, wie aufmerksam er war.

„Bitte entschuldige, es war ein wundervoller Abend!", antwortete sie, setzte sich aufrechter hin und sah zu ihm hinüber.

„Ich sagte doch, dass es dir gefallen wird." Er lächelte.

„Ja." Sie nickte. „Das hast du. Aber du bist ja auch im Heimvorteil, schließlich kennst du dich hier aus."

„Das schönste Restaurant der Welt ist langweilig, wenn es die falsche Begleitung ist", antwortete er galant und brachte sie damit wieder zum Lachen. Wie er solche Sätze einfach sagen konnte! Bei jedem anderen hätten sie wie einstudiert gewirkt. Aber aus irgendeinem Grund nahm sie ihm diese Sachen ab.

„Jetzt liegt es also an mir zu entscheiden, ob ich die richtige Begleitung war oder nicht", stellte sie schmunzelnd fest. „Und an meinem Selbstbewusstsein", fügte sie hinzu.

Er nickte. „Selbstbewusst zu sein, ist elementar."

„Dass das in deiner Welt wichtig ist, habe ich schon bemerkt", antwortete sie und sah ihn wieder von der Seite an. Ja, er hatte einen ganzen Vorrat gebunkert.

„In jeder Welt!", stellte er klar. „Und was soll das überhaupt heißen, in meiner Welt?", wollte er wissen und drehte sich zu ihr um. Plötzlich merkte sie, dass er den Wagen geparkt hatte. Diese Elektroautos waren wirklich sehr leise.

Sie schaute kurz zur Pension. Im Esszimmer brannte noch Licht und auch auf der Veranda hatten sie eine kleine Lampe brennen lassen. Bree nahm sich vor, nicht zu vergessen sie auszuschalten. Dann drehte sie sich wieder zu ihm. Er schien immer noch auf eine Antwort zu warten und spontan beschloss sie, sie ihm schuldig zu bleiben. Er würde schon von selbst drauf kommen.

„Danke für den schönen Abend!", sagte sie also und schenkte ihm ein schnelles Lächeln. Bevor er wusste wie ihm geschah, war sie schon aus dem Wagen gesprungen.

Zu Brees Überraschung wartete Milla auf sie.

„Du bist ja noch wach!", wunderte sie sich, als sie ihre Freundin auf sich zukommen sah, und zog ihre Stiefel aus.

Milla nahm ihr die Jacke ab und hängte sie auf. „Ich wollte unbedingt wissen, wie dein Date war", sagte sie. Bree nickte wie für sich selbst und wandte sich zur Treppe. Himmel, was war sie müde! Daran hatte auch die frische Luft vom Wagen bis ins Hausinnere nichts geändert.

„Und?", fragte Milla und lief ihr hinterher. „Wie war denn nun dein Date?"

„Gut", antwortete Bree matt und Milla seufzte. Was war denn nur los? Sonst musste sie ihrer Freundin doch auch nicht alles aus der Nase ziehen.

An ihrer Zimmertür angekommen, drehte Bree sich jedoch um und lächelte. „Es war perfekt!"

„Ah!", quiekte Milla freudig auf und dämpfte dann sofort ihre Stimme. „Ich will alles wissen!", flüsterte sie eindringlich.

„Morgen", vertröstete Bree sie. „Ich bin hundemüde, ich schlaf gleich im Stehen ein."

„Dann schlaf schön!", antwortete Milla und lächelte. „Aber glaub ja nicht, dass ich das morgen früh vergessen habe!"

„Würde ich nie", murmelte Bree nur noch, bevor sie die Tür vor Millas Nase zudrückte. In einer fließenden Bewegung streifte sie sich ihren Pulli ab und ließ sich der Länge nach auf ihr Bett fallen. Kurz war sie versucht die Leggings einfach anzubehalten, aber dann siegte die Vernunft. Oder war es die Bequemlichkeit? Denn nicht alles, was Leggings hieß, war auch gemütlich. Aber abschminken und Zähne putzen verschob sie energisch auf in ein paar Stunden. Auch wenn sie es wahrscheinlich bereuen würde. Sie war einfach zu k.o. dafür. Und über diesem Gedanken schlief sie ein.

***

„Da bist du ja endlich!", brummte Nick, als Milla zu ihm ins Bett kletterte.

„Schh, schlaf weiter!", flüsterte sie und kuschelte sich an seinen warmen Körper. Erst jetzt merkte sie, wie müde und kühl sie war.

„Uh, hast du kalte Füße!", schreckte Nick auf. „Wie soll ich denn da weiterschlafen?"

„Entschuldige, aber du bist so schön warm!", antwortete sie und wollte ein Stück von ihm wegrücken, aber er zog sie wieder an sich. Noch enger als zuvor.

„Hiergeblieben!", flüsterte er und küsste ihren Hals. Milla seufzte wohlig und vergrub sich regelrecht ins Bett, wie in einer Höhle.

„Und wie war Brees Date mit Per Anderson?",
erkundigte er sich, während sich seine Hand beinahe
von allein unter ihr Schlafshirt schob.

„Perfekt!", murmelte sie leise. Sie war schon fast
eingeschlafen. Wenn er seine Freundin um eins
beneidete, dann darum schnell in den Schlaf zu
finden. Auch jetzt merkte er, wie sein Verstand zu
arbeiten anfing. Wenn Bree die Verabredung wirklich
so gefallen hat, dann schien sie doch anders zu sein,
als er gedacht hatte. Er konnte es nicht genau
festmachen, aber er mochte Tuvas Neffen nicht.
Irgendetwas störte ihn an seiner Art. Bevor er zu wach
wurde, schob er die Gedanken an Brees Liebesleben
energisch beiseite und konzentrierte sich stattdessen
auf Milla ruhigen Atem. Er hatte festgestellt, dass er
wie ein Leitfaden für ihn war. Wenn er es zuließ,
zogen ihn Millas ruhige Atemzüge zurück in den
Schlaf. Er hatte Glück, es funktionierte auch diesmal.

Kapitel 9
Freitag, 13.12.

Nick war schlagartig wach, als Milla sich ein paar Stunden später neben ihm regte.

„Müssen wir schon aufstehen oder bist du nur aufgeregt?", fragte er murmelnd. Seine Stimme klang wie eine alte Grammophonaufnahme, total kratzig. Okay, vielleicht waren noch nicht alle Teile seines Körpers wach.

„Schlaf weiter, ein bisschen Zeit ist noch", antwortete sie flüsternd. Dass er ihre Stimmungen so genau erkannte, erstaunte sie immer wieder. Sie gab ihm einen sanften Kuss auf die Wange und wollte sich aus dem Bett stehlen, aber er schlang schon die Arme um sie und hielt sie fest. Ganz nah zog er sie zu sich heran. Denn andere Körperteile waren schon längst wach und einsatzbereit. „Bleib", bat er leise. „Wir haben noch genug Zeit." Sanft und fließend begann er seinen Körper an ihrem zu bewegen. Er küsste ihren Hals, ihre Halsbeuge, die zarte Haut hinter ihrem Ohr, während seine Hände ebenfalls auf Wanderschaft gingen. Er spürte ihre Aufregung, die mit diesem besonderen Tag zusammenhing. Er konnte sich nur annähernd vorstellen, welche Erinnerungen in ihr hochkamen und wollte ihr auf seine Weise zeigen, dass auch im Hier und Jetzt Liebe für sie existierte.

Langsam und gefühlvoll strich er über ihren Körper, fing ihre Aufregung ein und transformierte sie in ein Ankommen. Sie seufzte leise und wurde ganz weich. Gab sich ihm und seinen Berührungen ganz hin. Genau das hatte sie gebraucht, auch wenn es ihr nicht einmal bewusst gewesen war. Als er in sie eindrang, löste sich alles auf. Es gab nur noch sie zwei. Ihre Wärme und Liebe und ihr Licht inmitten des dunklen Dezembermorgens.

***

Bree hätte Milla am liebsten geschubst, als die zu ihr ins Zimmer kam, um sie zu wecken. Sie war noch nicht einmal annähernd wach. Aber sie hatte gesagt, sie würde sich das Konzert am Luciatag ansehen, also würde sie auch aufstehen. Obwohl sie wirklich nicht wusste, warum die Schweden sich das antaten? Und das auch noch jedes Jahr!

Im Bad angekommen, vermied sie jeden Blick in den Spiegel und stieg einfach nur in die Dusche. Das warme Wasser entspannte sie so sehr, dass sie beinahe dort eingeschlafen wäre. Aber dazu, die Wassertemperatur herunter zu regeln, konnte sie sich auch nicht überwinden. Ein anderes Mal vielleicht. Außerdem war es draußen bestimmt kalt genug. Hoffentlich gab es in der Kirche eine Heizung, schoss es ihr durch den Kopf, bevor sie sich entschlossen das Make-up von ihrem Gesicht rubbelte.

„Ich bin immer noch müde!", sagte sie dann auch, als sie Milla im Esszimmer traf und ließ sich auf einen der Stühle fallen.

„Sieht man dir nicht an", antwortete diese gutgelaunt und erntete dafür ein ungläubiges Knurren. Als Milla auflachte, sah Bree sie richtig an.

„Du strahlst ja so!", stellte sie fest und ließ direkt den Kopf wieder in die Hände sinken. „Oh Mann, neben dir sehe ich wie ein Zombie aus. Wessen bescheuerte Idee war das eigentlich gestern Abend auszugehen?! Das hätte wir doch auch heute machen können!", jammerte sie.

In diesem Moment trat Nick in den Raum. „So Ladies, hier kommt euer Tee und für jede einen Lussekatter!" Gutgelaunt stellte er zwei Thermobecher und einen Teller mit dem süßen Safrangebäck vor ihnen ab.

„Aber die sind doch für später!", protestierte Milla.

„Sorry Süße, aber unser kleiner Kobold hier braucht Zucker", antwortete Nick und deutete auf Bree, die ihren Kringel schon verputzt hatte und sich nun auch noch Millas schnappte. Bree nickte. Die vollen Backen zu einem Grinsen verzogen. Ihr schlechtes Gewissen hielt sich in Grenzen, schließlich hatte Mia ein riesengroßes Blech gebacken. Da fielen zwei oder drei weniger kaum auf.

„Also wirklich, ihr könnt doch nicht...", wollte Milla einwenden, aber Bree legte ihr den Arm um die Seite und sagte immer noch mit vollem Mund. „Ohne das müsstet ihr mich, zu eurer eigenen Sicherheit, hier lassen. Wer weiß, wozu ich unterzuckert und übermüdet fähig bin."

„Siehst du!", sagte Nick und zog Milla schwungvoll an sich und drückte ihr einen stürmischen Kuss auf. „Kommt endlich, ihr Trödeltanten! Wir müssen los!", rief er ihnen drei Sekunden später zu und zog eine lachende Milla mit sich. „Wir kommen noch zu spät."

Amüsiert ging Bree ihnen hinterher, nicht ohne vorher nach einem weiteren der goldgelben Hefekringel zu angeln. Die Teilchen waren wirklich unglaublich lecker!

Draußen empfing sie klirrende Kälte. Sofort zog sich Bree zusätzlich noch ihre gefütterte Kapuze über die Mütze und steckte ihre Hände tief in die Taschen ihres dicken Parkas. Nick hatte den Wagen schon aus der Garage geholt. Das war der Nachteil der ruhigen Lage der Pension. Sie lag ein wenig außerhalb des

Ortes. Man konnte die Strecke sehr gut mit Fahrrad fahren, was Bree auch jeden Tag tat, aber heute hatten sie entschieden den Wagen zu nehmen, zugunsten von ein paar Minuten mehr Schlaf. Obwohl es noch früh war, war bereits die halbe Stadt auf den Beinen.

„Wow! Hier ist ja mächtig was los!", sprach Nick Brees Gedanken aus. Es war auch seine erste Vorweihnachtszeit in Schweden.

„Ingrid hatte doch gesagt, dass alle dabei sein werden", sagte Milla, die auffällig still war.

„Ja, aber ich dachte, sie hätte es nur so gesagt", entgegnete Nick und reckte den Hals. „Hoffentlich bekomme ich noch einen Parkplatz."

„Da vorn ist einer!", bemerkte Bree. „Links!"

„Gott sei Dank!", entfuhr es Milla ein wenig zu laut. Sie war nervöser, als sie gedacht hatte. Dieser Tag weckte anscheinend mehr Erinnerungen, als ihr bewusst gewesen war. Sie hatte erst einmal ein Luciakonzert besucht. Das war in dem Jahr gewesen, indem ihrer Mutter krank geworden war. Es war ihr letztes Weihnachten gewesen, nur hatten sie es damals noch nicht gewusst. Milla schluckte die aufsteigenden Tränen hinunter. Das war jetzt nicht der richtige Moment. Sie würde später ihren Gefühlen Raum geben.

„Wir sind pünktlich", beruhigte Nick sie und drückte kurz ihr Knie, bevor er den Rückwärtsgang einlegte.

„Ich weiß ja", antwortete sie und versuchte sich an einem Lächeln. Sie war so dankbar, dass er an ihrer Seite war. Wer Nick nicht gut kannte, hielt ihn womöglich für einen sorglosen Sonnyboy. Und tatsächlich erinnerte sein Äußeres an einen kalifornischen Surfertypen. Allerdings konnte man nicht die ganze Welt bereist haben, ohne eine tiefere Sicht auf die Dinge zu entwickeln. Dass er dennoch ein unerschütterliches Vertrauen ins Leben hatte, bewunderte Milla. Denn genau dieses Vertrauen schenkte ihr immer wieder Ruhe und Kraft.

Munteres Stimmengewirr empfing sie, als sie ausstiegen und begleitete sie über den Marktplatz bis hinein in das Kirchenschiff. Es verstummte erst, als das Licht im Gotteshaus ausging. Plötzlich war es, bis auf die zwei Notausgangsschilder, stockfinster. Und mucksmäuschenstill. Einen Moment hörte man nicht einmal ein kleines Hüsteln. Dann ertönte der glockenhelle Gesang. Tuva hatte nicht übertrieben, es klang engelsgleich. Obwohl Bree kein Wort verstand, bekam sie eine Gänsehaut, die gar nicht mehr weichen wollte, als Astrid, verkleidet als Lucia, mit einer wunderschönen Lichterkrone mit echten Kerzen auf dem Kopf das Kirchenschiff betrat. Langsam, im Takt der Musik, führte sie die Prozession der Mädchen und Jungen nach vorn.

Es war magisch! Bree konnte gar nicht sagen, wie froh sie war, aufgestanden zu sein. Um nichts auf der Welt hätte sie das verpassen wollen. Die Jugendlichen sahen so wunderschön aus in ihren langen, weißen Gewändern mit den roten Bändern. Als wären sie nicht von dieser Welt. Ein Lied ging in das andere hinüber und Bree bemerkte kaum, wie ihr Tränen über die Wangen rannen. Voller Ehrfurcht tastete sie nach Millas Hand, die ebenfalls weinte. Sie hatten schon einmal so dagestanden, fiel ihr ein. Es war in einem Tempel in Sri Lanka gewesen. Nur dass damals buddhistische Mönche gechantet hatten. Aber das Gefühl, war dasselbe. Tiefe Ehrfurcht und Dankbarkeit für dieses Geschenk, dass sich Leben nannte.

Völlig beseelt von dem Konzert ließ sich Bree von der Menge mit nach draußen ziehen und stellte begeistert fest, dass es zu schneien begonnen hatte. Eine hauchdünne Schneedecke lag über allem und in Bree stellten sich zum ersten Mal Weihnachtsgefühle ein. So begann wirklich ein perfekter Tag. Fehlten nur weitere Lussekatter und ein heißer Kaffee.

„Hej Bree!" Erik war überraschenderweise neben ihr stehen geblieben. „Hat dir das Konzert gefallen?", erkundigte er sich freundlich.

„Es war... unbeschreiblich!", antwortete sie und fragte sich gleichzeitig, ob sie träumte. Stand Mister arroganter Kotzbrocken Erik Sandberg tatsächlich neben ihr und plauderte ganz entspannt mit ihr?! Sie hatte ihre Mühe sich ihre Verwunderung nicht ansehen zu lassen.

„Ja, das Luciakonzert ist immer ein ganz besonderer Höhepunkt. Alle freuen sich das ganze Jahr darauf", sagte er.

Sie blinzelte irritiert. Bildete sie es sich ein oder bekam sein Gesicht einen selbstgefälligen Ausdruck? „Wie schön", gab sie betont neutral zurück und sah sich suchend nach Milla oder Nick oder irgendjemanden um. Sie hatte wirklich keine Lust sich diesen ersten wirklich weihnachtlichen Moment verderben zu lassen. Und wo war Per eigentlich? Er hatte doch wohl nicht verschlafen?

„Freust du dich nicht auf irgendwelche Feste bei dir Zuhause?", wollte Erik in diesem Moment wissen, als bemerkte er ihren suchenden Blick nicht.

„Wie bitte?" Fragend sah sie zu ihm auf. Bree spürte, wie sie zu beben begann. Wenn er dachte, er könne ihr ganz subtil auf die Nase binden, was er von ihrer Art zu leben hielt, dann hatte er sich gewaltig getäuscht.

Erik sah ihre vor Empörung blitzenden Augen und wich einen Schritt zurück. Warum war sie auf einmal so aufgebracht? Hatte er etwas Falsches gesagt? „Ich... äh... wollte nur wissen, ob du einen Lieblingsfeiertag hast", sagte er.

„Wieso?", fragte sie kalt zurück.

Jetzt war er vollkommen verwirrt. Endlich hatte er es geschafft, ein normales Gespräch mit ihr zu führen und jetzt schien sie ihn komplett falsch zu verstehen. „Naja, jeder hat doch einen Tag auf der er sich besonders freut", versuchte er zu erklären.

„Ach so, hat den jeder?!", fragte sie wieder und hob die Augenbrauen hoch. „Und was, wenn man den nicht hat?! Ist man dann nicht normal?"

Er versuchte immer noch zu verstehen, was an seiner Frage so schlimm gewesen war. Bildete er es sich ein oder war sie nur zu ihm so kratzbürstig? Dabei schwärmten doch alle, sie sei so nett! Er kniff die Augen zusammen. Langsam ging ihm das gewaltig auf die Nerven. Sie platzte hier einfach rein und benahm sich, als wäre das Leben ein einziger Spielplatz. „Ich habe echt keine Ahnung, was dein Problem ist. Ich wollte nur höflich sein." Er hob abwehrend die Arme. „Aber bitte, ich entschuldige mich förmlich, dass ich deine Individualität in Frage gestellt habe", entgegnete er sarkastisch.

Bree konnte es nicht fassen. Stellte er sich jetzt tatsächlich als den netten Typen von nebenan dar?! Sein selbstgefälliges Lächeln brachte sie wirklich auf die Palme.

„Da bist du ja!"

Bevor sie antworten konnte, stand Per plötzlich auf der Treppenstufe über ihnen. Demonstrativ legte er einen Arm um sie, bevor er Erik einen bedeutungsvollen Blick schenkte. „Guten Morgen Erik."

„Hej då", antwortete dieser, drehte sich brüsk um und verschwand in der Menge. Bree starrte ihm sprachlos hinterher. Das war ja mal wieder typisch! Erst so ein Fass aufmachen und dann einfach abhauen. Wie gern hätte sie ihm die Meinung gesagt, aber leider war Per genau im falschen Moment aufgetaucht. ‚Oder im Richtigen...', schoss ihr durch den Kopf. Aber sie wollte nicht auf die Stimme hören, die sie deutlich daran erinnern wollte, dass es manchmal besser war, den Mund zu halten.

„Wollen wir zusammen frühstücken?", wiederholte Per und zog auffordernd an ihr.

Bree brauchte einen Moment, ehe sie reagierte. „Ja, klar!", antwortete sie und hatte Mühe ihm das Lächeln zu schenken, das er verdiente.

Das Essen schmeckte köstlich, Ingrid hatte sich wieder einmal übertroffen. Es gab nicht nur Lussekatter für jeden und allerlei andere Frühstücksleckereien, sondern auch eine alkoholfreie Glöggvariante, die Bree wunderbar wärmte. Die halbe Stadt frühstückte heute in dem Café gegenüber der Kirche. Jeder Platz war besetzt, die Stimmung trotz der frühen Stunde so ausgelassen, dass bereits die Scheiben beschlugen. Per war genauso aufmerksam wie gestern Abend. Er überschüttete Bree mit Komplimenten, was ihr schmeichelte, wusste sie doch, dass sie heute zerknittert und müde aussah. Wie beinahe jeder. Nur er selbst sah aus, als hätte er wundervolle acht Stunden Schlaf hinter sich. Kurz überlegte sie, ihn nach seinem Geheimnis zu fragen, aber dann verwarf sie den Gedanken wieder. Sie würde unsicher wirken und den Fokus unnötig auf die Schatten unter ihren Augen lenken.

Milla und Nick waren in die Pension zurückgefahren, um dort das Frühstück für ihre Gäste zuzubereiten. Bree fragte sich, wie Nick das aushielt. Immer und jeden Tag auf Abruf zu stehen. Vermisste er seine Reisen und die Spontanität nicht? Klar, er liebte Milla, sie war ja auch wundervoll, dass stellte Bree gar nicht in Frage. Aber es interessierte sie wirklich, ob ihm sein altes Leben fehlte. Ob sie ihn fragen konnte, ohne ihm womöglich etwas einzureden oder − Gott bewahre − etwas loszutreten, das sie überhaupt nicht beabsichtigte. Was, wenn er schon länger darüber nachdachte, wieder loszuziehen und sie ihn nur bestätigen würde? Ihre Freundin wäre am Boden verstört. Sie gab sich zwar immer zurückhaltend, manchmal schon beinahe kühl, aber Bree wusste, wie sehr Milla Nick liebte und wie sehr sie von einer gemeinsamen Zukunft träumte.

„Hallo? Erde an Bree?" Per winkte vorsichtig mit der Hand vor ihrem Gesicht.

„Was? Oh, entschuldige, ich war in Gedanken."

„Das habe ich gemerkt", antwortete er. „Ich habe schon überlegt, ob man von zu vielen Hefeteigkringeln ins Wachkoma fallen kann", scherzte er. Aber Bree blinzelte irritiert. Hatte er mitgezählt, wie viel sie gegessen hatte?

„Ich habe dich eben gefragt, ob ich dich heute Abend wieder abholen soll? Wir könnten es uns gemütlich machen oder wenn es dir lieber ist, können wir auch ausgehen", fuhr er fort.

„Ähm... Tut mir leid, aber ich bin schon mit Milla verabredet. Nick fährt heute zu einem Fotoshooting und da wollten wir..."

„Schon klar. Kein Problem!" Er hob kurz die Hände und lächelte. „Sehen wir uns morgen?"

„Hmm", gab sie unbestimmt zurück. Sie hatte keine Ahnung, ob etwas für Samstag geplant war. Schließlich würde Nick frühestens morgen Abend wiederkommen und ihre und Millas Freizeit war bis jetzt deutlich zu kurz gekommen. „Ich melde mich!", beeilte sie sich zu sagen.

Er stand auf. „Prima, ich freue mich. Aber jetzt ruft die Arbeit", sagte er, beugte sich zu ihr, gab ihr einen Kuss auf die Wange und ging. Bree sah ihm mit einem undefinierbaren Gefühl in der Magengrube hinterher. Aber bevor sie ins Grübeln kam, standen Astrid und die anderen Mädchen vor ihr.

„Da seid ihr ja!", rief sie und sprang auf, um alle zu umarmen. „Ihr wart einfach wundervoll! Ich hatte Gänsehaut und die Tränen sind mir nur so runter gelaufen!"

Astrid und ihre Freundinnen erwiderten kichernd Brees stürmische Umarmungen. „Eigentlich wollten wir uns bei dir bedanken, aber so ist es auch schön!" Astrid strahlte sie an und ihre Freundinnen nickten heftig.

„Ja, wir haben noch nie so toll ausgehen!", bestätigte ein Mädchen, von dem Bree glaubte, dass sie Ida hieß.

Plötzlich stand eine der Mütter, die Bree schon ein paar Mal in der Stadt gesehen hatte, vor ihr. „Hej, ich bin Mikaela Knudsen", stellte sie sich vor. „Die Mädchen haben noch nie so hübsch ausgesehen."

„Danke schön!", antwortete Bree. „Es hat mir viel Freude gemacht. Und sie haben so wunderbar gesungen!"

„Ja, das haben sie", bestätigte Mikaela. „Ich wollte dich etwas fragen, du bist doch noch eine Weile hier, oder?"

Bree nickte. „Mein Flug geht am zweiten Januar."

„Prima, das trifft sich gut. Sag mal, hast du Lust beim traditionellen Weihnachtsstück der Grundschule zu helfen. Du würdest die Kinder frisieren und schminken. Normalerweise macht Lovis das immer, aber wir wollten ihr nicht noch mehr aufbürden und fragen deshalb dich."

„Ist sie denn damit einverstanden, dass ich das übernehme?", fragte Bree nach. Sie wollte auf keinen Fall, dass ihre Chefin sich übergangen fühlte.

„Sicher, sie hat dich vorgeschlagen." Mikaela sah sie aufmunternd an. „Wir fangen nächste Woche an zu proben. Immer nachmittags in der Aula der Grundschule. Du musst auch nicht jedes Mal dabei sein. Lovis weiß, wie gesagt, Bescheid. Wenn du uns hilfst, ist das mit deiner Arbeitszeit kein Problem", fuhr sie fort.

Bree brauchte nicht zu überlegen. Tuva hatte ihr ja schon von dem Stück erzählt und nachdem die Arbeit mit den Mädchen gestern so wundervoll gewesen war, stand ihre Entscheidung schon längst fest. „Da kann ich nur noch ja sagen", befand sie. „Also ja, ich helfe euch gern!"

Astrid und ihre Freundinnen riefen laut Juhu und Bree drehte sich erschrocken um. Sie hatte gar nicht bemerkt, dass sie immer noch neben ihnen gestanden hatten. Auch Mikaela lächelte. „Toll! Danke! Ich sage gleich den anderen Bescheid. Gib mir deine Nummer, dann schicke ich dir alle Infos."

„Ja, klar!" Schon hatte Bree ihr Smartphone in der Hand und tauschte Nummern mit Mikaela aus.

„Dürfen wir es allen erzählen?", erkundigte sich eines der jüngeren Mädchen.

Mikaela nickte. „Ja, dürft ihr", antwortete sie und schon stoben sie davon, um genau das zu tun.

Bree strahlte. „Ich freu mich", sagte sie. „Danke, dass ihr an mich gedacht habt!"

„Wir danken dir! Bis Montag und genieß dein Wochenende!" Winkend verabschiedete sie sich.

Ein wenig perplex setzte Bree sich noch einmal hin. Sie freute sich wirklich, dass sie mit den Kindern arbeiten durfte. Ein wenig verblüfft stellte sie fest, dass die Größe der Veranstaltung keinerlei Einfluss auf ihre Vorfreude hatte. Vielleicht, weil sie hier direkt den Lohn ihrer Arbeit sah und zwar unabhängig vom Geld.

Apropos Geld! Sie musste ja auch zur Arbeit. Eilig sprang sie auf und kramte im Laufen nach ihrem Geldbeutel. Aber kaum stand sie vor Ingrid, winkte diese ab.

„Ist schon alles bezahlt."

„Oh, äh. Ja, dann", antwortete Bree. Sie hatte gar nicht mitbekommen, dass Per die Rechnung beglichen hatte. „Es war wieder köstlich!", ergänzte sie und lächelte, während sie in ihre Jacke schlüpfte. „Ihre Lussekatter sind wirklich zum Niederknien."

„Danke!", antwortete Ingrid. Sie überlegte, ob sie es der jungen Engländerin sagen sollte. Normalerweise hielt sie sich immer aus so etwas heraus. Aber irgendjemand sollte sie doch in die Gepflogenheiten einweihen, oder etwa nicht?!

Bree runzelte kurz die Stirn. Bildete sie es sich ein oder sah Ingrid sie komisch an? „Okay, ich muss jetzt wirklich los, wenn ich nicht zum Salon rennen will!" Sie hob kurz die Mundwinkel und wandte sich zum Gehen.

Ingrid fasste sich ein Herz. „Er muss dich sehr gern haben."

Langsam drehte sich Bree um. „Wie bitte?"

Ingrid winkte sie näher zu sich heran. „Ich weiß nicht, wie das in England ist, aber hier in Schweden bezahlt jeder für sich."

Bree sah sie irritiert an. „Sie meinen, bei romantischen Verabredungen?"

„Ja." Ingrid nickte. „Bei solchen Dates bezahlt immer jeder für sich."

„Immer?" Bree machte große Augen. Natürlich bezahlte sie, wenn sie ausging ihre eigene Rechnung. Aber wenn sie ein Date hatte, entschied sie das spontan. Es kam für sie immer auf die Situation und den jeweiligen Mann an. Sie ließ sich nie einladen, wenn der Mann ihr das Gefühl gab, sich damit irgendwelche Rechte zu erkaufen. Und sie würde nie von einem Typen verlangen, dass er für alles zahlen musste, nur weil er der Mann war...

„Naja, anscheinend gibt es Ausnahmen", sagte Ingrid in ihre Gedanken hinein und schenkte ihr einen vielsagenden Blick. „Entschuldige Liebes, ich muss nach dem Ofen schauen."

Bree sah ihr einen Moment hinterher, bevor ihr einfiel, dass sie es eilig hatte.

Kapitel 10

Als die Tür aufging und Milla in den Salon trat, schaute Bree überrascht auf. Sie hatte kaum bemerkt, wie die Zeit verging, denn entweder war sie in Gedanken bei Ingrids Bemerkung gewesen oder sie hatte mit Lovis und den Kunden geschwatzt.

„Was machst du denn schon hier?", rief sie erstaunt.

„Soll ich wieder gehen?", fragte Milla lachend zurück. „Es ist zwar schon halb vier, aber wenn du gern noch weiter arbeiten möchtest..."

„Was? Schon so spät?" Sie sah hinüber zur Uhr. Tatsächlich. Lovis hatte ihr zwar gesagt, dass sie am Luciatag immer früher schloss und war selbst schon kurz nach zwei Uhr gegangen, aber das war doch gerademal eine halbe Stunde her. Zumindest, wenn sie nach ihrem Gefühl ging. „Wow! Ich habe gar nicht gemerkt, wie die Zeit vergangen ist", sagte sie und ein Grinsen breitete sich auf ihrem Gesicht aus. „Ich muss nur noch fegen und die Kasse abschließen. Willst du dich solange hinsetzen?"

„Ich kann doch fegen und du machst die Kasse. Dann sind wir schneller", schlug Milla vor.

„Okay, danke!" Freudestrahlend hielt sie ihr den Besen hin. „Ist Nick schon weg?"

„Ja. Er ist gleich nach dem Konzert aufgebrochen."

Bree schüttelte den Kopf. „Wie man auf die Idee kommen kann, mitten im Winter campen zu wollen, ist mir ein echtes Rätsel."

„Ähm, er...", begann Milla und musste dann doch lachen. „Ich verstehe es auch nicht. Er hat zwar gesagt, dass der Van nur eine Art Notfallausrüstung ist, falls er keine Pension oder ähnliches findet, aber irgendwie werde ich das Gefühl nicht los, dass er mich damit nur beruhigen wollte."

„Er wird schon nicht erfrieren", beruhigte Bree sie.

„Ach was, das glaube ich auch nicht", winkte Milla ab. „Eigentlich..." Wieder lachte sie, diesmal mehr aus Verlegenheit.

Bree schenkte ihr ein warmes Lächeln. „Er passt schon auf sich auf und stell dir vor, wie glücklich er sein wird, wenn er seine perfekten Fotos hat."

„Du hast ja recht und das ist wohl auch nicht seine verrückteste Aktion", antwortete Milla. „Er hat mir da ein paar Anekdoten erzählt..."

„Ich bin mir nicht sicher, ob ich die hören möchte", überlegte Bree.

Milla lachte. „Keine Sorge, ich werde dir auch nichts erzählen. Das kann er ruhig selbst machen, schließlich haben wir unsere eigenen Themen."

„Ganz genau!" Bree grinste. „Und wobei bereden wir die heute?", wollte sie wissen.

„Das erzähle ich dir, wenn wir hier fertig sind, also..." Milla machte eine auffordernde Handbewegung.

„Ja, okay, ich mach ja schon!" Bree hob beschwichtigend die Hände und ging hinüber zur Kasse.

Dank Millas Hilfe beim Aufräumen, waren sie schnell fertig.

„Müssen wir die Schlüssel noch bei Lovis vorbeibringen?", erkundigte sich Milla, als sie zum Auto gingen.

„Nein, wir haben jetzt frei", antwortete Bree und sah ihre Freundin dann fragend an. „Haben wir doch, oder?"

„Ja, haben wir. Unsere Gäste wollen heute Abend essen gehen. Das heißt, ich muss erst morgen früh fürs Frühstück parat stehen!" Milla machte einen kleinen Freudenhüpfer, bevor sie einstieg.

„Nun, mach's nicht so spannend. Sag endlich, was wir mit all der Freizeit anstellen werden!", wollte Bree wissen und kletterte ebenfalls in den Wagen.

„Ich hatte erst überlegt, ob wir eine schöne, entspannte..."

„Och nö, kein Yoga!", protestierte Bree. „Nicht jeder verbiegt sich gern wie eine Brezel."

„Nein, kein Yoga", kürzte Milla ab. Sie wusste, dass Bree ihre Leidenschaft nicht teilte. Auch wenn sie insgeheim überzeugt war, dass es ihr gefallen würde, wenn sie es nur mal ausprobierte. „Was hältst du von Sauna, lecker Essen und einem Film?"

„Sehr viel!", antwortete Bree, die auf einmal merkte, wie sehr ihr die kurze Nacht in den Knochen steckte. „Und wo gehen wir in die Sauna? Du hast doch keine eigene oder hast du die bis jetzt vor mir versteckt?"

„Nein." Milla lachte. „Aber nächstes Jahr lasse ich mir eine bauen. Direkt am See, so dass man dort direkt rein springen kann."

Bree seufzte sehnsuchtsvoll. „Das ist dann ein bisschen so, wie auf Gracewood Hall, erinnerst du dich, wie wir dort spontan übernachtet haben?"

Wieder lachte Milla. „Was ist denn das für eine Frage, für wie alt und senil hältst du mich?"

„Hahaha", schnaubte Bree. „Du weißt genau, wie ich das gemeint habe! Also wo fahren wir nun hin?"

„Hier in der Nähe gibt es ein süßes Boutiquehotel und die haben einen unglaublichen Wellnessbereich und ihre Küchenchefin ist einmalig! Sie macht Sachen mit Gemüse, die sind... wow!", antwortete Milla und startete den Motor.

„Das klingt perfekt, fahr schnell los! Wir wollen doch keine Zeit verlieren", antwortete Bree und dann berichtete sie, dass Mikaela Knudsen sie gebeten hatte bei der Aufführung zu helfen und wie sehr sie sich darüber freute.

***

Eigentlich sollte er sich längst fertig machen. Schließlich fuhr er jeden Freitag nach Nässjö. Diese Besuche fielen ihm nie leicht, da er nie wusste, was ihn erwartete. Dennoch fuhr er seit Jahren gewissenhaft hin, aber heute überlegte er abzusagen. Dieser Termin erforderte seine ganze Aufmerksamkeit und gerade heute konnte er sich kaum konzentrieren. Er ärgerte sich immer noch über Brees unhöfliches Verhalten und dass er ihr nicht mehr hatte sagen können. Das war ja nicht einmal ein richtiges Gespräch gewesen. Warum hatte Per auch genau im unmöglichsten Moment auftauchen müssen? Schon den ganzen Tag grübelte er darüber nach, ob die zwei ein Paar waren. Ging das überhaupt so schnell? So lange war sie doch noch nicht auf Blåbärsskog. Aber Per Andersson hatte sich noch nie von etwas abhalten lassen, was er wollte. Er schnaubte, früher hatte er ihn für seine Zielstrebigkeit bewundert, aber jetzt... Das Leben war schon eine verrückte Sache. Vor nicht einmal zehn Jahren hätte er sich nie träumen lassen, dass er jetzt hier sitzen würde, in Österholm, und den Betrieb seines Vaters führen würde.

Und an eine Verpflichtung gebunden zu sein, die er auf einmal als einzige Last empfand. Er hatte seit Ewigkeiten nicht mehr an die Zeit damals gedacht und erst recht hatte er sich nicht gefragt, was geworden wäre, wenn seine Eltern damals nicht diesen Unfall gehabt hätten. Diese Engländerin brachte wirklich alles durcheinander und bekam es nicht einmal mit! Spazierte mit einem Dauergrinsen durchs Leben und nahm sich einfach, was sie wollte

146

und jeder liebte sie noch dafür! Während er einen hohen Preis für seine gesellschaftliche Anerkennung gezahlt hatte, schien ihr alles in den Schoß zu fallen.

In einem Akt rebellischer Spontanität, griff er nach seinem Handy und sagte seine Verabredung ab. Danach scrollte er durch seine Mails. Heute war doch diese Veranstaltung... Richtig, da war sie. Eine Lesung mit anschließender Podiumsdiskussion. Es war wirklich höchste Zeit, dass er sein Gehirn mal wieder benutzte.

***

„Also gefällt es dir hier bei uns?", erkundigte sich Milla, als sie gemeinsam und vor allem ganz allein in der Sauna dösten. Draußen war es mittlerweile dunkel, doch durch die Panoramascheibe konnten sie den wunderschön beleuchteten Garten sehen. Es hatte wieder zu schneien begonnen und Bree genoss den Kontrast der Hitze hier drinnen und dem kristallklaren Anblick draußen. Auch wenn ihr immer wieder die Augen zu fielen. Die Nacht war wirklich kurz gewesen.

„Ja", antwortete sie träge. „Das weißt du doch."

„Auch, wenn deine Zeit hier ganz anders ist, als geplant?", hakte Milla nach.

„Klar hätte ich mir ein wenig mehr Freizeit erhofft. Aber ich bin ja gekommen, um zu helfen. Nun helfe ich eben Lovis und nicht dir." Bree richtete sich abrupt auf. „Brauchst du Hilfe? Kann ich etwas für dich tun?"

„Alles gut. Stress dich nicht", beruhigte Milla sie. „Mit der Pension läuft es. Langsam, aber es läuft. Liegt wahrscheinlich auch an der Jahreszeit. Außerdem habe ich ja erst angefangen. Und für den nächsten Sommer habe ich schon einige Buchungen."

„Das klingt gut. Ich freue mich so für dich, dass du dir deinen Traum erfüllt hast!" Bree lächelte sie an.

„Ich bin ja noch dabei", antwortete Milla glücklich.

„Weißt du denn mittlerweile, was dein Traum ist?" Sie hatten auf ihrer gemeinsamen Reise viel über Millas Lebenstraum eine Pension zu eröffnen, die sich wie ein Zuhause anfühlte, gesprochen und natürlich auch über Brees Pläne und Wünsche.

Bree seufzte. „Nicht wirklich. Aber immerhin weiß ich, was ich nicht will. Jeden Tag dasselbe tun, mit den denselben Leuten. So ein paar Routinen sind ja ganz nett, aber für immer an einem Ort festhängen und auf einmal feststellen, dass 20 Jahre rum sind." Sie schüttelte sich und Milla musste grinsen. Es war schon beinahe komisch, dass sie befreundet waren. Ihre Vorstellungen von einem guten Leben konnten unterschiedlicher nicht sein.

„Die Arbeit mit den Mädchen hat mir richtig Spaß gemacht", fuhr Bree fort. Sie klang erstaunt, als konnte sie es immer noch nicht glauben. „Und sie haben mich tatsächlich gefragt, ob ich bei dem Theaterstück helfe und merkwürdigerweise freue ich mich so richtig darauf!"

„Was ist denn daran merkwürdig?" Milla sah sie fragend an.

„Na, dass mich einerseits nichts so sehr schüttelt wie die Vorstellung in so einem Kaff festzusitzen..." Sie sah Milla entschuldigend an, aber die machte eine auffordernde Handbewegung. Sie sollte weiter sprechen. Sie kannte ihre Freundin ja. „Und andererseits genieße ich es total bei diesen kleinstädtischen Aktionen dabei zu sein." Sie zuckte mit den Achseln. „Das schließt sich doch gegenseitig aus."

„Hmm", machte Milla und überlegte. „Und gilt das auch für die Arbeit bei Lovis?"

„Naja, Lovis ist nett und lässt mir viel freie Hand. Und die alten Damen, die jede Woche kommen, sind ganz süß, aber... ach, ich weiß auch nicht." Bree wollte die Hände in die Luft werfen, aber dafür war es definitiv zu heiß.

„Doch, weißt du", widersprach Milla sanft. „Was stört dich? Lass es raus, wir sind unter uns und ich werde ihr garantiert nichts sagen", versprach sie.

Bree grinste schief. „Es hat überhaupt nichts mit der Arbeit zu tun. Es ist nur, dass ich absolut nicht verstehen kann, wie Lovis mit so einem Leben zufrieden sein kann! Ich meine, jetzt helfe ich ihr schon und trotzdem sieht sie jeden Tag gestresster und kränker aus." Bree sah Milla an. „Sie hat mir erzählt, dass wenn sie abends nach Hause kommt, immer erst mal Essen machen muss. Dabei ist ihr Mann mit den Kindern immer schon vor ihr da. Sie steht den ganzen Tag, okay im Moment sitzt sie, du weißt was ich meine. Sie ist den ganzen Tag im Laden und muss sich dann noch um die Familie kümmern. Ich habe echt das Gefühl, ihr Mann macht gar nichts! Das regt mich wahnsinnig auf! Von beiden. Wie kann er so ignorant sein und sie das mitmachen?" Bree war immer lauter geworden. Es regte sie wirklich auf. Ihre Mum hatte zwar auch alles für die Familie gemacht, aber immerhin war ihre Arbeit in der Gemeinde immer flexibel und auf freiwilliger Basis gewesen, so dass Bree nie den Eindruck gehabt hatte, ihre Mutter stünde kurz vorm Zusammenbruch. Bevor Milla antworten konnte, ging die Tür auf und ein Hotelgast kam in die Sauna. Bree und Milla sahen sich an und standen einvernehmlich auf. Ihre Viertelstunde war sowieso um. Es war Zeit für eine Abkühlung. Mit einem lauten Quietschen sprangen sie in den Schwimmteich. Nach dem ersten Schreck, war es wirklich magisch. Bree fühlte sich so lebendig, wie schon lange nicht mehr. Das Wasser umfloss sanft und weich ihren Körper. Die Schneeflocken fielen unablässig. Wie ein zarter Schleier legten sie sich auf die gestutzten Büsche und kahlen Bäume. Selbst das Licht der Laternen dimmten sie zu einem magischen Leuchten und in Bree fiel alle Anspannung ab. Sie atmete noch einmal tief ein und aus, bevor sie aus dem Becken kletterte und sich in ihr Handtuch wickelte.

„Ich kann verstehen, dass es dich aufregt", nahm Milla ihren Gesprächsfaden wieder auf, als sie eingekuschelt in Decken in dem wundervollen Ruheraum lagen. Sie hatten sich mit Edelsteinwasser und Äpfeln versorgt und genossen nun das knisternde Kaminfeuer neben ihnen. „Aber es ist nicht..."

„Mein Problem, ich weiß", unterbrach Bree sie. „Es ist aber tatsächlich eine Herausforderung, es jeden Tag vor der Nase zu haben und dabei dann gelassen zu bleiben." Sie zog eine Grimasse. „Hast du gewusst, dass Erik sie jeden Tag zur Arbeit fährt und nicht ihr eigener Mann? Mister Großkotz persönlich! Ich verstehe das immer noch nicht!"

„Mister Großkotz?", wiederholte Milla überrascht. Schließlich kannte sie Erik nur nett und hilfsbereit. Er hatte ihr bei der Renovierung der Pension sehr geholfen und seine Preise waren wirklich fair. Das kannte sie von den Handwerkern in der Stadt durchaus anders.

„Oh, sorry, ich weiß, ihr seid irgendwie befreundet, aber...", beeilte sich Bree zu sagen. „ich weiß nicht. Er tut immer so freundlich und hilfsbereit allen gegenüber, dabei ist er eigentlich total von sich eingenommen. So als hätte er alles Wissen der Welt für sich gepachtet, nur weil er Hesse im Original liest."

„Ach so?", fragte Milla nach. Sie hatte Mühe nicht bedeutungsvoll die Augen zu verdrehen und wie ein Teenager ‚uiuiui!' zu rufen. Denn sie hatte Bree noch nie so über einen Mann schimpfen hören.

„Ja! Jedes Mal wenn er Lovis abholt ist er zu ihr super nett und mich schaut er nicht einmal an. Und wenn er sich dann doch einmal dazu herablässt mit mir zu sprechen, hagelt es Vorwürfe."

„Was wirft er dir denn vor?" Jetzt war Milla wirklich neugierig. Sie hatte ja keine Ahnung gehabt.

„Dass er meinte, ich würde ein Jetsetleben führen, habe ich dir ja schon erzählt" begann Bree und setzte sich auf. So etwas konnte sie nicht im Liegen erzählen.

„Ja, das war wirklich der Knaller!", antwortete Milla und prustete los. Der einzig andere Hotelgast kam in diesem Moment aus der Dusche und entschied sich, nach einem Blick auf die Zwei, den anderen Ruhebereich zu nutzen. Schuldbewusst presste Milla die Lippen aufeinander.

„Unglaublich, nicht wahr?!", redete Bree weiter. „Und als er mich heute angesprochen hat, war ich so überrascht, dass ich seine Beleidigung erst gar nicht verstanden habe."

„Was hat er denn gesagt?"

„Er hat irgendwas von Feiertagen und Traditionen gefaselt. Wollte mir wohl damit zu verstehen geben, dass ich in meinem Jetsetleben dafür natürlich keinen Sinn habe!", gab Bree murrend zurück und trank noch etwas. Der Typ regte sie wirklich auf!

„Okay", sagte Milla langsam und runzelte die Stirn. „Bist du sicher, dass du ihn nicht falsch verstanden hast?"

„Ich bin mir sicher!", warf Bree ein. „Du müsstest mal sehen, was für ein Gesicht er zieht, wenn er Per sieht. So als würde er ihm am liebsten eine reinhauen."

„Nein!", rief Milla aus. „Wirklich?!" Der Erik, den sie kannte, war immer die Ruhe selbst.

„Du kannst mir glauben. Das ist wirklich so und vor allem jedes Mal, wenn sie aufeinander treffen."

„Ob da in der Vergangenheit etwas vorgefallen ist?", überlegte Milla.

„Das ist mir ehrlich gesagt, total egal. Ich wünschte nur, er würde nicht permanent überall auftauchen!" Bree schnaubte. „Er hat so ein Talent jede schöne Situation kaputt zu machen. Jetzt ja auch!" Sie beschrieb mit ihrer Hand einen Kreis. „Wir wollten das hier doch genießen!"

„Das machen wir doch!", beruhigte Milla sie. „Wenn dein Hunger es noch aushält, schaffen wir noch einen zweiten Saunagang."

„Das muss er aushalten!", beschied Bree. „Es ist einfach herrlich hier!" Sie lächelte. „Danke, dass wir hierher gefahren sind."

„Du musst dich nicht bedanken", antwortete Milla. „Ich habe, ehrlich gesagt, ein schlechtes Gewissen, weil du wegen mir jetzt arbeiten musst, anstatt die Zeit zu genießen." Sie sah Bree zerknirscht an. „Manchmal kommt so eine Chefattitüde in mir durch... Wenn du willst, rede ich mit Lovis, dass sie sich jemand anderen suchen soll."

„Es ist lieb, dass du das sagst, aber das musst du nicht. Mir gefällt es und ein wenig extra Kohle ist nie verkehrt." Bree drückte aufmunternd ihre Hand.

„Dann ist ja gut!" Milla wirkte erleichtert. Sie griff nach den Äpfeln und hielt Bree einen hin. „Dann können wir ja jetzt zu dem Thema kommen, dass mich eigentlich interessiert...", sagte sie und schenkte ihr ein verschmitztes Lächeln. „Wie läuft es denn mit Per? Läuft da was?"

Bree lachte auf. „Ich habe mich schon gefragt, wann du etwas sagst."

„Wie bitte? Wie lange wolltest du mich denn schmoren lassen?", erkundigte sich Milla.

„Och...", gab Bree zurück und biss genüsslich in den Apfel.

„Also war es so langweilig?" Milla zog die Augenbrauen hoch.

„Weil ich es nicht abwarten kann, dir davon zu erzählen?", wollte Bree wissen und Milla nickte. „Wir sind doch nicht mehr vierzehn!", erinnerte sie ihre Freundin.

„Das hat doch damit nichts zu tun! Erzählst du jetzt oder soll ich mir mein eigenes Bild machen?"

„Im Grunde gibt es doch nichts zu erzählen. Ich bin doch gar nicht auf der Suche... Ja, es war ein tolles Date", begann sie, aber Milla unterbrach sie.

„Wer sind Sie und was haben Sie mit meiner Freundin gemacht?" Seit sie Bree kannte, hatte sie immer voller Begeisterung von ihrem neuen Schwarm erzählt. „Er ist doch genau dein Typ! Was ist passiert?"

„Gar nichts ist passiert, okay?!", antwortete Bree und ließ sich rücklings auf die Liege fallen. „Es war toll. Wir waren im Kino, er hat den perfekten Film ausgesucht und das Restaurant war Spitzenklasse..."

„Aber?" Milla sah sie stirnrunzelnd an.

„Ist es komisch, dass er die Rechnung übernommen hat?", platzte es aus Bree heraus.

„Wie kommst du denn darauf?"

„Ingrid hat so etwas gesagt", antwortete Bree und erzählte Milla haarklein alles, was die Cafébesitzerin zu ihr gesagt hatte. „Auf so etwas wäre ich nie gekommen. Was, wenn er das so deutet wie Ingrid, wenn er..." Sie brach ab und sah Milla hilfesuchend an.

„Ach was, das glaube ich nicht. Er wohnt schließlich in Stockholm und nicht irgendwo im tiefsten Norden.

Ingrid meinte bestimmt nur, dass wir Schweden es sehr mögen, wenn wir alle gleich sind. Dasselbe Auto fahren, in demselben Haus wohnen und dasselbe Gehalt haben..."

„Echt jetzt?", fragte Bree verwundert nach.

„Ja, so ziemlich." Milla nickte und musste gleich darauf grinsen. „Naja, in den letzten Jahren hat sich das ein wenig geändert. Die Globalisierung und die Sozialen Medien haben ihren Teil zur Individualisierung beigetragen. Jedenfalls kann ich mir nicht vorstellen, dass Per schon euer Aufgebot bestellt hat."

„Haha. Du bist doof", antwortete Bree, musste aber doch lachen.

„Süße, genieß es einfach und sieh, ob sich etwas entwickelt."

„Genau das hatte ich vor! Aber dann..."

„...hat Ingrid alles verdorben", beendete Milla den Satz und Bree nickte heftig. „Süße, wenn du ganz sicher sein willst, musst du mit ihm sprechen."

„Aber das ist es doch gerade!", begehrte Bree auf. „Wir haben uns jetzt insgesamt dreimal gesehen und waren einmal miteinander aus. Selbst bei dem Konzert heute saßen wir nicht nebeneinander."

„Wieso eigentlich nicht?!", warf Milla ein und schüttelte gleich darauf den Kopf, wie um sich zu konzentrieren. „Vergiss es", bat sie.

„Na, genau deswegen! Weil wir uns kaum kennen!", antwortete Bree dennoch auf Millas Frage. „Ich habe geheult wie ein Schlosshund, als die Kinder gesungen haben. Will ich mich so emotional einem Mann gegenüber zeigen, den ich kaum kenne? Nein, das möchte ich nicht. Zumindest noch nicht. Und aus diesem Grund, möchte ich auch kein ‚Beziehungsgespräch' führen. Ich bin doch in ein paar Wochen wieder weg und Per lebt in Stockholm, hat dort seinen Job... Er kann doch nicht wirklich denken, dass mit uns würde etwas Ernstes werden?! Abgesehen davon fühle ich mich überhaupt nicht bereit für eine Beziehung. Ich bin ja immer noch auf der Suche nach dem, was ich will!"

„Früher hätte ich dir tausendprozentig zugestimmt", sagte Milla leise. „Aber ich hätte Nick und mir eine sehr unschöne Zeit erspart, wäre ich gleich offen und ehrlich gewesen."

„Du hattest einfach Angst und außerdem hat dein Dad dir auch wirklich einen Strich durch die Rechnung gemacht. Wer weiß, was passiert wäre, wenn er nicht..." Bree ließ den Satz mit Absicht offen, sie hatten über sein unmögliches Benehmen oft genug geredet.

„Ja, ich hatte eine Höllenangst", bestätigte Milla und sah aus dem Fenster, als würde sie dort die Vergangenheit sehen. „Und deswegen kann ich die Schuld auch nicht nur meinem Vater zuschieben. Aber jetzt weiß ich, dass Offenheit immer das beste Mittel der Wahl ist. Auch wenn es einem nicht immer leicht fällt."

„Ich will ja gar nicht lügen. Ich will uns einfach etwas Zeit geben", erklärte Bree.

Milla sah zu ihr herüber und lächelte. „Du weißt, dass ich das nicht gemeint habe, oder?", fragte sie und als Bree nickte, fuhr sie fort: „Das habe ich noch nie jemanden erzählt, aber ich wusste, dass Nick anders ist, als ich ihn das erste Mal gesehen habe."

„Was? Echt jetzt?" Bree setzte sich aufrecht hin. „Warum hast du das nicht erzählt?"

„Weil ich bis dahin nicht an Liebe auf den ersten Blick geglaubt habe", gab Milla zurück.

„Du warst doch nicht sofort verliebt!", widersprach Bree. „Ich habe dich doch gesehen."

„Das ist das Problem mit dem Wort ‚Liebe'. Es ist immer dasselbe Wort für so viele verschiedene Facetten...", warf Milla ein, besann sich dann aber. „Nein, ich war auf keinen Fall sofort verliebt. Dafür habe ich mich auch viel zu sehr über ihn geärgert." Sie schenkte Bree ein schiefes Grinsen, das die sofort erwiderte. Oh ja, sie erinnerte sich sehr gut daran. „Und weil ich in Kalkutta diese Verbindung gespürt habe, habe ich so heftig reagiert, als ich gesehen habe, was er getan hatte. Ich dachte, er hätte mich hintergangen."

Bree sah sie schweigend an und dachte nach. „Glaubst du, das ist immer so?", fragte sie.

„Das man erst miteinander kämpft, bevor man sich seine wahren Gefühle eingesteht?", fragte Milla lakonisch nach.

„Nein." Bree verdrehte die Augen. „Dass man eine Verbindung spürt, meine ich."

„Keine Ahnung", antwortete Milla. „Soll ich es googlen? Es muss doch Statistiken und Umfragen geben..." Sie beugte sich von der Liege nach ihrer Tasche und wollte ihr Smartphone rausholen.

„Nein. Lass gut sein. SO wichtig ist es nicht." Bree winkte ab. „Wollen wir zurück in die Sauna?", wechselte sie das Thema.

„Auf jeden Fall!", antwortete Milla und stand auf. „Dafür sind wir doch hier!"

„Ups", war das erste das Bree sagte, als sie im Umkleideraum auf ihr Smartphone schaute. Sie hatten die letzte halbe Stunde geschwiegen und einfach die Atmosphäre genossen. Alles in ihr hatte sich entspannt, sogar ihre oft rasenden Gedanken.

„Was ist los?", erkundigte sich Milla.

„Per hat versucht mich zu erreichen", antwortete Bree. „Ich hatte ihm doch gesagt, dass wir etwas machen", wunderte sie sich und wischte, nur halb angezogen, auf dem Gerät herum.

„Hat er eine Nachricht geschrieben? Ist was passiert?", fragte Milla um Ruhe bemüht, aber Bree hörte dennoch das Zittern in ihrer Stimme. Seitdem Milla erfahren hatte, dass ihr Vater sie hatte überwachen lassen, reagierte sie beinahe allergisch auf jede Art von Kontrolle. Bree hörte, wie sie versuchte tief ein- und auszuatmen.

„Er lädt mich zu einer Weihnachtsfeier ein. Mit seinen Freunden, morgen Abend", berichtete Bree. „Hat sich anscheinend spontan ergeben."

„Willst du hingehen?" Milla ließ sich auf die Bank plumpsen und sah zu ihr auf. Irgendwie hatte sie das Gefühl, dass dieser Per ein ganz schönes Tempo an den Tag legte. „Denn eigentlich wollte ich mit dir auf den Weihnachtsmarkt."

„Welcher Weihnachtsmarkt?" Auch Bree setzte sich und zog sich ihre Strümpfe an.

„In Österholm. Hast du die Stände nicht gesehen, die sie heute aufgebaut haben?", wunderte sich Milla.

„Nein", antwortete Bree langsam. „Habe ich nicht. Können wir da auch morgen Vormittag oder am Sonntag hingehen? Ich würde gern beides machen." Bree sah sie abwartend an.

„Klar", versicherte Milla.

„Ist es für dich wirklich okay, wenn ich da mit ihm hingehe? Wenn du nicht allein bleiben willst, dann sage ich ab!"

„Ach, Quatsch! Geh nur und amüsier dich!", antwortete Milla mit einem Grinsen. „Ich habe noch so viel zu tun. Abrechnungen und Marketing und so."

„Klingt ja toll!", antwortete Bree sarkastisch und hob ihr Handy hoch, um zu tippen. „Weißt du was, ich sag ihm ab. Ich kann dich doch nicht allein lassen. Erst recht nicht, wenn du diesen Mist machen musst!"

„Was? Nein!", rief Milla aus und langte nach dem Gerät. „Erstens mag ich diesen Mist, denn er gehört zur Pension dazu. Zweitens würdest du dich bei mir doch nur langweilen und drittens verdienst du eine tolle Party!"

„Bist du sicher?", hakte Bree noch einmal nach. „Ich habe das Gefühl, ich lasse dich ständig allein."

„Ich bin sicher", antwortete Milla fest und lächelte Bree aufmunternd an. „Du bist fast fünf Wochen hier, da ist es doch klar, dass wir nicht die ganze Zeit aufeinander hocken."

„Naja, eigentlich hatte ich mir das aber genau so vorgestellt", gab Bree zu und schob unwillkürlich die Unterlippe vor.

Milla musste grinsen, ihre Freundin sah damit um Jahre jünger aus. Dann fasste sie sich wieder. „Ein Grund mehr, dass du auf die Party gehst. In der Zeit kann ich so viel wegarbeiten, wie möglich und habe danach mehr Zeit für dich. Wir haben noch heute Abend und den ganzen Sonntag."

Bree sah sie einen Moment abwartend an. Sie hatte wirklich Lust auf eine Party, sie war schon so lange nicht mehr auf einer gewesen. „Ich kann Per fragen, ob du mitkommen kannst!", rief sie aus.

„Bitte nicht!" Milla setzte eine flehende Miene auf. „Ich kann solche Feiern nicht leiden. Im schlimmsten Fall, erkennt mich jemand und ich muss mich wieder rechtfertigen, warum ich nicht mehr für meinen Vater arbeite."

„Du musst dich für nichts vor niemanden rechtfertigen!", erinnerte Bree sie und Milla winkte ab.

„Jaja, du weißt, wie ich das gemeint habe. Die Idee ist sehr lieb, aber ich bleibe wirklich gern allein in meinem Haus."

„Okay, dann sage ich ihm zu", antwortete Bree und konnte sich ein Grinsen nicht verkneifen. Sie liebte Weihnachtspartys! Nur... „Oh mein Gott, was ziehe ich an?", entfuhr es ihr und Milla lachte laut auf.

„Wenn du deine Sachen anziehen würdest, könnten wir nach Hause fahren und es herausfinden."

Bree sah an sich herunter und musste grinsen. Sie hatte tatsächlich immer noch nur Unterwäsche und einen Socken an. „Gute Idee", stimmte sie zu. „Aber vorher müssen wir etwas essen! Ich habe einen Bärenhunger."

„Damit bin ich sehr einverstanden", stimmte Milla zu. „Und danach ein Weihnachtsfilm."

„Au ja, eine richtig schöne Schnulze!" Brees Augen leuchteten, während sie sich in aller Eile anzog. So als wollte sie die Zeit, die sie eben vertrödelt hatte, wieder gut machen.

Kapitel 11
Samstag, 14.12.

„Du siehst toll aus!", sagte Per zur Begrüßung und gab ihr einen Kuss auf die Wange.

Bree lächelte, sah aber trotzdem noch einmal prüfend an sich herunter. Nach langem Hin und Her, hatte sie sich für ihr neues rotes Kleid mit dem Glitzerkragen entschieden. Die Puffärmel und das Schößchen zauberten ihr verführerische Kurven und sie fühlte sich darin sehr weiblich und auch ein wenig weihnachtlich. Trotz der Temperaturen hatte sie auf Stiefel verzichtet und stattdessen ihre sexy Louboutins angezogen. Sie hatte die Schuhe völlig überraschend in einem Second Hand Laden der Heilsarmee entdeckt und liebte sie seitdem heiß und innig. Sie hoffte einfach, dass die Party drinnen stattfand.

„Danke. Ich hoffe, ich bin richtig angezogen. Du wolltest mir ja nichts verraten!", antwortete Bree und bemühte sich jeglichen Vorwurf aus ihrer Stimme zu halten. Sie hatte wirklich ewig überlegt und irgendwann sogar eingesehen, dass sie selbst Milla nervte. Dabei war die in solchen Sachen immer die Ruhe selbst.

Per schenkte ihr dieses Lächeln, dass ihre Knie schwach werden ließ. „Du wirst sie alle umhauen!", antwortete er und bot ihr seinen Arm, um sie zum Wagen zu begleiten.

„Aber hoffentlich nicht wie ein Holzhammer!" Bree lachte auf und entspannte sich. Es würde bestimmt ein toller Abend werden. Als sie nebeneinander durch die Dunkelheit rauschten, nahm sie seine Präsenz überdeutlich wahr. Unauffällig sah sie zu ihm hinüber. Er sah wirklich toll aus, war charmant und wusste was er wollte. Es war ganz einfach, sie genoss seine Gegenwart. Als er ihren Blick bemerkte, sah er kurz zu ihr hinüber und lächelte. „Nervös?", erkundigte er sich.

„Ein wenig", gab sie zu. „Verrätst du mir jetzt, wo genau wir hinfahren und mit wem wir uns treffen?"

„Es soll doch eine Überraschung werden", wandte er ein.

„Aber es wäre doch besser, wenn ich wenigstens die Namen deiner Freunde kenne, damit ich sie nicht vergesse oder verwechsle", antwortete sie.

Er lachte gut gelaunt auf. „Stell dein Licht nicht so unter den Scheffel, aber gut. Meine älteste Freundin Lisa und ihr Mann Sven sind spontan hier. Sie leben eigentlich in Australien."

„Das ist weit weg", befand Bree.

„Ja." Per nickte. „Aber jetzt erzähl, wie hast du die letzten 30 Stunden verbracht?"

Bree sah ihn überrascht von der Seite an. „Muss ich es merkwürdig finden, dass du die Stunden gezählt hast?"

„Ich habe nicht weinend auf meinem Bett gesessen, falls du das befürchtest!" Per zwinkerte ihr zu und Bree atmete übertrieben erleichtert auf.

„Dann ist ja gut. Ich hatte schon Sorge." Sie schmunzelte. „Da ich dir leider keine Details über unseren Mädelsabend erzählen kann, musst du schon zur Unterhaltung beitragen", fuhr sie fort.

„Ist das so?", fragte er nach und sie nickte.

„Ja, das weiß jeder. Ehrenkodex. Du verstehst." Betont entspannt betrachtete sie ihre Fingernägel. Nicht, dass es dort etwas zu sehen gab. Seitdem sie wieder in einem Salon arbeitete und immer wieder Handschuhe trug, hatten ihre Hände ganz schön gelitten.

„Muss ich mir Sorgen machen?" Er gab sich locker, aber Bree hörte den ernsten Unterton. Dennoch konnte sie nicht anders, sie musste ihn ein wenig necken.

„Für Eifersucht ist es noch ein bisschen früh, findest du nicht?"

„Man muss doch auf das aufpassen, was man mag!", entgegnete er bestimmt und Bree stutzte. Hatte er sie eben tatsächlich...? Sie war doch kein teures Paar Handschuhe, auf das man achtgeben musste, damit man es nicht irgendwo liegen ließ!

„Ähm...", begann sie wenig eloquent. Sie wollte das nicht auf sich sitzen lassen, wusste aber gleichzeitig nicht, was sie sagen sollte. Es konnte ja immer noch sein, dass sie ihn falsch verstanden hatte.

„Habe ich jetzt die Stimmung versaut?" Er sah sie an und lächelte wieder sein Killerlächeln. „Sorry."

„Ach was, die kriegen wir schon wieder hin", winkte sie ab und lächelte zurück, bevor sie noch einmal darüber nachdenken konnte. So herablassend wie es geklungen hatte, hatte er es bestimmt nicht gemeint. Sie beschloss den Satz einfach zu vergessen. „Ich bin mir sicher, wir haben einen großartigen Abend! Wer weiß, vielleicht trägt ja jemand einen selbstgestrickten Weihnachtspulli."

Irritierte kniff Per die Augen zusammen. „Ich verstehe nicht..."

„Na, der hat definitiv schlechtere Karten heute Abend eine erquickende Unterhaltung mit einer großartigen Frau zu führen!", behauptete sie und schmiss übertrieben die Haare nach hinten, bevor sie ihm zuzwinkerte.

Per lachte. „Auf was für Ideen du kommst!"

„Das kommt von der Arbeit beim Fernsehen", antwortete sie munter. „Ich könnte dir Geschichten erzählen..."

„Die würde ich zu gern hören, allerdings sind wir auch gleich da", entgegnete er, während er in einen schmalen Waldweg abbog. Hier war der Schnee liegen geblieben. Es sah wunderschön und sehr unberührt aus.

„Okay", antwortete sie langsam und versuchte Anzeichen für menschliches Leben zu erkennen. „Und du bist sicher, dass hier eine Party steigt?" Nicht, dass die Feier doch draußen stattfand! Allein beim Gedanken daran, bekam sie eine Blasenentzündung.

Er lachte wieder. „Ja, ich bin sicher. Warte es nur ab."

Skeptisch sah sie ihn an und dann wieder nach draußen. Der Kontrast zwischen den dunklen Tannen und dem hellen Schnee war einfach zu schön, um nicht bewundert zu werden. Wenn sie nicht alles täuschte, lag zu ihrer linken Seite ein See. Aber ganz sicher war sie sich nicht. Sie sah ja nur den Bereich, den die Autoscheinwerfer beleuchteten. „Es ist märchenhaft, findest du nicht?", bemerkte sie nach einer Weile.

„Wenn dir das hier schon gefällt, wird dich der Rest umhauen!", versprach er gut gelaunt.

„Das heißt, du verrätst mir immer noch nichts?!"

„Nein." Er warf ihr einen schnellen Blick zu und grinste. Es war glatt auf dem Weg und er musste sich konzentrieren. „Wo bliebe denn da der Spaß?"

„Also muss ich dir vertrauen?", stellte sie fest und fragte sich gleichzeitig, warum sich das so komisch anfühlte.

Per legte kurz seine Hand auf ihr Knie und versprach: „Du wirst es nicht bereuen." Bevor sie entschieden hatte, wie sie das fand, umfasste er das Lenkrad mit beiden Händen, verlangsamte das Tempo und bog nach rechts ab.

Bree verschlug es die Sprache. Auf einmal war der Weg von Lichtern gesäumt und sie ließ sich von dem Anblick verzaubern. „Wow!", hauchte sie.

„Gefällt es dir?", wollte er wissen.

„Und wie!", rief sie begeistert aus. „Sind das etwa echte Kerzen?"

„In Eislichtern, ja." Er nickte. „Sie lassen jedes Jahr mehrere hundert herstellen."

„Tatsächlich?" Sie konnte kaum den Blick abwenden. Sah der Wald vorher schon märchenhaft aus, wirkte er nun geradezu magisch. Sie hätte sich nicht gewundert, wenn plötzlich eine Winterfee aufgetaucht wäre. Die Geschichten ihres Großvaters kamen ihr in den Sinn und sie lächelte ihn an. „Und wer sind sie?"

„Meine Eltern", antwortete Per genau in dem Moment, als sich der Weg plötzlich verbreiterte und den Blick auf ein überaus großzügiges Gutshaus freigab, das am Ende eines Rondells thronte.

„Wie bitte?" Bree glaubte, sich verhört zu haben. Ihr Blick wanderte vom Haus zu Per und wieder zurück und begann zu lachen. „Der war gut!" Sie lachte immer weiter. „Beinahe hätte ich dir geglaubt!", rief sie und klopfte sich wenig damenhaft auf den Oberschenkel.

Als er nichts antwortete, sah sie zu ihm herüber und verstummte. „Das ist kein Witz? Du stellst mich wirklich deinen Eltern vor?", hakte sie nach.

„Selbstverständlich stelle ich dich ihnen vor, wenn wir eine Party in ihrem Haus besuchen", gab er rigoros zurück und hielt an.

„Sorry, ich wollte damit nicht sagen, dass ich…Mir würde nie einfallen,…", stammelte sie total überrascht von seiner Äußerung. Wieso nahm er sei mit zu einer Party in seinem Elternhaus? Hatte Ingrid etwa doch recht?

Er griff nach ihrer Hand und schenkte ihr ein Lächeln. „Bitte entschuldige, so meinte ich das nicht. Ich weiß natürlich, dass du weißt, was sich gehört. Ich bin ein bisschen gestresst, gestern war im Büro die Hölle los."

Abwartend sah sie ihn an und er fuhr fort: „Wir werden eine Menge Spaß haben, versprochen. Wenn meine Eltern eines können, dann Partys geben. Deswegen wollte ich dich auch unbedingt dabei haben!"

„Okay", sagte sie langsam. „Aber du hättest doch kein Geheimnis daraus machen müssen."

„Es war ja auch keines, sondern eine Überraschung", berichtigte er sie. „Ich wusste nicht, ob dir schon jemand von den legendären Weihnachtspartys der Anderssons erzählt hat."

„Legendär?" Sie zog die Augenbrauen hoch und er zwinkerte ihr zu. „Okay", wiederholte sie. „Dann lass uns mal sehen, ob deine Definition von ‚legendär' auch meine ist."

„Du wirst staunen!", versprach er und wie aus dem Nichts tauchten plötzlich zwei junge Männer in Livree auf und öffneten ihnen die Türen.

Ihr blieb kaum genug Zeit das Haus zu bewundern, da stand er schon neben ihr und führte sie die Treppen hinauf.

„Aber deine Freunde sind doch da, oder etwa nicht?", wollte sie noch wissen und blieb stehen. Sie spürte, dass sie nicht ganz unbefangen war. Seine Entschuldigung hatte ihr zwar den Wind aus den Segeln genommen, aber so richtig entspannt war sie auch nicht. Sie hoffte inständig, dass sein Versprechen sich bewahrheiten würde und die Party ein Knaller war. Seine großartige Überraschung war ja schon deutlich anders ausgefallen, als sie es erwartet hatte.

„Jaja, die sind da", antwortete er. „Und sie sind wirklich nett. Du wirst sie mögen!"

„Lisa und Sven?", vergewisserte sie sich und er nickte.

„Komm, lass uns hinein gehen. Es ist wirklich kein Wetter, um lange draußen rumzustehen", sagte er und schenkte ihr sein Verführerlächeln, das ihre letzten Zweifeln endgültig aus dem Weg räumte und gemeinsam betraten sie das herrlich geschmückte Haus.

***

„Du bist ja noch wach!", staunte Bree, als sie die Haustür aufschloss und Milla am Fuß der Treppe vorfand.

„Ich bin an meiner Serie hängengeblieben..." Milla verzog das Gesicht. „Ehrlich, ich hasse Cliffhanger!"

„Wer mag die schon", antwortete Bree und zog ihre hohen Schuhe aus. Sie waren zwar sexy und auch bequem, aber irgendwann reichte es dann auch mal.

„Jetzt erzähl! Wie war die Party?", wollte Milla wissen und dirigierte Bree Richtung Küche.

„Die Party war gut", sagte Bree und gähnte.

„Das klingt nicht gerade nach viel Spaß..." Milla warf ihr einen mitfühlenden Blick zu. „Hat Per irgendwas gemacht?"

„Nein" Bree ließ sich auf einen der Stühle fallen. „Nicht wirklich."

„Was soll das denn heißen? Hat er sich nun anständig benommen oder nicht?", verlangte Milla zu wissen.

„Kommt darauf an, wie du Anstand definierst", gab Bree kryptisch zurück und Milla schnaubte. „Brigid Mary Sullivan, würdest du bitte aufhören in Rätseln zu sprechen und erzählen, was passiert ist!"

Bree zuckte zusammen, einen Moment hatte Milla wie ihre Mutter geklungen, dann entspannte sie sich wieder. „Ich hätte dir nie meinen vollen Namen verraten dürfen", seufzte sie.

„Hast du aber!", hielt Milla dagegen. „Jetzt erzähl endlich!"

„Ist ja schon gut!" Bree hob begütigend die Hände. „Die Party war toll, kunstvolle Häppchen, teurer Champagner und die Diamanten der Gäste glitzerten mit dem Schnee um die Wette."

„Also waren seine Freunde das Problem?", schlussfolgerte Milla.

„Nein, die waren ganz nett. Wir haben zwar nicht wirklich was gemeinsam, haben aber doch ein paar Themen gefunden über die wir sprechen konnten", berichtete Bree. „Selbst seine Mutter war gerade noch so zu ertragen, was mich allerdings stutzig gemacht hat, war..."

„SEINE MUTTER?!", unterbrach Milla sie perplex. „Seine Mutter war auch da?"

„Die Party war bei seinen Eltern", präzisierte Bree.

„Nein!"

„Doch!"

Milla musterte ihre Freundin von oben bis unten. Die dunklen Locken kräuselten sich wild, seitdem es wieder zu schneien begonnen hatte. Die dunkel geschminkten Augen und das knallrote Kleid mit dem Glitzerkragen unterstrichen nur Brees abenteuerliche Ader. „Aber sie war gar nicht das Problem?", fragte sie nach.

„Naja, sie ist schon ein Drachen", antwortete Bree und ihre Mundwinkel zuckten. „Ein echtes Schwiegermonster, aber da ich nicht vorhabe ihn zu heiraten, ist mir das herzlich egal."

„Ach, hast du nicht?"

„Nope!" Bree schüttelte entschieden den Kopf.

„Und das weißt du so genau, weil?", fragte Milla weiter.

167

„Weil er heute irgendwie komisch war. Ich kann es kaum beschreiben. Bestimmend, aber auf eine unangenehme Art. So als müsste er alles kontrollieren." Sie warf Milla einen bedeutungsvollen Blick zu.

„An seiner Menschenkenntnis muss er dann wohl noch arbeiten", stellte Milla fest und Bree nickte heftig. Dann brachen beide in Gelächter aus. Bree hielt mit ihrer Abneigung gegen jegliche Art von Kontrolle nicht hinterm Berg. Sogar an dem Nachmittag bei der Bürgermeisterin hatte Bree davon gesprochen.

„So ein Mist!" Milla schüttelte den Kopf. „Wie..."

„Ätzend?", half Bree ihr aus.

„Ich wollte eigentlich unangenehm sagen, aber ätzend passt auch."

„Mir fallen noch ganz andere Wörter ein! Ehrlich, so gut er auch aussieht, aber das geht gar nicht. Ich glaube sogar, ihm ist nicht einmal aufgefallen, dass ich seine verbalen Spitzen bemerkt habe!"

„Hast du ihn nicht gleich damit konfrontiert?"

„Nein, beim ersten Mal, dachte ich noch er hat sich unglücklich ausgedrückt. Kann ja sogar einem Anwalt mal passieren. Schließlich waren wir nicht vor Gericht, sondern mitten im Nirgendwo", erklärte Bree. „Aber dann passierte ihm das noch ein paar Mal, dass er mich irgendwie kleiner machte und als er dann total amüsiert berichtete, wie sehr ich das Essen nach dem Kino genossen habe, stand meine Meinung fest. Ich habe nur noch durchgehalten, damit er mich nach Hause fährt."

„Ach Süße, warum hast du mich denn nicht angerufen. Ich hätte dich doch abgeholt!" Milla sah sie besorgt an. „Ich will ja nicht alle über einen Kamm scheren, aber solche Situationen können ganz schnell gefährlich werden. Vor allem, wenn Alkohol im Spiel ist."

„Weiß ich, glaub mir. Aber er war nüchtern in jeglicher Hinsicht. Ich habe aufgepasst. Sonst hätte ich dich wirklich angerufen oder mir ein Taxi organisiert", versicherte Bree. „Mach dir doch jetzt keine Sorgen mehr! Ich bin hier. Alles ist gut. Und außerdem wissen wir nicht, ob er immer so ist."

„Es ist völlig egal, ob immer oder nur manchmal", entgegnete Milla bestimmt. „Jeder Mensch verdient es mit Respekt behandelt zu werden. Unabhängig von..."

„Allem!", sagte Bree.

„Und was machst du jetzt?"

„Na was wohl? Mich nicht mehr mit ihm treffen", antwortete Bree. „Ab Montag ist er wieder in Stockholm und dann ist ja auch schon Weihnachten."

„Aber vorher ist noch unsere Party...", gab Milla zu Bedenken.

„Ach was, das wird schon! Es war doch von Anfang an klar, dass wir kein Paar werden würden. Ich reise doch wieder ab. Das kann für ihn doch keine Überraschung sein."

„Okay, du hast wahrscheinlich recht", antwortete Milla nach einer Minute und grinste schief. „Ich sollte besser keine Thrillerserien mehr gucken. Ich sehe schon überall Kriminelle!"

Bree lachte auf. „Das klingt nach einem guten Plan!" Dann lenkte sie das Gespräch in eine andere Richtung. „Und bei dir? Hast du alles geschafft?"

Millas Gesicht begann zu strahlen. „Ich hatte einen richtigen Arbeitsschub. Ich habe tatsächlich alles weggeschafft, selbst Sachen, die ich schon ewig vor mir hergeschoben habe. Sie waren einfach nie wichtig genug."

„Cool! Ich freu mich für dich! Heißt das, wir haben morgen den ganzen Tag Zeit für uns?" Bree grinste. Die Aussicht auf einen entspannten Sonntag mit ihrer Freundin ließ sie frohlocken. „Das war gestern so schön!"

„Ja, das fand ich auch", antwortete Milla. „Und ja, wir können den ganzen Tag machen, was wir wollen. Mia kommt und bereitet das Frühstück für die Gäste zu."

„Ja!" Bree streckte die Faust in die Höhe. „Pyjama den ganzen Tag! Lass uns darauf anstoßen."

„Das können wir machen", sagte Milla und berührte mit ihren Kaffeebecher den von Bree. „Es ist aber auch immer noch Weihnachtsmarkt."

„Da können wir doch am Nachmittag hingehen. Dann sehen doch auch die Lichter viel schöner aus, wenn es langsam dunkel wird", schlug Bree vor.

„Gute Idee! Erst machen wir uns schön und dann präsentieren wir uns! Wir können dort dann auch etwas zu Abend essen."

„Oh ja! Das wird unser Tag!", freute sich Bree.

Der Weihnachtsmarkt von Österholm war bezaubernd. Auf dem Marktplatz standen rot-weiß gestreifte Holzbuden, die genauso aussahen, wie die Schwedenhäuser, die Bree bei allen Fahrten übers Land bewundert hatte. Für die Kinder gab es ein altmodisches Karussell und für die jungen Leute war ein Autoscooter am anderen Ende des Platzes aufgebaut. Entspannt schlenderten Bree und Milla umher, um sich erst einmal einen Eindruck zu verschaffen. Und entspannt waren sie wirklich. Sie hatten tatsächlich den ganzen Vormittag der Schönheitspflege gewidmet. Per hatte Bree zu einem Seespaziergang eingeladen, bevor er wieder zurück nach Stockholm musste, aber sie hatte ihm abgesagt. Schließlich wollte sie den Tag mit Milla verbringen. Sie hatte es ihr versprochen. Per hatte es verstanden, auch wenn sie seine Enttäuschung selbst durch die Textnachrichten gespürt hatte. Sie hatte ihm nicht gleich gesagt, dass sie ihn nicht mehr treffen wollte. Vielleicht war das feige, aber sie hoffte einfach er würde von selbst drauf kommen, wenn sie sich nicht mehr meldete. Schließlich waren sie nur zweimal miteinander ausgegangen. In diesem Sinn, war gar nichts passiert, was er missdeuten konnte. Hoffte sie zumindest und seufzte leise.

„Ist es nicht wundervoll?!", sprach Milla sie an und deutete auf die Märchenlandschaft, die in der Mitte des Platzes aufgebaut war. Anscheinend hatte ihre Freundin ihren Seufzer falsch gedeutet. Aber das war ihr ganz recht.

„Ja, einfach unglaublich", sagte Bree daher und meinte es auch so. Dieser Märchenwald groß genug, dass man darin umherwandern konnte und voller liebevoller Details gefertigt. Unzählige Lichter zauberten eine magische Stimmung. Es gab auch eine Art Bühne, vor der Bänke standen, auf denen eben noch Kinder mit ihren Eltern gesessen hatten. Augenscheinlich war ihnen ein Märchen vorgelesen worden, denn mitten zwischen Kobolden und Riesen klappte ein älterer Herr gerade ein dickes Buch zu.

„Hej Johan!", rief Milla ihm zu. „Missade vi din föreställning?" Zu Brees Überraschung, antwortete er auf Englisch, während er näher kam.

„Keine Sorge, ich lese noch die ganze nächste Woche vor. Jeden Tag um 15.30h. Da habt ihr noch Gelegenheit zuzuhören." Er gab Bree die Hand und stellte sich vor. „Hej, ich bin Johan Sandberg."

„Hi, ich heiße Bree Sullivan", antwortete sie und im gleichen Atemzug fragte sie: „Woher können sie so gut Englisch sprechen?" Erschrocken schlug sie sich die Hand vor den Mund. „Oh mein Gott, wie unhöflich! Bitte entschuldigen Sie. Sie müssen nicht darauf antworten."

Johan lachte. „Ach was, ich erzähle es dir gern. Aber ich muss auch zurück zu meinem Stand."

„Wir begleiten dich", warf Milla ein und Bree nickte.

„Ich bin als junger Mann viel herum gekommen. Auch noch Jahre nach dem Krieg wurden Handwerker gebraucht, also habe ich in England und Frankreich und sogar in Spanien gearbeitet, bevor ich irgendwann wieder nach Hause zurückgekehrt bin." Er lächelte sie spitzbübisch an. „Und wie das immer so ist, habe ich eine Frau kennengelernt und mich verliebt. Also bin ich geblieben."

„Und wie kommt es, dass du deine Sprachkenntnisse nicht verlernt hast. Immer vorausgesetzt du bist nicht erst letzte Woche aus Spanien zurückgekehrt", hakte Bree nach.

172

Johan lachte. „Nein, das ist jetzt schon ein halbes Leben her. Aber ich schaue mir gern britische Serien an. Ich liebe den Humor. Die Schweden mit ihren Krimis sind mir oft viel zu schwermütig." Er sah Milla entschuldigend an, aber die winkte nur ab. „Dein Geheimnis ist bei mir gut aufgehoben", versprach sie übertrieben ernsthaft und die anderen lachten.

„Ah, da sind wir ja schon!", verkündete Johan. „Hier ist mein Stand. Mein Enkel war so nett und hat mich vertreten. Bree, Liebes, kennst du Erik schon?"

Bree hatte Mühe nicht mit den Zähnen zu knirschen. Was war das nur mit diesem Mann, dass sie ihn ständig überall traf?! Es glich beinahe einem Wunder, dass er nicht auch gestern auf der Party gewesen war.

„Wir hatten schon das Vergnügen", stieß sie bemüht höflich aus.

„Hej Bree", sagte Erik nicht minder angestrengt.

„Hej Erik!", sagte auch Milla, aber mehr als ein knappes „Hej" konnte sie ihm nicht entlocken. Johan, der die Szene interessiert beobachtet hatte, bat nun: „Erik, bitte bring uns doch allen einen Glögg. Ich spüre meine Füße kaum noch."

Da kam Leben in seinen Enkel. Er sah ihn konzentriert an, als müsste er überlegen, ob sein Großvater wirklich gesagt hatte, was ihm im Kopf rumging. „Glögg?", wiederholte er und Johan nickte. „Ja, klar, mache ich." Erik sah Milla an. „Für euch auch?"

„Das wäre sehr nett. Danke Erik", antwortete sie mit einem Lächeln und ihr fiel auf, dass er absichtlich nicht zu Bree hinüber sah. Anscheinend hatte ihre Freundin letztens nicht übertrieben. Kaum hatte sie geantwortet, verließ Erik fluchtartig die Bude und Johan stellte sich hinein.

„Ah, hier ist es etwas wärmer", seufzte er. „Der Junge hat darauf bestanden, mir einen kleinen Ofen hineinzustellen. Verratet es ihm nicht, aber das rettet mir tatsächlich den Tag!" Er grinste spitzbübisch.

„Kein Wort geht uns über die Lippen!", versprach Milla. Sie verschloss symbolisch die lächelnden Lippen und warf den imaginären Schlüssel weg. Sie fand es herzallerliebst, dass Johan von dem eindeutig erwachsenen und kräftigen Erik als dem „Jungen" sprach. Derweil hatte Bree begonnen Johans Auslagen anzusehen. Vor ihr lagen Holzkreisel in allen Größen und Farben, kunstvoll geschnitzte Holzknöpfe für Kommoden und Schränke und vieles mehr. Sie entdeckte sogar eine Babyrassel.

„Gefällt es dir?", erkundigte sich Johan und Bree nickte. „Sehr!"

„Danke schön, das habe ich alles selbst gemacht", erklärte Johan stolz.

„Wirklich?" Bree sah ihn staunend an. „Darf ich?"

„Ich bitte darum", antwortete Johan. „Sieh!" Er nahm sich einen Kreisel und drehte ihn. Dieser hatte eine flache Scheibe mit einem bunten Muster, das sich durch die Geschwindigkeit zu einem anderen Bild wurde.

Vorsichtig nahm Bree einen anderen Kreisel und setzte ihn in Bewegung. Auch Milla schnappte sich einen. Bald drehte sich auf jeder freien Fläche ein Kreisel.

„Das könnte ich stundenlang machen", bemerkte Bree verzückt.

„Ich auch!", stimmte Milla ihr zu. „Schade, dass ich keine Nichten oder Neffen habe!"

„Aber du könntest sie doch für deine Yogaklasse benutzen. Als eine Art Achtsamkeitsübung", schlug Bree vor und griff nach der Rassel. Millas Bemerkung hatte ihr in Erinnerung gebracht, dass sie demnächst

Tante wurde. Vielleicht würde sich Patricks Baby über eine Holzrassel freuen...

„Das ist gar keine schlechte Idee." Milla überlegte. „Kannst du noch Größere machen, Johan?"

„Sicher, könnte ich das."

„Je größer sie sind, desto mehr Kraft muss man aufwenden, um sie zum Drehen zu bringen", wandte Erik ein, der in diesem Moment mit drei dampfenden Becher neben ihnen stand. „Hier!", sagte er und reichte Milla den Ersten.

„Danke Erik." Vorsichtig hielt sie sich den Becher an die Lippen und pustete. „Was wäre denn die maximale Größe?", erkundigte sie sich.

„Nun...", begann Johan, während er mit einem Nicken Erik den zweiten Becher abnahm und beiseite stellte.

„Hier für dich", sagte Erik leise zu Bree und wollte ihr den letzten Becher reichen. „Wenn du möchtest", fügte er vorsichtig hinzu. Sein Herz klopfte wie wild, aber immerhin hatte er diese zwei Sätze ganz normal rausgebracht.

„Aber dann hast du ja keinen", antwortete sie ohne die Tasse entgegen zu nehmen.

„Ich wollte gar keinen Glögg", antwortete er und sah sie an. Hatte sie ihm tatsächlich freundlich geantwortet? Fassungslos sah er sie an.

Sein Blick ruhte das erste Mal länger auf ihr und Bree spürte, wie ihr Herz begann schneller zu schlagen. Irritiert senkte sie den Blick und sah stattdessen auf seine Hände, die noch immer die Tasse hielten. Sie waren groß und kräftig. Hände, die täglich schwere Arbeit ausführten, die zupacken konnten. Auf einmal sah sie seine Hände auf ihrem Körper. Sie schüttelte das Bild sofort ab, aber die Gänsehaut, die sie spürte, blieb noch eine Weile.

Okay, sie konnte ja zugeben, dass er gut er aussah. Natürlich ganz anders als Per oder die Männer, die sonst ihre Blicke anzogen. Offensichtlich war er kein Anzugtyp. Meist trug er Jeans und irgendein Sweatshirt unter seinem Parka. Aber es stand ihm. Wenn sie ihn beschreiben müsste, würde sie kernig sagen, dachte sie.

„Also möchtest du?", fragte er noch einmal.

O Gott! Sie hatte doch nicht laut gedacht! Oder doch? Schnell nickte sie und legte endlich die Rassel beiseite.

„Danke schön!", sagte sie und ließ sich den Glögg geben. Sie senkte den Kopf und pustete, um Zeit zu gewinnen. WAS WAR DAS DENN BITTE?! Wie kam sie bloß auf solche Gedanken?! Immerhin stand sie vor Erik, Mister Kotzbrocken persönlich.

„Suchst du ein Weihnachtsgeschenk?", fragte Erik plötzlich und wies mit dem Kopf auf das Babyspielzeug. Die Hände hatte er mittlerweile tief in seinen Hosentaschen vergraben. Zum Glück!

Überrascht hob sie den Kopf. Bildete sie es sich ein oder wurde das ein richtiges Gespräch? So ganz ohne Vorurteile? „Nein. Es wird ein Geschenk zur Geburt. Mein Bruder bekommt ein Baby", sprudelte es aus ihr heraus. „Ich meine, natürlich nicht er selbst, seine Frau ist schwanger", korrigierte sie sich und grinste schief über ihren grammatikalischen Ausrutscher.

„Also wirst du Tante", stellte Erik fest.

Irrte sie sich, oder war da die Andeutung eines Lächelns zu sehen? Sie nickte. „Ja, zum ersten Mal."

„Cool." Erik nickte. „Junge oder Mädchen?"

„Das verraten sie nicht." Sie verdrehte die Augen. „Du glaubst nicht, wie nervig das ist. Ständig muss man Nichte oder Neffe sagen oder denken..."

„Wie gut, dass die Rassel unisex ist." Er grinste und ihr fielen beinahe die Augen aus. Sie hatte gedacht,

Per hätte ein Killerlächeln... Eriks Lächeln katapultierte ihn von gutaussehend zu unglaublich sexy in nur drei Sekunden. Brees Herz begann zu flattern und ihr Mund wurde staubtrocken.

„Ja, wie gut", krächzte sie.

„Willst du die Babyrassel deinem Neffen schenken?", klinkte sich Milla ins Gespräch ein und Bree atmete auf. Sie war noch nie so dankbar für eine Unterbrechung gewesen.

„Ja, oder meiner Nichte", bestätigte Bree, nun wieder Herrin über ihre Stimme. Ihren galoppierenden Herzschlag und das Ziehen weiter unten ignorierte sie geflissentlich. Mein Bruder und seine Frau verraten das Geschlecht nicht", erklärte sie Johan, der fragend in die Runde schaute.

„Es ist noch gar nicht so lange her, da mussten wir uns alle überraschen lassen", gab Johan lakonisch zurück.

„Stimmt auch wieder", sagte Bree und holte ihre Geldbörse heraus. „Wie viel bekommst du?"

Sie hatte gerade das Geschenk in ihrer Tasche verstaut, da stürmten Lovis Kinder mit zuckerverschmierten Mündern auf sie zu und erinnerten Bree daran, dass sie noch nichts von all den Leckereien gegessen hatten. „Onkel Johan, Onkel Johan...", riefen sie. „Mama guck' mal, Onkel Johan hat neue Kreisel!"

Lovis lief auf Krücken hinter ihnen her. Sie sah glücklich und gestresst gleichzeitig aus. Bree fragte sich unwillkürlich, wie das sein konnte. „Natürlich hat Onkel Johan neue Kreisel", antwortete Lovis. „Er will sie ja auch verkaufen." Dann wandte sie sich an die anderen. „Hallo zusammen!", sagte sie auf Englisch.

„Hej Lovis, wie geht es dir, mein Mädchen? Willst du dich setzen?", fragte Johan und blieb wie selbstverständlich auch beim Englischen. Johan deutete auf den Barhocker, der neben ihm in der Hütte stand.

„Es geht schon. Danke, Onkel Johan. Ich habe eine neue Schiene bekommen, mit der ich besser laufen kann. Auch wenn der Arzt sagt, ich soll den Fuß noch schonen."

„Warte, seid ihr verwandt?", mischte sich Bree ein. Eigentlich hatte sie gerade darüber gestaunt wie freundlich alle ihr gegenüber waren, dass sie sofort auf ihre Muttersprache verzichteten, damit sie alles verstand.

„Ja." Lovis nickte. „Meine Mutter und Onkel Johan sind Geschwister und wir sind..." Sie deutete auf Erik.

„Cousin und Cousine", beendete er den Satz für sie und Bree ging ein Licht auf. Jetzt verstand sie, warum Erik ihr so viel half. Es erklärte zwar immer noch nicht, warum ihr Ehemann gefühlt nichts tat, aber das ging sie immer noch nichts an.

„Wir wollen dann auch weiter, nicht wahr Bree?", bemerkte Milla und hakte sich bei ihrer Freundin ein. „Wir sehen uns und nochmal danke für den Glögg!"

„Ja! Danke!", rief Bree, die von Milla bereits mitgeschleift wurde. „Sind wir auf der Flucht oder warum zerrst du so an mir?", wollte sie nach ein paar Metern wissen.

„Ich habe deinen Gesichtsausdruck gesehen. Du warst drauf und dran etwas zu sagen, dass du nachher bereut hättest", antwortete Milla und verlangsamte tatsächlich ihr Tempo.

„Was?!" Bree sah sie verwirrt an. „So ein Quatsch! Ich wollte gar nichts sagen. Ich bin doch nicht dämlich! Sie ist meine Chefin", protestierte sie. „Zumindest vorübergehend."

„Soll ich eigentlich mit ihr reden, wegen deiner Stunden?", erkundigte sich Milla, aber Bree schüttelte den Kopf.

„Nicht nötig, das kann ich allein. Ich bin schon groß, weißt du?!"

„Naja, so groß nun auch wieder nicht!", scherzte Milla und sah mit einem Zwinkern von oben auf sie herab.

„Man muss nicht groß sein, um groß zu sein", entgegnete Bree würdevoll. Es war ja nicht das erste Mal, dass ihre Körpergröße auffiel. Dabei war sie gar nicht so klein. Die Menschen wurden nur immer größer.

„Eigentlich wollte ich nur weiter, weil ich dringend etwas essen muss. Der Glögg hat mich ganz schon umgehauen", gab Milla in diesem Moment zu.

„Essen ist eine hervorragende Idee!" Bree ließ den Blick schweifen. „Hier riecht es überall so lecker, ich weiß gar nicht, wofür ich mich entscheiden soll!"

„Wer sagt, dass wir uns entscheiden müssen?", fragte Milla mit einem übermütigen Funkeln in den Augen und strich über ihren Bauch. „Was glaubst du, warum ich Leggings trage?!"

Bree prustete los. „Als ob du dich überfutterst! Heute Abend kommt dein Nick zurück und da willst du dich doch mit etwas GANZ ANDEREM als Verdauen beschäftigen."

Millas Gesichtszüge wurden weich, als Bree von Nick sprach. Sie vermisste ihn schrecklich. „Ach was!", winkte sie ab. „Bis dahin vergehen noch STUNDEN!", sagte sie und zog Bree entschlossen zu einem Stand, an dem Flammlachs angeboten wurde.

Kapitel 13
Montag, 16.12.

Obwohl Bree erst am Abend in der Schule sein sollte, gab Lovis ihr bereits am Nachmittag frei, damit sie sich die erste Probe anschauen und die Kinder kennenlernen konnte. Gestern Abend hatte sie sich die englische Übersetzung des Astrid Lindgren Klassikers „Lotta kann fast alles" heruntergeladen, war aber noch nicht zum Lesen gekommen. Also schwang sie sich jetzt auf ihr Rad und fuhr zur Grundschule. Vorher schaute sie noch kurz bei Ingrid vorbei. Ihre Zimtschnecken machten regelrecht süchtig und auch ihr Kaffee schmeckte ihr hervorragend.

Das Schulgebäude war überraschend modern, mit vielen großen Fenstern und, soweit Bree es erkennen konnte, mit einem großen Abenteuerspielplatz. Die Aula war nicht zu übersehen. Der Architekt hatte wohl mitgedacht und sie prominent direkt am Eingang zum Schulhof platziert. Die hellerleuchteten Fenster wiesen ihr zusätzlich den Weg.

Mikaela entdeckte sie sofort. „Hej Bree!", rief sie und kam auf sie zu. „Du bist ja früh dran."

„Hi, äh ja", antwortete Bree. „Lovis hat mir frei gegeben und da dachte ich, ich komme schon einmal vorbei und mache mich mit allem vertraut. Oder störe ich? Ich kann auch wieder gehen!"

„Nein, nein!", rief Mikaela aus. „Du störst nicht, ganz im Gegenteil, dann kannst du die Kinder gleich kennenlernen und sie dich."

„Mikaela?", rief in diesem Moment eine wohlbekannte Stimme und richtig, da stand er. Bree runzelte die Stirn. Sie hätte es wissen müssen. Er schien ja immer zur Stelle zu sein, wenn irgendwo

Hilfe gebraucht wurde. Arbeitete er eigentlich auch mal richtig? So zum Geldverdienen?!

„Ich bin gleich bei dir!", antwortete Mikaela und winkte. „Das ist Erik Sandberg. Er macht unsere Kulissen. Er hat einfach ein Händchen dafür. Ich sage dir, es ist eine wahre Freude ihm beim Hämmern zuzusehen", raunte sie Bree zu und zwinkerte.

Bree schluckte. Sie war ja nicht prüde, aber mit Wildfremden sprach sie dann doch nicht über sexy Handwerker. Und war Mikaela nicht Mutter und verheiratet und überhaupt viel zu alt für Erik?! Aber die schien das nicht zu kümmern. Sie lachte nur und wies dann auf einen der Stühle. „Setz dich einfach. Ich komme nachher nochmal zu dir."

Bree rang sich ein Lächeln ab. „Mach dir keinen Stress. Ich habe Kaffee und eine Zimtrolle." Sie hielt ihren Mehrwegbecher in die Höhe.

„Oh, du warst bei Ingrid? Jetzt würde ich am liebsten mit dir tauschen", entfuhr es Mikaela, als sie das Logo auf der Papiertüte erkannte.

„Ich kann dir beim nächsten Mal gern was mitbringen", schlug Bree vor, aber Mikaela winkte ab.

„Musst du nicht! Es ist ja nicht so, dass es hinter der Bühne nichts zu naschen gäbe..." Sie schenkte Bree ein schiefes Lächeln. „Du bist also versorgt. Prima, bis später!", sagte sie noch und war nur Sekunden später verschwunden. Bree verdrängte mit aller Macht die Frage, wobei sie Erik wohl half.

Das geschäftige Treiben auf der Bühne lenkte sie hervorragend ab. Mehr Menschen, als Bree gedacht hatte, liefen hin und her. Allmählich wurde es ruhiger. Kinder brachten erste Requisiten herein und nach ein paar aufmunternden Worten, so klang es jedenfalls für Bree, gab die Lehrerin das Signal und die Probe begann.

Obwohl sie kaum ein Wort verstand, verging die Zeit wie im Flug. Entweder waren das alles Wunderkinder oder sie kannten das Buch seit Jahren auswendig. Sie spielten beinahe das ganze Stück in einem Rutsch durch. Bree hatte den Eindruck, dass die Lehrerin es nicht übers Herz brachte sie zu unterbrechen. Die Kinder hatten so viel Spaß, dass es eine reine Freude war, ihnen zuzusehen. Bree vergaß beinahe ihren Kaffee zu trinken und natürlich las sie kein Wort auf ihrem eReader. Als die Kinder sich am Ende spontan verbeugten, klatschte Bree begeistert in die Hände und die Kinder strahlten noch ein bisschen mehr.

„Bree, komm her!", rief Mikaela und winkte sie zu sich. Dann wandte sie sich an die anderen. „Das ist Bree, sie kommt aus England und wird uns dieses Jahr bei euren Frisuren helfen", stellte Mikaela sie den Kindern vor.

„Hej Bree!", riefen sie Chor, als hätten sie es geübt, und Brees Herz schmolz dahin.

***

Er hatte ja gewusst, dass sie hier sein würde. Aber dass ihre Anwesenheit ihn so sehr ablenkte, damit hatte er nicht gerechnet. Mikaela musste ihm heute alles mehrmals erklären und wann immer er konnte, war er durch den Zuschauerraum gelaufen, um einen Blick auf sie zu werfen. Allerdings hatte sie ihn gar nicht bemerkt. Wie gebannt hatte sie dem Stück zugesehen. Soweit er wusste, verstand sie kein Schwedisch und doch hatte sie dagesessen und sich köstlich amüsiert. Noch nie hatte er eine Frau gesehen, die ein Kindertheater so faszinierend gefunden hatte. Naja, wenn nicht gerade das eigene Kind mitspielte.

Er hatte mittlerweile akzeptiert, dass sie permanent in seinen Gedanken auftauchte. Er konnte nichts dagegen tun, das hatte er mehrmals probiert. Aber das hieß nicht, dass sie ihm nicht immer noch Rätsel aufgab. Offensichtlich stand sie auf diesen Schnösel Andersson und dennoch saß sie hier und schaute mit leuchtenden Augen bei der Probe zu. Überhaupt ihre Augen. Er hatte immer noch nicht herausfinden können, welche Farbe sie eigentlich hatten. Mal blitzten sie hell auf, dann verdunkelten sie sich wieder. Wie diese Stimmungsringe, die Lovis als Teenager so geliebt hatte. Er erinnerte sich auch nur deshalb daran, weil sie damals wochenlang von nichts anderem geredet hatte, bis ihr endlich jemand so einen aus Stockholm mitgebracht hatte. Brees Augen wirkten genauso, nur deutlich zuverlässiger. Er konnte mittlerweile auf Entfernung sehen, wie sie drauf war. Nur ihren allerersten Blick, an dem Morgen im Café, an dem rätselte er noch immer herum.

***

Die nächsten Tage flogen nur so dahin. Im Salon war viel zu tun. Ein ums andere Mal fragte Bree sich, wie groß diese kleine Stadt eigentlich war. Es hätten mittlerweile doch längst alle Einwohner frisiert sein müssen. Aber da Lovis, trotz ihres verletzten Fußes kräftig half, verkniff sie sich jeden Kommentar.

So oft sie konnte, verschob sie ihre Pause in den Nachmittag, um früher Feierabend zu haben und schaute bei den Proben der Kinder zu. Die Grundschule war nur zwei Querstraßen vom Friseursalon entfernt und so saß sie innerhalb von 6 Minuten in der Aula, aß ihr mitgebrachtes Brot und genoss die lustige und aufgeregte Stimmung. Die

Atmosphäre erinnerte sie ein wenig an ihre Arbeit bei der Fernsehshow, nur war es hier mit den Kindern noch lustiger. Und Spaß konnte sie wirklich gebrauchen. Lovis Laune wurde immer angestrengter und auch Pers Nachrichten hatten ihre Leichtigkeit verloren. Ständig wollte er wissen was sie tat und das nervte sie total. Sie fühlte sich kontrolliert. Aber trotz ihrer einsilbigen Antworten, schrieb er einfach immer weiter. Sie würde mit ihm reden müssen, wenn er wieder in Österholm war. Sie hatte es schon ein paar Mal übers Telefon versucht, aber da hatte er immer viel Arbeit vorgeschoben und das Gespräch schnell beendet. Es war eine ziemlich unangenehme Situation.

Umso mehr genoss sie die Nachmittage in der Schule, auch wenn Mikaela ihr mehrmals versichert hatte, dass sie nicht dabei sein musste. Außerdem bekam sie so ein besseres Gefühl für die Kinder und ihre Rollen. Mittlerweile wusste sie ganz genau, wie sie welches Kind frisieren und schminken wollte. Vor allem das Mädchen, das die Lotta darstellte, war ein Knüller. Selbstbewusst und süß zugleich, eine Kombination, die ihr Herz im Sturm erobert hatte. Und dann hatten die Kinder noch begonnen, ihr schwedisch beizubringen, was für alle ein zusätzlicher Spaß war. Gott sei Dank sah sie Erik so gut wie nie! Meist sägte und hämmerte er im Werkraum an den Kulissen und sie war wirklich froh drum. Noch mehr schlechte Laune konnte sie wirklich nicht vertragen.

Aber als sie heute die Aula betrat, wusste sie gleich dass etwas geschehen sein musste. Alle Kinder saßen niedergeschlagen auf der Bühne und Mikaela und die Lehrerin beratschlagten sich leise miteinander.

„Hej", begrüßte sie die Erwachsenen. „Ist etwas passiert?"

„Hej Bree, leider ja", antwortete Mikaela. „Unsere drei Kulissenmaler sind krank geworden und nun haben wir zwar eine fertige Krachmacherstraße, aber die Tankstelle ist nur halbfertig."

„Oh nein! Ich hoffe, sie haben nichts Ernstes!" Bree sah die beiden betroffen an.

„Nein, nein, die Mädels und ihre Mama haben nur eine Erkältung, aber wir wollen ja nicht, dass sie alle anstecken, deswegen bleiben sie die nächsten Tage Zuhause. Aber jetzt machen sich die Kinder natürlich Sorgen, wer den Rest malen soll", antwortete Mikaela, während das Handy der Lehrerin klingelte und sie sich entschuldigte.

„Naja, ich könnte das machen. Nur wenn es euch recht ist!", schlug Bree vor. „Ich weiß ja, es soll eine Produktion der Kinder sein."

„Das würdest du tun?" Mikaela bekam große Augen. „Hast du so etwas schon einmal gemacht?"

„Naja, nein", gab sie zu. „Kulissen habe ich noch nicht bemalt, aber in der Schule war ich ganz gut in Kunst und wir haben eine Wand im Schulgebäude gestaltet", antwortete Bree. „Es ist natürlich lange her, aber ich denke ich kriege das hin."

„Es ist noch ganz schön viel zu tun, meinst du, du schaffst das?", überlegte Mikaela, aber ehe Bree antworten konnte, sagte Erik: „Ich helfe ihr." Erschrocken fuhr Bree herum. Wo kam der auf einmal her?

„Musst du nicht weiter bauen?", platzte es aus ihr heraus. Als sie sah, wie er kurz zusammenzuckte, murmelte sie: „Sorry, das... kam jetzt doof raus." Verlegen biss sie sich auf die Lippe. In den letzten Tagen war er ganz umgänglich gewesen. Eigentlich seit ihrem Gespräch auf dem Weihnachtsmarkt.

„Schon gut." Er winkte lässig ab, konnte aber ein erleichtertes Lächeln nicht verstecken. „Die Tischlerarbeiten sind fast fertig."

„Wirklich? Oh mein Gott!", rief Mikaela. „Ihr Zwei rettet das ganze Stück!" Sie umarmte beide stürmisch, ehe sie davon eilte, um den Kindern die gute Nachricht zu verkünden.

„Da soll noch einer sagen, die Nordlichter seien zurückhaltend", meinte sie schmunzelnd.

„Sagt man das nicht auch über die Briten?", überlegte er, bevor ihm auffiel, dass sie das falsch verstehen konnte. „Entschuldige, so habe ich das nicht gemeint. Ich..."

„Schon gut." Diesmal winkte sie ab. „Außerdem bin ich ja nicht wirklich eine echte Britin. Was immer das heißen mag." Sie verdrehte die Augen und er grinste. Wieder reagierte ihr Körper augenblicklich. Ihre Knie wurden zu Pudding und in ihrem Kopf herrschte mit einem Mal gähnende Leere. Sie konnte nur denken, wie sehr ihr sein Lächeln gefiel und dass sie ihn hoffentlich nicht dümmlich angrinste. Er blinzelte und sie kam wieder zu sich.

„Ähm." Sie schluckte. „Hast du denn schon mal so was gemacht? Kulissen bemalt, meine ich?", erkundigte sie sich und hoffte es kam weniger atemlos raus, als es in ihren Ohren klang.

„Ich bin kein herausragender Künstler", antwortete er. „aber wenn du das Bild vorzeichnest... ausmalen kann ich." Wieder lächelte er.

Bree nickte nur, weil sie ihrer Stimme nicht traute. Was war denn auf einmal los mit ihr? Nur weil sie zum ersten Mal so etwas, wie ein normales Gespräch führten, mussten sie sich noch lange nicht wie ein unsicherer Teenager aufführen.

Hinter ihnen ertönte lautstarker Jubel. Kaum hatte Mikaela die Neuigkeit verkündet, sprangen schon alle

Kinder um Bree und Erik herum und juchzten, redeten laut auf sie ein und zogen sie mit nach hinten, damit sie gleich anfingen. Es war ein wildes und vor allem lautes Durcheinander. Bree wusste gar nicht, wem sie zuerst ihre Aufmerksamkeit schenken sollte. Also ließ sie sich lachend mitziehen. Kurz bevor sie hinter der Bühne verschwand, sah sie sich nach Erik um. Auch er war umringt von Kindern. Als ihre Blicke sich trafen, lachte sie ihn an und Erik wusste, dass er diesen Moment nie vergessen würde.

Mikaela hatte recht behalten, die erste Kulisse vom Haus war bereits fertig, die Zweite so gut wie, das würde sie heute beenden können, und die Dritte war zumindest schon grob mit Bleistift vorgezeichnet worden. Die Kinder hatten sie in einen hohen, lichtdurchfluteten Raum hinter der Bühne geführt. Wieder einmal bewunderte Bree die durchdachte Architektur des Schulgebäudes. Die Kunsträume direkt an die Aula und damit verbundene Bühne anzuschließen, war eine großartige Idee, fand sie.

„Bree, schau mal, hier sind die Skizzen, die Inga angefertigt hat. Da müsste der Entwurf für die Tankstelle dabei sein", sagte Mikaela und hielt ihr eine große Zeichenmappe hin.

„Es gibt einen Entwurf?", antwortete Bree und öffnete bereits die Mappe.

„Was denkst du denn? Wir machen das hier ja nicht zum ersten Mal!" Mikaela grinste. „Wir sind quasi Profis!"

„Das seid ihr!", bestätigte Bree und nickte. Sie hatte den Bogen gefunden. Inga hatte nicht nur die Skizze angefertigt, sondern auch die Farben festgelegt und ein paar Originalmaße notiert. „Wahnsinn! Eure Inga ist wirklich organisiert!", staunte Bree und sah

Mikaela an. „Das macht mir die Arbeit tausendmal leichter!"

„Super! Ich bin so erleichtert, das kannst du dir gar nicht vorstellen", antwortete Mikaela. „Was denkst du, schaffst du das bis zur Premiere?"

„Auf jeden Fall!" Bree sah von der Skizze zur Kulissenwand und zurück.

„Super!", wiederholte Mikaela. „Puh! Ich dachte schon... Naja, du hast ja hier alles. Wenn etwas fehlt, ruf mich! Ich... Wir müssen jetzt wirklich mit der Probe beginnen."

„Jaja, geh schon", sagte Bree und sah sich nach den Farbdosen um, dann fiel ihr noch etwas ein. „Ach, und richte Inga gute Besserung und mein Kompliment aus, wenn du sie sprichst."

„Mach ich!", rief Mikaela, die schon fast zur Tür hinaus war. Sie hob noch kurz die Hand, dann war sie weg und Bree allein. Aufmerksam schaute sie sich um. Sie wollte sich alles bereitlegen, was sie brauchte, um nicht später, mit farbverschmierten Händen nach irgendetwas zu suchen. Und voller Farbe würde sie sein, sie kannte sich schließlich. Früher war sie immer schon bunt gewesen, kaum dass sie Farben auch nur angesehen hatte. Hoffentlich gab es hier einen Kittel in Erwachsenengröße!

***

Eine Stunde später hatte Erik das letzte Stück, die Nachbildung eines LKWs, fertig. Jetzt musste das Teil nur noch bemalt werden. Also brachte er ihn nach nebenan in den Kunstraum. In der Tür blieb er einen Moment stehen. Sie hockte vor der Leinwand und malte. Aus ihrem Smartphone tönte laute Musik. Allerdings war sie so vertieft in ihre Arbeit, dass sie wahrscheinlich auch ohne die rockigen Klänge nichts wahrgenommen hätte. Es war eine Freude sie anzusehen. Sie hatte ihren dicken Pullover ausgezogen und trug nur noch ein enganliegendes Shirt, dessen Ärmel sie hochgekrempelt hatte, darüber eine lange Schürze, die augenscheinlich zum Inventar gehörte. Zusätzlich hatte sie sich ihre Locken mit einem Tuch zurückgebunden. Sein Blick blieb an ihrem Nacken hängen und er überlegte, wie es sich wohl anfühlen würde, wenn er seine Hand dorthin legte. Auf einmal sah er sie ganz nah vor sich stehen, die Augen erwartungsvoll geschlossen, seine Hand in ihrem Nacken... Stopp! Wo kam das denn her? Sie war doch... Auf einmal rasten tausend Worte durch seinen Kopf und verschwammen zu einem einzigen Wust. Ja, was war sie denn? Hübsch und sexy und hilfsbereit und... O Gott, er musste sich dringend bemerkbar machen, wenn er schon HILFSBEREIT als anziehend empfand. Er verdrehte über sich selbst die Augen und betrat, so laut er konnte, den Kunstraum.

„Hej!!", rief er und Bree zuckte zusammen. „Sorry, ich wollte dich nicht erschrecken."

Sie wandte sich um und blinzelte. „Alles gut. Ich... war so vertieft. Da hätte mich wahrscheinlich auch ein niedliches Häschen erschreckt." Sie versuchte aufzustehen, musste allerdings feststellen, dass ihre Beine eingeschlafen waren.

„Willst du damit etwa sagen, dass ich nicht niedlich bin?", scherzte er. Mit zwei großen Schritten war er neben ihr und half ihr auf.

„Jedenfalls bist du kein Kaninchen", antwortete sie und ergriff ohne groß nachzudenken seine Hand. „Danke, ich habe gar nicht bemerkt, dass meine Beine einschlafen. Ah!", stöhnte sie leise.

„Geht's?"

„Ja!" Sie atmete geräuschvoll ein. „Ich hätte mir doch lieber einen Hocker nehmen sollen", antwortete

189

sie. Plötzlich wurde ihr bewusst, dass sie noch immer seine Hand hielt und ließ schnell los. Was war denn das? Nicht nur, dass er auf einmal mit ihr sprach, jetzt scherzte er und half ihr sogar! Verlegen schnappte sie sich ihr Handy und stellte es leiser. Ob sie einfach nur einen unglücklichen Start gehabt hatten? Ihre Hand kribbelte immer noch an der Stelle, wo sie seine berührt hatte.

„Dann hättest du jetzt vermutlich einen steifen Nacken", gab er zu bedenken und riss sie damit aus ihren verwirrenden Gedanken. Er deutete auf die Stelle, die sie gemalt hatte. Sie war ganz unten auf dem Bild.

Bree wandte ihre Aufmerksamkeit dem Bild zu und auf einmal wurde ihr bewusst, wie gut sie sich fühlte. „Weißt du was?", sagte sie begeistert. „Das wäre mir genauso egal, wie meine Beine jetzt!" Sie strahlte ihn an. „Ich habe ganz vergessen, wie viel Spaß mir das macht!"

„Das Malen?"

„Ja!" Sie sah zum Bild. „Da suche ich jahrelang...", murmelte sie wie zu sich selbst, schüttelte dann den Kopf und sah wieder ihn an. „Wie konnte ich vergessen, dass ich es liebe?"

„Wir verschließen uns oft vor Dingen, die unser Herz berühren", erkannte er und erwiderte ihren Blick. Das war ihm bei der Lesung klargeworden und er hatte sich gleich für die nächste Veranstaltung eingetragen.

„Wieso tun wir das? Das ist doch..." Ihre Stimme wurde immer leiser. „dämlich."

„Aus Angst?", vermutete er und sie lachte auf.

„Aber Malen ist doch nicht lebensbedrohlich!", hielt sie dagegen und unterbrach kurz den intensiven Blickkontakt.

„Nicht, wenn es nur ein Hobby ist", sagte er. „Aber was, wenn dein Herz mehr will?" Wieder sah sie ihn an und er sie. Bree hatte keine Ahnung, wie das gekommen war, aber aus irgendeinem Grund fühlte sie sich ihm in diesem Moment näher, verbundener als irgendeinem anderen Menschen in den ganzen letzten Jahren. Wie konnte es sein, dass sie auf einmal und mit nur zwei, drei Sätzen eine solche Tiefe erreicht hatten. Seine Worte klangen in ihr nach. Wollte ihr Herz mehr, fragte sie sich und die Antwort kam so schnell, so klar und so laut, dass sie beinahe zusammengezuckt wäre.

Ja!, riefen ihr Herz, ihre Seele und ihre innere Stimme. Und dieses kleine Wort erschütterte ihre ganze Welt.

Sie sah ihn mit großen Augen an und doch wusste er, dass sie nicht ihn sah. Ihr Blick war ganz nach innen gerichtet und was dort geschah, konnte nur großartig sein. Einmal mehr versank er in ihren Augen. Er sah Erstaunen, Freude, Aufregung, Angst. Alles auf einmal. Es dauerte nur Sekunden, aber es schien auszureichen. Während sie noch versuchte zu erfassen, was gerade geschehen war, stellte er verblüfft fest, dass sein Herz jubelte. Es fühlte sich so leicht an, dass ihm erst jetzt klar wurde, wie schwer es in all den Jahren gewesen war. Sein Verstand versuchte zu verstehen, was hier geschah, aber ein anderer Teil von ihm, hielt dem alten Skeptiker energisch den Mund zu. ‚Halt die Klappe, Erik und freu dich einfach!', hallte es durch seinen Kopf und genau das tat Erik auch. Irgendwie erleichtert darüber, dass er das durfte.

Bree blinzelte verwirrt und kam nur langsam wieder zu sich. Was war das denn gewesen? Leicht schüttelte sie den Kopf und sah sich um. Sie würde später drüber nachdenken. Ihr Blick fiel auf den Gegenstand, der vorhin noch nicht im Kunstraum gewesen war.

„Was ist das denn?", fragte sie und trat neugierig näher. „Hast du das gemacht?"

Erik stellte sich hinter die Attrappe. „Ja, das ist der LKW, der den Weihnachtsbaum verliert."

„Wie cool! Er sieht genauso aus wie im Buch!" Bree ging noch näher. „Es wäre so toll, wenn man damit wirklich fahren könnte!"

„Kann man", antwortete er und Bree hob überrascht den Kopf. „Also später. Wenn er angemalt ist, befestigen wir ihn an eines dieser elektrischen Kinderautos. Ole spielt den LKW-Fahrer. Und natürlich verliert er dann auch den Baum."

„Echt?" Brees grinste. „Das ist mega! Was für eine super Idee!" Sie sah ihn mit strahlenden Augen an. „Das hast du großartig gemacht!"

Ihr Lob ging ihm durch und durch. „Danke, aber noch ist es ja nicht ganz fertig."

„Ach was, das bisschen Farbe!" Sie winkte ab.

„Naja, befestigt werden muss es auch noch und halten!", entgegnete er, aber sie winkte wieder nur ab.

„Kleinigkeiten! Boah, was hätte ich das Stück als Kind geliebt!" Sie konnte gar nicht mehr aufhören zu lächeln. „Ob die Kinder wissen, wie gut sie es haben?"

„Jetzt vielleicht nicht, aber später ganz bestimmt", antwortete er fest.

„Darf ich ihn anmalen?", rief sie aus und rannte schon los, um die richtigen Farben zusammenzusuchen. Plötzlich hielt sie inne. „Oder möchtest du? Es ist schließlich dein Werk..." Fragend sah sie ihn an, aber er schüttelte nur den Kopf.

„Nein, mach du! Ich beschränke mich auf alles, was im Hintergrund ist. Dann sieht man meine Fehler nicht."

„Wir machen alle Fehler", sagte sie sanft. „Nur so lernen wir."

„Nur warum fühlt es sich immer so schrecklich an?", rutschte es aus ihm heraus. Er hatte eigentlich etwas anderes sagen wollen.

„Vermutlich wegen der Angst", wiederholte sie seine Worte von eben und besiegelte damit endgültig ihren Frieden.

***

„Du hattest wohl einen guten Tag", stellte Johan beim Abendessen fest. Erik und er saßen in seiner Küche und aßen einen von Johans Spezialeintöpfen. Dabei warf er immer Kartoffeln mit irgendwelchen Hülsenfrüchten und etwas Wurzelgemüse zusammen. Das Vorgehen war immer das Gleiche, das Ergebnis jedoch stets ein anderes. So hatte er schon gekocht, als er ein junger Mann gewesen war und er sah keinen Grund, warum er das hätte ändern sollen.

„Hm?", machte Erik. Er hatte nicht zugehört, sondern war in Gedanken immer noch bei Bree. Schade, dass er es niemanden erzählen konnte, aber er war ziemlich stolz auf sich, dass er mittlerweile ganz normal mit ihr reden konnte.

„Dein Tag war wohl gut", wiederholte Johan. „Du müsstest doch bald fertig sein, mit den Kulissen."

„Ja, ich bin fertig", bestätigte Erik und konzentrierte sich endgültig auf seinen Großvater. „Nur haben Inga und ihre Mädchen sich erkältet und deswegen habe ich angeboten, die Sachen anzumalen."

„DU willst malen?", wunderte sich Johan. „Das hasst du doch wie die Pest! Was hatten deine Eltern immer für ein Theater mit dir, wenn ihr in der Schule malen solltet."

„Opa, das ist JAHRE her!", protestierte Erik. „Ich bin doch nicht mehr acht. Außerdem braucht sie mich."

„Mikaela findet schon jemand anderen! Darin ist sie die Beste, das weißt du doch!", brummte Johan. Es war ein offenes Geheimnis dass Mikaela und er öfter aneinander gerieten, obwohl sie meist beide dasselbe Ziel hatten. Beide engagierten sich gern und viel für das Gemeinwohl, nur hatten sie regelmäßig unterschiedliche Vorstellungen darüber, was das Beste für die Gemeinschaft war.

„Mmh, du hast ja recht!", antwortete Erik nur. Er hatte keine Lust mit seinem Großvater über Bree zu reden. Es hatte gereicht, dass er nach dem Weihnachtsmarktbesuch der Beiden nicht aufgehört hatte von ihr zu schwärmen. Wäre sein Opa dreißig Jahre jünger, müsste er sich wahrscheinlich ernsthaft Gedanken über ihn als Konkurrenten machen. Den ganzen Abend hatte er nur von ihren tollen Augen geschwärmt und wie keck sie sei und, und, und. Erik hatte große Mühe gehabt, ihn nicht unwirsch anzufahren. Irgendwie hatte er ja immer gedacht, alte Leute seien für das andere Geschlecht nicht mehr empfänglich. Aber da hatte er sich anscheinend gründlich getäuscht.

„Ach übrigens", riss Johan ihn aus seinen Gedanken. „Ich war heute kurz in der Werkstatt."

„Und?"

„Was hältst du davon Lasse mehr Aufgaben zu übergeben?"

Erik riss den Kopf hoch. „Wie kommst du denn darauf? Er kriegt doch seine jetzigen schon kaum geregelt. Was soll er da mit noch mehr?!" Erik schnaubte. „Wenn er nicht Lovis Mann wäre, hätte ich ihn mir schon längst zur Brust genommen. Er..."

„Er langweilt sich", unterbrach ihn Johan.

„Wie bitte?" Überrascht ließ Erik seinen Löffel sinken. Dann lachte er los. „Das ist doch ein Witz! Er ist langsam, macht lauter Fehler und ist unzuverlässig."

„Mag sein", antwortete Johan ernst. Auch er legte sein Besteck nieder. „Aber das macht er nur, weil er vollkommen unter seinen Möglichkeiten bleibt. Er ist unterfordert, Erik."

„Wenn er mehr Verantwortung will, soll er das durch Engagement zeigen!" Erik schob seinen Teller von sich. Ihm war der Appetit vergangen. Lasses Verhalten ging ihm schon lange gegen den Strich und nicht nur in der Werkstatt. Ihm war nicht entgangen, dass er sich auch als Ehemann und Vater nicht besonders hervortat. Bis jetzt hatte er allerdings immer auf Lovis Gefühle Rücksicht genommen. Sie liebte ihren Mann, auch wenn es ihm ein Rätsel war, warum sie das tat. Sein Aussehen konnte es nun wirklich nicht sein.

„Jetzt sei nicht so ein Sturkopf, sondern hör deinem Großvater zu!", verlangte Johan. „Ich habe ihn beobachtet und mir Gedanken gemacht. Schließlich bin ich schon ein bisschen länger auf der Welt, als du. Ich kenne die Menschen und außerdem habe ich auch mit Lovis gesprochen."

„Ach ja? Und hat sie etwa gesagt, er würde ihr in den Ohren liegen und jammern, was für ein ungerechter Chef ich bin?!", antwortete Erik und hörte selbst, wie patzig er klang. Johan warf ihm einen strengen Blick zu und er hob begütigend die Hände. „Okay, okay. Ich bin ja schon still."

Stunden später lag Bree in ihrem Bett und ließ den Nachmittag Revue passieren. Sie verstand immer noch nicht, was dort im Kunstraum eigentlich geschehen war. Warum führte sie auf einmal solche Gespräche ausgerechnet mit Griesgram Erik Sandberg?! Hatte sie sich etwa in ihm getäuscht? Nicht, dass das ein Muster wurde! Erst Per, jetzt Erik. Aber vielleicht war es ja auch nicht das erste Mal, dass sie Männer falsch eingeschätzt hatte. Vielleicht hatte sie es nur noch nie bemerkt, weil sie jedes Mal verschwunden war, sobald es kompliziert wurde.

Bree blinzelte. Die Richtung in die ihre Gedanken gingen, gefiel ihr nicht besonders. Bis jetzt hatte sie immer gedacht, die Typen wären verschwunden oder die Umstände waren eben, wie sie waren. Konnte es nicht viel eher sein, dass sie regelmäßig ihre Arbeit immer als Ausrede benutzt hatte? Konnte es sein, dass sie sich nie wirklich Mühe gegeben hatte, einen Mann richtig kennenzulernen?

Uuh! Das Bild, das sich ihr von ihrem damaligen Verhalten bot, war nicht gerade sympathisch... Energisch wischte sie ihre Gedanken beiseite. Selbst wenn sie in der Vergangenheit vorschnell geurteilt haben sollte, hatte das mit dem heutigen Nachmittag nicht viel zu tun. Schließlich wollte sie doch einfach ihre Zeit hier genießen und den Kindern helfen. Also konnte sie es doch auch einfach genießen die nächsten Tage mit jemanden zusammenzuarbeiten, mit dem sie sich anscheinend auch richtig gut unterhalten konnte. Auch wenn sie den Rest des Tages mehr oder minder schweigend verbracht hatten. Aber es war überraschenderweise ein angenehmes Schweigen gewesen. So wie man nicht mit jedem reden konnte, konnte man auch nicht mit jedem schweigen.

Vielleicht hatten sie einander einfach auf dem falschen Fuß erwischt. So etwas gab es ja.

Jedenfalls war sie immer noch total begeistert von der Möglichkeit wieder zu malen und wie viel Freude es ihr bereitete. Sie hatte Milla und Nick beim Abendessen die ganze Zeit vorgeschwärmt und in Gedanken schon Farben und Papier gekauft. Sie war sogar drauf und dran gewesen ihrer Mum zu schreiben, ob sie bitte auf dem Dachboden mal nachsah, was dort noch lag. Aber dann hatte sie es doch nicht getan. Wer weiß, wohin ihre neu erwachte Leidenschaft sie führen würde... Am Ende fand sie nicht ausreichend Zeit dafür. Und sie hatte keine Lust sich vor ihrer Familie erklären zu müssen. Es war etwas anderes, vor ihren Freunden von dem schönen Tag zu schwärmen oder einem mit einem Fremden, denn nichts anderes war Erik ja, ihre Freude zu teilen. Sich den Fragen ihrer Familie zu stellen, war etwas ganz anderes. Sie hörte sie schon förmlich, wieso sie denn jetzt mit diesem Hobby anfing? Ob sie nicht fände, dass es an der Zeit wäre, sich nach einem Mann umzusehen? Sie würde ja nun auch nicht jünger werden. Worauf sie denn noch warte? Sie hatte doch ihren Meister schon gemacht! Und jede Menge Weiterbildungen zur Visagistin und Maskenbildnerin! Blablabla... Bree verdrehte die Augen. Nein, sie würde ihre wiederentdeckte Liebe zu Farben und Pinseln noch eine Weile für sich behalten. Schließlich wusste sie selbst noch nicht, wohin sie das führen würde.

Kapitel 14
Freitag, 20. 12.

„Wo ist meine Brille? Hat jemand meine Brille gesehen?"

„Das ist mein Schal, deiner liegt da drüben!"

„Habt ihr gesehen, wie viele Leute gekommen sind? Der Saal ist fast voll!"

„Ich glaube, mir ist schlecht."

Hinter der Bühne herrschte ein großes Durcheinander und Gerenne. Erik wusste nicht, wer aufgeregter war, die Kinder oder Mikaela und die Lehrerin. Dabei sollten letztere doch mittlerweile wirklich eine gewisse Routine besitzen. Einzig Bree wirkte als sei sie in ihrem Element. Sie fand Brillen und die richtigen Schals, beruhigte, ermunterte und brachte alle Kinder mit einem Lächeln an ihren Platz. Überhaupt hatte sie fantastische Arbeit geleistet. Die Kinder hatten noch nie so professionell ausgesehen. Er hatte sich nie viele Gedanken darüber gemacht, aber nun sah er was Make-up und Frisuren ausmachten. Allein durch ihr Äußeres nahm man den Kindern ihre Rollen schon ab, da mussten sie nicht einmal den Mund aufmachen.

Gerade stellte er Skier und den Schneehügel auf, als sie neben ihn trat.

„Hi! Es wird großartig, meinst du nicht auch?"

„Hej", antwortete er und schluckte. Sie sah so toll aus, als leuchte sie von innen. Ihm fiel auf, dass dieses Leuchten kontinuierlich zugenommen hatte, seit sie in Österholm angekommen war. Es imponierte ihm, wie viel sie als Gast für die Gemeinschaft geleistet hatte. „Ja, ich glaube auch", beeilte er sich zu sagen, als ihm ihr erwartungsvoller Blick auffiel. „Die Kinder sehen toll aus! Ich wusste gar nicht, was alles möglich ist!"

Bree lachte. „Oh, es ist noch VIEL mehr möglich. Aber ich wollte ihre süßen Gesichter nicht mit zu viel Zeug zukleistern."

„Tatsächlich", gab er wenig einfallsreich zurück, aber es schien sie nicht zu stören. Sie lachte wieder. „Ja, ich hätte Frau Berg echte Falten zaubern können. Allerdings kann es verstörend sein sich so in einem Spiegel zu sehen. Die Armen sollen heute Nacht ja auch noch gut schlafen."

„Wäre besser." Auch er musste grinsen. Da ertönte plötzlich der erste Gong und sie beeilten sich von der Bühne zu kommen.

„Sehen wir uns nachher bei der Party?", fragte sie, als sie nebeneinander im Dunkeln standen.

„Ja", antwortete er. Die Weihnachtsfeier bei Nick und Milla würde er sich nicht entgehen lassen. Die halbe Stadt würde schließlich da sein. Wobei er genau das lieber vermieden hätte. In den letzten Tagen waren die Stunden, die sie zu zweit im Kunstraum verbracht hatten, sein tägliches Highlight gewesen. Sie waren beinahe sofort ihrem eigenen Rhythmus gefolgt. Erst hatten sie besprochen, was getan werden musste, dann ein wenig geplaudert und schließlich hatten sie schweigend nebeneinander gemalt. Sie war jedes Mal in eine tiefe Konzentration gefallen. Manchmal hatte er sich ertappt, dass er dastand und sie beobachtete. Wahrscheinlich hatte er dabei ausgesehen, wie ein Trottel, aber das war ihm egal gewesen. Schließlich war ihm klar, dass sie spätestens im neuen Jahr wieder in ihre Heimat fliegen würde. Also hatte er beschlossen, jede Minute ihrer Gegenwart zu genießen. Weil ja sowieso nichts daraus werden konnte.

Dennoch hatte er heute schon wieder seine Freitagsverabredung abgesagt. Offiziell wegen der Theatervorstellung. Aber auch weil Bree und er gestern bis spät abends an den Kulissen gesessen hatten, damit sie heute fertig waren. An manchen war die Farbe tatsächlich noch ein wenig feucht. Es war so ein wundervoller Abend gewesen, dass es ihm gar nichts ausmachte, dass er heute früh, auch zum ersten Mal seit Jahren, verschlafen hatte. Zu seiner großen Überraschung hatte nämlich Lasse die Werkstatt aufgeschlossen und auch schon mit der Arbeit begonnen. Vielleicht hatte sein Großvater ja doch recht. Allerdings würde er den Teufel tun und jetzt an die beiden denken, wenn sie im Halbdunkel dicht neben ihm stand. Sie waren sich so nah, dass er ihr Parfum riechen konnte. Es duftete zitronig wie ein lauer Sommerabend am Mittelmeer. Mit ein bisschen Fantasie konnte der Applaus des Publikums als Meeresrauschen durchgehen. Wie es wohl wäre, mit ihr am Strand zu sitzen? Vorsichtig drehte er den Kopf und sah sie an. Im Gegensatz zu ihm, war sie vom Geschehen auf der Bühne wie gebannt. Sie lachte an genau den richtigen Stellen, als würde sie doch seine Sprache sprechen. Auf einmal drehte sie sich zu ihm um, berührte ihn am Arm und flüsterte: „Sie sind so toll!"

„Ja", antwortete er ebenso leise, aber sie schaute schon wieder zurück zur Bühne. Ihre Hand hatte sie wieder runtergenommen, aber ihm war, als könnte er sie immer noch spüren.

Ach du heilige Sch...! Bree sah starr geradeaus. Ihre Hand brannte, genau wie ihre Wangen, wie eigentlich ihr ganzer Körper. Möglichst unauffällig sah sie an sich herunter, um sich davon zu überzeugen, dass sie nicht wirklich in Flammen stand. Nur mit äußerster

Anstrengung atmete sie regelmäßig ein und aus. Dabei war ihr eher nach Keuchen zumute. Was war das nur mit diesem Erik Sandberg? Alles, aber auch wirklich alles war mit ihm anders, als sie es kannte. Und sie hatte viele Jungs und Männer kennengelernt, sich mit ihnen unterhalten und geflirtet. Aber bei keinem einzigen hatte sie so heftig reagiert. Kurz überlegte sie, ob das nicht beängstigend oder völlig irre war. Verrückt war es vielleicht, aber Angst spürte sie keine. Gut, sie war auch nicht wirklich der ängstliche und ständig besorgte Typ. Hier neben ihm zu stehen, fühlte sich im Gegenteil unglaublich aufregend und gleichzeitig total natürlich an. Bevor sie allerdings weiter darüber nachdenken konnte, schossen die Schauspieler auf sie zu und Mikaela ließ den Vorhang hinunter. Wie auf Kommando liefen Erik und sie los, um die Bühne umzubauen.

***

Mitten im Schlussapplaus entschied Mikaela plötzlich: „Wir lassen alles so wie es ist. Aufräumen können wir die ganzen nächsten Tage. Lasst uns morgen Nachmittag treffen, um zu feiern, ja?" Ohne die Zustimmung von irgendwem abzuwarten rief sie: „Kinder! Ihr wart großartig!"

Bree war das sehr recht, dann konnte sie jetzt gleich mit Milla und Nick gemeinsam in die Pension fahren, sich umziehen und den beiden noch etwas helfen. „Okay, dann bis nachher!", sagte sie.

„Bis nachher!", antwortete ihr Erik, als Einziger.

Sie schenkte ihm ein Lächeln und wandte sich mit klopfendem Herzen ab. Beschwingt hüpfte sie von der Bühne und lief zu ihrer Freundin, die auf sie wartete.

„Bree, das war der Knaller! Die Kinder sahen so wundervoll aus!", rief ihr Milla entgegen. „Das hast du fantastisch gemacht!"

„Ach was, die Kids waren fantastisch!", wehrte Bree das Kompliment ab. „Ich habe nur ein wenig Farbe aufgetragen."

„Sei nicht so bescheiden, Kobold. Sie sahen zum Fressen aus!", entgegnete Nick. „Ich habe selten so viel gelacht, obwohl ich kein Wort verstanden habe!"

Bree lachte auf. „Ich sage ja, die Kinder verdienen das Lob. Sie haben geschauspielert, als würden sie nichts anderes tun."

„Kommst du jetzt mit uns mit oder musst du noch etwas machen?", erkundigte sich Milla.

„Mikaela hat entschieden, wir treffen uns Morgen zum Aufräumen, also komme ich jetzt mit", antwortete Bree.

„Na dann los, Ladies!", sagte Nick und machte eine auffordernde Bewegung.

***

„Wow! Sieht das toll!", rief Bree, als sie die Treppe herunterkam und das Esszimmer betrat. Milla und Nick hatten den Raum in eine wahre Winterwunderwelt verwandelt. Die einzelnen Tische waren zu einer langen Tafel zusammengeschoben und ganz in Weiß und Silber gedeckt. Nur hier und da entdeckte sie ein paar Details in Cremeweiß oder Gold. Das Esszimmer wirkte nicht nur hundertmal festlicher, sondern auch größer. Unzählige Lichter, an den Wänden, der Decke und auf dem Tisch glitzerten wie Diamanten in einer Schneelandschaft und verliehen dem Raum ein märchenhaftes Strahlen.

„Selber wow!", gab Milla das Kompliment zurück. „Du siehst zum Anbeißen aus!"

„Danke!" Bree drehte sich im Kreis und der kurze Rock bauschte sich und plötzlich brach sich das Licht in dem weichen Stoff und Bree funkelte mit dem Zimmer um die Wette. „Ich liebe das Kleid auch sehr. Ich habe es vor Jahren auf einem Markt in Camden erstanden und leider viel zu selten Gelegenheit es zu tragen." Lächelnd strich sie sich über die Ärmel.

„Es ist wirklich wunderschön!", fand Milla.

„Ja, Per wird dir heute Abend nicht widerstehen können, Kobold", stimmte Nick zu, der in diesem Moment den Raum betrat. Er zog Milla in seine Arme und flüsterte: „Und ich kann dir nicht widerstehen! Du siehst atemberaubend aus!"

Brees Strahlen fiel in sich zusammen. Per... herrje, den hatte sie ganz vergessen. Sie wechselte einen Blick mit Milla.

„Was ist los?", wollte Nick wissen.

„Nichts!", antwortete Bree und beeilte sich ein Lächeln aufzusetzen. „Ich weiß gar nicht, ob er heute überhaupt kommt. Wir haben seit Tagen nicht mehr geschrieben." Sie zuckte betont gleichgültig mit den Schultern.

„Ach so", sagte Nick gedehnt.

„Was?" Bree sah ihn fragend an.

„Nichts", gab Nick zurück. „Nur... Ich habe ihn gesehen, beim Theaterstück und ihn nochmal an unsere Feier erinnert. Ich wusste ja nicht, dass..." Nick sah zwischen ihnen hin und her.

„Was?" Bree sah ihn abwartend an.

„Oh Mann, nee!" Nick warf frustriert die Arme in die Luft. „Ich wusste es! Ich hab's euch doch gesagt! Er ist der totale Langweiler! Na toll, jetzt haben wir diese Schnarchnase den ganzen Abend an der Backe. Ihr hättet mich wirklich einweihen sollen!" Er wies mit dem Zeigefinger auf sie und sah dabei so überhaupt nicht aus wie er selbst, dass Bree anfing zu kichern.

„Sorry!", prustete sie und auch Milla begann zu lachen.

„Schön, dass ihr euch amüsiert!", gab er zurück, verschränkte die Arme und warf ihnen böse Blicke zu, bis er noch einmal in die Hände in die Luft warf und rief: „Och nö, jetzt benehme ich mich schon wie Nigel!"

Da konnten Bree und Milla nicht mehr. Sie brachen in schallendes Gelächter aus. Er hatte wirklich so ausgesehen wie sein zur Dramatik neigender großer Bruder. Sie lachten so herzlich, dass Nick nicht anders konnte als ebenfalls zu lachen.

Sie hatten sich gerade ein wenig beruhigt, da blitzten draußen Autoscheinwerfer auf und Bree verkündete: „Die Gäste kommen."

In der nächsten Viertelstunde herrschte ein reges Kommen und Gehen. Obwohl Milla sich natürlich auch um das leibliche Wohl gekümmert hatte, brachte beinahe jeder etwas mit. Das Büffet in der Küche hätte locker eine ganze Kompanie verköstigen können. Gefühlt war die halbe Stadt gekommen. Milla hatte anscheinend mit so vielen gerechnet, denn sie hatte auch ihren Yogaraum weihnachtlich geschmückt.

Wo Bree auch hinging, überall gratulierten ihr Menschen zu der gelungenen Aufführung und versicherten ihr, dass die Kinder noch nie so großartig ausgesehen hatten. Freudestrahlend bedankte sie sich und verwies gleichzeitig auf die Kinder. Schließlich war es ihre Aufführung und daher gebührte auch ihnen das Lob. Sie selbst hatte nur ein wenig mit Pinsel und Kamm hantiert. Auf der Suche nach Milla, Nick oder einem anderen bekannten Gesicht, lief Bree in den Flur. Sogar hier standen Leute in Grüppchen herum oder saßen auf der Treppe. Und natürlich lief sie prompt Per und Erik gleichzeitig in die Arme. Mist! So hatte sie sich das nicht vorgestellt. Der Impuls davonzulaufen war riesig, aber sie war noch nie ein Angsthase gewesen. Abgesehen davon, hatte sie keinem von beiden ein Versprechen gegeben.

„Hej ihr Zwei!", rief sie und winkte ihnen.

„Hej Babe", antwortete Per und wollte ihr einen Kuss auf die Wange geben, aber Bree drehte sich geschickt weg und stellte sich auf die unterste Treppenstufe. So war sie mit beiden beinahe auf Augenhöhe.

„Du siehst toll aus", sagte Erik statt einer Begrüßung. Sein Lächeln fiel ein wenig verkniffen aus. Aber dass er so auf Per reagierte, kannte sie von ihm ja schon. Deswegen ließ sie sich davon nicht aus der Ruhe bringen, schließlich hatte sie ihn in den letzten Tagen ganz anders kennengelernt.

„Du auch!", gab sie das Kompliment strahlend zurück. Entgegen seiner sonstigen Uniform aus Jeans und Sweatshirt, trug er jetzt einen eleganten schwarzen Anzug, der ihm wie angegossen passte. Beinahe hatte sie das Gefühl einen völlig anderen Mann vor sich zu haben, aber dann sah er ihr in die Augen und alles war wie immer. Sie spürte wie Per sich neben ihr versteifte und das erinnerte sie daran, dass sie ja noch etwas zu erledigen hatte. Sie musste unbedingt mit Per allein sprechen, aber ehrlicherweise wollte sie Erik nicht einfach stehen lassen. Bevor sie entschieden hatte, was sie tun sollte, trat Ingrid zu ihnen und verwickelte sie in ein Gespräch über das Theaterstück.

„Wo kämen wir denn hin, wenn jeder nur noch das täte, was er wollte?", entrüstete Per sich. „Das wäre doch die totale Anarchie! Was für eine Welt wäre das?!"

Irgendwie waren sie vom Schauspiel der Kinder zu Berufswünschen gekommen. Bree hatte dem Gespräch nur halb gelauscht. Sie war zu sehr damit beschäftigt gewesen, sich zu überlegen was genau sie Per sagen wollte, als sie plötzlich aufhorchte. Was hatte er da gerade gesagt?!

„Also ich würde sehr gern in einer Welt leben, in der jeder seinem Herzen folgt", antwortete sie. Per wollte aufbegehren, aber sie sprach schnell weiter. „Denn dann würde jeder den Job machen, den er gern macht. Nie wieder hättest du mit miesgelaunten Angestellten in einem Call-Center zu tun oder inkompetenten Verkäufern im Baumarkt. Wenn jeder das, was er tagtäglich tut, mit Liebe und voller Freude machen würde, das wäre für mich der Himmel auf Erden! Stell dir das doch mal vor!"

„Und was ist mit all denen, die keinen Bock auf gar nichts haben?! Ich kenne diese Typen. Diese sehe ich jedes Mal, wenn ich im Gericht bin", hielt er dagegen, aber Bree schüttelte energisch den Kopf. Nur am Rande bemerkte sie, wie Ingrid vorsichtig die Flucht ergriff.

„Ich glaube nicht, dass jemand wirklich gar nichts machen will. Es ist nur die Perspektivlosigkeit, die die Menschen dazu bringt. Weil sie nicht wissen, dass sie dem System nicht hilflos ausgeliefert sind. Sie sind nicht ohnmächtig! Ja, es gibt viele Menschen, die starten unter DEUTLICH schwierigeren Umständen ins Leben als andere. Das weiß ich auch, aber nichts ist unmöglich! Wir sind selbst verantwortlich für unser Glück. Wenn wir diese zwei Dinge einmal begriffen, also wirklich begriffen haben, dann gibt es keine Entschuldigung mehr, für niemanden, nicht sein perfektes Leben zu leben."

„Dann würden wir ja nur noch im Strand in der Hängematte liegen. Dann würde niemand mehr arbeiten gehen!", behauptete er. „Wer will schon den Müll von anderen wegmachen? Oder freiwillig Alte und Kranke pflegen?!"

„Das glaube ich nicht! Wir sind nicht dafür gemacht nur zu faulenzen. Es gibt Menschen, die lieben es andere zu unterrichten. Es gibt so viele, die Kranke heilen möchten. ICH bin unglaublich gern Friseurin. Ich liebe das, anderen ein Lächeln ins Gesicht zu zaubern, weil sie sich hübsch fühlen. Was falsch läuft und unser Leben so anstrengend macht, ist die Vorstellung, die wir von Arbeit haben."

„Die alte Leier..." Per verdrehte genervt die Augen. „Die Welt ist nun mal so. Finde dich damit ab. Manche Arbeit wird eben nicht so anerkannt." Er setzte das letzte Wort in Anführungszeichen.

„Nein! Die Welt ist nicht SO. Wir haben sie SO gemacht und wir können sie auch wieder ändern!", rief sie aus, entrüstet über seine Engstirnigkeit. „Und nur, weil viele Menschen schon öfter über ein Thema gesprochen haben, dass du dich anscheinend genervt davon fühlst, ist es trotzdem noch lange nicht überholt. Im Gegenteil, es ist so lange aktuell, wie es nicht umgesetzt wird."

„Babe, lass uns nicht streiten, der Abend ist dafür viel zu schön und unsere Zeit zu kostbar. Ich finde es auch ungerecht, dass Krankenschwestern nicht mehr Geld verdienen, aber wir zwei werden das auch nicht ändern können." Per trat auf sie zu und griff nach ihrer Hand. Er schenkte ihr sein charmantes Lächeln, dem sie bisher nicht hatte widerstehen können. Aber das war nun endgültig vorbei. Sie spürte deutlich, dass er sie nur beschwichtigen wollte. Schlimmer noch, er hatte ihr überhaupt nicht zugehört. Ärgerlich schüttelte sie seine Hand ab. Es ging doch gar nicht um...

„Es geht nicht um mehr Geld", bemerkte Erik, der ihnen die ganze Zeit aufmerksam zugehört hatte.

Bree warf ihm einen überraschten Blick zu. Er war ihrer Meinung?

„Es geht um Anerkennung und Respekt. Um eine völlig neue Sicht auf die Dinge und die Welt", fügte Erik hinzu. Bree nickte nachdrücklich.

„War ja klar, dass du das genauso siehst." Per warf ihm einen kühlen Blick zu. „Du hattest alle Möglichkeiten erfolgreich zu sein, aber du hast sie in den Wind geschlagen!"

„Das war meine Entscheidung", antwortete Erik ruhig.

Bree runzelte die Stirn. Was sollte das? Welche Möglichkeiten hatte er in den Wind geschlagen?

„Tatsächlich?", fragte Per mit hochgezogenen Augenbrauen. „Für mich sah es eher wie Flucht aus."

Auf einmal herrschte Totenstille. Jeder, der zufällig in ihrer Nähe stand, schien sein Gespräch unterbrochen zu haben. Auch wenn sie nicht wusste, worauf Per anspielte, sie spürte, dass er zu weit gegangen war. Sie sah, wie Erik mit den Zähnen knirschte und die Fäuste ballte. O Gott, er würde doch nicht?! Ihr Blick schnellte von einem zum anderen. Sie kam sich vor, wie bei einem Tennismatch, nur dass diesmal funkensprühende Blicke ausgetauscht wurden. Sie sollte etwas sagen. Nur was? Aber da drehte Erik sich schon um und verschwand in der Menge. Alle schienen erleichtert aufzuatmen. Verwirrt sah sie ihm hinterher.

„Komm Babe, holen wir uns was zu trinken", sagte Per, als wäre nichts gewesen und berührte sie am Arm.

Aber Bree trat einen Schritt zur Seite. Mittlerweile hatte sie die Wand im Rücken. „Was war das? Was meintest du, er hätte seine Möglichkeiten..."

„Nichts, es war nichts. Alte Geschichten aus der Vergangenheit." Er lächelte entschuldigend. „Ich hätte nicht davon anfangen sollen", sagte er. Es klang aufrichtig, aber sie spürte die Ungeduld hinter seinen Worten. Plötzlich wurde ihr klar, dass er ein Problem damit hatte, im Unrecht zu sein. Scheinbar fiel es ihm deutlich schwerer als allen anderen die Kontrolle abzugeben.

„Aber es scheint ja noch nicht abgeschlossen zu sein...", wandte sie ein.

„Ach was!", winkte er ab. „Das ist wirklich Schnee von gestern. Lass uns lieber den Abend genießen!" Er kam auf sie zu, legte den Kopf schief und suchte ihren Blick. Als er sah, dass sie sich damit nicht so einfach zufrieden geben würde, fügte er hinzu: „Ich entschuldige mich nachher bei ihm. Ja?"

Sie setzte ein Lächeln auf, das ihre Augen nicht erreichte. Sie brauchte dringend einen Moment Ruhe, bevor sie mit ihm sprach. Sie wusste immer noch nicht, wie sie ihm klar machen sollte... Ja, was eigentlich? Es fühlte sich an wie Schluss machen, nur dass sie ja gar nicht zusammen waren. Sie hatte Mühe nicht ungeduldig zu seufzen. „Etwas zu trinken, wäre toll. Holst du uns etwas?", bat sie ihn schließlich.

„Alles, was du willst!" Er richtete sich wieder zu seiner vollen Größe auf. „Glögg?" Sie nickte und er verschwand Richtung Küche. Sie sah ihm einen Augenblick hinterher, bevor sie in die entgegengesetzte Richtung ging. Unbemerkt schlüpfte sie aus der Vordertür.

Endlich allein! Erleichtert atmete sie tief ein und stieß erschrocken den Atmen wieder aus. Sie war gar nicht allein! Auf der Veranda stand schon jemand.

„Johan! Was machen Sie denn hier?", rief sie erschrocken.

„Das Gleiche wie du, Mädchen!", antwortete er und grinste sie verschwörerisch an. „Ich genieße einen Augenblick Ruhe."

Automatisch erwiderte sie sein Lächeln. Der Schreck war ebenso schnell vorbei, wie er gekommen war. „Soll ich wieder gehen?", fragte sie und wandte sich halb um.

„Nein, nein. Bleib nur." Er winkte sie zu sich. „Es ist eine so schöne Nacht."

„Es ist vor allem eine kalte Nacht", antwortete sie und schlang sich die Arme um den Oberkörper. Ihr Kleid war kaum dazu geeignet an einem Dezemberabend draußen zu stehen.

„Aber sieh nur!", antwortete Johan und zeigte hoch in den Himmel.

Bree trat noch einen Schritt vor und hob den Blick. „Oh!", hauchte sie. Es war eine sternenklare Nacht. So viele Sterne auf einmal hatte sie lange nicht mehr gesehen.

„Wunderschön, nicht wahr?"

Sie nickte. „Es lässt einen irgendwie kleiner wirken." Sie verzog das Gesicht. „Nicht, dass ich jetzt besonders groß wäre", scherzte sie.

„Mir weitet sich eher das Herz. Wie eine Mischung aus Sehnsucht und Dankbarkeit und Ehrfurcht", sagte er ernst. „Ich liebe das Leben, ich koste es jeden Tag aus und freue mich, dass ich morgens aufgewacht bin. Aber manchmal frage ich mich auch, wie lange ich denn noch hier sein werde. Meine Kinder sind schon so lange tot, meine liebe Frau auch. Ich..." Seine Stimme verlor sich einen Moment. Dann schüttelte er den Kopf. „Ach, hör nicht auf das Geschwätz eines alten Mannes!" Er schenkte ihr ein hinreißendes

Lächeln. Sie trat noch einen Schritt auf ihn zu und nahm seine Hand.

„Ihr Verlust tut mir sehr leid. Es muss sie sehr schmerzen, sie nicht um sich haben zu können", antwortete sie und er nickte. „Und ich bin mir sicher, dass sie sie eines Tages auf die eine oder andere Weise wiedersehen werden. Aber bis dahin hat Gott anscheinend noch eine wichtige Aufgabe für sie", fuhr sie fort. Auch wenn sie nicht viel von den religiösen Dogmen hielt, mit denen sie groß geworden war, glaubte sie doch an eine höhere Macht und wusste um den Trost, den Glauben spenden konnte.

„Ach Mädchen", sagte Johan und lächelte. Dann fiel ihm etwas ein. „Das habt ihr übrigens richtig gut gemacht, dass ihr den Kindern so geholfen habt. Das Stück war schon lange nicht mehr so schön!"

„Danke! Aber die Kinder haben auch so toll gespielt!"

„Ja, das haben sie", bestätigte Johan. „Und ihr habt euren Teil dazu beigetragen, dass sie so gut in ihre Rollen gefunden haben."

„Danke schön", sagte sie noch einmal. „Es hat mir viel Freude gemacht mit den Kindern zu arbeiten, sie zu verwandeln und dazu Eriks Kulissen..."

„Ja, er hat so viele Talente..." Johans Stimme nahm einen beinahe bedauernden Ton an, den Bree nicht verstand. Bevor sie nachfragen konnte, sagte sein Großvater. „Er ist ein guter Junge." Er sah noch einmal zu den Sternen. „Ich habe genug frische Luft bekommen."

„Ich bleibe noch einen Moment, wenn es Ihnen nichts ausmacht."

„Wie du möchtest, aber komm rein, bevor du dich erkältest!"

Bree musste sich ein Grinsen verkneifen und nickte stattdessen brav. Ihre eigene Großmutter erinnerte sie auch immer an drohende Krankheiten. „Mach ich", versprach sie. Einen Moment später war sie allein. Mit sich und ihrem ungelösten Problem. Aber wieso war es überhaupt ein „Problem"?! Plötzlich wurde sie ärgerlich. Wer gab ihm das Recht sich zu ihrem Freund aufzuspielen. Nur weil sie zweimal miteinander ausgegangen waren, gehörte sie ihm schließlich nicht! Was konnte sie denn dafür, dass er sie seinen Eltern vorgestellt hatte. Sie hatte ja nicht drum gebeten! Und das Gespräch eben? Wie arrogant war das bitte, Erik wegen irgendwelcher Geschichten aus der Vergangenheit als Feigling zu bezeichnen. In der Öffentlichkeit! Er hatte es überhaupt nicht verdient, dass sie ihn mit Samthandschuhen anfasste. Sie schnaubte. Sie würde das jetzt klären und dann endlich feiern gehen. Immerhin hatte sie die ganze Woche wie eine Verrückte gearbeitet, das Theaterstück war ein voller Erfolg gewesen und der Abend war viel zu wundervoll, um nicht gefeiert zu werden. Sie holte tief Luft und stürzte sich energisch ins Getümmel.

„Babe, da bist du ja! Hier ist dein...", sagte Per, als er sie sah und wollte ihr den Becher reichen.

„Wir müssen reden", unterbrach sie ihn.

„Ach komm schon Babe, ich habe doch gesagt, dass ich mich entschuldige. Erik war zwar schon immer ein Träumer, aber wenn es dir damit besser geht, dann gehe ich ihn jetzt gleich suchen und dann können wir endlich feiern!", gab er genervt zurück. Er versuchte seinen Unmut zu kaschieren, aber sie sah ihn trotzdem. Gut, genervt war sie auch. Nämlich von seinem selbstgerechten Getue.

„Nenn mich nicht immer Babe!", fuhr sie ihn an. „Wir sind kein Paar!"

Überrascht sah er sie an. Kurz piekte sie das schlechte Gewissen. Sie hätte nicht so grob sein brauchen, aber dann hoben sich seine Mundwinkel. Bree traute ihren Augen nicht. Grinste er etwa? Oder wollte er sie mit seinem Lächeln bezirzen? Rasch, bevor er etwas sagen konnte, fügte sie hinzu: „Und ich entscheide, wann ich feiere und wann nicht."

So schnell sich seine Mundwinkel gehoben hatten, so schnell ließ er sie wieder fallen. Endlich hatte er sie verstanden.

„Fein! Dann bitteschön!", entgegnete er gekränkt und stieß ihr den Becher heftiger als nötig in die Hand. Das Getränk schwappte über und ergoss sich auf ihrem Kleid. Fassungslos starrte sie an sich hinunter. Das war doch jetzt nicht wirklich passiert! Langsam hob sie den Blick. Pers Gesicht war eine undurchdringliche Maske und in diesem Moment war sie sich sicher, dass er ihr die ganze Zeit etwas vorgespielt hatte und nun der echte Per vor ihr stand. Aber was er konnte, konnte sie schon lange. Mit einem süffisanten Lächeln trat sie einen Schritt näher und sagte deutlich, dass alle Umstehenden es hören konnten: „Sie haben die Beherrschung verloren, Herr Anwalt." Dann drehte sie sich auf dem Absatz um und ging erhobenen Hauptes davon. Die Genugtuung vor ihm davonzurennen wollte sie ihm nicht geben, nicht solange er sie noch sehen konnte. Auch wenn sie sich nicht danach fühlte, wusste sie, sie konnte ihm nur dann den Spiegel vorhalten wenn sie sich erwachsener, als er verhielt. Erst als sie um die Ecke bog, beschleunigte sie ihre Schritte und rannte schließlich die Treppe hoch.

Erik hatte die Szene zwischen Bree und Per gesehen und ehe er wusste was er tat, lief er ihr hinterher.

Kapitel 15

Was für ein Mistkerl! Ihr Glögg aufs Kleid zu kippen, war so ein Kindergartenniveau! Sie konnte sich doch nicht so sehr in ihn getäuscht haben?! Wütend und verletzt stürmte sie in ihr Zimmer und weiter ins Bad. Sie musste den Fleck auswaschen. Verdammt! Warum musste er ausgerechnet ihr Lieblingskleid ruinieren? Sie drehte den Wasserhahn auf, griff nach einem sauberen Waschlappen und begann wie wild zu tupfen. Aber der Fleck war zu groß. Mist! Mist! Mist! Sie musste das Kleid ausziehen, es half alles nichts. Fahrig stellte sie das Wasser ab und riss mit nassen Fingern am Reißverschluss. Warum waren die blöden Mistdinger immer am Rücken? Noch so eine total überflüssige Winzigkeit, die Frauen das Leben schwer machte! Sie kannte kein einziges Kleidungsstück für Männer, dass am Rücken geschlossen wurde. Und warum waren die saublöden Verschlüsse so klein?

Ihre Hände waren viel zu nass, um den Reißverschluss zu öffnen. Sie war erst fünf Zentimeter weit gekommen. Wütend und mit hämmerndem Herzen griff sie nach einem Handtuch und zerknüllte es. Um sich richtig abzutrocknen fehlte ihr die Geduld. Der Fleck wurde immer größer und ihr Haut immer nasser. Gänsehaut breitete sich auf ihrem Körper aus und gleichzeitig begann sie zu schwitzen. Achtlos ließ sie das Handtuch fallen und griff wieder nach dem Verschluss. Kräftig zog sie daran und endlich bewegte er sich. Sie atmete erleichtert auf, raffte mit der Linken das Kleid im Nacken nach oben und zog mit der Rechten nach unten. Währenddessen verfluchte sie Per weiterhin in Gedanken. Gleichzeitig betete sie, der Fleck würde sich entfernen lassen. Sie war so abgelenkt, dass sie nicht aufpasste. Plötzlich blieb der Reißverschluss stecken. Nichts bewegte sich mehr. Sie zog und zerrte. Erst am Verschluss, dann am Kleid. In die eine Richtung und die andere. Hatte sie etwas das Kleid eingeklemmt? Das durfte doch nicht wahr sein! Sie drehte sich zum Spiegel um, stellte sich sogar auf die Zehenspitzen, um etwas zu erkennen. In ihrem Nacken staute sich ein einziger Wust aus schwarzem Stoff. Verdammt! Sie zog wieder und wieder. Ihre Arme wurden ihr schwer. So ein Mist! Frustriert und völlig k.o. ließ sie die Arme sinken. Sie atmete bewusst ein und aus, um sich zu beruhigen. Sie wusste, dass sie sich beruhigen musste, wenn sie heute noch aus dem Kleid hinaus kommen wollte. Sie hob wieder die Arme in den Nacken und versuchte langsam und kontrolliert das Knäuel zu lösen... Vorsichtig zog sie am Stoff und am Reißverschluss. Aber nichts ging mehr. „*Shit*!", fluchte sie laut und stapfte mit dem Fuß auf. Wem wollte sie etwas vormachen? Sie war zu aufgewühlt, um es allein zu schaffen. Milla musste ihr helfen! Mit zwei Schritten stand sie neben ihrem Bett und griff nach ihrem Handy, das sie eben dort fallengelassen hatte. Fahrig schrieb sie Milla eine Nachricht und klingelte sie zusätzlich an. Hoffentlich kam ihre Freundin schnell! Sie wollte schließlich nicht die Party auf ihrem Zimmer verbringen.

Ratlos sah sie sich um. Was sollte sie jetzt tun? Sich in Ruhe hinsetzen und auf Hilfe warten, kam nicht in Frage, dafür war sie viel zu aufgewühlt. Also öffnete sie ihre Zimmertür einen Spalt und ging zurück ins Bad. Vielleicht kam sie ja doch allein weiter!

***

Bevor er Bree erreicht hatte, war er von Ingrid und ihren Freundinnen aufgehalten worden. Sie hatten seine Arbeit am Theaterstück in den Himmel gelobt und seinen Anzug bewundert. Schmeichlerisch hatten sie versucht herauszufinden, ob er sich für jemand bestimmten so herausgeputzt hatte. Auch wenn er sie gut leiden konnte, manchmal ging ihm ihre Neugier auf die Nerven. Zumal heute Abend niemand seine Alltagskleidung trug. Alle hatten sich hübsch gemacht. Als sein Großvater auftauchte, konnte er sich endlich davon stehlen. Auf der Treppe waren ihm auf einmal Zweifel gekommen. Was tat er hier? Sollte er nicht lieber Milla holen? Nach so einer Situation brauchten Frauen doch immer ihre Freundin, oder etwa nicht?! Außerdem wusste er ja nicht einmal, wo sie war oder welches Zimmer ihres war. Wenn er hätte entscheiden müssen, hätte er ihr das Waldzimmer, wie er es heimlich nannte, gegeben. Das passte irgendwie zu ihr. Langsam lief er weiter. Er konnte jetzt nicht umkehren, erst musste er sich vergewissern, dass es ihr gut ging. Dann würde er Milla holen, versicherte er sich.

Langsam lief er den Gang lang. Tatsächlich die Tür des Waldzimmers stand einen Spalt offen. Gerade als er anklopfen wollte, stand sie bereits mit dem Rücken vor ihm.

„Da bist du ja!", sagte sie erleichtert. „Hilfst du mir?", fragte sie und hob ihr Haar an.

Erik schluckte. Er konnte kaum seinen Blick von ihrem Nacken lösen. Es war nur ein Stück Haut und dennoch kam es ihm vor, als hätte er nie etwas Sinnlicheres gesehen. Langsam hob er die Hände, die ihm auf einmal riesig vorkamen, und begann vorsichtig den Stoff zu lösen.

„Per, der Idiot, hat mir Glögg übers Kleid geschüttet!", berichtete sie aufgebracht. „Ich glaube fast, dass es Absicht war. Kannst du dir das vorstellen?"

Sie redete immer weiter und auf einmal ging ihm auf, dass sie ihn für Milla hielt. Was sollte er denn jetzt machen? Oh Mann! ‚Bleib cool!', redete er sich gut zu. ‚Hilf ihr und dann lass sie in Ruhe! Du siehst doch, es geht ihr gut.' Ihr so nahe zu sein, machte ihn nervös. Ihr dezentes Parfum fuhr ihm direkt in den Magen! Und je weiter er den Reißverschluss löste, desto mehr ihrer wundervollen Haut sah er. Sie schimmerte im Halbdunkel und lud ihn förmlich ein, sacht über sie zu streichen. Er hatte diesen Gedanken, kaum zu Ende gedacht, da spürte er auch schon, wie es sich in seiner Hose regte. ‚Cool bleiben!', betete er mantraartig im Kopf und machte sich mit zusammengebissenen Zähnen daran, sie aus diesem Kleid zu befreien.

Bree verstummte. Irgendetwas stimmte nicht. Hinter ihr stand nicht Milla. Ihre Freundin hätte längst etwas gesagt. Und auch Per konnte es nicht sein, der war ihr garantiert nicht hinterhergelaufen. Schließlich hatte sie sein Ego verletzt. Aber auch Nick würde nicht einfach schweigend hinter ihr stehen und ihr helfen. Sie kannte nur einen Menschen, der wenig sprach. Plötzlich wusste sie es mit Gewissheit und ein Schauer fuhr ihr durch den Körper.

Er spürte die Veränderung in ihr. Und erst in diesem Moment wurde ihm bewusst, dass sie nichts mehr gesagt hatte. Er hatte es gar nicht gehört. Wie auch? Seine eigenen Gedanken brüllten so laut durcheinander, dass es ihm seine ganze Willenskraft kostete sich auf seine Aufgabe zu konzentrieren. Ganz still stand sie vor ihm. Als hielte sie den Atem an.

‚Oh! Mein! Gott! Es war Erik! ER half ihr. Warum war er hier? Wie gut, dass sie die neue, sexy

Unterwäsche angezogen hatte! Hä? Was sollte das denn?'

Ihre Gedanken rasten wie wild durcheinander und ihr Herz galoppierte aus dem Stand los, als wollte es mit ihrem Kopf mithalten. Sie wagte kaum zu atmen, aus Angst irgendetwas würde sonst zerbrechen. Sie wusste nur nicht, was das sein sollte.

Behutsam zog er das letzte Stück Stoff aus dem Reißverschluss und öffnete ihn langsam, damit sich nicht wieder etwas darin verfing, zur Gänze. Ihren ganzen Rücken hinab bis kurz vor ihrem Po. Als ihre schwarze Seidenunterwäsche sichtbar wurde, konnte er nicht anders, er sog scharf die Luft ein. ‚Du meine Güte! Was hatte sie denn da an?' Er wusste, er sollte seinen Blick abwenden, aber er konnte nicht. So etwas hatte er noch nie gesehen. Wie ein Hauch von nichts und doch tausendmal reizvoller, schmiegte sich die Seide an ihren Körper. Konnte man eifersüchtig auf ein Stück Stoff sein? Wenn er dem Pochen in seinen Lenden Glauben schenkte, konnte man das durchaus. Gerade als er sein letztes bisschen Selbstbeherrschung zusammenkratzen und einen Schritt zurücktreten wollte, rührte sie sich.

Mit geschlossenen Augen blieb sie noch einen Moment stehen, auch wenn sie wusste, dass er fertig war und genoss seine Nähe und all die Möglichkeiten, die sich jetzt anboten. Auch wenn natürlich nur Eine übrig blieb. Sie würde sich umdrehen, sich bedanken und dann die Tür zwischen ihnen schließen. Es ging nicht anders. Unten tobte die Party ihrer besten Freundin und für sie war sie hier. Sie würde sich nicht noch einmal von einem Kerl ablenken lassen.

Langsam, aber entschlossen drehte sie sich um. Sie hob den Kopf und begegnete seinem Blick, der ihr in den letzten Tagen so vertraut geworden war. Doch jetzt sah er sie ganz anders an und plötzlich wusste sie nicht mehr, was sie hatte sagen wollen. Ihr Kopf war vollkommen leer. Sie konnte ihn nur ansehen und mit einem Mal wurde es ihr klar. Vielmehr gestand sie es sich endlich ein. Sie wollte ihn. Schon vom allerersten Moment an. Sie hatte es nur nicht wahrhaben wollen, wegen all ihrer Vorurteile Männern gegenüber. Stattdessen hatte sie sich auf dieses Ablenkungsmanöver mit Per eingelassen. Unfähig sich zu rühren, stand sie nur da.

Wie sie ihn ansah... Er fiel beinahe in diesen Blick hinein. Ihre Augen waren so klar, er konnte alles darin sehen und es erschütterte ihn bis in sein Innerstes. Ungläubig starrte er sie an. Das konnte unmöglich sein! Aber sosehr sein Verstand auch zweifelte, etwas in ihm wusste es doch. Hatte es die ganze Zeit gespürt. Er, Erik Sandberg, hatte sich verliebt. Die Erkenntnis traf ihn wie ein Schlag in die Magengrube. Seit Jahren hielt er sein Herz unter Verschluss, selbst seinem Großvater gestand er nur noch einen kleinen Teil zu. So war es sicherer. Und nun hatte diese Frau mit den dunklen Locken und den ausdrucksvollen Augen, die er überhaupt nicht verstand, es geschafft klammheimlich an all seinen Barrieren vorbei zu kommen und sich in seinem Herzen einzunisten. Er hatte keine Ahnung, wie und vor allem wann das passiert war. So viel Zeit hatten sie ja nun wirklich nicht miteinander verbracht! Aber es war geschehen. Und auf einmal war er derjenige, der wie erstarrt dastand.

Sie wusste nicht, wie viel Zeit vergangen war, es war als ließe sie sich von jemand oder etwas anderem leiten. Sie fühlte sich nicht wie sie selbst und doch war sie noch nie so klar gewesen. Sich so bewusst, dass das was sie jetzt tat, genau richtig war.

Langsam, ohne den Blick von ihm abzuwenden, ließ sie ihr Kleid nach unten gleiten. Seine Augen weiteten sich, als er begriff. Sie spürte seine Begierde, noch bevor er sie zeigte. Wie eine allumfassende Energie, stieß sie auf ihre Eigene. Sie hob die Hand, krallte sie in sein Hemd und zog ihn zu sich heran.

Überrumpelt stolperte Erik einen Schritt nach vorn. Doch im letzten Moment fing er sich wieder. Er wollte nicht einfach so auf ihre Lippen fallen. Überhaupt wollte er nichts überstürzen. Zu lange hatte er kaum davon zu träumen gewagt. Endlich schlug er alle Bedenken in den Wind, nahm ihr Gesicht in seine Hände und betrachtete es, als müsste er sich jede Kleinigkeit einprägen. Behutsam näherte er sich ihr.

Sie begann vor Ungeduld zu brennen, aber als er sie so ansah, sich ihr vorsichtig näherte, da ging ihr Herz auf. Nur am Rande bekam sie mit, wie er die Tür mit dem Fuß schloss, denn schon senkte er seinen Mund auf ihren. Als sich ihre Lippen trafen, kapitulierte sie und ihr Verstand verabschiedete sich endgültig. Es war, als wüsste ihr Körper mehr als sie und würde endlich die Führung übernehmen.

Ihre Hände suchten sich einen Weg zu seiner Haut. Beinahe verzweifelte sie an seinen Hemdknöpfen, bis sie endlich zwei oder drei, wer zählte schon in so einem Moment, geöffnet hatte. Erwartungsvoll steckte sie sie ihre Hand in das Loch und stöhnte wieder. Diesmal allerdings vor Frust. Wieso hatte er bloß so viel an?

Ihr Stöhnen wirkte wie ein Brandbeschleuniger auf seine Leidenschaft und alle guten Vorsätze es langsam angehen zu lassen, verpufften innerhalb von Sekunden. Fahrig schälte er sich aus dem Jackett, riss sich Hemd und Shirt vom Körper. Schon strichen ihre Hände über seine Haut und hinterließen kleine, schwelende Feuer. Mit einem Stöhnen zog er sie an sich und küsste sie wild.

O Gott! Er war bretthart. Buchstäblich überall. Gott sei Dank überall! Sein bestes Stück presste sich genau an ihre Mitte und sie wurde augenblicklich feucht. ‚Wie praktisch High Heels sein können!‘, schoss es ihr durch den Kopf und sie presste sich noch enger an ihn.

„Bree!“ Er keuchte vor Überraschung auf. Niemals hatte er damit gerechnet, dass sie so sein würde. Wobei er sich ehrlicherweise nicht gefragt hatte, wie sie im Bett war. Das hatte er sich einfach nicht erlaubt.

„Was?“, fragte sie ein wenig atemlos und hielt inne.

„Bist du sicher, dass du das willst?“ Seine Stimme klang gepresst, als würde ihn diese Frage einige Energie kosten.

„Ja“, antwortete sie zögernd. „Du nicht? Ähm, willst du aufhören?“ Plötzlich war sie unsicher. Was taten sie hier?

„Ja!“, rief er aus und sie erschrak. „Ähm, ich meine, doch, ich will.“ Er schüttelte den Kopf und sie sah immer verwirrter aus. „Ich möchte gern mit dir schlafen“, präzisierte er endlich und schenkte ihr ein Lächeln. Ihr fiel ein Stein vom Herzen. Das wäre jetzt wirklich zu peinlich geworden, wenn er sie nicht gewollt hätte. „Ich habe nur überhaupt nichts dabei. Ich, ähm, habe nicht damit gerechnet...“

„Kein Problem.“ Diesmal war sie diejenige, die lächelte. Sie trat wieder einen Schritt auf ihn zu und hob den Kopf. Mit blitzenden Augen sagte sie leise:

„Kondome liegen in der Nachttischschublade." Sie reckte sich und strich mit ihren Lippen über seine.

Mit dieser Geste verschwand auch endlich seine Unsicherheit. Sie wollte ihn. Ihn und nicht Per. Diese Erkenntnis beflügelte ihn regelrecht. Entschlossen fegte er alle Zweifel und Bedenken, was werden würde, beiseite. „Dann haben wir ja kein Problem", antwortete er, bevor er sie stürmisch küsste. Er zog sie dicht an sich, genoss das Gefühl der Seide und ihrer Haut unter seinen Händen. Ihre Finger, die über seinen Rücken strichen, trieben ihn immer weiter an. Das hier war zu gut um wahr zu sein und allein deswegen, konnte er niemals damit aufhören. Hatte er nicht wenigstens einen richtig guten Moment verdient?! Er ließ seine Hände an ihrem Rücken hinab gleiten, umgriff ihren süßen Po und hob sie hoch. Es war höchste Zeit endlich das Bett zu nutzen.

Seine Leidenschaft fegte ihre Unsicherheit ebenso schnell weg, wie sie aufgetaucht war. Immer wieder ließ sie ihre Hände über seine Haut fahren. Er schien wirklich nur aus Muskeln zu bestehen und das machte sie unglaublich an. Als er sie zum Bett trug und dort ablegte, als hätte er nie etwas anderes gemacht, kam sie sich vor wie in einem Film. In ihrem ganz eigenen, perfekten Hollywoodschinken. Es war beinahe zu gut, um wahr zu sein! Während er noch seine Schuhe von sich kickte, richtete sie sich ungeduldig auf und griff nach seinem Gürtel.

„Ich bin entschieden für Gleichberechtigung", bekannte sie mit einem vielsagenden Blick.

Erik lachte leise auf. „Oh ja, da stimme ich dir hundertprozentig zu!", antwortete er mit einem Lächeln, dass ihr direkt in die Magengrube schoss und sich von dort einen Weg nach unten brannte.

O mein Gott! Sie musste ihn endlich spüren! Wieder zog sie an seinem Gürtel, ein wenig zu kräftig diesmal und brachte ihn damit aus dem Gleichgewicht. Bevor er auf sie fiel, stützte er sich im letzten Moment ab.

„Hast du noch einen Termin?", erkundigte er sich. Plötzlich fiel es ihm so einfach, locker zu sein.

„Sorry! Ich wollte nicht...", begann sie. „Äh, was?" Sie zog die Stirn kraus, denn das Denken fiel ihr im Beisein eines halbnackten, überaus sexy Mannes dann doch etwas schwer.

„Nichts", winkte er immer noch lächelnd ab und fing an kleine, feine Küsse auf ihre nackte Schulter zu hauchen und arbeitete sich langsam zu ihren Brüsten vor. Sie hatte recht, jetzt war nicht die Zeit für Gespräche. Sie stöhnte und wand sich unter ihm hin und her. Es fuhr ihm direkt ins Herz. Er konnte ewig so weitermachen, stellte er fest. Alles fühlte sich so gut an! Aber augenscheinlich hatte Bree andere Pläne. Ehe er Einspruch hätte erheben können, nicht dass er gewollt hätte, hatte sie sich erhoben, ihn umgeschubst und sich auf ihn gesetzt. Staunend und überaus erregt überließ er ihr die Führung.

Bree konnte und wollte einfach nicht mehr warten. Sie wollte ihn und sie wollte ihn jetzt und mit einer Selbstverständlichkeit, die sie selbst erstaunte, nahm sie sich, was sie brauchte.

Erschöpft und außer Atem ließ sie sich schwer auf ihn fallen. Guter Gott! Das war... mit Abstand... der beste Sex, den sie je gehabt hatte. Mit geschlossenen Augen lag sie da und hörte wie sein Herz genau wie ihres in einem wilden Tempo in seiner Brust schlug und es entlockte ihr ein zufriedenes Lächeln. Ja, es war großartiger Sex gewesen. Sie hatte den Gedanken kaum zu Ende gedacht, da rollte er sich mit ihr um und begann sich in ihr zu bewegen. Überrascht schlug sie die Augen auf.

„Sorry meine Schöne", flüsterte er nah an ihren Lippen. „Aber ich bin noch nicht fertig." Er küsste sie fest, während er wieder und wieder in sie eindrang und ihre Überraschung machte Platz für die nächste Welle, die heranbrauste.

Oh! Mein! Gott! ‚Wie konnte er...?', fragte sie sich, aber schon übernahm ihr Körper die Führung und sie ließ sich mitreißen.

Sie hatte tatsächlich geschrien und ihm einen Kratzer verpasst, dachte er überaus zufrieden, als sie still und satt nebeneinander lagen. Sie hatte ihren Kopf an seine Schulter gebettet und war sich sicher, dass er das Glück seines Lebens in den Armen hielt. Er konnte ewig so liegen bleiben.

Auch Bree genoss den Augenblick, aber plötzlich schoss ihr ein Gedanke durch den Kopf und wollte einfach nicht verschwinden.

„Darf ich dich was fragen?" Sie hoffte sehr, es würde dem wundervollen Moment nicht zerstören, aber sie musste es einfach wissen. Vorher hätte sie keine Ruhe.

„Hm", brummte er fragend. Sie spürte mehr, dass er die Augen geschlossen hatte, als dass sie es sah.

„Du willst wissen, was er gemeint hat", entgegnete er.

„Nein. Ich..."

„Du willst es nicht wissen?", verwundert hob er den Kopf und sah sie an.

„Doch, klar, ich platze vor Neugierde. Aber erstens respektiere ich, wenn du nicht drüber reden willst und zweitens wollte ich tatsächlich etwas anderes wissen."

Er ließ sich wieder zurückfallen. „Okay, schieß los."

Auch sie kuschelte sich wieder gemütlicher an ihn. „Also, du hast doch unser ganzes Gespräch gehört? Siehst du das ähnlich wie ich oder...?" Sie brach ab.

„Mist, das kommt jetzt falsch rüber. Ich... äh... Hast du verstanden, was ich meinte?"

„Als du von einer idealen Welt gesprochen hast?", fragte er nach.

„Ja, genau!"

„Ja, habe ich." Er nickte langsam. „Ich verstehe deinen Gedankengang und vielleicht hast du Recht, dass es so sein könnte. Aber ich kann mir schlecht vorstellen, dass es wirklich möglich ist, weißt du?! Ich befürchte, dass es immer Menschen geben wird, deren Ego zu groß ist. Es wird, denke ich, immer auch Kriege geben und Neid und Missgunst und so weiter. Unsere Welt hat nun einmal diese Gegensätze. Hell – Dunkel, Groß – Klein, Tag – Nacht,..."

„Ja, hat sie. Aber wir stehen an einem Scheidepunkt. Es ist Zeit, dass wir etwas ändern. Spürst du das nicht auch?", wollte sie wissen.

„Also momentan spüre ich...", begann er und fuhr mit seiner Hand hinunter zu ihrem nackten Po.

„Ich meine es ernst", antwortete sie und ging bewusst nicht auf seinen Scherz ein. Denn dann würde sie ihn küssen und gleich darauf alles um sich herum vergessen. Er musste sich nur einen Millimeter bewegen und schon spürte sie dieses Ziehen. Ja, sie wollte ihn in sich spüren. Sie konnte nicht genug von ihm bekommen. Aber sie musste das jetzt aussprechen. Keine Ahnung, warum ihr das auf einmal so wichtig war. „Es ist jetzt vielleicht nicht die beste Zeit für so ein Gespräch..."

„Ich höre dir zu", sagte er und küsste ihren Scheitel.

Auf Brees Gesicht breitete sich ein strahlendes Lächeln aus. Sie rückte noch ein Stück näher an ihr heran und fuhr fort: „Die Natur leidet und wir leiden mit ihr, nur bringen es die meisten überhaupt nicht in Zusammenhang. Jetzt ist die Zeit sich zu entscheiden, wie wir leben wollen. Es wird ja nicht besser!"

„Nein, es wird eher schlimmer", bestätigte er. „Auch ich sehe den Müll, der überall ist. Die Trockenheit, das veränderte Wetter. Also, was willst du dagegen machen? Hast du einen Plan?"

Sie musste unwillkürlich grinsen, seine Frage klang so hoffnungsvoll.

„Am liebsten würde ich unglaublich viel Geld verdienen und es an all diese großartigen Projekte spenden, die die Probleme aktiv angehen. Da gibt es doch diesen jungen Mann aus den Niederlanden, der eine Art Staubsauger fürs Meer entwickelt hat, um den Müll herauszufischen."

„Ja, ich weiß. Oder dieses Mädchen, dass in Südafrika am Strand Müll einsammelt, um daraus Baumaterial für Obdachlose zu fertigen", antwortete er.

„Echt, wie cool! Siehst du! Es gibt Menschen, die sich engagieren und ich würde sie so gern unterstützen."

„Dann tu es doch!"

„Hahaha, Friseurinnengehalt...", wandte sie ein.

„Kleinvieh macht auch Mist!", gab er zu Bedenken und setzte sich auf. „Nein, im Ernst. Du bist doch total frei und reist gern, du könntest doch zu all diesen Menschen reisen und direkt vor Ort helfen."

„Und wovon soll ich leben?", wollte sie wissen. „Und die Reisen bezahlen?"

„Wir sind uns doch einig, dass es weltweit so nicht weitergeht, also müssen wir etwas ändern. Wir können aber nur etwas ändern, wenn wir Dinge anders machen. Wir müssen *out of the box* denken!" Er redete sich richtig in Fahrt. „Schon Einstein hat gesagt, dass wir Probleme nicht auf derselben Ebene lösen können, auf der sie entstanden sind."

„Einstein?", wiederholte sie, mehr für sich selbst. Wer war dieser Erik Sandberg wirklich?

„Ja, Albert Einstein", antwortete Erik. „Er hat sich wiederholt gegen den Krieg und die Aufrüstung ausgesprochen. Er hat erkannt, dass die Lösung aller Probleme im Denken liegt und dass wir ein höheres Level im Denken anstreben sollten. Konkret meinte er, wir sollten mehr auf unser Herz hören, denn das wüsste alle Antworten."

Bree konnte ihn nur ansehen. War er wirklich echt? Wieso kannte sich ein Handwerker mit Einstein aus? Hatte das Hermann Hesse Buch tatsächlich ihm gehört? Sie war verwirrt und fasziniert zugleich.

„Was?", fragte er, plötzlich verunsichert. Warum sah sie ihn so an? Hatte er zu viel erzählt? Eigentlich passierte ihm das mittlerweile nur noch selten. Er hatte gelernt, dass die meisten Menschen sich nur fürs Wetter und was sie heute kochen sollten, interessierten.

„Nichts", antwortete sie und streckte sich hoch, um ihn zu küssen. Auch wenn ihr tausend Fragen unter den Nägeln brannten, ein anderes Feuer war viel dringender. Und sie mussten ja auch nicht alles sofort bereden. Dass sie überhaupt so miteinander reden konnten, bedeutete ihr die Welt. Es gab nur wenig Menschen, die solche Gespräche mit ihr zu führen bereit waren. Ohne sie schief anzusehen oder sie in Frage zu stellen. Selbst ihre Eltern zeigten ihr manchmal, egal ob bewusst oder unbewusst, dass sie sich ein anderes Verhalten wünschen würden. Zugegebenermaßen ihr Vater mehr als ihre Mum.

Einen Moment überlegte er noch, ob er zu weit gegangen war. Ob sie ihn nur deshalb küsste, um ihn zum Schweigen zu bringen. Auch das war ihm schon passiert. Aber ihr Kuss fühlte sich anders an. Wenn er es beschreiben müsste, würde er sagen, es war mehr Gefühl darin. Gerade als er sie in seine Arme schließen wollte, rückte sie ein Stück von ihm ab.

Sie sah ihn nur an und sagte kein Wort. Ließ zu, dass er alles sehen konnte, was es in ihr zu entdecken gab. Ohne Maske. Und auch er zeigte sich. Erwiderte ihren Blick, ließ sie in sich hineinsehen.

Keiner von ihnen konnte später sagen, wie lange sie so dagesessen und sich angesehen hatten. Oder wer von ihnen sich zuerst auf den anderen zubewegt hatte. Es spielte auch keine Rolle. Sie hatten den anderen in ihr tiefstes Inneres sehen lassen und nun wollten, nein mussten sie es fühlen. Sie hatten längst keine Wahl mehr. Ihre Lippen fanden sich wie von selbst. Bree hatte immer die Augen verdreht, wenn in Romanen von perfekter Harmonie zu lesen gewesen war. Aber wie schon beim ersten Mal, hatte sie das Gefühl ihre Körper würden sich erkennen. Es war wie ein Aufatmen. Als hätten sie nur aufeinander gewartet.

Kapitel 16
Samstag, 21.12.

„Guten Morgen Schlafmütze", begrüßte er sie, kaum dass ihre Augen zu flattern begannen. Draußen dämmerte es gerade.

„O Gott, hast du mir etwa zugesehen, wie ich schlafe?", brummelte sie verlegen und rieb sich über das Gesicht.

„Ein wenig", gab er zu. „Aber eigentlich habe ich mich gefragt, was du hier in Österholm erwartet hast, dass du eine ganze Monatspackung Kondome in deinem Nachttisch lagerst?" Grinsend warf er die große Schachtel aufs Bett. Er fragte es leichthin, aber wissen musste er es doch und das Zwielicht half ihm, seine Zweifel anzusprechen. Gestern Abend war er viel zu erregt gewesen, um dem Beachtung zu schenken, aber jetzt...

„Das sind nicht meine", antwortete sie mit einem Mal schlagartig wach. „Die muss Nick darein gelegt haben."

„Nick?" Er zog die Stirn in Falten und lehnte sich am Kopfende an. „Jetzt sag nicht, die beiden arbeiten sich durch alle Betten..."

„Boah, du malst mir Bilder in den Kopf." Bree prustete los. „Wer weiß", unkte sie, „vielleicht hat sie auch ein anderer Gast vergessen..." Sie zuckte betont lässig mit den Achseln.

„Igitt!" Kaum hatte sie ausgesprochen, da warf er schon die Packung vom Bett und schüttelte sich.

Bree lachte wieder. „Ich finde nicht, dass sie diese Behandlung verdient hat. Schließlich hat sie uns gute Dienste erwiesen", bemerkte sie grinsend und stopfte sich ein weiteres Kissen in den Rücken.

„Da bin ich mir nicht so sicher", gab er zurück und betrachtete sie skeptisch. „Wer weiß, wie lange die schon da drin gelegen hat?! Womöglich bist du jetzt schwanger!"

Als sie seinen entsetzten Blick sah, musste sie nur noch lauter lachen. „Die Packung war nigelnagelneu. Ich habe sie gestern Abend erst aufgemacht."

„Wirklich?" Bedeutete das, dass sie mit Andersson keinen Sex gehabt hatte?!

„Ja, ich lüge nicht", erklärte sie ernst. „Ich bin mir ziemlich sicher, dass Nick sie mir in den Nachttisch gelegt hat. Denn als ich angekommen bin, war sie noch nicht da. Und Milla hätte mit mir darüber geredet."

„Aber warum sollte er so etwas machen?", fragte er und sie sah ihm genau an, dass er eigentlich wissen wollte, wie freizügig sie ihre Sexualität lebte.

„Weil er auf mich aufpasst und keine großen Worte darüber verlieren wollte. Brüder tun so etwas", erklärte sie ihm und sah ihn dabei offen an.

„Er ist nicht dein Bruder."

„Nein, aber er ist EIN Bruder und ich habe welche. Glaub mir, ich weiß, wie das läuft." Sie griff nach seiner Hand. „Große Brüder gehen IMMER vom Schlimmsten aus und versuchen dann ihre kleine Schwester vor ‚Unheil' zu bewahren. Auch wenn diese gar nicht in Gefahr sind oder überhaupt jemals waren."

„Okay...", sagte er langsam und eine leise Stimme in ihm flüsterte, er solle nicht so scheinheilig sein. Schließlich hatte er auch nicht wie ein Mönch gelebt. Schnell winkte er ab, schließlich wollte er sie nicht vor den Kopf stoßen. „Ist ja auch..."

„Frag ihn doch!", erwiderte sie keck, um die Stimmung nicht abstürzen zu lassen.

Als er ihren frechen Gesichtsausdruck sah, erwiderte er: „Nee, das hebe ich mir für einen ganz besonderen Moment auf." Er beugte sich über sie, schlug ihre Decke beiseite und leckte über ihre Brustwarze. Sofort wurde sie hart.

„Ach so?!", hauchte sie atemlos. Er hatte quasi nichts gemacht und trotzdem war ihre Lust schlagartig wach.

„Ja", antwortete er und leckte ein weiteres Mal über ihren Nippel. „Vielleicht muss ich ihm mal beweisen, wie..." Er warf ihr ein süffisantes Lächeln zu. „...ausdauernd ich bin."

„Haha", gab sie trocken zurück und wollte eigentlich noch mehr sagen, aber da strich er schon mit seiner Hand über ihre geschwollene Knospe. Sie stöhnte lustvoll auf. Sie konnte nicht anders.

„Oder wie unersättlich du bist", flüsterte er an ihren Lippen und küsste sie, bevor sie, zumindest der Form halber, protestieren konnte. Denn es stimmte ja, sie konnte nicht genug von ihm bekommen. Sie wusste, sie würde wund sein, bevor der Tag rum war. Aber das war es wert. Wann hatte man schon einmal den Sex seines Lebens mit einem schönen und intelligenten Mann? Eben. Sie nickte sich in Gedanken selbst zu und dann schaltete sie ihren Kopf wieder aus und konzentrierte sich nur auf seine großen, kräftigen Hände, die so geschickt über ihren Körper strichen, das sie selbst ganz neue Seiten an sich entdeckte.

***

„Ich bin immer noch müde", gestand Nick und ließ sich auf den nächstbesten Stuhl fallen. Milla und er waren fast genauso früh wie sonst aufgestanden, um die restlichen Spuren der Party zu beseitigen, bevor die Pensionsgäste zum Frühstück hinunter kamen. Auch Mia war schon da und ging ihnen zur Hand.

„Ach Schatz, soll ich dir noch einen Kaffee machen?", fragte Milla mitfühlend. Sie selbst war immer noch aufgekratzt. Die Party war ein voller Erfolg gewesen.

„Ich hatte schon zwei", entgegnete Nick matt. „Ich glaube, das wird heute nichts mehr."

„Dann einen grünen Smoothie und eine Runde zum See. Die frische Luft macht dich bestimmt munter", schlug sie vor.

„Kann ich mich nicht wieder hinlegen?" Er warf ihr einen flehenden Blick zu. Dann zwinkerte er ihr zu. „Am besten mit dir! DAS würde mich munter machen."

Milla lachte auf. „Ja, das kann ich mir vorstellen."

„Bree schläft schließlich auch noch!", argumentierte er.

„Sie ist ja auch unser Gast", antwortete Milla automatisch und fuhr mit dem Aufräumen fort. „Ich habe sie gestern gar nicht mehr gesehen...", wunderte sie sich.

„Naja, mit dem Anwalt ist sie nicht zusammen. Zumindest etwas", bemerkte Nick und gab sich gar keine Mühe sein Erleichterung zu verbergen.

„Woher weißt du das?" Milla sah ihn fragend an.

„Weil der irgendwann mit einem ziemlich angesäuertem Gesichtsausdruck die Feier verlassen hat. Allein. Und da war es noch nicht sehr spät."

„Wirklich? Er war sauer? Hoffentlich ist mit ihr alles in Ordnung!", rief Milla aus und wurde hektisch. „Warum hast du mir nicht Bescheid gesagt? Wo ist mein Handy? Vielleicht hat sie mir geschrieben!"

„Hey!" Er griff nach ihrer Hand. „Was ist los? Warum bist du so aufgeregt?"

„Das weiß ich eben nicht!", antwortete sie ungeduldig und entzog ihm ihre Hand. „Mia, hast du mein Handy gesehen?"

„Ja, in der Küche auf dem Tisch", antwortete Mia sofort und streckte den Kopf zur Tür herein. Sie räumte im Yogastudio auf. „Ist was passiert?"

„Weiß ich noch nicht!" Milla stürmte an ihr vorbei in die Küche. „Mist!", rief sie einen Moment später und vergaß vollkommen, dass sie hatten leise sein wollen, damit die Gäste ausschlafen konnten. „Sie hat mich um Hilfe gebeten! Gestern Abend! Ich bin die schlechteste Freundin der Welt!"

„Bist du nicht!", widersprach Nick, der hinter ihr hergegangen war.

„Bin ich doch! Siehst du? Sie hat HELP geschrieben!" Aufgeregt wedelte sie mit dem Gerät vor seinem Gesicht. So konnte er gar nichts erkennen. „Ich muss sofort zu ihr!", sagte sie und stürzte auch schon an ihm vorbei zur Treppe.

„Ich glaube nicht...", versuchte Nick einzuwenden, aber sie schenkte ihm keine Beachtung. Also hechtete er hinter ihr her. „Milla! Warte!", rief er im Flüsterton. „Wahrscheinlich schläft sie noch oder..." Er wusste nicht wie Bree ihren Abend verbracht hatte, aber er hatte so ein Gefühl, dass sie jetzt besser nicht gestört werden sollte. Allerdings ignorierte seine Freundin ihn komplett. Schon hatte sie Brees Zimmertür erreicht und riss sie auf. „Bree! Es tut mir so leid, aber ich habe...", polterte sie los und verstummte jäh.

Einen Augenblick stand sie wie erstarrt da, als könnte sie nicht fassen, was sie da sah. Dann drehte sie sich abrupt um, murmelte wilde Entschuldigungen und stürmte ebenso plötzlich aus dem Raum, wie sie hereingeschneit war. Die Hand noch an der Türklinke und mit wild aufgerissenen Augen starrte sie Nick an.

„Und? Ist mit ihr alles in Ordnung?", erkundigte er sich.

„Ja, kann man so sagen", antwortete sie leise. „Wir gehen!" Endlich ließ sie die Klinke los und schob ihn vor sich her die Treppe hinunter.

Nick drehte sich zu ihr um. „Wirst du etwa rot?"

„Ach was!", erwiderte sie und lief an ihm vorbei die Treppe runter. „Bree schläft noch."

„Du schwindelst!" Er grinste breit und ging ihr hinterher. „Sie war nicht allein, hab ich recht? Mit wem ist sie zusammen? Sag mir bitte nicht, dass es doch dieser Schnösel ist!"

„Du gibst auch keine Ruhe, oder?", fragte sie genervt und immer noch peinlich berührt.

„Nö!", antwortete er. „Warum sollte ich?"

Sie seufzte. „Also gut, du hast recht, sie war nicht allein. Aber es war nicht Per, der... äh..." Sie brach ab.

„Okay, jetzt wird's interessant!" Nick wackelte neugierig mit den Augenbrauen.

„Seit wann bist du so eine Klatschtante?" Milla stemmte die Hände in die Hüften.

„Süße, lenk nicht vom Thema ab! Wer liegt neben unserem Kobold und beschert ihr angenehme Stunden?"

Milla sah ihn an und musste lachen. „O Gott, es war so peinlich!" Sie schlug die Hände vors Gesicht und kicherte haltlos. „Warum hast du mich nicht aufgehalten?!"

„Hallo?! Das habe ich versucht! Liebste, wenn du dir etwas in den Kopf gesetzt hast, kann dich NIEMAND aufhalten. Dann wird die Yogalehrerin in dir zum Wrestlingchampion."

„Was?!" Ungläubig sah sie ihn an. „Das ist nicht wahr!", widersprach sie ihm.

„Oh doch, meine Liebe! Das ist die reine Wahrheit. Ich lüge nicht", entgegnete er und nahm sie in die Arme. „Und ich liebe auch das an dir. Allerdings...", verkündete er unheilvoll und sie quiekte:

„Allerdings?!" und sah ihn mit großen Augen an. Was kam denn jetzt?!

„ALLERDINGS", wiederholte er und machte eine kleine, dramatische Pause. „Werde ich verrückt, wenn du Geheimnisse vor mir hast!"

„Ich habe doch keine Geheimnisse vor dir!", protestierte sie.

„Doch!", erwiderte er und nickte bekräftigend.

„NEIN! Bist du verrückt?!" Was sollte das denn jetzt? Das war doch eines ihrer Beziehungsgeheimnisse, dass sie eben keine hatten und immer ehrlich zueinander waren! Dann ging ihr ein Licht auf. Langsam begann sie zu grinsen. „Ich denke, das sollte sie dir selbst erzählen", sagte sie mit einem verschmitzten Lächeln. „Findest du nicht?!"

Nick öffnete den Mund, um Einspruch einzulegen und hörte wie Mia hinter ihm leise prustete. Wie der Blitz fuhr er zu ihr herum. „Wehe, du schlägst dich auf ihre Seite!", rief er und hob den Zeigefinger. „Ich weiß ganz genau, dass du es auch wissen willst!"

Mia streckte ihm frech die Zunge raus, verschwand aber doch lieber schnell aus der Schusslinie.

***

„Ups", brachte Bree nur heraus und fing leise an zu kichern. Als sie Eriks erschrockenen Blick sah, wurde aus ihrem Kichern ein haltloses Lachen.

„Schön, dass du dich amüsierst. Sie hat mich nackt gesehen", entgegnete er matt und versteckte sein Gesicht. Er hatte sein Stelldichein mit Bree diskret halten wollen, zumindest bis er alles geklärt hatte. Und nun war ihre beste Freundin einfach so in ihr Zimmer geplatzt.

„Sie hat maximal deinen sexy Hintern gesehen und ich bin mir sicher, dass Milla weiß wie ein Männerpo aussieht." Sie versuchte ernst zu bleiben, hatte aber Schwierigkeiten damit.

„Aber ich arbeite für sie!", wandte er ein. „Das ist alles andere als professionell." Kraftlos ließ er sich neben sie fallen.

„So ist das nun mal auf dem Dorf. Da erlebt jeder jeden in den... verschiedensten Lebenslagen!" Sie prustete wieder los. „Ich dachte, du magst das!"

„Dich hat sie anscheinend nicht zu Tode erschreckt!", stellte er fest. „Ihre Aktion hat mich bestimmt fünf Jahre meines Lebens gekostet. Mindestens!"

„Ach was!", wischte sie seinen Einwand beiseite und stützte sich auf, um ihn besser ansehen zu können. „So was hält jung und fit!", behauptete sie, aber er schnaubte nur.

„Bewegung an der frischen Luft hält jung und fit, aber doch nicht so etwas!"

„Ach komm! SO schlimm war es nun auch wieder nicht", sagte sie und fuhr mit ihren Fingern über seine Brust. „Ich wette, für sie ist es viel peinlicher!", fuhr sie fort und küsste ihn. Erst sacht und als sie spürte, dass er den Kuss erwiderte, ließ sie ihrer Leidenschaft freien Lauf und setzte sich auf ihn. Schon fanden seine Hände ihren Weg zu ihren Brüsten. Sie wusste nicht wie es möglich war, aber es schien als könnte er, was andere nicht vermocht hatten. Auf seine Berührungen reagierten ihre Brüste unendlich viel intensiver, als sie es kannte. Es war, als schossen wahre Lustblitze von ihren Brustwarzen direkt in ihre Mitte. Sowieso setzten seine Berührungen ihre Haut in Flammen, wieder und immer wieder. Sie konnte einfach nicht genug davon bekommen und sie war sich sicher, dass es ihm genauso ging. Wie zur Bestätigung spürte sie schon, wie sein pochendes Glied um Einlass bat. Ein mittlerweile routinierter

Griff zum Nachttisch, wo noch genug Kondome lagen, und sie beendeten, worin sie eben unterbrochen worden waren.

Blinzelnd erwachte Erik. Mittlerweile war es taghell. Er hatte gar nicht bemerkt, dass er eingeschlafen war. Aber gut, besonders viel Schlaf hatte er diese Nacht nicht bekommen. Jedes Mal wenn sie sich im Schlaf zufällig berührt hatten, hatten sich ihre Körper wie magnetisch angezogen und jedes Mal hatte es damit geendet, dass sie miteinander geschlafen hatten. So etwas hatte er ehrlich noch nie erlebt. Er konnte einfach nicht aufhören sie zu berühren, zu küssen, zu schmecken. Allein der Gedanke an ihren wundervollen, sexy Körper, ließ ihn hart werden. Immer noch. Er hatte nicht gewusst, dass er dazu überhaupt im Stande war. Er fühlte sich überhaupt komplett anders als sonst. Er hatte gar kein Wort dafür. Einerseits wusste er, dass er langsam etwas zu Essen brauchte, auch ein wenig Sauerstoff wäre nicht schlecht, von all seinen Verpflichtungen einmal abgesehen.. Aber anderseits wollte er nie wieder von diesem Bett aufstehen.

All diese Gedanken waren durch seinen Kopf gebraust, bevor er realisiert hatte, dass Bree gar nicht neben ihm lag. Erst jetzt hörte er auch die Dusche rauschen und schon hatte er ein Bild ihres nassen Körpers vor Augen. Bevor er wusste, was er tat, lief er schon ins angrenzende Badezimmer.

„Nun mach schon!", rief Bree und lachte. „Wie lange brauchst du denn? Ich habe Hunger!"

„Wenn ich einfach nur ein Sweatshirt hätte überwerfen können, wäre ich auch schon fertig", antwortete Erik und deutete auf die Knöpfe seines Hemdes.

„Ich würde dir ja etwas leihen, aber..." Sie deutete von sich auf ihn und lachte wieder. Die Vorstellung, wie er sich in einen ihrer Pullis zwängte, war urkomisch.

„Dann hätten die Leute noch mehr zu tratschen", gab er missmutig zurück, konnte sich dann aber ein Schmunzeln nicht verkneifen. Sie waren übereingekommen, ihre Nacht erst einmal nicht an die große Glocke zu hängen. Auch Bree war es recht so. Schließlich musste sie in zwei Wochen wieder in England am Set sein.

„Wir sind doch unter uns!", widersprach sie. „Milla und Nick tratschen garantiert nicht und die Gäste freuen sich, dass sie in ihrem Urlaub etwas erleben!" Sie trat auf ihn zu und legte die Arme um seine Hüften. „Wer frühstückt nicht gern neben einem Sexgott?!"

„Sexgott?", wiederholte er und lachte.

„Naja, ja, soweit ich weiß befinden wir uns hier nicht in einer mittelalterlichen Burg mit ultradicken Mauern und ich glaube mich zu erinnern, dass wir nicht gerade leise gewesen sind. Letzte Nacht." Lächelnd sah sie zu ihm auf. „Und heute früh."

„Nein, das waren wir durchaus nicht", antwortete er lächelnd und senkte langsam seine Lippen auf ihre.

Bree seufzte. Meine Güte, gab es eigentlich irgendetwas, das dieser Mann nicht gut konnte?! Fast war sie versucht, das Frühstück noch einmal zu verschieben, aber in diesem Moment knurrte ihr Magen zum wiederholten Male und erinnerte sie nachdrücklich daran, dass es noch etwas anderes gab, als sich mit Mister „Ich-bin-erst-mega-unfreundlich-und-verführe-dich-dann" in den Laken zu wühlen. Da fiel ihr auf, dass er ihr dieses Verhalten noch gar nicht erklärt hatte. Gut, sie hatte auch nicht gefragt. Das würde sie sofort nachholen. Aber erst nach dem

Frühstück! Entschieden schob sie ihn von sich. „Ich muss dringend etwas essen!"

„Ja! Musst du!", bestätigte er lächelnd und griff nach ihrer Hand. Es war an der Zeit sich der Welt zu stellen. Zumindest der auf Blåbärsskog.

***

„Erik! Du?", rief Nick überrascht aus, als der mit Bree an der Hand den Speiseraum betrat, fing sich aber sofort wieder. Mit einem breiten Grinsen ging er ihnen entgegen. „Setz euch doch! Mia bringt gleich Kaffee oder braucht ihr vielleicht etwas zur Beruhigung? Ich habe gehört Lindenblütentee soll eine fantastische Wirkung entfalten."

„Ach so?", brummte Erik und setzte sich. Wären sie allein gewesen, hätte er Nick schon eine passende Antwort gegeben. Aber da die beiden älteren Ehepaare am Nachbartisch saßen, ließ er es bleiben.

„Ja, der wird bevorzugt in Klöstern getrunken." Nick beugte sich feixend zu ihm hinunter. „Soll die Libido in Schach halten", sagte er leise und fügte flüsternd, so dass nur Erik ihn hörte, hinzu. „Alter, was tust du hier?"

Bevor Erik irgendwie reagieren konnte, betrat Mia mit einer Kaffeekanne den Raum. Kaum dass sie Erik gesehen hatte, quiekte sie erschrocken auf und stürzte zurück in die Küche.

„Sie also auch", stellte Bree trocken fest.

„Was?", fragten beide Männer gleichzeitig.

„Wie, was? Das war doch offensichtlich?" Sie sah die zwei Männer an und schüttelte dann ungläubig den Kopf. „Ihr checkt es echt nicht?"

„Nein, was denn?", wollte Erik wissen, froh dass er Nick nicht mehr antworten musste. Zumindest vorerst, das war ihm schon klar.

„Männer!", sagte sie, mehr zu sich selbst. „Sie steht auf dich. Wahrscheinlich ist sie total verknallt", erklärte Bree.

„Aber Mia ist doch noch ein Kind!", hielt Erik dagegen.

„Soweit ich weiß ist sie einundzwanzig", gab sie ruhig zurück und legte sich wie beiläufig die Serviette auf den Schoß. „Kaffee wäre wunderbar, danke Nick!", sagte sie und schenkte ihm ein strahlendes Lächeln.

Nick sah sie verblüfft an. Ooookay, sie konnte also auf sich selbst aufpassen. „Selbstverständlich!", erwiderte er und lächelte mindestens genauso breit wie sie. Dann ließ er die Zwei allein.

„Scheiße, wann ist das denn passiert?", murmelte Erik. Er wusste nicht was schlimmer war, dass Mia ihn gesehen hatte oder dass sie ihn gesehen hatte und anscheinend in ihn verliebt war. Wie hatte er das nicht bemerken können? Schließlich hatte er sie regelmäßig gesehen. Entweder hier oder bei ihrer Oma in deren Café. Aber sie war für ihn immer nur die Kleine gewesen.

„Ich kann mir nicht vorstellen, dass dir das zum ersten Mal passiert", sagte Bree leise.

„Nein, natürlich nicht. Aber normalerweise bemerke ich es", antwortete er und sah sie an. „Sorry."

„Es ist doch nicht deine Schuld", gab sie zurück. „Es sei denn, du hättest ihr Hoffnungen gemacht oder Schlimmeres!" Sie kniff die Augen zusammen.

„NEIN!", rief er laut aus. „Nein", wiederholte er leiser. „Ich habe nichts dergleichen mit Mia gemacht."

„Dann brauchst du dir nichts vorwerfen", erklärte sie und ergriff seine Hand. „Schließlich können wir nichts dafür in wen wir uns verlieben und sie ist noch jung. Da kommen bestimmt noch eine Menge Jungs."

„Ich werde trotzdem mit ihr reden. Sie ist eher wie eine kleine Schwester für mich oder eine Cousine", antwortete er.

„Das ist eine gute Idee", fand Bree. „Du bist ein Guter."

Sie sah ihn so voller Vertrauen an, dass ihm ganz anders wurde. Er bemühte sich sehr, ihr Lächeln zu erwidern. „Lass uns aber erst etwas essen. Bestimmte Dinge bespricht man besser nicht mit leerem Magen."

„Da kommt auch schon unser Frühstück!" Bree wies auf Milla, die mit einem vollen Brötchenkorb und roten Wangen auf sie zu kam. Nick lief hinter ihr und brachte ihnen Kaffee und eine Etagere mit allerlei Köstlichkeiten.

„Guten Morgen!", sagte sie und stellte die Brötchen ab, während Nick ihnen Kaffee einschenkte. „Ich muss mich bei euch entschuldigen. Ich hätte nicht so ins Zimmer platzen sollen."

„Schon gut, du konntest ja nicht wissen, dass...", winkte Bree ab, aber Milla unterbrach sie.

„Nein, konnte ich nicht. Trotzdem. Ich habe euch erschreckt und das wäre auch nicht in Ordnung, wenn du allein gewesen wärst. Es tut mir leid."

Bree warf Erik einen bedeutungsvollen Blick zu. Milla sah wirklich geknickt aus und sie konnte sich nur zu gut vorstellen, welche Vorwürfe ihre Freundin sich machte. Immerhin war sie in den Luxushotels ihres Vaters aufgewachsen, in denen das Personal unsichtbar zu sein hatte und ein solcher Fauxpas sie ihren Job gekostet hätte.

„Alles gut, Milla!" Erik schenkte ihr ein schiefes Lächeln.

„Wirklich?" Milla sah von Erik zu Bree. „Ich hatte deine Nachricht erst heute früh gesehen und bin in Panik geraten", fügte sie erklärend hinzu.

„Oh nein!" Bree fing an zu lachen.

241

„Doch!", antwortete Milla und hatte Mühe einen ernsten Geschichtsausdruck zu wahren. Sie wollte nicht, dass Erik dachte, ihre Entschuldigung bedeute nichts.

„Was stand denn in der Nachricht?", wollte Nick wissen und Bree antwortete: „Ich brauche deine Hilfe! Komm schnell! Mit einer Million Ausrufungszeichen." Sie hatte kaum ausgesprochen, da prusteten alle los. Selbst die Gäste am Nachbartisch taten nicht mehr so, als würden sie nicht zuhören. Freimütig schenkten sie sich gegenseitig ein breites Grinsen.

Erik berührte Milla am Arm. „Ich wäre auch die Treppe hinauf gerast", sagte er leise und sie lächelte erleichtert.

„Danke!", antwortete sie ebenso leise. Lauter wollte sie wissen: „Also was soll es sein? Reicht das normale Frühstück oder soll es das Blåbärsskog Katerspezial sein?"

„Wir nehmen das gegen den Bärenhunger!", antwortete Bree und hielt sich den knurrenden Magen.

„Kommt sofort!", verkündete Milla munter und zog Nick mit sich, bevor der irgendeinen Spruch bringen konnte.

Sie hatten eine ganze Weile tatsächlich schweigend gegessen. Während Bree es genoss einfach nur zu essen, hing Erik seinen Gedanken nach. Er wusste, er musste es ihr sagen und auch wenn er sonst nicht feige war, würde er diesem Gespräch am liebsten noch ein wenig aus dem Weg gehen.

„Es ist so ein schöner Tag!", sagte sie plötzlich. „Schade, dass du keine warmen Sachen dabei hast. Ein Spaziergang um den See wäre jetzt wunderbar."

Erst jetzt warf er einen Blick aus dem Fenster. Tatsächlich, die Sonne schien und ließ die Tautropfen, die vom Schnee übrig waren, funkeln und glitzern. „Wer sagt, dass ich keine warmen Sachen dabei habe?", fragte er und zwinkerte ihr zu.

Bree zog die Nase kraus. „Was soll das heißen?"

„Ich habe immer eine Montur Arbeitskleidung im Truck. Nicht besonders schick, aber warm", erklärte er. „Wenn du also auch in Arbeitsstiefeln und Karojacke mit mir vorliebnimmst..." Er ließ den Satz offen. Mit Absicht, wie er sich eingestehen musste. Er hatte immer noch nicht verstanden, warum sie ihn damals mit solch einem Blick gestraft hatte.

„Na klar! Wieso sollte ich nicht?", antwortete sie. „Dann lass uns..." Sie sprang auf und setzte sich gleich wieder. „Äh, bist du fertig?", erkundigte sie sich und Erik musste lachen. Sie sah aus wie ein begeistertes Kind, dass es kaum abwarten konnte.

„Ja, bin ich." Schnell trank er seinen restlichen Kaffee aus und stand auf. „Ich hol die Klamotten."

Kapitel 17

Das Wetter war wie gemacht für einen Spaziergang. Die Sonne gab noch einmal alles, ließ die letzten Schneereste funkeln, zauberte wunderbare Schattenspiele auf den Weg und ein Lächeln auf Brees Gesicht. Alles war einfach wunderbar. Erik und sie fanden leicht von einem Thema zum Nächsten. Er hatte eine ganz eigene Sicht auf die Dinge, die ihr imponierte. Wie es schien, interessierte er sich wirklich für vieles. Auch als er nach ihrer Reise fragte, wollte er vor allem wissen, wie es ihr dort ergangen war. Was sie gedacht und gefühlt hatte. Solche Fragen hatte noch niemand gestellt. Sie waren schon auf dem Rückweg, als Bree sich endlich traute zu fragen. Per's Bemerkung war ihr wieder und wieder durch den Kopf gegangen. Sie musste einfach wissen, was sich damals zugetragen hatte, dass Erik heute noch so heftig reagierte.

„Und du? Wolltest du schon immer hier in Österholm bleiben und eine eigene Firma haben?"

Einen winzigen Moment versteifte er sich, dass sie schon dachte, er würde nicht antworten, aber dann drückte er ihre Hand und warf ihr ein Lächeln zu, dass seine Augen nicht erreichte. „Du willst wissen, was Per gemeint hat", sagte er so sachlich, dass sie nur nicken konnte.

„Du musst es nicht erzählen, wenn du nicht willst", beteuerte sie, aber er winkte ab.

„Es ist kein Geheimnis, Bree." Er sah geradeaus auf den Weg, aber er wirkte trotzdem als wäre er weit weg. Sie bemühte sich geduldig neben ihm herzugehen oder zumindest so zu wirken, als sei sie geduldig. Innerlich jedoch brannte sie darauf, seine Geschichte zu hören.

„Ich weiß nicht, wie es dir ging, aber... ich fand Schule schrecklich. Das schwedische Schulsystem ist nicht auf Leistung sondern auf Gemeinschaft ausgelegt, was zur Folge hat, dass sich oft am schwächsten Schüler orientiert wird."

Bree runzelte die Stirn. Das war doch eigentlich was Gutes. Dieses krasse Leistungsdenken hatte doch mittlerweile die gesamte Welt in ein zerstörerisches Ungleichgewicht gebracht. Sie drückte seine Hand, um ihm wortlos zu vermitteln, dass sie ihm aufmerksam zuhörte.

„Für Kinder, die mehr wissen wollen, die Aufgaben schneller erfassen, ist da wenig Spielraum", fuhr er fort. „Es hat eine ganze Weile gedauert, bis es jemanden aufgefallen ist, dass ich anders war. Ich war immer eher still und habe mich in meine eigene Welt zurückgezogen. Aber als meine Fragen immer spezieller wurden, sind meine Eltern aufmerksam geworden. Sie und unser Dorflehrer haben ihr Möglichstes getan, aber es ist eben nicht so einfach in diesem System. Und eine Privatschule kam aus verschiedenen Gründen nicht in Frage. Ich war auch noch zu jung, ich wollte nicht von Zuhause weg."

Bree nickte, das konnte sie verstehen. Selbst wenn es in England noch immer üblich war, zumindest bei einem Teil der Bevölkerung, seine Kinder aufs Internat zu schicken. Sie hätte damals auch nicht weggewollt. Anders als jetzt, wie sie schmunzelnd feststellte.

„Ich habe später ein Stipendium bekommen und konnte die Oberstufe auf einer speziellen Schule in Stockholm besuchen und das war, du kannst es dir nicht vorstellen!" Er suchte nach Worten. „Eine Offenbarung. Plötzlich gab es so viele Möglichkeiten, Bücher, Menschen, die sich wie ich für mehr interessierten, Lehrer, die Zeit hatten...", schwärmte er und schenkte ihr ein flüchtiges Lächeln. „Es waren die schönsten drei Jahre meines Lebens", sagte er und klang dabei so traurig, dass es ihr Herz zerriss.

„Und was ist dann passiert?" Sie konnte nicht an sich halten, sie musste ihn fragen.

„Ich hatte schon einen festen Studienplatz. Im Sommer sollte ich Kurse belegen und ein Praktikum machen..." Er holte tief Luft und stieß sie wieder aus. „Auf dem Weg zu meiner Abifeier hatten meine Eltern einen Autounfall. Sie waren beide sofort tot."

„Oh mein Gott", flüsterte Bree erschrocken. „Erik, das tut mir sehr leid."

„Danke", er sah sie an und versuchte zu lächeln. „Es ist schon lange her..."

„Mindert das den Schmerz?", fragte sie leise.

Er lachte auf und schüttelte gleich darauf den Kopf. „Nicht wirklich. Früher dachte ich die Trauer wäre ein fieses, dunkles Monster, das im Dunkeln wartet und lauert, immer bereit zuzuschlagen. Das dich rücklings überfällt. Und am Anfang war das auch so. In den unpassendsten Momenten war sie da, griff mich quasi an. Bis ich begriffen habe, dass ich ihr zu wenig Raum gegeben habe." Plötzlich redete er immer schneller, so als hätte er Angst, die Worte würden verschwinden, wenn er sie nicht schnell raus ließ. „Aber ich hatte so viel Angst. Und Wut. Ich war so wütend. Warum passierte mir das?, fragte ich mich voller Selbstmitleid, wenn ich im Büro meines Vaters saß oder in der Werkstatt. Denn natürlich bin ich nicht auf die Uni gegangen. Ich habe alles abgesagt und alle waren super verständnisvoll. Zumindest am Anfang. Sie dachten wohl, ich würde in einem Jahr wiederkommen. Aber wie konnte ich meinen Opa mit all dem alleine lassen? Er hatte schon seine Frau verloren und dann noch seinen Sohn. Und dann war da noch die Verantwortung für die Mitarbeiter. Ich habe also getan, was das Richtige war und trotzdem habe ich mich bemitleidet und dann dafür geschämt." Er sah Bree an. „Weißt du, ich dachte, ich müsste traurig sein über den Verlust meiner Eltern. Ich habe nicht verstanden, wieso ich wütend war und mich selbst bemitleidete. Ich kam mir vor wie der schrecklichste und egoistischste Mensch auf der Welt. Ich habe auch jede Menge Unfug gemacht damals. Das ging ein paar Jahre so. Tagsüber tat ich sehr erwachsen und verantwortungsvoll und abends... nicht mehr. Und irgendwann konnte ich all diese Gefühle nicht mehr in mir verschließen, sie brachen aus mir heraus."

Er atmete hektisch aus und Bree ahnte, dass er ihr mehr erzählte, als er eigentlich müsste. Wieder drückte sie seine Hand und diesmal drückte er zurück. Eigentlich müsste er jetzt von Stina erzählen, aber er hatte Angst, so viel Wahrheit würde sie nicht ertragen.

„Ich war allein im Büro und habe zum ersten Mal die Abrechnung gemacht. Aus irgendeinem Grund hat mein Opa es nicht gemacht, ich weiß nicht mehr wieso eigentlich. Jedenfalls standen die Gehälter an und im Handwerk wird nach Stunden bezahlt, jedenfalls... hatte mein Dad die Methode seines Vaters übernommen, nämlich gar keine und es war so ein Chaos. Das kannst du dir nicht vorstellen! Ich hatte so gar keine Ahnung, wie das funktioniert und auf einmal war ich so wütend, dass ich den ganzen Schreibtisch leer gefegt habe. Samt Bildschirm. Ich habe alles auf den Boden geworfen und mit der Tastatur den Tisch verdroschen und geheult und geschrien. Zum ersten Mal habe ich alles raus gelassen. Selbst auf der Beerdigung habe ich nicht geweint. Ich hatte die irrige Vorstellung, ich müsste jetzt stark sein und habe alles weggeschlossen. Naja, und dann kam es raus." Er zuckte mit den Schultern und schwieg einen Moment. Auch Bree sagte nichts. Sie wollte den Moment nicht dadurch kaputtmachen, dass sie irgendeine Plattitüde von sich gab oder noch schlimmer von sich erzählte.

„Danach habe ich verstanden, dass ich alle Gefühle zulassen kann", fuhr Erik fort und schenkte ihr ein schiefes Lächeln, das sie warm erwiderte. „Es passiert nichts Schlimmes. Gut, ich musste danach erst recht aufräumen und einen neuen Computer musste ich auch kaufen. Aber davon abgesehen, ... Klar war es dann noch nicht vorbei. Es gab und gibt immer wieder Momente, da fehlen sie mir schrecklich. Aber meistens ist es so, als warte die Trauer geduldig auf meine Einladung. Dann kommt sie vorbei, wir feiern diese olle Party und danach geht sie wieder und jedes Mal fühle ich mich ein wenig leichter." Wieder zuckte er mit den Schultern. „Entschuldigung, ich wollte dich nicht so zu texten."

Bree sah ihn von der Seite an. „Ich bin froh, dass du mir das erzählt hast. Danke schön!"

Er zog die Augenbrauen hoch. „Wofür bedankst du dich?"

„Für dein Vertrauen", sagte sie schlicht. „Das ist nicht selbstverständlich." Sie zuckte mit den Achseln und lief weiter, sie sehnte sich nach etwas zu trinken und einem gemütlichen Sessel.

„Äh, Bree, wir haben miteinander geschlafen", erinnerte er sie und hielt sie fest.

„Ja, ich weiß", antwortete sie langsam. Was meinte er? In ihren Augen zog das Eine nicht automatisch das Andere nach sich. Sex und Intimität waren ja nicht immer dasselbe.

„Ich weiß nicht, wie du das sonst... Also ich meine", plötzlich stammelte er verlegen rum. „Für mich war es schon bedeutsam", brachte er schließlich raus und hielt sie fest. Fragend sah er sie an. Hatte sie nicht gespürt, dass ihr Zusammensein besonders gewesen war?

„Erik ich,..." Sie sah ihn an und musste lächeln. Verschwunden war der selbstsichere und arrogante Kerl, der sie in den ersten Tagen in Österholm so genervt hatte. Sie trat einen Schritt auf ihn zu und legte die Arme um ihn. „Ich fand unsere Nacht auch wundervoll!" Sie streckte sich, um ihn zu küssen.

Erik zog sie nah an sich heran und betrachtete einen Moment ihre erwartungsvoll geschlossenen Augen. Langsam beugte er sich zu ihr herab...

„Mist!", entfuhr es ihr auf einmal.

„Was ist los?", fragte er alarmiert und sah sich gehetzt um. Aber sie waren allein, dennoch klopfte sein Herz in einem wilden Stakkato. Sie sah so entsetzt aus, dass er mindestens einen wildgewordener Elch oder Per hinter sich vermutet hatte.

„Wir haben Mikaela vergessen!", stieß sie hervor. „Wir sollten doch aufräumen! Wie spät ist es?" Hektisch holte sie ihr Smartphone hervor und schaute auf die Uhr.

„Und?", erkundigte er sich erleichtert, dass es nur das war und nicht etwas oder jemand anderes.

„Wir können es noch schaffen", teilte sie ihm mit. „Allerdings müssten wir dann sofort los."

Er zog die Augenbrauen hoch. „Sag nicht, du willst da jetzt wirklich hin?"

„Naja, wie sieht das denn aus, wenn wir beide fehlen?" Jetzt war sie es, die ihn skeptisch ansah.

„Ach was", wischte er ihren Einwand beiseite. „Die Hälfte der Stadt hat einen Kater."

„Und die andere Hälfte?", fragte sie und stemmte die Hände in die Seiten.

„...sind Eltern, die nicht auf der Party waren und ganz ehrlich? Die können auch mal ein bisschen helfen, schließlich haben ihre Kinder den ganzen Dreck gemacht."

„Was?", rief Bree und konnte sich nur mit Mühe ein Lachen verkneifen. „Bei dir klingt es so, als wären sie kleine Ferkel und keine lustigen, zuckersüßen Schulkinder!"

„Zuckersüß trifft es genau!", fand er und zog Bree wieder näher an sich heran. „Sie haben so eklige, klebrige Finger", murmelte er, während er ihre Lippen fixierte.

„Du spinnst!", rief sie lachend.

„Du hast ja keine Ahnung! Ich musste jedes Mal mein Werkzeug sauber machen, nachdem sie es in der Hand hatten!", grummelte er, was Bree noch mehr zum Lachen brachte.

„Das ist wirklich eine Bürde!", scherzte sie.

„Du hast ja keine Ahnung", entgegnete er heiser. Mit einem kräftigen Ruck zog er sie noch näher an sich heran und ihr Lachen wurde zu einem überraschten Keuchen.

„Erik", hauchte sie, als sie seinen Blick sah. Er musste nicht einmal eine Augenbraue heben oder wissend lächeln, sie wusste trotzdem was ihm durch den Kopf ging. Denn sie fühlte dasselbe. Allein beim Gedanken daran lief ein ungeduldiges Prickeln über ihre Haut und in ihrer Mitte zog sich alles sehnsuchtsvoll zusammen. Es überraschte sie selbst, wie intensiv ihr Verlangen war. Entschlossen ließ sie ihre Hände zu seinem knackigen Hintern wandern und drängte sich noch ein wenig enger an ihn heran, bis nicht einmal ein Lufthauch zwischen sie passte. Auffordernd sah sie ihn an.

„Oh Bree!", flüsterte er, bevor er sie endlich küsste. Die Leidenschaft, mit der sie seinen Kuss erwiderte, riss ihm beinahe den Boden unter den Füßen weg. Sie war einfach unglaublich. Sie wusste genau, was sie wollte und zeigte es ihm auch und je mehr sie sich öffnete, desto leichter fiel es ihm sich selbst ganz zu zeigen. Er hatte nicht gewusst, dass es so sein konnte. Aber er war auch noch nie SO verliebt gewesen. Auch wenn ein Teil von ihm es immer noch absurd fand, wie heftig seine Gefühle nach so kurzer Zeit waren. Er konnte nichts dagegen tun. Und er wollte es auch überhaupt nicht. Er ahnte, dass ihm so etwas nie wieder in seinem Leben passieren würde. Wie oft traf man schon auf jemanden mit dem man reden, lachen und großartigen Sex haben konnte?! Und deswegen war er gewillt, es bis zur letzten Sekunde voll auszukosten und den deprimierenden Gedanken, dass sie keine gemeinsame Zukunft haben würden, so weit wie möglich von sich zu schieben.

„Lass uns reingehen", murmelte er und Bree nickte atemlos. Sie nahm ihn an die Hand und bedeutete ihm zur Vordertür zu folgen. Sie hoffte, sich so an den anderen, die sicher in der Küche waren, vorbeischleichen zu können. Bei aller Offenheit, sie musste jetzt nicht wirklich auf Nick oder Mia treffen.

***

„Es ist so ein schöner Tag!", fand Milla und sah aus dem Fenster. Unten waren gerade Bree und Erik aus dem Wald gekommen. „Lass uns auch einen Spaziergang machen."

Nick, der sich gerade in ihrem Bett ausgestreckt hatte, warf ihr einen müden Blick zu. „Ich bin gerade vollkommen zufrieden."

„Meinst du Erik und sie...", begann sie und wandte sich vom Fenster ab, um ihrer Freundin ihre Privatsphäre zu lassen.

„Was sind denn das auf einmal für Töne?",
wunderte er sich. „Was ist aus ‚Sie ist erwachsen und
kann ihre eigenen Entscheidungen treffen'
geworden?"

„Was weiß ich!", entgegnete sie und ließ sich schwer
aufs Bett plumpsen. „Sie ist eben meine Freundin
und..."

„Du willst nicht, dass sie verletzt wird", ergänzte
Nick und zog sie zu sich hinunter.

„Ich habe einfach das Gefühl, sie stürzt sich Hals
über Kopf in ein totales Chaos. Erst Per, jetzt Erik. Wo
soll das denn hinführen?"

„Soll ich dir verraten, was mir mal eine äußerst
kluge Frau gesagt hat?"

„Mmh...", machte sie unbestimmt und kuschelte
sich an ihn.

„Sie sagte mir mal, dass Dinge oder Menschen
loszulassen, sie SEIN zu lassen die wichtigste und
gleichzeitig schwerste Lektion ist, die wir lernen
dürfen. Sie ist so elementar, dass sie uns immer und
immer wieder vor die Füße fällt."

„Und wer war dieser Ausbund an Weisheit?", wollte
sie ein wenig genervt wissen. Sie fühlte sich ertappt,
denn sie wusste ja, dass er Recht hatte. Wenn man
einmal darauf achtete, gab es überall Hinweise
darauf. In Filmen, Büchern, Songtexten...

„Du", antwortete er dann auch und sie musste
gegen ihren Willen lachen. „Komm her, du Ausbund
an Weisheit!", sagte er und küsste sie.

***

Sie hatten es tatsächlich ohne auf jemanden zu
treffen in ihr Zimmer geschafft. Kaum hatte er mit
dem Rücken die Tür geschlossen, genügte ein Blick
und sie sprang in seine Arme. Wild und

leidenschaftlich küsste sie ihn. Sie konnte nicht anders. Jacken, Schals und Pullover flogen nacheinander auf den Boden ohne ihren Kuss zu unterbrechen. Wie getrieben gierte sie danach seine Haut auf ihrer zu spüren. Sie wollte ihn, brauchte ihn so sehr, als hätte es die vergangene Nacht nicht gegeben, als würde sie vergehen, wenn sie seinen starken Körper nicht sofort an ihrem spürte.

Er hielt sie fest, überließ ihr die Führung und küsste jeden Zentimeter Haut, den ihre fahrigen Hände zum Vorschein brachten. Sie war eiskalt vom Spaziergang und doch setzten ihre Berührungen ihn in Brand. Sie schürte die Flammen und nur sie konnte sie auch wieder löschen. Er zog sie noch enger an sich, vertiefte seinen Kuss und trug sie zum Bett.

Kaum hatte er sie abgelegt, schälte sie sich aus ihrer Hose und versuchte gleichzeitig ihre Stiefel auszuziehen. Kurz schoss es ihr durch den Kopf, wie einfach es wäre, wenn jetzt Sommer wäre. Aber da stand er schon nackt vor ihr und wieder fiel ihr auf, dass er nackt tatsächlich noch besser aussah als angezogen. Sie biss sich vor Verlangen auf die Lippen und spürte wie die Feuchtigkeit zwischen ihren Beinen zunahm. Mit einem wissenden Lächeln ging er in die Knie und half ihr mit dem Schuh-Hosen-Wust.

Bevor sie ihn, ungeduldig wie sie war, zu sich hochziehen konnte, senkte er seinen Mund auf ihre harte Knospe, die sich ihm schon gierig entgegen reckte.

„Aaah!", stöhnte sie. Hatte sie geglaubt, sie könnte ihn nicht noch mehr begehren, so irrte sie sich. Ihre Erregung katapultierte sie mit einem Schlag in eine andere Dimension.

Sie so vor sich zu haben, erregte ihn mehr, als er je erlebt hatte und doch war seine eigene Lust nebensächlich. Er wollte sie ebenso in Brand setzen, wie sie es mit ihm tat. Als er seine Finger in sie eintauchte, spürte er, wie sie bereits glühte. Gemeinsam würden sie durchs Feuer gehen.

„Bitte!", flehte sie, als sie glaubte, es nicht mehr aushalten zu können und grub ihre Finger in sein Haar. „Erik!", stöhnte sie. „Bitte." Sie musste ihn in sich spüren! Jetzt! Schon war da die erste Welle und anstatt das Feuer zu löschen, brannte sie nur noch heißer.

Ich sterbe!, dachte sie oder schrie sie es? Alles verschwamm, ihre Grenzen lösten sich auf. Bevor sie sich verlieren konnte, tauchte er auf und ihn sie hinein. Vor Erleichterung liefen ihr die Tränen über die Wangen und trotzdem bemerkte sie es nicht. Halt suchend klammerte sie sich an ihn, als er gemeinsam mit ihr durch die Wellen pflügte.

Sie bebte immer noch, als er sie längst im Arm hielt und sein eigener Herzschlag sich wieder beruhigte. Liebevoll küsste er sie auf die Stirn und zog die Decke über sie, damit ihr nicht kalt wurde. Zehn Minuten später war sie eingeschlafen und er hatte eine Entscheidung getroffen.

Kapitel 18
Sonntag, 22.12.

Als sie erwachte, war sie einen Moment irritiert und dann erschrocken. Es war stockdunkel und Erik war weg. Er konnte ihr doch nicht den Sex ihres Lebens bescheren und einfach abhauen! Aber als sie das Nachtlicht anschaltete, sah sie die Notiz, die er ihr geschrieben hatte. Ach du meine Güte, hatte er eine Sauklaue.

„Hey Schlafmütze! Ich muss etwas erledigen. Wenn du erlaubst, komme ich wieder. Erik"

Darunter stand seine Telefonnummer. Ein Lächeln stahl sich auf ihr Gesicht. Die Nachricht war nicht lang, aber dass er sie um Erlaubnis bat, berührte ihr Herz. Er war irgendwie süß. Sie drückte den Zettel an ihre Brust, dann setzte sie sich in den Schneidersitz, schnappte sich ihr Handy und speicherte seine Nummer ein. Sie öffnete die Nachrichten App und... hielt inne. Was sollte sie bloß schreiben? Auf einmal war ihr Kopf wie leergefegt. ‚Mein Gott Bree!', schimpfte sie mit sich. ‚Mach's nicht so kompliziert. Schreib einfach!' Sie biss sich auf die Unterlippe und tippte.

> Habe deine Nachricht gefunden und freue mich auf dich. Bree

Sie hielt es bewusst kurz und knapp. Mehr hatte er auch nicht geschrieben. Leider sah es so nüchtern aus. Also ergänzte sie noch einen Emoji und drückte entschieden auf Senden. Schließlich war es nur eine Nachricht, versuchte sie sich zu beruhigen. Trotzdem klopfte ihr Herz schneller und beruhigte sich auch nicht, als er nicht sofort antwortete. Dank der modernen Funktionen sah sie, dass die Nachricht zugestellt worden war. Nur hatte er sie noch nicht gesehen. Sie überlegte einen Moment, bevor sie das Gerät zurück auf den Nachttisch legte und ins Bad ging. Sie würde jetzt nicht so lange auf das Display starren, bis er antwortete! Sie war schließlich kein Teenie mehr.

***

Erik war nach Hause gefahren, hatte geduscht und sich umgezogen und sehr gehofft, es schnell hinter sich bringen zu können. Aber er bekam einfach keine Antwort auf seine Nachricht und wenn er anrief, sprang jedes Mal die Mailbox an. Er überlegte einen Moment, ob er anrufen sollte, verwarf den Gedanken wieder. Die Situation war bescheiden genug, da musste er es ihr nicht auch noch am Telefon erzählen. Und als Brees Nachricht einging, redete er sich ein, dass es auf einen Tag mehr nicht ankäme. Also benutzte er jetzt doch das Aftershave , zog sein bestes Sweatshirt an und antwortete ihr mit einem Lächeln auf den Lippen.

Dann sind wir verabredet. Ich brauche hier noch einen Moment. Reicht dir eine halbe Stunde?

Er steckte das Gerät in seine Hosentasche und entschied hinüber zu gehen, um kurz nach seinem Großvater zu sehen.

***

Bree war gerade auf dem Weg nach unten, als Erik an der Tür klopfte. Mit einem strahlenden Lächeln, sie hoffte zumindest, es würde strahlend und nicht irgendwie schräg aussehen, öffnete sie ihm.

„Du bist da", sagte sie und stellte erleichtert fest, dass er ebenfalls lächelte.

„Ja", antwortete er nur und zog sie schon in seine Arme. Sein Kuss war irgendwie vertraut und neu zugleich. Ihre Hände wanderten wie von selbst unter sein Sweatshirt. War es albern, dass sie ihn trotz der kurzen Zeit vermisst hatte?

Gerade als er den Kuss vertiefen wollte, knurrte ihr Magen, laut und deutlich.

„Ich hätte besser etwas zu essen mitgebracht", sagte er leise und Bree scherzte: „Hast du nicht?"

Auf einmal bog Milla um die Ecke. „Ah, ich wusste doch, dass ich die Haustür gehört habe!", sagte sie. „Nick und ich wollen uns einen Weihnachtsfilm ansehen und..."

„Nicht irgendeinen, sondern DEN Weihnachtsfilm!", korrigierte Nick sie als er, beladen mit einem großen Tablett voller Schüsseln, um die Ecke bog.

Milla verdrehte gutmütig die Augen und präzisierte: „Nick und ich wollen DEN EINEN AUSSERORDENTLICH GROSSARTIGEN Weihnachtsfilm sehen und dabei zu Abend essen. Wie ihr seht, ist noch jede Menge Essen von der Party übrig. Seid ihr dabei?"

Bree und Erik sahen sich an und begannen zu grinsen. „Essen klingt gut!", antwortete Bree und Erik ergänzte: „Und wie könnten wir zu dem EINEN Weihnachtsfilm Nein sagen!"

„Gar nicht", fand auch Nick und lief voraus ins Arbeitszimmer. Er hatte bereits den großen Bildschirm auf Millas Schreibtisch umgedreht, so dass sie bequem von der Couch aus gucken konnten.

„Wir gucken hier?", fragte Erik und sah sich um. Er hatte das fertige Arbeitszimmer noch gar nicht gesehen.

„Na klar, von hier ist es nicht so weit zur Küche", antwortete Nick mit einem bedeutungsvollen Blick auf das Tablett.

„Du hast doch schon alles, was du finden konntest, hergebracht", wunderte sich Milla.

„Das ist nur der Anfang", stellte Nick klar. „Außerdem haben die Zwei ein ordentliches Kaloriendefizit. Sie müssen einiges nachholen."

„Ach so?", fragte Bree interessiert. „Haben wir das?"

„Jetzt sag mir nicht, ich habe meinen Freund Erik falsch eingeschätzt!" Nick sah Erik prüfend an, der tatsächlich ein wenig rot wurde.

„Schatz, lass sie in Ruhe", bat Milla und sagte zu ihnen. „Beachtet ihn einfach nicht, er hat zu wenig geschlafen, da benimmt er sich immer, wie ein nörgliges Baby."

„Hallo? Und wessen Schuld ist das?" Mit einem großen Schritt war Nick bei ihr und hob sie hoch. Milla ließ ein überraschtes Quieken hören.

„Nick!"

„Los, sag ihnen, dass du mich wie einen schlecht bezahlten Angestellten herum scheuchst!", forderte er.

„Schlecht bezahlt?!", wiederholte sie und stellte klar. „Ich zahle dir gar nichts!"

Bree und Erik lachten auf.

„Eben!", antwortete Nick und bemühte sich ernst zu bleiben.

„Ich liebe dich! Ist das nicht Lohn genug?", erkundigte sich Milla mit ihrer besten Chefinnenstimme, aber ihre zuckenden Mundwinkel verrieten sie.

„Und was könnte ich mir mehr wünschen?!", antwortete Nick und küsste sie.

Wie immer, wenn Bree den Beiden zusah, ging ihr das Herz auf. Sie passten so gut zueinander! Plötzlich schob Erik seine Hand in ihre und drückte sie. Sie wandte den Kopf und sah ihn an. Sein Blick berührte sie tief in ihrem Innern und schon flammte die Frage auf, was nach ihrer Abreise aus ihnen werden sollte. Energisch schob sie den Gedanken beiseite und trat auf ihn zu, um ihn ebenfalls zu küssen. Und wieder knurrte ihr Magen.

„Herrje!", rief Milla aus und drehte sich zu ihr um. „War das dein Magen, Bree?"

Bree grinste nur, da Nick bereits für sie antwortete.

„Hab ich es nicht gesagt?!" Er nickte, wie um sich selbst zu bestätigen. „Unser Kobold hat einiges aufzuholen!"

„Kobold?", fragte Erik neugierig, aber Bree winkte ab. „Nicht so wichtig."

„Ich erkläre es dir später!", bot Nick bereitwillig an, aber Bree fuhr dazwischen.

„Mach lieber den Film an!" Sie wedelte auffordernd mit einer Blätterteigtasche. „Euch beim Knutschen zuzugucken ist nicht besonders aufregend."

Nick streckte ihr brüderlich die Zunge raus, kam ihrer Aufforderung aber unverzüglich nach.

Natürlich kannten sie alle den EINEN Weihnachtsfilm, schließlich war es ein moderner Klassiker. Sie lachten schon vorher über die Scherze, kommentierten wild durcheinander und hatten insgesamt einen wundervollen Abend. Und konsequent ignorierte Bree die pochenden Fragen in ihrem Hinterkopf.

Kapitel 19
Montag, 23.12.

Erik war das ganze Wochenende bei Bree geblieben und es war das schönste Wochenende seit langem gewesen, aber heute musste er unbedingt noch einmal in die Werkstatt. Er wollte nach dem Rechten sehen, den Jahresabschluss vorbereiten und endlich nach Nässjö fahren.

„Willst du wirklich nicht noch bis zum Frühstück bleiben?", fragte Bree noch einmal. Sie saß eingekuschelt in ihren dicken Wollpulli und Leggings im Schneidersitz auf dem Bett und sah ihm beim Anziehen zu.

„Wer früh geht, kann früh wiederkommen!", antwortete er und zwinkerte ihr zu.

Bree strahlte, als er sich zu ihr hinunter beugte und sie küsste.

„Im Ernst, ich habe wirklich noch viel zu tun vor den Feiertagen", murmelte er nah an ihren Lippen.

„Du hättest wohl besser nicht das ganze Wochenende faul im Bett liegen sollen!", neckte sie ihn.

„Wäre besser gewesen, ja!", antwortete er und küsste sie noch einmal. Diesmal nicht so behutsam wie eben und augenblicklich änderte sich die Energie im Raum. Ihre Körper reagierten sofort aufeinander. Bree ließ sich nach hinten fallen und zog ihn mit sich.

„Ich muss jetzt wirklich los", sagte er leise und strich ihr eine Haarsträhne hinters Ohr.

„Ja", murmelte sie und nickte. „Ich bring dich zur Tür."

Dennoch rührte sich keiner der Beiden. Zu sehr genossen sie noch den Moment, als dass sie sich jetzt hätten trennen wollen. Selbst wenn es nur für ein paar

Stunden war. Schließlich gab Erik sich einen Ruck. Er musste wirklich noch einiges vor den Feiertagen erledigen, wenn er nicht an den freien Tagen arbeiten wollte, und langsam lief ihm die Zeit davon.

„Bleib ruhig liegen", antwortete er und setzte sich auf.

„Das ist unhöflich", fand sie und angelte nach ihrem Pulli. „Ich bringe dich zur Tür. Außerdem hab ich Hunger."

„Dann musst du was essen." Er schenkte ihr ein Lächeln, während er ebenfalls seinen Pullover anzog. „Und würde ich mich sehr freuen, wenn du mich nach unten begleitest." Er reichte ihr die Hände und zog sie hoch.

„Brrr! Ist das kalt!" Bree schlang die Arme um sich. Wie gut, dass sie doch noch in ihre Fellstiefel geschlüpft war!

„Dann geh wieder rein!" Erik gab ihr einen schnellen Kuss. Zumindest wollte er das, aber sie schlang die Arme um ihn und ließ ihn nicht los. Nur am Rande bemerkten sie den Wagen, der in der Einfahrt hielt.

„Bree!"

Blinzelnd sah sie sich um.

Per stürmte auf sie zu und er sah sehr wütend aus.

„Mist!", entfuhr es ihr. Was machte er denn hier? Sie hatte gedacht, er würde es vorziehen sie nie wieder zu sehen. Und wenn sie ganz ehrlich war, ärgerte sie sich noch immer über seinen Auftritt. Sie warf einen schnellen Blick zu Erik. Auch er wirkte angespannt.

„Bree, hör mir zu", begann Erik eindringlich. Was wollte er denn ausgerechnet jetzt mit ihr besprechen?

„Es gibt da etwas, das du wissen musst. Ich war nicht ganz..." Weiter kam er nicht, denn Per hatte sie schon erreicht.

„Er?", fragte Per und zeigte auf Erik. „Ernsthaft jetzt?!" Es war deutlich, dass Per nach den richtigen Worten suchte.

„Per", sagte sie und verstummte. Beinahe hätte sie diesen uralten Klassiker wiederholt. Ich kann das erklären. Innerlich verdrehte sie die Augen. Stattdessen entschied sie sich, ruhig zu bleiben. Einer musste es ja. „Guten Morgen", sagte sie freundlich. „Mit dir habe ich heute nicht gerechnet."

„Das sehe ich!", entgegnete er sarkastisch und wies mit einem Nicken auf Erik. „Ich Idiot wollte mich bei dir entschuldigen. Aber anscheinend brauche ich das gar nicht mehr."

„Unsere Auseinandersetzung hat überhaupt nichts mit Erik und mir zu tun", gab sie zurück. „Wenn du dich entschuldigen möchtest, höre ich..."

„Einen Dreck möchte ich!", unterbrach er sie rüde. „Ich kann es echt nicht fassen, dass ich auf so ein Miststück wie dich hereingefallen bin!"

„Wie bitte?!" Bree war nur minimal zurückgezuckt, bevor sie sich instinktiv größer machte.

„Pass auf, was du sagst, Andersson!", knurrte Erik dazwischen und trat einen Schritt vor.

„Ich habe das nicht geplant, falls du das denkst", antwortete sie und bemühte sich ihr wütendes Zittern unter Kontrolle zu bringen.

„Und das soll ich dir glauben?" Per zog spöttisch die Augenbrauen hoch.

Bree verschränkte die Arme. „Ich habe es dir schon gesagt, wir sind nicht zusammen. Per, wir sind kein Paar und waren es auch nie."

Per lachte kalt auf. „Tja, das ist die Krux an der Sache. Denn mit ihm kannst du auch nicht zusammen sein."

„Was soll das heißen?" Verwundert sah sie von Per zu Erik, dessen Miene sich versteinerte.

„Per", sagte Erik leise, aber drohend. „Das ist meine Sache."

„Du hast es ihr nicht gesagt? Natürlich nicht!" Gehässig lachte Per auf.

Bree lief ein Schauer über den Rücken, sie hatte ja keine Ahnung gehabt, wie fies Per sein konnte.

„Mir was gesagt?!", fragte sie, aber beide Männer ignorierten sie.

„Per!", entgegnete Erik und klang beinahe flehend. „Bitte."

Sie sahen sich an. Der eine beschwörend, der andere abschätzig.

„Weißt du, ich würde dich ja damit davon kommen lassen, wenn ich hier nicht plötzlich als der Böse dastünde", antwortete Per.

„Womit davon kommen lassen? Könnte mich bitte jemand aufklären!", rief Bree und stemmte die Fäuste in die Seiten. Allmählich wurde es ihr zu bunt. Soviel Testosterongerangel konnte ja keiner aushalten. Erst recht nicht am frühen Morgen.

Die beiden Männer maßen sich mit Blicken und plötzlich wurde Per ganz ruhig und schien irgendwie zu wachsen. Wäre sie nicht involviert gewesen, hätte sie es faszinierend gefunden.

„Also, willst du es ihr sagen oder soll ich?", fragte Per. Beinahe schien es, als würde er die Situation genießen.

„Komm schon Per, sei kein Arsch...", versuchte Erik ihn noch einmal umzustimmen.

„Nein, die Rolle hast du ja schon übernommen", schleuderte Per zurück.

„Lass es sein!", knurrte Erik noch einmal und wandte sich zu Bree um. „Geh ins Haus, Bree. Ich regel das hier."

„Nein!" Es kam heraus wie ein Peitschenhieb und Erik sah sie verblüfft an. „Erst will ich wissen, was hier los ist."

Erik seufzte. Sie hatte recht. Er wünschte nur, die Situation wäre anders. „Bree, ich hätte es dir längst sagen müssen", setzte er an und verstummte wieder. Es fiel ihm unendlich schwer, er wollte sie unter keinen Umständen verletzen, aber er würde es tun und er mochte sich nicht besonders dafür. Auch wenn man ihm zu Gute halten musste, dass er bis Freitagabend keine Ahnung gehabt hatte, was passieren würde. Er hatte es nämlich ebenfalls nicht geplant.

„Was sagen?" Sie versuchte ihre Verunsicherung wegzulächeln. Sie hatten doch ihre Unstimmigkeiten geklärt. Mittlerweile wusste sie, dass er nur unsicher gewesen war und sie hatte ihm von ihren schlechten Erfahrungen erzählt. Ja, sie genoss ihre Gespräche und sie hatten zwei wundervolle Nächte miteinander verbracht, die sie beide bedeutsam fanden. „Egal, was es ist", ermunterte sie ihn.

„Bree", brachte er gequält raus und schloss kurz die Augen. Er versuchte den feixenden Per zu ignorieren und griff ihre Hand. Er holte tief Luft und sagte schnell: „Es gibt da jemanden, an den ich... äh... gebunden bin."

Bree blinzelte. „Du bist was?" Sie trat einen Schritt zurück. War er verheiratet oder was?

„Oh Mann, steh wenigstens dazu." Per lachte auf. „Du hast eine Beziehung. Punkt."

„Es ist keine Beziehung!", widersprach Erik heftig. „Es ist kompliziert", bekräftigte er und suchte Brees Blick.

„Weiß das Stina auch?", fuhr Per dazwischen und beobachtete scheinbar interessiert den Feuerholzstapel auf dem Hof. „Immerhin fährst du seit Jahren jeden Freitag nach Nässjö!"

Erik musste sehr an sich halten, keine Gewalt anzuwenden. „Du kannst jetzt gehen", befand er mit zusammengebissenen Zähnen. „Du hattest deinen Spaß."

„Ach, ich denke, ich bleibe noch ein bisschen", erwiderte Per und grinste. „Du willst doch nicht, dass ich den Höhepunkt verpasse."

„Alles klar! Ich verstehe", sagte Bree, die endlich erkannt hatte, worum es hier wirklich ging. „Aber auf mich müsst ihr bei eurem kleinen Rivalitätskampf verzichten."

Eriks Kopf schnellte herum. „Bree..."

„Nicht!" Sie hob die Hand. „Ich habe genug gehört. Es ist mir egal, was du in deiner Freizeit machst und wen du triffst. Ich bin selbst schuld, ich hab schließlich nicht gefragt."

„Bree", versuchte Erik es wieder. „Es tut mir leid! Ich möchte dir so gern erklären..."

„Da gibt es nichts zu erklären!", sagte sie und rang sich ein Lächeln ab. „Wir hatten alle unseren Spaß." Sie warf einen hochmütigen Blick zu Per. „Jeder auf seine Weise. Und nun sind wir fertig." Sie zuckte betont lässig mit den Achseln und drehte sich um.

„Bree! Warte!", rief Erik und lief ihr hinterher. „Du hast recht, ich hätte es dir sagen sollen. Aber das mit Stina und mir ist... es ist kompliziert. Ich wollte heute zu ihr fahren und mit ihr reden. Bitte, Bree, geh jetzt nicht so!", redete er auf sie ein.

Sie hatte die Türklinke schon in der Hand, da drehte sie sich doch noch einmal um. Dieses verständnisvolle Lächeln verlangte ihr eines ab, aber sie zog es durch. „Hör zu Erik, es ist doch so. Ich bin in ein paar Tagen wieder in England und du hast hier deine Firma. Uns zwei war von Anfang an nicht mehr bestimmt, als diese kurze Zeit. Das weißt du auch. Wir beenden es einfach etwas früher." Sie sah ihn an und bemerkte, wie sich seine Augen verdunkelten. Ihn so zu sehen, berührte sie, aber auch ihr tat die ganze Situation weh. „Es war toll, also lass es uns nicht zerreden. Ja?" Sie beugte sich vor und gab ihm einen Kuss auf die Wange. Sie wusste, es würde den Schmerz nicht kleiner machen, aber sie musste ihn einfach noch einmal berühren. „Mach's gut", flüsterte sie und trat eilig ins Haus.

***

Fassungslos starrte Erik die Haustür an. Sie war ein echtes Schmuckstück und er hatte Milla überzeugen können sie zu behalten. Er hatte sie eigenhändig aufgearbeitet, ein modernes Schließsystem eingebaut und wieder eingehängt. Aber jetzt hatte er überhaupt keinen Blick für ihre Schönheit. Auch der Anflug von Freude und Stolz, der sonst immer mitschwang, wenn er sie sah, blieb aus. Er fühlte, sah und hörte gar nichts. Alles in ihm war taub. Erst langsam, beinahe tröpfchenweise, sickerte die Erkenntnis, dass er es vermasselt hatte in sein Bewusstsein. Aber nicht er allein, da war immer noch...

Langsam drehte er sich um. Per stand noch immer hinter ihm. Die Hände lässig in die Taschen gesteckt, stand sein ehemals bester Freund vor ihm und genoss sichtlich das Schauspiel. Am liebsten hätte Erik sich auf ihn gestürzt und ihm seine Selbstgefälligkeit aus dem Gesicht geprügelt. Aber er tat es nicht. Nicht einmal etwas sagen wollte er zu ihm. Der Mistkerl hatte es nicht verdient, dass er ihm seine Aufmerksamkeit schenkte.

Per genoss es, Erik so zu sehen. Nur langsam verflüchtigte sich sein Ärger. Erst hielt Bree ihn zum Narren und dann machte sie ausgerechnet mit diesem Kerl rum. Tja, das war nun vorbei. Ein zufriedenes Grinsen breitete sich auf seinem Gesicht aus. Sandberg hatte es verdient, dass ihn mal nicht alle bewunderten. Das ging ihm schon seit Jahren gewaltig auf den Sack, dass er immer davon kam. Dabei wussten doch alle, was damals passiert war. Stina hätte wirklich etwas Besseres verdient, als das was sie jetzt ihr Leben nennen musste.

„Bist du jetzt zufrieden?", platzte es aus Erik raus. Verdammt! Er hatte doch nichts sagen wollen!

„Ach herrje! Nun sei doch nicht so melodramatisch", antwortete Per gelassen, als ging ihm das Ganze nichts an und Erik spürte wie sein Blutdruck stieg.

„Du Mistkerl!", knurrte Erik und ballte die Fäuste.

„Ich bin nicht derjenige, der vor seiner Verantwortung davon rennt und immer wieder andere Menschen hängen lässt", fuhr Per gehässig fort und mit einem Satz war Erik bei ihm, griff ihn sich und hob die Faust.

Einen Moment sahen sie sich in die Augen und in Erik machte es klick. Er griff noch etwas fester zu und stieß hervor: „Dein Ego ist so groß, dass es dir die Sicht versperrt." Dann ließ er ihn so plötzlich los, dass Per taumelte. Ohne einen weiteren Blick, sprang Erik in seinen Wagen und fuhr mit durchdrehenden Reifen davon.

***

Bree lehnte mit hämmerndem Herzen an der Haustür und versuchte zu begreifen, was eben geschehen war. Ihre Gedanken schrien so wild durcheinander, als hätte sie eine Horde Hühner in ihrem Kopf. Unfähig für Ruhe zu sorgen, schloss sie die Augen und blieb wo sie war. Sie kam nicht einmal auf die Idee in ihr Zimmer zu rennen. Oder vielleicht war die Idee doch irgendwo, nur konnte sie sich gegen all die anderen Gedanken nicht durchsetzen.

„Du bist ja schon wach!", durchbrach Millas Stimme den Krach in ihrem Innern.

Unendlich mühsam schlug Bree die Augen auf und sah ihre Freundin die Treppe hinunterkommen.

„Die Müllers reisen heute ab, was hältst du davon, wenn wir Plätzchen backen, sobald sie los sind?", schlug Milla gut gelaunt vor.

„Ähm...", machte Bree. Sie wollte gern antworten, aber sie konnte nicht.

Milla sah sie genauer an. „Ist was passiert? Du siehst aus, als hättest du einen Geist gesehen."

Wieder öffnete Bree den Mund. „Er... Per..." Vage deutete sie hinter sich.

Milla runzelte die Stirn und lief, ohne Bree aus den Augen zu lassen, zum nächstgelegenen Fenster. Sie warf einen Blick auf die Einfahrt und sah gerade noch wie Erik Per von sich stieß und in seinen Wagen sprang.

„Ich verstehe nicht." Sie drehte sich zu Bree um. „Warum ist Erik wütend davon gefahren und nicht Per?"

Millas Frage und die quietschenden Reifen von Eriks Wagen holten Bree endlich wieder in die Wirklichkeit zurück. Sie holte tief Luft und stieß sie heftig wieder aus. „Das ist die Frage!", antwortete sie aufgebracht und ging zu Milla hinüber. „Anscheinend hat er vergessen mir zu sagen, dass er ‚an jemanden gebunden' ist!"

Milla sah sie verwirrt an. „Hä?"

„Was weiß ich denn?", fragte Bree zurück.

Plötzlich fiel der Groschen. „Meinst du?" Milla machte große Augen. „Aber er ist doch nicht verheiratet! Das wüsste ich doch!" Ihr Blick fiel auf Brees verkniffene Miene und stoppte sich. „Ach Süße!" Sie nahm Bree in die Arme, sie hatte ihre lebenslustige Freundin noch nie so durcheinander gesehen.

Bree ließ sich einen Moment in Millas Umarmung sinken. Sie wusste wirklich nicht was schlimmer war. Seine Unehrlichkeit oder ihre Blödheit. Sie hatte doch von Anfang an gewusst, dass sie nicht in Schweden bleiben würde und sie also in ein paar Tagen sowieso Lebewohl hätten sagen müssen. Aber warum, verdammt nochmal, fühlte sie sich so schrecklich? Wie albern! Noch einmal atmete sie tief ein und richtete sich wieder auf. „Ach was!", winkte sie ab und bemühte sich eine gelassene Miene aufzusetzen. „Ich bin einfach... keine Ahnung, warum ich mich so anstelle!" Sie lachte auf, als sei ihre Reaktion lächerlich. „Wir hatten ein tolles Wochenende und außerdem bin ich in ein paar Tagen wieder in England. Und wenn er an irgendwen gebunden ist, ist das nicht mein Problem!"

Milla sah sie nur an und sagte nichts. Sie spürte allerdings, dass ihre Freundin nicht ganz ehrlich zu sich selbst war und ihre Gefühle doch tiefer gingen, als sie jetzt zugab. Außerdem hatte sie die Zwei zusammen gesehen, ihre Blicke und Gesten. Die Körpersprache log nie, zwischen Erik und ihr war mehr als nur Sex. Allerdings hatte Bree nicht unrecht, sie würde in ein paar Tagen abreisen. „Also, wollen wir nachher Plätzchen backen?", wiederholte sie ihren Vorschlag.

„Klar! Klingt gut!", antwortete Bree und gab sich große Mühe enthusiastisch zu klingen. „Ich brauche vorher nur einen großen Kaffee und eine heiße Dusche."

„Sollst du beides bekommen!", antwortete Milla und drückte ihren Arm. „Nick ist in der Küche, geh schon mal vor. Ich komme gleich nach." Sie hoffte, Nicks Feingefühl würde ihn heute nicht im Stich lassen und lief, sobald Bree im Speiseraum verschwunden war, die Treppe hoch.

Als sie in die Küche trat, stand Nick am Herd und briet irgendetwas. „Hey!", begrüßte sie ihn und rang sich mühsam ein Lächeln ab.

Er hob den Kopf und wusste sofort, was geschehen war. In Gedanken schickte er Erik einen Fluch an den Hals. „Hey Kobold!", sagte er betont munter. „Du kommst gerade rechtzeitig. Meine weltberühmten Arme Ritter sind fertig!"

„Weltberühmt, ja?!", wiederholte sie. „Ich habe mich das letztens schon gefragt. Wo hast du kochen gelernt? Ihr habt doch Personal."

„Personal?" Nick lachte. „Lass das nicht unsere Haushälterin hören! Und meine Mutter am besten auch nicht. Ihr und Mrs. Cuthbert war es unglaublich wichtig, dass wir selbständig werden. Also haben wir von ihnen kochen gelernt. Genauso wie Wäsche waschen, putzen, eben alles, was man so braucht im Leben."

„Du kannst Wäsche waschen?" Bree konnte es nicht glauben. Nicht, dass es sonderlich schwer war, aber irgendwie hatte sie doch gehofft, dass es auf Gracewood Hall glamouröser zuging als bei ihr Zuhause.

Nick lachte wieder. „Man braucht dazu ja nun nicht gerade einen Universitätsabschluss. Ich kann auch Holz hacken, Sägen und Hämmern. Du siehst, ich bin ein echter Traummann!", prahlte er und sie verdrehte die Augen. Aber er sah ihr Lächeln trotzdem. Froh, sie ein wenig auf andere Gedanken gebracht zu haben, holte er einen Teller aus dem Schrank und stapelte gleich drei Arme Ritter darauf.

„Zimt, Zucker, Ahornsirup und hier ist Speck", sagte er und wies auf den Küchentisch. „Lass es dir schmecken!"

„Ich wollte eigentlich nur einen Kaffee...", versuchte sie zu intervenieren, aber er widersprach in bester Mrs. Cuthbert Manier. „Nichts da! Du brauchst Energie!"

„Du hast ja keine Ahnung, wie recht du hast!", rief Milla aus, die in diesem Moment in die Küche stürmte. „Ihr glaubt nicht, was eben passiert ist!" Mit leuchtenden Augen und geröteten Wangen stand sie vor ihnen.

„Jaaa?", wollte Nick wissen und sogar Bree schaute sie neugierig an.

„Ihr kennt doch das Birkenlund, dieses schöne Restaurant auf der anderen Seeseite. Mich hat eben der Geschäftsführer angerufen. Sie haben einen Kurzschluss und er hat mich gefragt, ob er die Pension mieten kann. Also nicht die Gästezimmer, sondern die Küche und den Speiseraum. Sie sind ausgebucht über die Feiertage und möchten die Reservierungen nicht stornieren." Milla hüpfte vor Aufregung auf und ab. „Ist das nicht fantastisch?"

„Das ist großartig, Schatz!" Nick trat auf sie zu, hob sie hoch und küsste sie stürmisch.

„Ja, nicht wahr?!" Milla strahlte. „Das bedeutet allerdings auch, dass wir heute keine Plätzchen backen können. Und überhaupt wird es dann nichts mit ruhigen Feiertagen." Entschuldigend sah sie Bree an.

„Milla, das ist toll!" Bree freute sich aufrichtig für ihre Freundin, auch wenn sie Schwierigkeiten hatte ihre Freude zu zeigen.

Milla drückte sie spontan und flüsterte: „Du wirst sehen, alles wird wieder gut! Ich bin für dich da!"

Bree nickte matt und rang sich ein Lächeln ab. Schließlich gab es gar keinen Grund sich mies zu fühlen. Hatte sie nicht in den vergangenen Wochen immer wieder betont, dass sie keine Beziehung wollte?!

Sie drückte Milla kurz zurück, um ihr zu versichern, dass alles gut war und sie sie loslassen konnte.

„Also, was müssen wir tun?", wollte Nick in diesem Moment wissen.

„Als erstes frühstücken wir. Dabei erzähle ich euch alles", antwortete Milla und gönnte sich noch einmal einen kleinen Hüpfer. „Gott, ich bin so aufgeregt. Er wird mit seinem Chefkoch und seinem gesamten Personal hier auftauchen."

***

Bree war wirklich froh, dass die nächsten Tage mit Arbeit angefüllt sein würden. Auf ruhige Besinnlichkeit konnte sie nun wirklich verzichten. Sie würde jetzt duschen, sich anziehen und dann helfen, das ganze Haus zu putzen, sämtliche Weihnachtsdeko zu entstauben und überhaupt alles zu tun was nötig war, um nicht ins Grübeln zu kommen. Als sie in ihr Zimmer trat, sah sie sofort, dass Milla ihr Bett neu bezogen und alle Spuren von Eriks Anwesenheit beseitigt hatte. Es duftete sogar frisch und neu. Und während sie sich noch fragte, wann ihre Freundin das alles gemacht hatte, liefen ihr schon die Tränen hinunter. Ärgerlich wischte sie sie weg. So viel Liebe und Unterstützung hatte sie gar nicht verdient, schließlich würde sie abreisen und Milla und auch Nick in diesem Chaos zurücklassen. Und es war ein totales Chaos! Sie hatte es tatsächlich geschafft sich innerhalb von nicht einmal vier Wochen auf gleich zwei Männer einzulassen. Das war selbst für sie ein neuer Rekord!

In diesem Moment klingelte ihr Handy. Es war ihre Chefin aus England. Wollte sie ihr etwa frohe Weihnachten wünschen? Bree räusperte sich kurz, bevor sie den Anruf munter entgegen nahm. Das professionelle Lächeln, das sie aufgesetzt hatte, verschwand allerdings sobald Maureen zu sprechen anfing. Bree starrte blicklos ins Leere und versuchte zu begreifen. Das konnte doch nicht wahr sein! Und das an Weihnachten! Das war ja wie bei Charles Dickens. Langsam ließ sie das Smartphone sinken. Dass Maureen noch redete bekam sie gar nicht mit. Abgesetzt. Die Show war abgesetzt worden. Einfach so, von heute auf morgen. Sie musste sich einen neuen Job suchen.

Als ihr das ganze Ausmaß ihres persönlichen Chaos klar wurde, schluchzte sie laut auf. Wie konnte diese Reise, die so wundervoll angefangen hatte, so dermaßen furchtbar enden?! Die Tränen flossen immer weiter und sie verstand die Welt nicht mehr. Langsam ließ sie sich auf dem kuschligen Läufer vor ihrem Bett nieder und gab sich keine Mühe mehr, ihre Tränen zurückzuhalten.

Sie verstand sich selbst nicht mehr. Wie hatte sie nur so dumm sein können und zwischen Per und Erik geraten können? Sie hatte doch gewusst oder zumindest geahnt, dass die Zwei eine gemeinsame Vergangenheit hatten. Und dass ihre Liebelei hier nur kurz sein konnte, hatte sie doch auch gewusst.

Warum hatte eigentlich noch niemand Zeitreisen wirklich erfunden, denn dann würde sie jetzt zurückgehen und ALLES ANDERS machen. Zumindest hier in Schweden. Sie würde weder mit Per ausgehen, noch mit Erik schlafen. Warum hatte sie sich auch nicht auf das konzentriert weswegen sie hergekommen war? Sie hatte doch Milla helfen wollen! Sie war wirklich eine erbärmliche Freundin. Mist! Sie hatte Mist gebaut. Am liebsten würde sie sich selbst in den Hintern treten und Erik auch! Wie hatte er sie nur in eine solche Situation bringen können?! Und wenn sie schon dabei war Gewalt anzuwenden, dann hatte dieser arrogante Mistkerl Per auch einen Tritt verdient. Wie hatte sie ihn nur charmant und attraktiv finden können?! Allein bei dem Gedanken daran wurde ihr übel. Wieder schluchzte sie laut auf. Es schüttelte sie regelrecht. Aber egal wie sie es drehte und wendete. Sie trug die Verantwortung für den Schlamassel. Sie ganz allein. Für alles, was passiert war. Was hatte sie sich nur dabei gedacht? Naja, eigentlich hatte sie gar nicht gedacht. Sondern war wieder nur auf Spaß aus gewesen. Ihr Vater hatte recht, sie musste endlich erwachsen werden.

Und sich einen neuen Job suchen!

Bree schluchzte immer lauter und schalt sich dabei ununterbrochen eine dumme Nuss.

***

Erik lief wie ferngesteuert durch den Morgen. Kaffee in der Werkstatt. Kurze Ansprache für die Mitarbeiter. Eine Nachricht von Stina. Abrechnung im Büro. Er hatte keine Ahnung, ob er alles nochmal machen musste, wenn er wieder bei sich selbst war. Es war ihm auch so egal.

Er bekam den Ausdruck in ihren Augen einfach nicht aus dem Kopf. Ihre Enttäuschung und dann der schreckliche Moment als sie dicht gemacht hatte. Es war als hätte sie ihn abgeschnitten. Den Zugang, den sie zueinander gehabt hatten, den hatte sie geschlossen und es war seine Schuld. Ganz allein seine Verantwortung. Plötzlich begann er zu zittern und konnte nicht mehr aufhören. Alles in ihm bebte und er stürmte hinaus. Fort von allen, die ihn sehen und hören konnten. Hinaus in den Regen, der, seit er von Blåbärsskog losgefahren waren, unablässig gegen die Scheiben trommelte. Nur fort von hier. Er ignorierte die Rufe, die fragenden Blicke seiner Mitarbeiter. Er lief und lief und lief. War dankbar für den Regen, der sich mit seinen Tränen vermischte und wunderte sich gleichzeitig, dass er noch so etwas wie Dankbarkeit fühlen konnte. Aber dann war auch dieses Gefühl weg, verdeckt von den Vorwürfen, die unablässig in seinem Kopf hallten. Und zurück blieb nur Schmerz. Er wurde schneller und schneller. Er lief, seine Schuhe machten platschende Geräusche auf den regennassen Straßen, bis er endlich, ENDLICH, im Wald war.

Hier klang der Regen anders, vielstimmiger, als flüsterte er ihm zu, was er schon längst wusste. „Selbst schuld. Du bist selbst schuld. Schuld. Schuld. Schuld. Und nun ist sie weg. Weg. WEG."

Er merkte kaum, dass er schrie. Er rannte und schrie und schrie und rannte. Bis er stürzte und liegen blieb. Er bebte. Der Schmerz war überall. Allein. Er war allein. Wieder allein. Für zwei Tage hatte er sich so angekommen, so angenommen, gefühlt und nun brach die wohlbekannte Einsamkeit über ihn herein. Wie eine Welle und er hoffte, sie würde ihn mitreißen. Forttragen von hier, weit fort, wo er nichts mehr fühlen, nichts mehr sein und nichts mehr tun musste.

***

„Oh Mann, sie haben es so richtig verbockt", sagte Nick, sobald er mit Milla allein war.

„Ja." Sie nickte. „Und irgendwie habe ich das Gefühl, du weißt mehr als ich." Fragend sah sie ihn an.

Er hob die Achseln. „Sie hat mir nichts gesagt", sagte er langsam.

„Und doch wirkst du nicht überrascht. Du hast von der anderen Frau gewusst", stellte sie fest.

„Bist du mir jetzt böse?", erkundigte er sich.

„Weil du nichts gesagt hast?"

Er nickte und sie überlegte. „Soll ich? Oder besser gefragt, warum hast du nichts gesagt? Du hast doch auch bei Per mit deiner Meinung nicht hinterm Berg gehalten."

„Erik ist mein Freund und ein guter Mann. Ich weiß nicht, ob du es bemerkt hast, aber er versucht so sehr niemanden zu enttäuschen, sich so zu verhalten, wie er denkt, dass es von ihm erwartet wird, dass er unweigerlich damit scheitern musste. Weil er sich selbst damit am meisten verletzt. Er hat einen Fehler gemacht. Oder vielmehr hat die Situation ihn überrumpelt. Ich glaube nicht, dass er die Absicht hatte irgendjemanden zu verletzen. Bree zu verletzen. Ich denke eher, dass er sich einmal getraut hat, ganz er selbst zu sein." Er sah sie offen an. „Und jetzt denkt er sicherlich, er..."

„... hätte selbst schuld und kein Recht auf ein bisschen Glück", beendete sie seinen Satz und sah ihn an. „Fahr zu ihm. Zeig ihm, dass du für ihn da bist."

„Bist du sicher?" Nick sah sie überrascht an. „Was ist mit Loyalität unter Frauen?"

„Er ist dein Freund, sie meine Freundin und wir zeigen ihnen, dass wir für sie da sind. Egal, was sie aus dieser Situation machen", antwortete sie schlicht.

„Ich liebe dich", sagte er und gab ihr einen Kuss. „Sehr!"

Sie schenkte ihm ein Lächeln. „Ich liebe dich auch. Jetzt verschwinde schon."

Sie ging nach oben, sobald er losgefahren war. Lauschte kurz an Brees Tür, klopfte und trat einen Moment später ein. Bree lag noch immer zusammengekauert auf dem Boden. Ihr Anblick zerriss Milla das Herz. Auch sie hatte schon so geweint. Wortlos trat sie zu ihr, kniete sich hin und nahm sie in den Arm. Strich ihr sanft über den Rücken und hielt sie fest.

***

„Erik! Was machst du hier?", fragte Nick erschrocken, als er Erik endlich gefunden hatte. Der saß teilnahmslos an einem Baum gelehnt und starrte in die Ferne. „Hey!" Nick hockte sich neben ihn und stupste ihn noch einmal an.

„Ein wissenschaftliches Experiment", antwortete Erik ohne ihn anzusehen.

„Ach so?" Nick wusste nicht, ob er erschrocken sein sollte, seinen Freund so zu sehen oder erleichtert weil er mit ihm sprach.

„Ja, ich überprüfe, ob man sich auflöst, wenn man lange genug im Regen sitzt", sagte Erik mit rauer Stimme.

Nick betrachtete ihn prüfend. „Könnte klappen, du sahst schon mal fitter aus. Bist du irgendwie schmaler geworden?"

Widerwillig ließ Erik ein Prusten hören, das nahtlos in ein Schluchzen überging. „Ich bin der letzte Idiot! Ich mache immer alles falsch. Immer! Deswegen will auch keiner bei mir sein." Seine breiten Schultern bebten, als es aus ihm heraus brach.

Nick schüttelte den Kopf. „Nein."

„Doch. Alle gehen. Immer. Ich bin ein Freak", widersprach Erik und sein Schmerz war so heftig, dass er Nick beinahe von den Füßen haute.

„Ich bin da", sagte er und nahm ihn in die Arme. Diesen großen Mann, der sein Freund war und immer noch um seine toten Eltern und all die verpassten Chancen trauerte. Der irgendwie noch immer der kleine Junge war, der anders als alle anderen war und dachte, er wäre deswegen nicht liebenswert. „Ich bin da", wiederholte Nick nachdrücklich und immer wieder, bis Eriks Schluchzer nach und nach leiser wurden.

***

„Ich bin so blöd", brach es irgendwann aus Bree heraus. „Ich bin ein billiges Flittchen, das sich jedem Mann an den Hals wirft!"

„Was? Nein!", widersprach Milla erschrocken. „Wie kannst du sowas sagen?"

„Weil es stimmt!", entgegnete Bree und setzte sich auf. „Du wolltest doch wissen, wieso ich immer und überall Männer kennenlerne. Tja, jetzt ist mir klargeworden, wieso." Sie lachte freudlos auf. „Wir haben doch schon so oft darüber gesprochen, dass ich meinen Traum suche..." Sie sah Milla abwartend an und die nickte. „Ich habe mich das nie getraut zu sagen, aber ich wollte..." Sie verstummte, als suche sie nach den richtigen Worten. Milla drückte ermunternd ihre Hand. Bree holte tief Luft, bevor sie weiter sprach. „Ich dachte immer, ich will reich sein. So richtig stinkreich, damit ich mich nicht mein Leben lang so abrackern muss wie alle, die ich kenne. Und weil ich selbst ja nur 'ne billige Friseurin bin, dass ich mir einen reichen Mann suchen muss. Weil anders geht's nicht."

„Sprich nicht so abwertend von dir!", bat Milla eindringlich. „Das hast du nicht verdient! Du bist eine wahre Künstlerin! Was du aus den Kindern gemacht hast, war so großartig!"

Aber Bree schien sie gar nicht zu hören, denn sie fuhr einfach fort, als müsste sie sich das endlich alles von der Seele reden. „Deswegen mache ich das auch immer wieder. Flirte rum, bin lustig und entspannt, sexy und eben alles andere als langweilig, aber dann komme ich immer wieder an denselben Punkt. Die Kerle sehen in mir nur die lustige Partymaus und..." Sie weinte los, dabei dachte sie, sie hätte nun wirklich alle Tränen aufgebraucht. „Sie nehmen mich nicht ernst. Sie interessieren sich nicht für mich." Sie schniefte und Milla zauberte ein Taschentuch hervor. „Und ich dachte echt, dass Erik anders ist. Weißt du, mit ihm konnte ich mich wirklich richtig gut unterhalten. Wir hatten nicht nur Sex", erklärte sie. „Wobei der großartig war... Aber wir haben uns so richtig unterhalten. Und ich dachte wirklich, er ist anders. Weil es anders war mit ihm!" Sie machte eine Pause und sah Milla an. „Ich hätte nie gedacht, dass auch er mir etwas vorspielt", schluchzte sie. „Und das ist ja noch nicht mal alles", fuhr Bree fort und Milla fragte sich, was denn jetzt noch kam. Aber da sprach Bree schon weiter: „Sie haben die Sendung abgesetzt. Ich bin jetzt arbeitslos! So ein Mist!"

„Ach Süße, du kannst bleiben solange du willst!", sagte Milla und nahm sie wieder in den Arm. „Es wird alles gut!", murmelte sie immer wieder und schaukelte ihre Freundin behutsam hin und her. Sie war ehrlich überrascht, dass es in Bree so aussah. Das hätte sie niemals vermutet, bei ihr hatte das Leben immer so leicht gewirkt. Kein Wunder, dass sie jetzt so zusammengebrochen war, es musste höllisch anstrengend sein, immer einen Teil von sich zu verstecken.

Langsam beruhigte Bree sich. Sie richtete sich wieder auf und holte tief Luft. Zumindest versuchte sie es, ihre Nase war total zugeschwollen. Ihr Blick fiel auf die Uhr. „Oh mein Gott! Es ist ja schon so spät!", rief sie aus. „Da sitzen wir hier und ich heule dir die Ohren voll, dabei hast du so viel zu tun! Ich bin doch hier, um dir zu helfen. Ich bin echt eine schreckliche Freundin!" Sie wollte aufspringen, aber Milla griff nach ihrer Hand.

„Nein. Ich bin froh, dass du mir alles erzählt hast. Und was wäre ich für eine Freundin, wenn ich dich hier alleine heulen ließe?" Sie lächelte sie aufmunternd an. „Wir kriegen das alles hin! Du bist nicht allein und nur um das ein für allemal klar zu stellen, es ist nichts Verkehrtes daran, finanziell abgesichert sein zu wollen. Nicht alle reichen Menschen sind fiese Idioten. Genauso wie nicht alle armen Menschen lieb und gut sind. Wusstest du, dass selbst Mutter Theresa im Privatjet um die Welt geflogen ist?"

„Was? Echt?" Bree riss die Augen auf. Sie hatte im Fernsehen diese kleine Nonne immer nur die Kranken pflegen sehen.

„Na klar! Die katholische Kirche lässt doch ihre Gallionsfiguren nicht im Stich. Immerhin haben sie sie heiliggesprochen ", erklärte Milla achselzuckend. „Auch wenn manche ihrer Aktionen eher fragwürdig waren, aber egal..." Sie stand auf und zog Bree mit sich. „Komm! Steig unter die Dusche, ich bringe dir einen Tee und dann machen wir uns an die Arbeit."

„Ooookay", antwortete Bree langsam. In Gedanken war sie immer noch beim Privatjet. „Äh, gut, ich helfe dir beim Putzen."

„Das machen wir natürlich auch", antwortete Milla und wandte sich zur Tür.

„Was denn noch?", fragte Bree verwundert.

„Na, alles, was du tun musst! Oder darfst, je nach Blickwinkel."

„Ich?" Bree zog die Nase kraus. „Lovis hat mir doch frei gegeben... Milla, du sprichst in Rätseln."

„Ich meinte dein Gefühlswirrwarr", erklärte Milla und schenkte ihr ein liebevolles Lächeln.

„Ach so", antworte Bree. „Äh, kannst du das? Ich meine, geht das denn?"

„Na klar!" Milla schmunzelte, dann wurde sie ernst. „Du vertraust mir doch, oder?"

„Äh... ja...", sagte Bree langsam und sah immer verwirrter aus. „Wieso? Müssen wir was Illegales tun?"

Milla lachte auf. „So verlockend dir das im Moment erscheinen mag, aber nein. Wir müssen niemanden umbringen", sagte sie und Bree atmete erleichtert auf. „Zumindest nicht in echt", ergänzte Milla und zwinkerte ihr zu, bevor sie die Tür hinter sich schloss und ihre Freundin rätselratend zurückließ.

Kapitel 20
Dienstag, 24.12.

Bree hatte sich noch nie in ihrem Leben so sehr geirrt. Sie hatte gedacht, sich durch die Arbeit für Milla prima von ihrem Chaos ablenken zu können, aber ihre Freundin hatte ganz andere Pläne mit ihr. Statt sie in Ruhe zu lassen und ihr zu erlauben ihre ganzen Probleme zu verdrängen, hatte Milla sie direkt ins Chaos hineingeführt. Als sie gestern gerade begonnen hatte, den Speiseraum auf Hochglanz zu polieren, da hatte Milla ihr einen Podcast auf die Ohren gepackt. Den ersten von insgesamt dreien, den sie sich hatte anhören müssen. Und nach jeder Folge hatte sie Bree beinahe genötigt ihre Gedanken dazu aufzuschreiben. Sie hatte ihr sogar ein Notizbuch in die Hand gedrückt. Es war so schön und natürlich ganz neu, dass sie sich kaum getraut hatte, es zu benutzen. Überhaupt war Milla so resolut gewesen, dass sie viel zu verblüfft war, um zu protestieren. Und ehrlicherweise hatte sie ja nichts zu verlieren. Schlimmer als jetzt konnte sie sich ja kaum fühlen. Das hatte sie zumindest gedacht, bis sie in dieser einen Meditation plötzlich losgeheult hatte. Die Moderatorin oder wie man diese Menschen nannte, die sowas ins Internet stellten, hatte sie in die Vergangenheit zu ihrem inneren Kind geschickt und plötzlich hatte sie diesen einen Moment vor ihrem inneren Auge gesehen und die Tränen schossen nur so aus ihr heraus. Objektiv betrachtet war der Moment nicht besonders schlimm gewesen, auch war es nicht so, dass sie ihn vergessen hatte und nun von irgendwas Traumatischen überrascht worden war. Ehrlicherweise musste sie zugeben, dass sie echt Schiss gehabt hatte, sie würde plötzlich ganz schlimme und schreckliche Dinge aufdecken, die besser unter dem Mantel des Vergessens geblieben wären. Im Gegenteil, sie erinnerte sich gut, an diesen einen Moment. Dass sie deswegen jetzt so sehr geweint hatte, dass sie danach erschöpft eingeschlafen war, lag vielmehr daran, dass sie sich scheinbar erst jetzt erlaubt hatte die Wut und die Ungerechtigkeit von damals wirklich zu fühlen. Es war einer der vielen Streits mit ihren Brüdern gewesen. Sie muss damals fünf oder so gewesen sein. Wie so häufig hatten sie sie nicht ernst genommen und egal wie laut und wie oft sie versucht hatte ihren Standpunkt klarzumachen, es hatte nichts gebracht. Sie war einfach nicht gehört worden und selbst als ihre Mutter dazukam, hatte das nichts geändert. Bree war einfach das Gefühl vermittelt worden, nicht wichtig genug zu sein.

Aber jetzt war es raus und sie spürte, dass es etwas in Gang gesetzt hatte. Sie fühlte sich anders, irgendwie befreiter. Als sie heute Morgen erwacht war, hatte sie sofort eine andere Meditation ausgewählt. Noch schaffte sie es nicht die ganze Zeit, sämtliche Gedanken auszuschalten und sich ganz auf die Stimme der Frau zu konzentrieren, und trotzdem fühlte sie sich danach so wach und energiegeladen, ja so inspiriert, dass sie beinahe bereit war mit Milla eine Runde Yoga zu machen, etwas, dass bisher tunlichst vermieden hatte.

Als sie am Weihnachtsmorgen zum Frühstück hinunter ging, freute sie sich auf den Tag, auch weil sie hoffte, dass dieser 24. Dezember sich wesentlich von allen anderen Weihnachtstagen unterscheiden würde, die sie bisher erlebt hatte. Auch auf die Gefahr hin, sich heute wieder einen inspirierenden Text nach dem anderen zu Gemüte führen zu müssen, war sie doch froh nicht zwischen all ihren Verwandten sitzen und sich deren Familienglück ansehen zu müssen.

„Guten Morgen und god Jul!" Milla kam mit einem Lächeln auf sie zu und drückte sie. „Wie geht es dir?"

„Morgen und dir auch frohe Weihnachten! Mir geht's..." Bree stockte. „Ehrlich gesagt, weiß ich nicht genau wie es mir geht. Einerseits fühle ich mich gut, aber dann fällt mir wieder ein, was passiert ist und dass noch nichts geklärt ist und dann..." Sie ließ den Rest des Satzes offen, aber Milla verstand sie auch so.

„Das verstehe ich gut. Mir ging's genauso. Es dauert seine Zeit, auch wenn ich dir einen echten Crashkurs in persönlicher Weiterentwicklung verpasst habe." Milla grinste, sah sie aber auch abwartend an.

„Nun guck nicht so!", antwortete Bree. „Du kannst heute sehr gern damit weitermachen!"

„Also hat es dir gefallen?", fragte Milla. Sie wirkte erleichtert. Bree vermutete, dass ihre Freundin Sorge hatte, ihre Chefattitüde hätte sie zu sehr überrumpelt.

„Sagen wir mal so, ich fand es interessant genug, um weiterzumachen." Sie grinste Milla an. „Ich bin sogar schon kurz davor mit dir Yoga zu machen..."

„Echt?" Milla sah sie freudig überrascht an. „Dann los!"

„Doch nicht jetzt!", protestierte Bree.

„Warum denn nicht?", entgegnete Milla. „Zehn Minuten schaffst du locker!"

Bree zog die Augenbrauen hoch. „Ich glaube, wir sollten nicht gleich so übertreiben. Heißt es nicht überall, man soll seine Gewohnheiten langsam ändern?!"

Milla sah aus, als läge ihr ein motivierender Spruch auf der Zunge, aber dann sagte sie nur: „Ganz wie du willst." Mit einem Lächeln hob sie einen Becher hoch. „Kaffee?"

„Auf jeden Fall!", antwortete Bree. „Und hast du noch von den leckeren Dingern?"

„Du willst die Haferkekse zum Frühstück essen?"

„Klar, das ist doch quasi knuspriger Porridge!", antwortete Bree mit einem Grinsen. „Also total gesund!"

„Ja, ganz bestimmt!" Milla nickte und schüttelte gleichzeitig ungläubig den Kopf, während sie Bree die Keksdose hinstellte. „Soll es noch was anderes sein? Obst? Ei? Rührtofu?"

„Nö! Ich bin vollkommen zufrieden, danke!", sagte Bree und hatte schon einen ganzen Stapel Kekse in der Hand.

„Ich mach dir noch einen grünen Smoothie, ich kann das gar nicht mit ansehen!", befand Milla und begann schon die verschiedenen Zutaten herauszusuchen.

„Bitte nicht!", rief Bree entsetzt aus und Milla hielt abrupt inne. „Also bitte keinen grünen Smoothie!", präzisierte sie.

„Ich mach dir einen, der dir schmecken wird! Mit selbstgesammelten Blaubeeren", versprach Milla.

„Du hätten bestimmt einen prima Kuchen abgegeben", murmelte Bree leise.

„Wie bitte?" Milla drehte sich zu ihr um.

„Nichts. Alles okay", winkte Bree ab.

„Wir machen uns ein richtig schönes Frühstück, immerhin ist Weihnachten, auch wenn anders als geplant", versprach Milla.

„Eben drum!", bestätigte Bree und nickte heftig. „Weihnachten lässt man es sich gut gehen!"

„Das ist mein Stichwort!", sagte Nick, der eben in die Küche trat. „Guten Morgen Kobold, kommst du mit mir joggen?"

„Ich glaube, ich muss Lovis noch eine Dankeskarte schreiben, dass sie mich vor dem hier", Bree machte eine ausholende Handbewegung, „die ganze Zeit bewahrt hat."

„Haha!", machte Milla trocken und wandte sie sich wieder zu ihrem Standmixer um. „Du musst ihn nicht trinken."

„Uns liegt nur dein Wohlbefinden am Herzen, Kobold!", antwortete Nick theatralisch. Er hatte sowieso nicht damit gerechnet, dass sie ihn begleiten würde. Im Gegenteil, er hatte sich mit Erik verabredet, damit der nicht allein zu Hause Trübsal blies. Ähnlich wie Milla hatte er ihm einige Podcasts und TedTalks empfohlen.

Bree streckte Nick die Zunge raus, aber der grinste nur. Dann nahm er Milla in die Arme und küsste sie so leidenschaftlich, dass Bree sagte: „Soll ich euch allein lassen?"

„Ja, bitte", antwortete Nick mit einem süffisanten Grinsen, aber Milla schüttelte den Kopf.

„Ach was!", sagte sie und schob ihn von sich. „Nun lauf schon, die Restaurantleute kommen in einer Stunde."

„Ich bin ja schon weg!", antwortete er und küsste sie noch einmal, bevor er die Küche verließ. Einen Moment später klappte die Hintertür.

„Wollen wir den Smoothie unten am See trinken?", schlug Bree versöhnlich vor. Ihr taten ihre unbedachten Worte von eben leid. Nur weil sie Mist gebaut hatte, musste sie ihren Frust ja nicht an ihrer Freundin auslassen.

Milla schenkte ihr ein Lächeln. „Ich bleibe lieber hier, falls die schon früher kommen. Aber geh du nur, das ist eine schöne Idee!" Als Bree nickte, schmiss sie noch ein paar Nüsse und irgendein grünes Pulver in den Hochleistungsmixer und schaltete ihn ein.

***

286

Erik hatte keine große Lust gehabt joggen zu gehen. Nach diesem furchtbaren Tag fühlte er sich gerade nicht wie eine Sportskanone. Aber er hatte Nick zugesagt und außerdem wusste er ja, dass es ihm danach besser gehen würde. Und so war es auch gewesen. Sie hatten nicht viel gesprochen und er war froh drum. Ein wenig war ihm sein Gefühlsausbruch peinlich gewesen, aber Nicks unkomplizierte Art hatte sein Unbehagen sofort weggewischt. Und so hatte sein Dankeschön am Ende der Runde mehr als nur dem gemeinsamen Sport gegolten und er wusste, dass Nick ihn auch verstanden hatte.

Jetzt kam er gerade von dem längst überfälligen Treffen mit Stina, vor dem er sich zugegebenermaßen ein wenig gefürchtet hatte, weil er einfach nicht gewusst hatte, was er sagen sollte. Sie hatte keinen guten Tag gehabt, gerade als er all seinen Mut zusammengenommen hatte, fing sie an. Die ganzen Jahre hatte er ihre Vorwürfe und Schuldzuweisungen klaglos ertragen, denn sie hatte ja recht, aber heute war ihm zum ersten Mal aufgegangen, wie sehr ihm diese Besuche zusetzten. Und dass sie ihm nie verzeihen würde, egal was er tat oder wie oft er sich entschuldigte. Sie würde die Vergangenheit nicht ruhen lassen. Er verstand sie ja, ihre Wut und ihre Enttäuschung. Aber seit heute wusste er, dass er so nicht weitermachen konnte. Was natürlich nicht hieß, dass er ihr das gleich gesagt hatte. So viel Mut hatte er dann doch nicht gehabt. Vor allem, weil Bree... Das war Schwachsinn! Er konnte doch nicht seinen Mut von Bree abhängig machen. Was für ein Mann wäre er denn dann?!

Er dachte einen Moment darüber nach. Was für ein Mann wollte er sein und noch wichtiger, was für ein Leben wollte er führen? Ja, er hatte einen Fehler gemacht und ihn seitdem bitter bereut und alles getan um seine Schuld zu begleichen. Aber war es nicht langsam an der Zeit für sich selbst einzugestehen? Schließlich hatte er Stina damals zu nichts gezwungen. Sie hätte nein sagen können. Aber sie hatte ja jede dumme Idee, die er gehabt hatte, mit derselben Begeisterung aufgegriffen oder oft sogar noch einen drauf gesetzt.

Endlich begriff er es. Verstand, was sein Großvater und alle anderen immer wieder zu ihm gesagt hatten. Entschlossen sah er in den Rückspiegel, bremste ab und wendete. Das Kartenspiel mit seinem Opa und dessen Freund musste warten. Er würde zurückfahren und das Gespräch führen, dass er schon vor langem mit ihr hätte führen müssen.

Kapitel 21
Donnerstag, 26.12.

Bree lag noch im Bett und hing ihren Gedanken nach, als ihr aufging, dass dies die merkwürdigsten und gleichzeitig die schönsten Weihnachten waren, die sie je erlebt hatte. Dank Millas Dekorationen, die jeden Raum und sogar die Flure in einem warmen Glanz erstrahlen ließen, sah es unglaublich weihnachtlich aus. Die Crew des Restaurants sorgte für die passenden Gerüche. Sie hatte ein paar Sachen probiert und war hin und weg gewesen. Vor allem das Vanilleparfait mit diesen Moltebeeren hatte es ihr angetan. Die gut gelaunten und entspannten Gäste, die bei ihnen feierten und sich einfach so sehr freuten, da sein zu dürfen, trugen zu dieser besonderen Stimmung bei. Auch wenn es kein gemütliches, stundenlanges Rumsitzen mit ihrer Familie gab, vermisste sie nichts. Ganz im Gegenteil, endlich fühle sich ihr Aufenthalt hier so an, wie sie ihn sich vorgestellt hatte. Und sie war Milla unendlich dankbar, dass sie auf die traditionellen, schwedischen Nachbarsbesuche am ersten Weihnachtsfeiertag verzichtet hatte. Gut, das lag natürlich auch daran, dass das Team des Birkenlunds die Pension in Beschlag genommen hatte, aber Bree war überaus zufrieden, dass sie so weder das Gerede der Leute hören oder noch schlimmer Tuva begegnen musste. Sie konnte sich lebhaft vorstellen, wie die Bürgermeisterin sich ihr gegenüber verhalten würde, nachdem sie ihren Lieblingsneffen verschmäht hatte. So blieben sie also auf Blåbärsskog unter sich. Für ihren Seelenzustand war das perfekt. Sie war nicht allein, sondern half ihren Freunden wo sie konnte, und doch stand sie nicht im Interesse des Geschehens, sondern konnte sich ganz auf sich selbst konzentrieren. Sie hörte sich weiter diese Podcasts an und meditierte jeden Tag morgens und abends. Es tat ihr überraschend gut, nicht jede Minute des Tages mit Arbeit oder Unterhaltung auszufüllen und sie nahm sich fest vor, diese neue Routine beizubehalten, wenn sie wieder in England wäre. Denn sie spürte, dass sich allmählich etwas änderte und dass sie bereit für diese Veränderung war. Ja, dass sie sie sogar brauchte. Sie hatte auch beschlossen, sich nicht wegen des Jobs verrückt zu machen. Sie würde einen neuen finden. Dank Lovis hatte sie diesen Monat Geld verdient, mit dem sie ursprünglich nicht gerechnet hatte, und ihre Eltern würden sie auch nicht rauswerfen, dass wusste sie. Das war also nicht ganz so schlimm, wie sie zuerst gedacht hatte.

Und trotzdem, trotz aller Bemühungen, ging ihr Erik nicht aus dem Kopf und dem Herzen. Abends, kurz vorm Einschlafen spürte sie noch immer seine Hände auf ihrer Haut und sah sein Gesicht vor sich. Als hätte er sich in ihr eingebrannt. Vor sich selbst wollte sie es nicht leugnen. Sie vermisste ihn und zwar seine ganze Person, nicht nur den Sex.

Und auch jetzt, beim Aufwachen sehnte sie sich nach ihm. Es war zum Verrücktwerden, jedes Mal, wenn sie in den letzten Tagen etwas Interessantes gehört hatte, ertappte sie sich dabei, dass sie es ihm erzählen wollte. Vielleicht sollte sie ihn zeichnen, möglicherweise bekäme sie ihn dann aus dem Kopf. Wahrscheinlich würde das Bild grauenhaft werden, denn sie hatte seit Ewigkeiten kein Portrait mehr gemalt, aber einen Versuch war es wert. Auch wenn sie gar nicht die richtigen Utensilien hatte. Entschieden setzte sie sich auf, stopfte sich alle verfügbaren Kissen in den Rücken und schnappte sich das Notizbuch. Wie um sich zu sammeln strich sie über das dicke Papier. Dann setzte sie den Bleistift an und glitt hinein in ihre eigene Welt.

***

„Guten Morgen", flüsterte Nick liebevoll, als Milla flatternd die Augen aufschlug.

„Morgen", erwiderte sie murmelnd und schloss die Lider wieder. Es war so schön warm und kuschelig im Bett... Dann riss sie auf einmal die Augen auf und setzte sich ruckartig auf. Es war tatsächlich hell draußen und Nick saß mit dem Laptop auf dem Schoß neben ihr.

„Babe, mach langsam", sagte er und wollte nach ihrer Hand greifen, aber sie zog sie weg.

„Warum hast du mich nicht geweckt?", rief sie und schaute auf den Wecker. „So spät schon?! Oh mein Gott, ich hätte längst aufstehen sollen!"

„Milla!" Diesmal bekam Nick ihre Hand tatsächlich zu fassen. „Es ist alles in Ordnung. Du bist noch gar nicht richtig wach..."

Sie drehte den Kopf. „Klar bin ich wach! Und außerdem spät dran, ich muss noch..."

„Du musst gar nichts", unterbrach er sie. „Ich habe alles geklärt." Er klappte bedacht den Laptop zu.

„Was hast du mit wem geklärt?", wollte sie wissen. Seine scheinbare Seelenruhe machte sie eher rasend, als das sie eine beruhigende Wirkung gehabt hätte.

„Schatz, die Birkenlunds sind Profis, das haben wir doch selbst gesehen und deswegen haben ich ihnen gestern Abend den Schlüssel gegeben, damit sie sich selbst einlassen können."

„Du hast WAS gemacht?", rief sie entsetzt aus. „Bist du verrückt? Was denken die denn jetzt von mir? Du kannst doch nicht einfach über meinen Kopf hinweg entscheiden!! Das ist schließlich mein Business!"

„Du brauchtest dringend eine Pause", entgegnete er ruhig.

„Du übertreibst!", wischte die den Einwand beiseite. Sie musste duschen und dann unten nach dem Rechten zu sehen.

„Schatz", versuchte es Nick noch einmal. „Ich übertreibe nicht. Du hast beinahe zehn Stunden am Stück geschlafen und siehst immer noch müde aus."

„Na, vielen Dank auch!" Sie versuchte es mit einem sarkastischen Lachen zu kaschieren, aber er merkte trotzdem, dass sie gekränkt war. „Du kannst nicht einfach über meinen Kopf hinweg entscheiden. Wie sieht das denn aus?"

„Verantwortungsbewusst und besorgt?", antwortete er prompt, dann holte er tief Luft und fuhr ruhiger fort. „Milla, Liebling, ich weiß, die Pension ist dein Traum und ich unterstütze dich dabei, so gut ich kann. Du kannst immer auf mich zählen. Ich liebe dich und deswegen möchte ich auch, dass es dir gut geht."

„Mir geht's gut!", fiel sie ihm ins Wort, aber er ließ sich nicht beirren.

„Aber du kannst ihn nicht leben, wenn du bei der Verwirklichung nicht auch auf dich aufpasst. Du brauchst mehr als nur vier bis sechs Stunden Schlaf pro Nacht und dann noch das Drama mit Bree..."

„Sie ist meine Freundin!"

„Ja, ich weiß. Aber hast du nicht immer wieder gesagt, dass sie erwachsen ist und eigene Entscheidungen trifft. Und jetzt kreist du um sie herum, wie eine überbesorgte Helikopter-Mutter."

„Was?", rief Milla. Jetzt stand sie wirklich auf. „Ich mache doch gar nichts! Ich habe sie weder bedrängt, noch..."

„Nein, aber du lässt sie keinen Moment aus den Augen. Vielleicht merkt sie es selbst nicht, weil sie zu sehr mit sich beschäftigt ist, aber ich sehe, wie du sie beobachtest und jedes Mal springst, wenn du denkst, du kannst ihr etwas Gutes tun oder helfen."

„Entschuldigung?" Milla stemmte die Hände in die Seiten. „Es ist ja wohl nicht schlimm, jemanden helfen zu wollen."

„Nein, durchaus nicht. Aber du bemutterst sie", entgegnete er. „Ich habe den Browserverlauf gesehen. Du hast nach Jobs für sie gesucht."

Milla öffnete den Mund und schloss ihn wieder. Einen Moment starrte sie ihn ungläubig an. „Spionierst du mir etwa nach?", verlangte sie zu wissen und hörte selbst, dass ihre Stimme einen schrillen Unterton annahm. Jahrelang hat ihr Vater jeden ihrer Schritte beobachtet und kommentiert. Bis heute hatte sie ihn im Verdacht sie sogar auf ihrer Weltreise per GPS verfolgt zu haben.

„Natürlich nicht", antwortete Nick betont sachlich, schließlich wusste er um das schwierige Verhältnis zwischen Milla und ihrem Vater. „Wir benutzen denselben Laptop für unsere privaten Zwecke", erinnerte er sie und deutete ohne hinzusehen, auf das Gerät neben sich.

Millas Herz schlug, als würde sie sich auf dem Crosstrainer verausgaben und nicht ruhig vor ihrem Freund stehen und streiten. Eigentlich stritten sie nie... Prüfend sah sie ihn an und er schaute offen zurück. Sie holte tief Luft und ließ sie langsam wieder entweichen. Sie glaubte ihm. Nick war durch und durch ehrlich. Deswegen hatte sie seine Aktion auch so überrascht.

„Okay", sagte sie langsam. „Dennoch hättest du mit mir darüber reden müssen und nicht einfach so entscheiden dürfen."

„Wärst du denn einverstanden gewesen?", fragte er zurück und stand nun ebenfalls auf.

„Keine Ahnung", gab sie zu. „Aber ich will nicht, dass irgendwer denkt, dass..."

„Babe", unterbrach er sie und nahm sie bei den Händen. „Was andere über uns denken, geht uns nichts an. Es sind deren Gedanken, nicht unsere. Damit müssen wir uns nicht belasten und Chef sein bedeutet auch, zu wissen wem man was anvertrauen kann und Aufgaben delegieren zu können. Im Birkenlund muss die Crew selbst für Ordnung sorgen. Und was die dort können, können sie auch hier", sagte er.

„Du hast ja recht", stimmte sie ihm zu. „Sie haben ja genügend Personal."

„Siehst du, geht doch!", scherzte er und fuhr direkt fort. „Und was Bree angeht, ich habe sie auch gern und möchte, dass es ihr gut geht. Sonst hätte ich kaum eine xxl-Packung Kondome in ihr Zimmer gelegt, aber..."

„Du hast was getan?" Überrascht sah sie ihn an. „Und das ist nicht übergriffig?"

„Nein! Das ist verantwortungsbewusst und hilfsbereit", antwortete er, konnte sich aber ein Schmunzeln nicht verkneifen. „Sie hat sie doch gebraucht, oder etwa nicht?!"

Milla musste lachen. „Du bist..." Ihr fehlten die Worte.

„Ein guter Freund?!", half er ihr aus.

„Eher ein nerviger, großer Bruder", antwortete sie.

„Ich nehme das als Kompliment!" Er grinste zufrieden. „Nachdem ich jahrelang der Kleinste war..."

Milla zog spöttisch die Augenbrauen hoch. „Du bist immer noch der jüngste Bedford", berichtigte sie ihn, aber er machte eine wegwerfende Geste.

„Unbedeutende Kleinigkeiten", entgegnete er schlagfertig, wurde dann aber wieder ernst. „Schatz, ich finde es toll, dass du dich um sie sorgst und ihr helfen möchtest. Und das hast du ja auch getan, aber SO schlimm ist es nun auch nicht, was passiert ist. Ja, es war nicht ganz sauber, wie das mit Per und Erik gelaufen ist und Eriks verquerer Beziehungsstatus kommt zu dem Kuddelmuddel noch hinzu, aber jetzt mal ehrlich, wie lange kannten sie sich?!" Jetzt hob er die Augenbrauen hoch. „Versteh mich nicht falsch, ich finde es super, dass sie sich jetzt mit ihren emotionalen Verletzungen beschäftigt, aber es gibt keinen Grund, dass du sie bemuttern musst. Denn sie hat schon eine. Du bist ihre Freundin."

Milla schluckte. „Dass du so brutal ehrlich sein kannst, ist neu!", brachte sie mühsam hervor. Das Wort „bemuttern" hallte in ihr nach. Anscheinend gab es in ihr immer noch eine weitere Schicht der Trauer über den Verlust ihrer Mutter, die sie ansehen und verarbeiten durfte.

„Entschuldige, ich wollte dich nicht verletzen", antwortete er, als er sah, dass seine Worte ganz woanders angekommen waren, als er es beabsichtigt hatte. „Ich hätte es anders ausdrücken sollen."

„Schon gut, vielleicht habe ich wirklich übertrieben. Dabei habe ich mir solche Mühe gegeben cool und entspannt zu bleiben." Sie schenkte ihm ein schiefes Lächeln.

„Naja, bis wir Kinder haben, hast du es bestimmt voll drauf!", sagte er lakonisch und sie gluckste.

„Ganz bestimmt! Weiß ja jeder, dass Kindererziehung ein Klacks ist!", erwiderte sie ironisch.

Endlich nahm er sie in die Arme und küsste sie. „Ich bin mir sicher, du bist ein Naturtalent!", flüsterte er und sie lachte leise auf. „Und wenn doch nicht, haben unsere Kinder ja immer noch mich!"

„Und da haben sie großes Glück!", sagte sie und meinte es auch genauso.

***

Minutenlang starrte Bree auf das Blatt Papier und konnte es nicht fassen. Auch wenn es gesellschaftlich nicht gern gesehen war, sie war wirklich stolz auf ihre Arbeit. Eriks Portrait war ihr richtig gut gelungen. Das Bild drückte alles aus, was sie in ihm sah. Seine Intelligenz und sein Mitgefühl, seine Wärme und sein Verantwortungsbewusstsein. Und dahinter seine Sehnsucht. Erst beim Zeichnen hatte sie verstanden, dass er hier in Österholm ein Leben lebte, dass gar nicht seines war. Sie war sich nicht einmal sicher, ob er sich dessen überhaupt bewusst war. Und genau in dem Moment in dem sie wusste, was sie tun musste, klingelte ihr Smartphone.

***

Eriks diesjährige Weihnachten hatten sich äußerlich nicht sehr von all den Weihnachten der letzten Jahre unterschieden. Aber innerlich hatte in Erik ein wahrer Gefühlstornado getobt. Kurz nach dem Gespräch mit Stina hatte er plötzlich gezweifelt, ob es richtig gewesen war, sie nicht nur an ihre eigene Verantwortung zu erinnern, sondern sie ihr auch wieder zurückzugeben. Aber dann war ihm aufgegangen dass er es sich selbst schuldig war, seine eigenen Bedürfnisse an erste Stelle zu setzen. Er konnte und wollte den Tod seiner Eltern nicht länger als Ausrede benutzen, warum er nicht das Leben führen konnte, das er sich erträumte. Das war auch ihnen gegenüber ungerecht, schließlich hatten sie ihn immer bei allem unterstützt. Plötzlich war er sich sicher, dass sie nicht gewollt hätten, dass er sich jeden

296

Tag für seine Fehler bestrafte. Oder für seine Wünsche und Träume, die so anders waren, als die aller anderen, die er kannte. Aus irgendeinem Grund hatte er daher irgendwann geschlussfolgert, dass sie falsch waren und er es nicht wert, nach ihnen zu streben.

Aber was, wenn das gar nicht stimmte? Was wäre wenn, wenn er jetzt entschied mit sich selbst Freundschaft zu schließen? Auf einmal schoss ihm das Wort „Selbstliebe" durch den Kopf. War sein Gespräch mit Stina nicht genau das gewesen? Ein Akt radikaler Selbstliebe?

Er hatte ihr noch einmal versichert, dass er immer für sie da wäre, wenn sie ihn brauchte, wirklich brauchte. Aber dass es jetzt an der Zeit war, dass sie sich entschied, wie sie weitermachen wollte. Entweder nahm sie endlich jede Hilfe an, die sie kriegen konnte, auch wenn es wie spiritueller Hokuspokus erschien oder sie blieb wo sie war. Denn wenn er eines in den letzten Jahren gelernt hatte, so war es folgendes: Wenn sie nicht bei ihrer Heilung mitmachte, dann konnte er sich auf den Kopf stellen, es würde die Zeit nicht zurückdrehen.

Nachdem er geendet hatte, war sie einen Moment still gewesen. Völlig perplex hatte sie ihn angesehen und dann hatte sie nur ein Wort gesagt.

„Raus!"

Als er nicht sofort reagierte, hatte sie die Blumenvase nach ihm geworfen. Er hatte sich geduckt, die Vase war an der Tür zerbrochen und während sie hektisch nach etwas anderem suchte, was sie werfen konnte, war er gegangen. Noch am Fahrstuhl hatte er ihren Tobsuchtsanfall gehört. Es war nicht ihr erster, er hatte schon einige erlebt und immer war er darauf bedacht gewesen, sie zu beruhigen. Anders als heute. Im Auto war ihm aufgegangen, wie viel Energie sie und alle anderen, die sie beruhigen wollten, diese Anfälle kosteten. Zum ersten Mal hatte er sich gefragt, wie ihr Leben aussähe, wenn sie diese Energie in ihre Heilung gesteckt hätte. Ob sie dann wieder gehen konnte? Wenigstens kleine Strecken? Ausgeschlossen hatten die Ärzte es nicht. Wie oft hatte er versucht sie zu motivieren? Er konnte wirklich nichts dafür, dass sie es nicht hatte hören wollen. Aber all das fiel ihm erst in diesen Tagen auf. Dass seine Schuldgefühle die Basis ihrer ‚Beziehung' gewesen waren. Dass er sich seine Fesseln selbst angelegt hatte und dass ihre Freundschaft von Anfang nur auf Spaß angelegt war und schon immer eine selbstzerstörerische Nuance gehabt hatte. Als ihm das alles klar geworden war, fühlte er sich so frei und leicht wie seit Jahren nicht. In den letzten zwei Tagen hatte er viel mit seinem Opa gesprochen und auch mit dessen Freund Bjarne, der seit Jahren mit ihnen Weihnachten feierte. Ein Weihnachten das hauptsächlich aus Kartenspielen und Essen bestand und eben dieses Jahr von außergewöhnlich tiefsinnigen Gesprächen und weiteren folgenreichen Entscheidungen begleitet wurde.

Eine dieser Entscheidungen würde er heute Nachmittag verkünden und er war schon sehr gespannt, wie Lasse die Neuigkeit, dass er Geschäftsführer werden sollte, aufnahm. Natürlich erst einmal auf Probe. Erik hatte sich ebenfalls endlich eingestanden, dass er die Firma nur aus Pflichtgefühl übernommen und weitergeführt hatte. Selbst wenn ihm die Arbeit die meiste Zeit Freude bereitete, so war es doch nicht das wofür er brannte und wobei er sein ganzes Können, seine Talente einsetzen konnte. Er hatte beschlossen seine

Fähigkeiten als etwas Besonderes zu sehen und nicht mehr als Last, die ihn von anderen unterschied.

Und nun stand er vor Blåbärsskog und zögerte. Er war ziemlich nervös, auch wenn er sich sicher war, dass er das Richtige tat. Er holte noch einmal tief Luft und klopfte an.

Kapitel 22

„Ich weiß jetzt, was ich tun muss!", rief Bree und polterte ungeduldig die Treppe hinunter. Eriks Porträt schwenkte sie dabei wie eine Fahne in der Luft. Sie konnte es kaum erwarten, ihren Plan endlich umzusetzen und der Anruf, der schier unglaubliche Nachrichten beinhaltet hatte, gab ihr zusätzlichen Auftrieb. Als sie erkannte, wer dort unten mit Milla stand, wäre sie beinahe gestolpert. Sie konnte sich gerade noch so am Treppengeländer festhalten.

„Erik." Er sah gut aus, irgendwie erholter, was sie sich nicht erklären konnte. Sie runzelte irritiert die Stirn und kam Stufe für Stufe langsam näher.

„Ich mache euch einen Kaffee!", verkündete Milla. „Setzt euch ins Arbeitszimmer, da seid ihr ungestört." Sie warf Bree einen fragenden Blick zu, die kurz nickte, dann verschwand sie Richtung Küche.

„Hej Bree", sagte er, als sie kurz vor ihm stand und streckte ihr ein Päckchen entgegen. „Frohe Weihnachten." Bei ihrem Anblick vollführte sein Herz eine noch nie dagewesene Abfolge von Schlägen. Er versuchte zu lächeln und hoffte, es sähe lockerer aus, als es sich anfühlte.

Auch wenn sie froh war ihn zu sehen, damit hatte sie nicht gerechnet. „Du schenkst mir was?". Vor ihm zu stehen und ihn nicht zu berühren, fühlte sich sehr merkwürdig an. Was komisch war, schließlich hatten sie sich viel öfter nicht angefasst, als... Ihre Gedanken purzelten durcheinander und in ihrem Herzen zog und zerrte etwas ganz heftig.

„Ähm, ja", antwortete er und hielt es ihr immer noch hin.

„Danke." Endlich nahm sie es ihm ab. „Ich habe aber nichts für dich."

„Und was ist das?", fragte er und deutete auf das Blatt Papier.

„Ähm..." Sie zögerte. Sie war in der festen Absicht hinunter gestürmt, es ihm zu zeigen und nun war sie sich nicht mehr sicher. „Wollen wir nicht erst einmal..." Sie deutete in Richtung Arbeitszimmer und er nickte.

Als sie den Raum betrat, tauchten auf einmal Bilder ihres gemeinsamen Filmabends vor ihrem geistigen Auge auf und das Ziehen in ihrem Herz verstärkte sich noch einmal. Sie bemühte sich möglichst unauffällig, möglichst tief zu atmen. Sie wollte einen kühlen Kopf bewahren.

Auch Erik wühlte der Anblick der Couch auf. Gleichzeitig war er sehr erleichtert, dass sie seine Anwesenheit nicht in Frage gestellt hatte. „Hast du gezeichnet?", fragte er und griff damit das Gespräch wieder auf.

Bree sah zu ihm hoch und nickte. Sie war mitten im Zimmer stehen geblieben. Irgendwie konnte sie sich nicht auf das Sofa setzen.

„Kann ich es sehen?", bat er.

Sie nickte und hielt ihm das Blatt hin. „Es ist für dich", sagte sie und sein Herz setzte einen Schlag aus. Es hatte sich gerade erst von seinem Stolpern erholt und seinen festen Takt anscheinend doch noch nicht wiedergefunden. Er griff danach und hätte sich nicht gewundert, wenn seine Hand gezittert hätte. Einen Moment sah er auf die Rückseite, dann drehte er es vorsichtig um und keuchte auf. Mit allem hatte er gerechnet, aber nicht damit, dass sie ihn gezeichnet hatte. Er wusste nicht, wie es möglich war, aber sie hatte ihn so abgebildet, wie er sich selbst seit Jahren nicht mehr gesehen hatte. Vielleicht noch nie. Er lächelte und wirkte vollkommen im Einklang mit sich und der Welt. Er wusste nicht, wie sie es gemacht hatte, aber seine Augen strahlten. Eigentlich strahlte das ganze Portrait. Er wusste nicht, was er sagen sollte. Mit gesenktem Kopf stand er da und versuchte seine Fassung wiederzufinden.

„Gefällt es dir?", fragte sie leise.

„Es ist unglaublich!", antwortete er rau. „Du bist unglaublich! Woher wusstest du..."

Sie zuckte mit den Achseln und gleichzeitig breitete sich ein Lächeln auf ihrem Gesicht aus. Alle Unsicherheit verschwand und mit einem Mal wusste sie, alles würde gut werden. Denn es war schon alles gut. Keine Ahnung, woher diese Gewissheit kam. Sie wusste es einfach, genauso wie dieses Bild auf einmal da gewesen war. „Es war auf einmal einfach da", sagte sie schlicht.

Bevor er antworten konnte, klopfte es an der Tür und Milla trat ein. Sie balancierte ein Tablett mit Thermoskanne, Kaffeetassen und Gebäck in einer Hand. Er beeilte sich, das Portrait beiseite zu legen, um Milla das Tablett abzunehmen, da hatte sie es schon auf den kleinen Tisch vor der Couch abgestellt.

„Danke!", sagte er.

„Gern geschehen." Milla warf einen kurzen Blick zu Bree, die strahlte wie ein Weihnachtsengel und erleichtert zog sie sich wieder zurück.

Erik sah wieder zu Bree. „Jetzt bist du dran."

„Ich?" Einen Moment war sie verwirrt.

„Dein Geschenk", erinnerte er sie.

„Ach so... Ja!" Wie dumm von ihr! Nun setzte sie sich doch auf das Sofa und begann das Geschenk, dass sie die ganze Zeit in den Händen gehalten hatte, vorsichtig auszupacken. Als sie erkannte, was es war, begannen ihre Hände zu zittern. Farben. Er hatte ihr Farben geschenkt. Und Kohlestifte und einen dicken Skizzenblock und alles in hervorragender Qualität. In ihren Augen begann es zu brennen. Noch nie hatte sie so ein persönliches Geschenk von einem Mann bekommen.

„Damit du nicht vergisst, was dein Herz sich wünscht", erklärte er und setzte in einigem Abstand neben sie.

„Danke!", schniefte sie.

„Gefällt es dir nicht?", erkundigte er sich, erschrocken über ihre Tränen.

„Was? Nein!", rief sie aus und sah ihn an. „Es ist perfekt! So etwas Schönes habe ich noch nie bekommen!"

Erleichtert atmete er aus. Einen kurzen Moment hatte er Sorge gehabt, er hätte sich geirrt.

Bree sah ihn an und erinnerte sich an etwas, was sie in den letzten Tagen gehört hatte. Wenn man andere Ergebnisse haben möchte, muss man anfangen Dinge anders zu machen. Also fragte sie mutig: „Und was ist mit Stina?"

Erik sah sie offen an und antwortete: „Ich erzähle dir alles, es dauert allerdings eine Weile."

„Ich habe Zeit", schoss es aus ihr heraus und als sie merkte, wie blöd das klang fügte sie scherzend hinzu: „Und Kaffee!"

Er schenkte ihr ein schiefes Grinsen, bevor er tief Luft holte und zu erzählen begann.

„Stina kam in der neunten Klasse zu uns und sie war so anders, als die anderen Mädchen. Sie interessierte sich nicht für Boybands oder Pferde. Sie hatte immer die coolsten Ideen, was man machen konnte. Sie war wild und scherte sich nicht darum, was die anderen dachten. Aber damals habe ich sie nur aus der Ferne beobachtet und fand sie einfach toll. Ehrlich gesagt, hatte ich ein bisschen Schiss vor ihr." Er schenkte ihr ein schiefes Grinsen, bevor er fortfuhr. „Dann bin ich weggezogen und sah sie nur noch selten. Aber als meine Eltern gestorben waren, war ich ja wieder hier und ich weiß gar nicht mehr, wie es anfing, aber auf einmal trafen wir uns. Ihre Gegenwart tat mir gut, denn sie fasste mich nicht mit Samthandschuhen an. Sie war genauso grob und ruppig wie vorher. Als würde sie nicht interessieren, was passiert war und das fand ich damals... befreiend. Alle anderen tanzen um mich herum, achteten auf jede meiner Bewegungen, es war unglaublich anstrengend. Aber mit Stina konnte ich sein, wie ich war." Erik holte tief Luft und Bree saß still neben ihm. Sie wollte ihn auf keinen Fall in seinem Redefluss unterbrechen.

„Nur war ich natürlich nicht ich selbst, zu dieser Zeit. Aber das wollte ich nicht sehen, wahrscheinlich konnte ich es auch nicht. Ich hatte dir ja schon gesagt, dass ich so unglaublich wütend war und dazu kam, dass ich Stina beeindrucken wollte. In meinen Augen war sie immer noch die Coolste. Wir machten jede Menge Mist miteinander, haben zu viel getrunken, gekifft, irgendwelche dämlichen Mutproben... Das war unser Ding. Dieses ‚Ich wette, du traust dich nicht...‘ Bis zu diesem einen Abend. Es war meine Idee und bitte frag mich nicht, wie man so dumm sein kann. Genau das versuche ich seit Jahren herauszufinden. Jedenfalls meinte ich auf einmal, es wäre doch krass, im Dunkeln den Berg im Wald runterzufahren. Mit dem Fahrrad. Sie war sofort dabei. Ich sehe sie noch heute vor mir, wie sie begeistert aufgesprungen ist und sofort loslegen wollte. Also haben wir unsere Räder geholt und sind in den Wald gefahren. Und als wir auf dem Berg standen, schlug sie plötzlich vor, wir sollten das Licht ausschalten und nur im Vollmond runterfahren. Ich wollte sie davon abhalten, aber..." Er schluckte. Bree spürte seine Anspannung beinahe körperlich. Unsicher überlegte sie, ob sie seine Hand nehmen sollte. Dabei war sie selbst alles andere als entspannt. Seine Geschichte unterschied sich deutlich von der, die sie erwartet hatte.

„Wenn Stina sich etwas in den Kopf setzt, kann sie nichts und niemand davon abbringen. Also gab ich nach und verfluche mich bis heute dafür. Ich habe ihr immer nachgegeben, bin den einfacheren Weg gegangen, bis er eben nicht mehr einfach war." Wieder machte er einen Moment Pause, als wäre er wieder dort oben, in jener Nacht. „Also haben wir die Dynamos ausgeschaltet und sind losgefahren. Stina vorne weg. Am Anfang ging auch alles gut, der Mond schenkte genug Licht, es war Herbst, fast Winter und viele Bäume schon kahl. Aber dann schob sich eine verdammte Wolke vor den Himmel! Ich habe sofort abgebremst. Aber Stina ist einfach weitergefahren. Ich habe noch gerufen, sie soll bremsen. Aber sie lachte nur und nannte mich ein Weichei... Und dann hat sie geschrien und in genau diesem Moment war die Wolke wieder weg und ich sehe noch wie sie fliegt und..." Seine Stimme brach und als er spürte, dass sich Brees Hand in seine schob, huschte ein dankbares Lächeln über sein Gesicht. So flüchtig, dass sie es beinahe übersehen hätte. „Sie hat sich das Rückgrat gebrochen", fuhr er tonlos fort. „Dieses Geräusch werde ich mein ganzes Leben nicht vergessen. Sie war bewusstlos, aber ich dachte erst sie wäre tot, ich habe geschrien und wusste einen Moment nicht was ich tun sollte. Aber dann hat mein Körper irgendwie funktioniert und alles, was ich jemals gelernt hatte, war wieder da. Ich wusste, ich darf sie nicht bewegen und ich muss Hilfe holen. Ich habe sie mit meiner Jacke zugedeckt und bin losgefahren." Wieder holte er tief Luft und sah sie zum ersten Mal wieder an. „An den Rest erinnere ich mich nur noch verschwommen. Ich konnte ein Auto anhalten, dann waren Rettungssanitäter da und mein Großvater. Sie haben sie stundenlang operiert und ich war die ganze Zeit im Krankenhaus und habe gewartet. Ihre Mutter hat nur geweint. Ich habe mich so schrecklich gefühlt, weil es ja meine Idee gewesen war."

Bree wollte protestieren, aber da sprach er schon weiter.

„Sie ist seitdem nie wieder gelaufen. Die Ärzte haben es nicht völlig ausgeschlossen, dass sie wieder gehen kann. Aber sie... Deswegen war ich jeden Freitag in Nässjö. Sie wohnt dort in einem Heim." Bei diesem letzten Wort, das ihm Stinas ganzes Leben vor Augen führte, brach seine Stimme und alle Dämme gleich mit. Obwohl er in den letzten Tagen begonnen hatte alles in einem neuen Licht zu sehen, wurde ihm noch einmal bewusst, wie viel Glück er gehabt hatte, im Gegensatz zu ihr.

„Schh!", machte Bree, rückte näher an ihn heran und nahm ihn in den Arm. Beruhigend strich sie ihm über den Rücken. Sie wusste nicht, was sie sagen sollte. Eine gelähmte Freundin, die betreut werden musste? Sie hatte sich eine strahlend schöne Verlobte vorgestellt und nicht eine von Schuldgefühlen genährte Verpflichtung. In ihr stieg Groll auf. Dieses winzige Detail hatte Per wohl mit Absicht verschwiegen. Sie verstand aber immer noch nicht, wieso. Wie hing er da mit drin?

Erik schniefte noch einmal und befreite sich dann aus Brees Armen, auch wenn es sich wundervoll angefühlt hatte, von ihr gehalten zu werden. „Danke." Er drückte ihre Hand und sprach schnell weiter: „In den letzten Tagen ist mir klargeworden, dass egal, was ich tue, sie diejenige ist, die es wollen muss. Also war ich vorgestern bei ihr und habe ihr gesagt, dass ich nicht mehr kommen werde und dass sie sich endlich helfen lassen muss. Ich werde immer für sie da sein, wenn sie mich wirklich braucht und dass mir wirklich leid tut, was damals passiert ist, aber ich werde nicht weiter ihr Sündenbock sein für alles was in ihrem Leben schief läuft."

„Das hast du gesagt?", fragte sie überrascht.

„Ja." Er nickte bekräftigend.

„Und was hat sie geantwortet?"

„Sie hat eine Vase nach mir geworfen." Er warf ihr einen kurzen Blick zu.

„Nein!" Bree schlug die Hand vor den Mund. „Bist du verletzt?"

Er schüttelte den Kopf. „Ich konnte mich rechtzeitig wegdrehen."

„O Gott!", brachte sie hervor und begann unwillkürlich zu kichern. Peinlich berührt hörte sie sofort auf, versuchte es zumindest. „Entschuldigung, das ist nun wirklich nicht zum Lachen."

„Nein", bestätigte er. Aber dann musste er auch grinsen. „Ein bisschen vielleicht doch."

„Es hat ihr wohl nicht gefallen, was du gesagt hast", stellte sie nach einer Weile fest.

„Wem gefällt es schon, den Spiegel vorgehalten zu bekommen? Mir hat es nicht gefallen. Ich fand es sogar ziemlich nervig."

„Das kenne ich. Das fühlt sich überhaupt nicht schön an. Wer war es denn bei dir?", fragend sah sie ihn an.

„Du", entgegnete er gelassen und legte den Arm um sie. Es fühlte sich so natürlich an, dicht neben ihr zu sitzen.

„Ich?" Sie zog die Nase kraus. „Wann denn? Ich habe doch gar nichts getan!"

„Klar! Die ganze Zeit. Seit du hergekommen bist, hältst du mir den Spiegel vor", entgegnete er. „Du kommst hierher. Hast einfach mal in dem arbeitsreichsten Monat des Jahres frei. Dann arbeitest du spontan bei meiner Cousine. Krempelst alles um. Flirtest mit Per. Hilfst den Grundschulkindern. Alle lieben dich, selbst Mikaela Knudsen. Und das alles mit einer Leichtigkeit."

„So ein Quatsch!" Sie schüttelte den Kopf. „Das ist doch gar nicht wahr!"

„Doch, das ist es. Bei dir sieht alles total leicht aus", widersprach er. „Du hast überhaupt keine Sorgen, du machst einfach was du willst."

„Nein, Erik, das stimmt nicht." Sie schüttelte den Kopf. „Ich kann nur so lange hier sein, weil die Fernsehshow, für die ich gearbeitet habe, abgesetzt wird. Nur wusste ich das bis vor ein paar Tagen nicht. Und Milla hat mich quasi gezwungen bei Lovis zu arbeiten und als Mikaela mich um Hilfe gebeten hat, hatte ich keinen Grund nein zu sagen. Außerdem war das eine willkommene Abwechslung zur Arbeit bei Lovis. Und das mit Per..." Sie zögerte. Fast hätte sie gesagt, dass sie immer irgendwelche Männer kennenlernte und sie gar nichts dafür tat. Aber sie hatte sich gerade noch auf die Zunge beißen können. Sie hatte Angst, er würde es falsch verstehen.

„Ja?", hakte er nach.

„Ich... Da war nichts. Kann sein, dass er mehr wollte, aber ich nicht. Wir hatten ein oder zwei ganz nette Verabredungen, aber mehr auch nicht", beteuerte sie. „Wo wir gerade dabei sind, was ist das mit euch zwei? Warum gibt es diese Spannungen?" Sie wollte es endlich wissen.

„Ich erzähl es dir, aber vorher muss ich etwas essen!" Er deutete auf das Tablett, das noch unberührt vor ihnen stand. Jetzt, da er alles erzählt hatte, bemerkte er, dass er noch gar nicht gefrühstückt hatte. Er goss den dampfenden Kaffee in die Tassen und reichte ihr eine. „Muffin oder Lussekatter?"

„Das sind Millas Frühstücksmuffins mit Vollkorn und Nüssen und sehr gesund", erklärte sie und guckte bedeutungsvoll. „Ich nehm das andere!"

Erik lachte kurz auf und reichte ihr das Safrangebäck, während er sich selbst tatsächlich einen der Muffins nahm.

„Bist du sicher, dass du das essen willst?", erkundigte sie sich mit hochgezogenen Brauen.

„Ja, bin ich", antwortete Erik grinsend und biss genüsslich in das Teilchen. „Ich mag gesundes Essen", fügte er hinzu, als er sah dass sie ihn beobachtete.

„Okay..." Sie zuckte mit den Achseln. Solange sie es nicht essen musste, war ihr alles recht. Sie fand, dass Kuchen süß sein musste, sonst konnte sie ja gleich ein Brot essen. Heimlich beobachtete sie ihn. Er hatte nichts von seiner Anziehung verloren, stellte sie erstaunt fest. Sie wollte sich immer noch, trotz seiner Vergangenheit und seinem komplizierten Leben, einfach auf ihn stürzen. Normalerweise verlor sie das Interesse sobald der Spaß sich zu verabschieden drohte. Das war kein besonders schöner Zug von ihr, das wusste sie selbst, aber sie konnte auch nichts dagegen tun. Ein Mann brauchte nur Worte wie Beziehung, reden, Zukunft oder ähnliches in den Mund nehmen und weg war sie. Was hatte er nur an sich, dass es bei ihm anders war? Sein gutes Aussehen allein konnte es nicht sein. Bevor sie dieses Rätsel weiter ergründen konnte, hatte er seinen Kaffee ausgetrunken und wandte sich zu ihr um. Schnell beeilte sie sich beschäftigt zu wirken und biss in das Gebäck. Leider wurde der Happen viel zu groß und so saß sie mit übervollen Backen neben ihn und kaute was das Zeug hielt.

„Bereit?", erkundigte er sich, als er seine Tasse abstellte. Er wusste jetzt, wo er mit seiner Geschichte beginnen würde. Als er ihre vollen Hamsterbacken sah, fragte er amüsiert: „Geht's oder brauchst du Hilfe?"

Sie nickte, schüttelte den Kopf und winkte dann ab. Sagen konnte sie ja nichts. Gott, wie peinlich!

Er warf ihr noch einen letzten prüfenden Blick zu, nicht dass sie noch erstickte oder so. „Ich habe dir doch erzählt, dass ich die letzten Schuljahre in einer anderen Schule verbracht habe", begann er und sie nickte. „Es war Pers Schule. Tuva hatte mir geholfen mit dem Stipendium und dachte es sei eine gute Idee, mich dort zu bewerben, schließlich würde ich dann dort schon jemanden kennen. Er war damals schon lieber bei seiner Tante gewesen, als bei seinen Eltern. Sie sind... schwierig." Er machte eine wegwerfende Handbewegung. „Egal, jedenfalls nahm mich Per unter seine Fittiche und zeigte mir alles. Er kann das gut. Ich hatte dir ja schon erzählt, dass diese Zeit besonders für mich war. Und tatsächlich freundeten wir uns an, traten beinahe überall zusammen auf und schmiedeten Pläne für die Zeit nach der Schule. Wir wollten an dieselbe Uni und gemeinsam ins Ausland. Aber dann..." Er stockte kurz. „Als meine Eltern den Unfall hatten und ich nach Österholm zurückgegangen bin, hat er erst noch verständnisvoll reagiert. Weil er, wahrscheinlich genau wie alle anderen, dachte, dass ich Zeit bräuchte und spätestens zum nächsten Semester mit der Uni starten würde. Aber dann kam ich nicht zurück. Ich fing an immer mehr mit Stina zu machen und... den Rest kennst du ja." Er zuckte mit den Achseln. „Ich weiß nicht genau, wann es anfing, aber irgendwann stand er vor mir und machte mir Vorwürfe. Ich würde mein Leben wegwerfen und ihn hängen lassen. Wir hatten einen riesengroßen Streit. Ich schrie ihn an, dass er gar nichts verstehen würde und dass es nicht immer nur um ihn ginge und naja, was man sich eben alles so an den Kopf wirft." Er seufzte. „Wir haben das nie geklärt, denn bald danach hatte Stina den Unfall. Da sind wir uns im Krankenhaus begegnet. Dass er mich damals nicht verprügelt hat, wundert mich noch heute. Er hat mir einen Blick zugeworfen... Und ich dachte nur, er hätte ja recht. Ein kleiner Teil von mir hat sich sogar gewünscht, er würde auf mich losgehen, damit ich endlich bekäme, was ich verdiene." Wieder zuckte er mit den Schultern. „Tja, das war die ganze Geschichte."

„Also hat er dir nie verziehen, dass du dich für einen anderen Weg entschieden hast?" Bree konnte es kaum glauben, dass jemand so lange an einer solchen Geschichte festhalten konnte. „Oder ist da noch etwas, von dem du nichts weißt."

„Keine Ahnung", gab er ehrlich zu. „Bis du hier aufgetaucht bist, habe ich nicht einmal ansatzweise darüber nachgedacht. Ich glaubte ja, ich hätte mir das alles selbst eingebrockt."

„Und jetzt denkst du das nicht mehr?", wollte sie wissen.

„Jetzt denke ich, dass ich mich als allererstes bei dir entschuldigen muss! Es tut mir wirklich leid, dass ich nicht von Anfang an ehrlich zu dir war und dir von ihr erzählt habe. DU musst ja gedacht haben ich bin ein treuloser Mistkerl, der Frauen nur so zum Vergnügen..." Er brach ab. Darum ging es ja gar nicht. „Also bitte, entschuldige. Es tut mir wirklich leid. Und nur fürs Protokoll, Stina und ich waren nie ein Paar. Und werden es auch nie sein."

Sie nickte. „Okay, Entschuldigung angenommen. Mir tut es auch leid. Ich hätte dir gleich zuhören sollen."

„Schon gut." Er nahm ihre Hand und strich mit seinem Daumen über ihren Handrücken. „Es hatte ja auch etwas Gutes..." Einen Moment schwiegen sie beide und hingen ihren Gedanken nach.

„Und was machst du nun? Ich meine, wegen deiner Arbeit?", fragte er und kam sich ein wenig feige vor. Denn eigentlich wollte er ja wissen, ob er sie noch einmal küssen durfte.

„Dasselbe könnte ich dich fragen", antwortete sie verschmitzt. Sie hatte ihn wohl verstanden. Auch sie würde am liebsten dort weitermachen, wo sie aufgehört hatten. Bevor ein Satz von Per alles auseinandergesprengt hatte, aber diesmal wollte sie nicht dasselbe Ende wie immer. Dafür mochte sie ihn zu sehr. Auf ihre Gespräche wollte sie nicht mehr verzichten.

Er sah sie an und nickte. „Verstehe." Er schenkte ihr ein Lächeln, denn er spürte dass die Verbindung zwischen ihnen seit diesem einen Abend immer stärker wurde. Sie hatte ihm zugehört, ohne ihn zu verurteilen oder auch nur zu unterbrechen. Und das Portrait, das sie gezeichnet hatte. „Okay, ich fange an." Er setzte sich so hin, dass er ihr gegenüber saß, die Armlehne im Rücken. „Ich habe noch keinen hundertprozentigen Plan, wir haben ja gesehen, wohin das führen kann. Aber ich werde Lasse die Leitung der Firma übertragen."

„Was?", rief sie überrascht aus. „Das ist nicht dein Ernst?! Er..." Dann unterbrach sie sich, bevor sie noch etwas sagte, was sie nicht mehr zurücknehmen konnte. Sie hatte ja keine Ahnung, wie er zu Lovis Ehemann stand.

Aber er grinste nur wissend. „Ja, so habe ich auch reagiert, als mein Opa es mir vorgeschlagen hat. Aber er hat mich überzeugt, dass Lasse keinen Antrieb hat, weil er eben kein Ziel sieht. Und ich denke, diese

Theorie ist es wert ausprobiert zu werden. Findest du nicht?"

Sie hob begütigend die Hände. „Es ist deine Firma."

„Ja und deshalb werde ich es ausprobieren. Wenn er sich als fähig erweist, wovon ich mittlerweile ausgehe, bin ich frei und kann machen was ich will."

„Und was willst du? Zurück zur Uni?"

„Vielleicht schaue ich da mal vorbei. Das habe ich noch nicht entschieden." Er zuckte mit den Achseln.

„Ja, aber wovon träumst du?", hakte sie, ein wenig atemlos, nach. „Was wolltest du denn damals machen?" Wie oft hatte sie selbst über diese Frage nachgedacht und langsam glaubte sie die Antwort zu kennen.

Er sah sie ernst an, kam ein wenig näher und fragte leise: „Willst du die offizielle Antwort oder die Wahrheit hören?"

„Die Wahrheit, bitte", antwortete sie fest.

„Reisen. Ich wollte mir die Welt ansehen und... Es ist ein bisschen peinlich." Er grinste schief.

„Peinlicher als alles, was du bis jetzt erzählt hast?" Sie sah ihn skeptisch an und er lachte.

„Vermutlich nicht. Ich wollte schon immer ein Buch schreiben", gestand er und sah sie dabei so unsicher an, dass ihm ihr Herz nur so zuflog.

„Das ist doch mega cool!", fand sie. „Was für ein Buch?"

„Keine Ahnung!", gestand er und lachte wieder.

„Dann wirst du wohl einfach anfangen müssen zu schreiben", behauptete sie und diesmal zog er die Augenbrauen hoch.

„Wie soll das denn gehen? Ich kann doch nicht einfach sinnlos irgendwelche Worte aneinanderreihen. Ich muss doch wissen, was ich schreiben will!"

„Nein, musst du nicht. Wer sagt denn so was?!" Sie schüttelte heftig den Kopf. „Meine besten Bilder sind entstanden, wenn ich keinen Plan hatte."

Er sah so skeptisch aus, dass sie lachen musste. „Du glaubst mir nicht", stellte sie fest.

„Ich kann es mir einfach nicht vorstellen", antwortete er.

„Das ist auch gar nicht wichtig", befand sie. „Solange du dir vorstellen kannst, zu schreiben. Alles andere wird sich finden."

„Seit wann bist du so weise? Und viel wichtiger, wann darf ich dich endlich küssen?", sprach er endlich aus, was ihm durch den Kopf ging seitdem er hier angekommen war.

Sie schenkte ihm ein strahlendes Lächeln, setzte sich in einer fließenden Bewegung rittlings auf seinen Schoß und antwortete: „Ich dachte schon, du fragst nie!" und dann küsste sie ihn.

„O Gott, ich könnte dich mein ganzes Leben lang küssen!", flüsterte Erik mit geschlossenen Augen und erschrak gleich darauf. Was hatte er da gerade gesagt?! Vorsichtig sah er sie an und Erleichterung durchflutete ihn. Sie saß noch immer auf seinem Schoß und strahlte ihn an.

Bree fühlte sich, als wäre in ihr ein Schalter umgelegt worden und das Licht angegangen. Sie hatte gar nicht gewusst, dass sie im Dunkeln gelebt hatte. Es fühlte sich so unglaublich an, dass sie gar nichts sagen konnte.

„Was?", fragte er.

Ihre Gedanken wuselten mal wieder wild durcheinander und so sagte sie einfach, das Erste, was ihr in den Sinn kam. „Dann trifft es sich ja gut, dass du bald frei wie der Wind durch die Welt reisen kannst."

„Tut es das?", fragte er. War das jetzt eine positive Antwort?

„Ja, denn ich habe ab nächstem Jahr ein krasses Engagement. Sie drehen erst in Berlin, danach in Prag, dann Rom und auch in den USA."

„Das... Wow! Bree, das ist toll! Herzlichen Glückwunsch!"

„Ja, nicht wahr?! Ich konnte es selbst nicht glauben, dass sie ausgerechnet mich haben wollen! Meine ehemalige Chefin hat mich empfohlen. Und sie verfilmen meine Lieblingsbuchreihe."

„Wer? Hollywood?"

„Nein!" Sie lachte. „Unser aller liebster Streamingdienst! Es ist eine Fantasyserie und es spielen lauter bekannte Schauspieler mit und es gibt ein riesiges Budget. Ich bin ganz aus dem Häuschen!" Sie hob die Arme vor Freude und ließ sie wieder fallen. „Warst du schon mal in Berlin?"

„Du willst, dass ich mitkomme?" Erstaunt riss er die Augen auf.

„Ja", sagte sie schlicht.

Einen Moment sah er sie erstaunt an. Dann küsste er sie, unterbrach sich aber sofort wieder. „Bist du sicher?", fragte er nach.

„Ja", sagte sie wieder. „Du wolltest doch reisen... Ich muss arbeiten und werde wahrscheinlich lange Tage haben, aber wenn du dir dann alles ansiehst und dein Buch schreibst... Über die Details habe ich mir..."

Er küsste sie wieder, diesmal lang und zärtlich. „Für Details ist später noch Zeit", flüsterte er und eine unbändige Freude stieg in ihm auf. Konnte sein Leben wirklich so sein? So leicht und so wundervoll? Es sah ganz danach aus.

Sie sah ihn an und es war, als würde sich seine Freude mit ihrer verbinden und zusammen noch größer werden. Ihr schossen so viele Gedanken durch den Kopf. Einen Moment bekam sie kaum einen zu fassen, aber dann sagte sie nur: „Ich freu mich." Und obwohl es einfache Worte waren, drückten sie doch alles aus, was in diesem Moment von Bedeutung war.

„Ich mich auch", antwortete er, aber es fühlte sich eher wie ein „Ich dich auch" an.

ENDE

Du willst wissen, wie es weiter geht?
Ob es einen weiteren Roman über Bree und Erik geben wird? Oder ob wir zurück nach „Gracewood Hall" reisen werden?

Dann abonniere meinen Newsletter!

https://www.sandrarehle.de/kontakt

Dort bekommst du einmal im Monat von mir Post und ich berichte dir von den neuesten Entwicklungen.

Winterzauber auf Gracewood Hall

Die aufgeweckte Lifestylebloggerin Liz Sommer hat von der Männerwelt genug. Da kommt die Einladung, Weihnachten auf Gracewood Hall verbringen zu können, genau richtig! Kaum angekommen, lernt sie den attraktiven, aber verschlossenen Maxwell Thomson kennen. Auch Max will von Liebe und Romantik nach einem schweren Schicksalsschlag nichts mehr wissen.
Wird es ihnen gelingen, die Vergangenheit hinter sich zu lassen?
Band1, ISBN: 375282133
256 Seiten

Frühlingserwachen auf Gracewood Hall

Die junge Annie Taylor hat sich gut in ihrem Leben als alleinerziehende Mama eingerichtet. Doch mit den ersten warmen Sonnenstrahlen zieht der Frühling auf Gracewood Hall ein und wirbelt alles gehörig durcheinander.
Plötzlich sieht Annie ihren alten Freund Matt mit ganz anderen Augen.
Und dann steht auch noch ihr Ex mit großen Plänen vor der Tür und bittet um eine zweite Chance.
Band 2, ISBN: 3748190182
316 Seiten

Sommerfrische auf Gracewood Hall

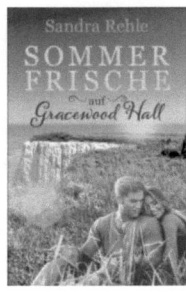

Nicholas Bedford lebt seinen Traum. Als Fotograf reist er an die schönsten Plätze der Erde.

Als er in der Millionenmetropole Kalkutta die schöne Yogalehrerin Milla Sjögren trifft, ist er von ihrem Wesen sofort fasziniert. Doch bevor er sie richtig kennenlernen kann, verlieren sie sich auch schon wieder aus den Augen. Monate später sieht er sie ausgerechnet auf dem traditionellen Sommerfest von Gracewood Hall wieder, und auf einmal steht seine ganze Welt Kopf.

Band 3, ISBN: 3749448647
248 Seiten

Hochzeitsglück auf Gracewood Hall

Monatelang hat Mindy Miller ihre Hochzeit mit dem attraktiven und reichen Andrew Crawfield bis ins letzte Detail geplant. Doch ein Aufenthalt in den Schweizer Bergen stellt alles auf den Kopf.

Dort stellt sich für Mindy die Frage, nach welchen Vorstellungen möchte sie ihr Leben gestalten? Was ist für sie wirklich wichtig? Und was wird Andrew zu all diesen Fragen sagen? Wird es ihnen gelingen, ihre Traumhochzeit zu retten?

Band 4, ISBN: 3749448647
236 Seiten

Herbstversprechen auf Gracewood Hall

Liz Sommer kann es selber kaum glauben, in wenigen Wochen heiratet sie ihren absoluten Traummann Maxwell Thompson auf dem malerischen Herrenhaus der Familie Bedford, „Gracewood Hall".

Und während die Bedfords diesen Tag unvergesslich machen wollen, haben Max ehemalige Schwiegereltern ganz andere Pläne...

Band 5, ISBN: 3753441481
272 Seiten